너라서맑
너라서화

나리사랑 나라가화

초판 1쇄 인쇄 ㅣ 2015.11.10
초판 1쇄 발행 ㅣ 2015.11.20
지은이 ㅣ 박종삼
발행인 ㅣ 황인욱
발행처 ㅣ 도서출판 오래

주소 ㅣ 서울특별시 용산구 한강대로 38 가길 7-18(한강로 2가, 은풍빌딩 1층)
이메일 ㅣ orebook@naver.com
전화 ㅣ (02)797-8786~7, 070-4109-9966
팩스 ㅣ (02)797-9911
홈페이지 ㅣ www.orebook.com
출판신고번호 ㅣ 제302-2010-000029호

ISBN 979-11-5829-009-2 (03800)

내리사랑 내리화

박 종 삼
장편소설

圖書出版 오래

이 글을 쓰게 된 동기는 평소에 사랑이라는 단어를 수도 없이 듣고 들으며 살아왔다. 하지만 그 속에서 발견한 것은 가식과 허구가 판치고 있었고 결국은 상대방을 자기의 소유물 내지는 부속물로 만들기 위한 수단 도구로써 그 아름답고 숭고한 두 글자가 압살당하는 것을 계속 목격하게 되었다. 이런 식으로 나가다 보면 이 사회가 엉망이 될 것은 뻔한일이다.

매스컴이든 책이든 어디든 팔로 머리 위에다 하트모양 표시만 한번하고 두 글자 한 번 크게 외치면 그 게 사랑으로 다 통해 버리고 스마트폰 시대를 맞이하여 카톡에 하트표시하나 해 놓으면 두 글자로 통한다. 거기에다가 두 글자라는 명분하에 길거리든 어디든 공공장소에서 지나친 애정표현을 남발하고 있는 현실이다. 이것은 두 글자가 아니다. 한 사람을 진정으로 사랑한다면 이 세상에 살아 숨 쉬는 만인을 같은 마음으로 사랑할 수 있어야 한다. 이런 행동으로 인하여 상대적 빈곤감과 서러움에 빠진 외롭게 살아가는 이들에겐 정신적 스트레스를 가중시키는 것은 분명하다. 서구의 문물이 그렇다면 그 서구의 문물이 삐 뚫어진 것이다. 자중하길 바란다.

나는 진정한 사랑은 부모가 자식을 사랑하는 내리사랑이라고 확신하는 바이다. 이것은 고정불변이다. 즉 절대적 사랑이고 참된 진정한 아름답고 아름다운 사랑이다. 부모는 자식이 일탈행위를 해도 감싸주고 온갖 부정행위를 하여도 감싸준다. 그렇지만 이런 행동이 옳다. 이런 방향으로 나아가야 한다. 이런 뜻은 절대 아니다. 이런 상황 하에서 그 허물을 감싸주면서 올바르게 인도를 해야 한다는 뜻이다. 이렇게 할 수 있는 사랑은 부모의 사랑 내리사랑만이 존재하는 것이 사실이다. 남녀 간의 사랑은 전제적 제한적 사랑으로써 어떤 룰이 존재한다. 그 룰 범위에서만 좋아하고 관심을 쏟지만 그 룰에서 벗어나면 갈라선다. 이혼을 불사하는 것이다. 미혼이라면 헤어져 버린다.

　　하지만, 내리사랑은 미워도 한평생 꼴사납고 역겨워도 온갖 스트레스를 다 받으며 희생하고 헌신을 하고 있다. 이렇듯 내리사랑, 부모의 사랑은 자식이 룰에서 벗어나도 허물을 감싸주고 아끼며 희생하는 것처럼 남녀 간의 사랑도 내리사랑의 절반만이라도 본 받아야만 이게 바로 참된 진정한 사랑 아름답고 아름다운 사랑이라 할 수 있다. 그리고 이 내용 속에 여러 명에 여성들이 등장하는데 주로 다루고 싶었던 것은 이 사회는 여성들은 남성을 만나는 길이 무척 한정되어 있다. 소개, 직장동료 또 모임도 있다고 하지만 그것도 일종의 소개와 직장동료라는 큰 범주와 맞물려 있는 것이 현실이다.

　　물론 이런 부분은 남성들도 마찬가지이다. 이렇게 남녀 간의 만남이 극히 제한적이다 보니 자신이 생각하고 원하는 상대를 만나지 못하고 외롭게 인생을 살아가는 이들이 너무 많다. 안타까운 현실이 아닐 수 없다. 그런데 이런 힘든 문제는 이 세상 그 누구

저자의 말

도 해결해 줄 수 없고 근본대책은 자기 자신이 해결해 나가야만 한다. 그래서 이 내용의 여성 등장인물들이 자신들이 마음에 드는 남성을 쟁취하기 위하여 전력질주 하는 모습을 보여줌으로써 지나치게 수동적이고 자기주장이 극도로 나약한 이세상 여성들에게 용기와 패기를 심어주는 데에 초점을 맞춰보았고 물론 이 경우는 남성도 포함되는 것이다. 특히 수동적인 남성들에게…

아무쪼록 이 세상에 외로운 사람들이 하루빨리 고독한 인생에서 벗어날 수 있기를 진심으로 바라고 있고 이왕에 사랑을 하려거든 욕심을 버리고 초월적인 마음으로 상대방 이성에게도 내리사랑 부모님이 자식에게 쏟는 마음과 정성을 절반만이라도 쏟고 희생하고 헌신하는 관념을 갖추어 나가기를 바라는 바이다.

이렇게 되어 이 세상에 내리사랑 내리 꽃이 전국 방방곡곡에 널리 퍼져 내리 꽃이 활짝 피어나 내리화로, 내리화의 이름으로 이세상을 살아가는 모든 이들에게 만인에게 그 가슴에 아름답게 피어날 수 있기를 바라면서 만인이 만인을 내리화의 그 마음을 지닌 채 만인이 만인을 사랑하고 이 세상 모든 사람을 다 같은 가족이라 생각하고 아끼며 희생하고 헌신할 수 있는 사회가 되길 진심으로 기원하면서 염원하는 마음…

2015년 9월, 경기도 용인에서
박종삼

제1부
참된 사랑은 무엇인가

내리사랑

가슴에서 흘러내리는 내리사랑, 소중한 사랑
자식위해 흘러내리는 내리사랑, 부모의 마음
벗어난 행동을 하더라도 허물을 감싸주고
아끼며 희생하는 내리사랑

잔칫집에 갔는데도 자신은 굶주려도
맛있는 음식을 자식을 주겠다며
포장해 오는 내리사랑

부모의 마음과 같이
남녀간에 사랑, 만남에서도 절반만이라도
그 마음 그 정성을 쏟아야만
이게 바로 참된 진정한 사랑

아름답고 아름다운 사랑입니다.
이 생, 마지막 순간 그날까지 희생하는 부모의 사랑, 내리화처럼

폭포에서 흘러내리는 내리사랑 장대비 사랑
자식 위해 흘러내리는 내리사랑 부모의 마음
어긋난 행동을 하더라도 허물을 감싸주고
아끼며 헌신하는 내리사랑

잔칫집에 갔는데도 자신은 굶주려도
맛있는 음식을 자식을 주겠다며
포장해 오는 내리사랑
부모의 마음과 같이

남녀간의 사랑 만남에서도, 절반만이라도 그 마음 그 정성을 쏟아야만 이게 바로 참된 진정한 사랑, 아름답고 아름다운 사랑입니다. 이 생 마지막 순간 그날까지 헌신하는 부모의 사랑, 내리화처럼

　이 세상에 태어나 지금껏 살면서 사랑이란 무엇인가에 대해 나는 많은 생각을 해 보았었다. 사랑에 대해, 이렇다 저렇다 하는 온갖 매스컴, 온갖 책들을 보았었다. 하지만, 내가 느낀 것은 결국은 자기 자신의 욕심을 채우는 수단 도구가 바로 사랑이라는 달콤한 말로 포장, 둔갑하여서 상대방을 압박하는 내가 너를 내 것으로 만들겠다는 통제 수단으로, 사랑이란 말이 쓰이고 있다는 것을 많이 느꼈다. 정확한 말, 용어를 변경할 필요가 있다. 남녀간에 통용되는 사랑은 사랑이 아니다. 말장난일 뿐이다. 남녀간에 쓰여지는 그 말은 정확히 표현하면 그저 좋아하고 있는 진행중일 뿐 희생과 헌신이 동반되지 않는 그 말은 사탕발림에 불과하다. 이 세상에서 희생과 헌신이 동반된 사랑이 그럼 존재하지 않고 그저 구호에 그치기만 한 것일까? 그렇지 않다. 존재한다. 그게 바로 내리사랑 내리화, 내리꽃이다. 너무너무 아름답고 우아한 꽃이다.바로 이 꽃이 남녀 사이에 활짝 피어나야만이 진정한 사랑이 온 세상에 싹 틀 수 있다. 부모는 자식이 큰 범위, 틀을 위반하고 일탈 행동을 하더라도 감싸고 희생을 한다. 자신에게 적잖은 피해가 와도 감수한다. 왜냐

하면, 절대적 사랑, 참된 진정한 사랑이기에 그렇다. 하지만 남녀 간, 사랑은 이 경우가 되면 갈라서 버린다.

작은 틀, 범위에서만 좋아한다. 결정적인 순간, 룰이 깨지면 뒤도 돌아 보려고 하지 않고 심지어 증오하기까지 한다. 희생은 존재하지 않는다. 그 이유는 제한적으로 좋아했고 인격적으로 좋아하지 않았고 진정으로 희생하는 마음으로 사랑하지 않았기 때문이다.

즉 부모가 자식을 향해 쏠려 내려가는 내리사랑, 그 마음 그 정성을 절반만이라도 쏟지 않았고 그런 마음이 가슴속에 내재해 있지 않기 때문이다. 희생도 없고 실천도 없는 말로만 떠들어 버린 러브 반복, 하트 표시만 손으로 팔로 온갖 쇼를 다 했기에 이렇다.

부모는 자식의 존재 자체, 그 모습 자체를 사랑한다. 맹목적으로 좋아하고, 아무런 조건도 없다. 일탈을 해도 좋아하고 누구를 만나든 말든 신경 쓰지 않는다. 그저 뭐든지 잘 되기만을 빌고 또 빌고, 자식을 위해 울기도 무척 운다. 왜 남녀 사이는 이 숭고한 사랑. 마음이 안 되는 것일까!

이 물음에 대해, 청화는 이렇게 대답했다.

"내리사랑과 남녀간 사랑은 다른 거야. 남녀간 사랑은 현실 삶이 잖아."

"실제 생활 속 삶은 한계가 있어!" (그 후 침묵)

"현실이 무엇인데 그리고 삶은 무엇이고…"

철수는 조용히 집 밖을 나와 조금 떨어진 곳에 위치한 실개천을 걸으며 생각에 잠겨 본다. 사랑이란 정말 무엇일까! 아픔을 함께하고 희생 헌신이 동반된 사랑이 아니라면, 현실 탓만 하는 사랑이여 물러가라! 철수는 홀로 마음속에 다시 새겨본다. 현실은 무슨 소용,

마음을 비우지 못한 욕심이 지배할 뿐이지!

청화는 철수와 절친 사이, 어릴 적부터 함께 지내며 살았지만 대한민국 일반 남성들이 가지고 있는 여성소유주의자, 그것도 자주 자신의 여성에게 감시전화를 하며, 둘만의 사이를 더욱더 견고히 다지려는 강박관념까지 강한, 그것도 사랑이란 이름을 내세워, 이 덕분에 청화의 연인, 미숙은 마음 편히 직장생활은 물론, 일상생활도 무척 피곤함을 느끼며 살고 있다. 그러면서 정작, 청화는 나이트클럽부터 시작해서 온갖, 각종 모임에 싸돌아다니며 여성들을 만나려고 혈안이 되어 있다. 이런 청화의 성격을 철수는 못마땅하게 생각했고 가끔 잘 안 통한다고도 느끼며 살고 있었다. 철수는 오늘도 어김없이 늘 그랬던 것처럼 실개천을 산책하며 땀을 빼고 있다. 철수는 한참동안 걷고 걸어 기흥역에 다다를쯤, 멀리 보이는 도로변에 진하게 썬팅을 한, 어느 승용차에 청화가 어느 여인을 태우는 도중, 철수와 청화는 서로 두 눈이 마주쳤다.

청화는 철수를 바라보며 살짝 웃으며

"오늘도 운동, 운동은 좋은 거지 열심히"라고 말하며 엄지손가락을 치켜 올렸다.

철수는 답례로 손을 흔들어 주고 집으로 향해 빠른 걸음으로 걸으며 휴대폰을 꺼내어 3년 전부터 알게 된, 연인이자 이 세상에서 가장 좋아하는 여인, 목소리만 들어도 심장이 벌렁거리는 존재, 이 둘은 지금 결혼을 전제로 교제중에 있다.

영희에게 전화를 걸고 있다. 한참 신호가 울린 후,

"어, 나, 영희야"

"음, 산책하다가 생각나서 전화했지."

"내가 보고 싶었단 말씀." 영희는 반갑게 말했다.

철수는 영희의 목소리를 들으니 하루의 피로가 다 날아가는 듯했다.

"그래 오늘은 네가 무척 보고 싶고 또 막걸리 생각도 나고 해서."

"웬 막걸리?"

"막걸리보다는 그냥 보고 싶어서."

철수는 작은 소리로 말을 했다.

- 신갈 오거리에 맛있는 주막집이 있어, 그곳으로 올 수 있니?

- 알았어!

철수는 영희를 만날 때면 여느 때와 같이 미리 가서 기다리고 있다. 철수는 가치관이자 인생관, 연애관은 남녀간 사랑도 내리사랑 내리화처럼, 내리꽃이 피어나야 한다고 생각하며 이것은 말로만이 아닌 몸소 실천해야 한다고 다짐 또 다짐하며 살고 있다.

부모님이 자식을 사랑하는 마음을 그대로 남녀간에 쏟아야 한다는 절대사랑의 이름으로… 자신은 오로지 한 사람만을, 부모가 자식을 사랑하듯, 한 대상만을 사랑하고 아끼면서 희생하면서도 하지만 만약 그 상대는 일탈이 벌어져도 그 허물을 감싸주어야 한다는 거룩하고 숭고한 내리꽃처럼 말이다. 이런 생각을 마음속에 지니고 있으면서도 정작 자신이 좋아하는 영희에게 그 말을 할 수 없었던 것은 이상하다고 오해받을까봐, 깊은 뜻을 이해하지 못할까봐 조금은 두려웠을 것이다. 왜냐하면 이 세상 거의 다 모든 이들은 내리사랑과 남녀간 사랑을 같은 것이라 생각을 안 하기 때문이기도 했을 것이다. 아님, 영희에게 별 마음이 없다고 크게 오해를 일으킬 소지도 있는 다소 위험한 말이라고도 철수는 인식했기에 그런 말은 아끼고 아꼈다. 그렇지만 순진하고 착한 철수, 그만 오늘은 막걸리에 취해 그만 대형 사고를 치고 말았다. 평소 주량보다 더 많이 마시고 무리를 하더니 오늘은 영희에게 자신의 인생관, 가치관, 연애관을 표현을 하고야 말았다.

"나는 말이지. 이 세상에서 내리꽃을 제일 좋아해."

"내리꽃?"

영희는 생소하다는 듯,

"내리꽃이 뭐지?"

"음, 내리꽃은 마음의 꽃이야. 사랑에는 한계가 있어선 안 된다는 거라구!"

영희는 철수가 무슨 말을 하려는지 의아해 하면서 철수의 눈을 빤히 바라보았다.

"무슨 뜻?"

철수는 평소 주량을 넘긴 채로 힘을 주며 말하기 시작했다.

"내리꽃이라는 건, 내리사랑이지, 부모가 자식을 사랑하듯, 널 좋아하고 사랑한단 말이지."

"정말, 와 신난다. 나를 그 정도까지 사랑한단 말이야!"

"어 그래, 그렇고 말구."

나는 너만 좋아하고 사랑하고 희생하며 살고 하지만 행여나 넌 내가 싫증나 가끔 다른 남잘 만나도 나는 다 이해할 거다.

"내리사랑 희생적 내리화처럼 말이야!"

이 말을 들은 영희는 깜짝 놀라며

"뭐야!"

"그게 무슨 소리야?"

영희는 심한 충격을 받은 얼굴과 표정을 지으며

"내가 다른 남자를 만나도 된단 말이야!"

"아아아, 그게 아니라, 그런 일이 생겨도 부모가 자식에 허물을 감싸주는 마음으로 이해하고, 그럴 경우도 영원히 아껴주고 사랑하겠다는 그런 거, 늦게 외박하고 들어오면 내가 뜨거운 꿀물이라도 한잔 타서 줄 거고, 뭐, 그런 거지. 네가 만약 원한다면 다른 남잘, 만난다면 데이트 비용도 50만원쯤, 선물, 부모의 자식사랑 차원을 접목, 대입시킨 절대적 사랑, 영혼적 사랑으로 말이야… 내리화처럼"

영희는 너무 놀란 표정을 지으며

"내가 싫어졌단 말이야, 도대체, 그게 무슨 말이냐고?"

소리를 지르며 영희는 의자에서 일어나 밖으로 나가 버렸다. 영희는 어딘지도 모를 곳으로 뛰어가며 한 없이 눈물을 흘렸다. 매일 입버릇처럼 나만 좋아한다고 앵무새처럼, 반복 또 반복하던 철수가 그게 할 수 있는 소리란 말인가! 철수는 막걸리에 취해 비틀대며 계산을 하고 주막집 밖을 나와 보니 영희는 온데 간데 찾을 길 없고 구슬픈 이슬비만 내리고 있었다.

여기저기 찾고 또 찾으며,

"영희야, 영희야."

아무리 목이 터져라 불러도 영희는 보이지 않고, 어느새 철수의 옷은 이슬비에 젖어 조금씩 조금씩 축축해지고 말았다. 건물하나는 둘로 보이고, 건물간판 네온싸인은 막춤을 추듯, 이리 비틀, 저리 비틀거렸다. 간판 글씨를 알아보긴 쉽지 않았지만 집중하고 보니 사우나라고 적혀 있는 것을 알게 되었고 그냥 오늘은 이곳에서 쉬고 싶을 뿐,

차영희의 깊은 오해

어느새 날이 밝아 새벽이 찾아왔다. 이 때가, 2012년 8월 12일이었다. 새벽이 되었으니 13일이 되었다. 부랴부랴 일어나 정신을 차리고, 정신을 차리고 싶어 사우나 냉탕으로 뛰어들어 갔다. 순간, 어젯밤 있었던 일, 영희한테 했던 말, 그 말, 으윽! 사우나에서 나오자마자 전화부터했다. 하지만 휴대폰은 끊겨 있었다.

"아!"

그 말에 큰 오해가 생겼구나! 나는 진정한 사랑의 의미를 전달했지만 듣기엔 싫어졌다고 결별을 알리는 말로도 들릴 수 있는 내용인데 철수는 먼 하늘만 바라보며 한숨만 크게 내 쉬고 있을 뿐이었다. 내 말에 잘못 오해했을 영희의 마음을 생각하니 가슴이 쓸어 내려가는 듯한 쓰린 마음이 눈앞을 가로 막았다.

하루가 지났다. 말실수를 한 것이 마음에 걸려 밤을 뜬눈으로 지새웠다. 철수는 기분도 전환할 겸, 오늘은 야구장에 가려고 마음먹고 길을 나섰다. 오랜만에 가는 야구장, 다이아몬드 위를 수놓을 뜨거운 함성, 번개 같은 광 속구, 바람을 가르는 번개 풀 스윙, 이 모든 것이 보고 싶었다. 자리를 잡고 앉아 있을 때 우연의 일치일까! 비상구 쪽에서 청화가 어느 여인과 함께 걸어오고 있었다. 저번에 실개천 주차장 위쪽에서 보았던 여자가 아닌 다른 여자 재주도 좋지! 능력일까! 결혼을 약속한 미숙은 그냥 두고 게다가 미숙에겐 호시탐탐 감시 전화를 일삼으며 다른 사람 만나지 못하게 경계하면서 자신은 저런 이기적인 이중성격 소유자!

시간이 거듭할수록 야구장은 더욱 더 밤풍경 속으로 빠져 들고 있었는데, 청화는 주위를 아랑곳하지 않고 함께 있는 여인을 향해 마구 입맞춤을 시도하고 있었다. 혹시 나를 보게 되면 민망해 할까 봐, 그렇지 않을지도 모르지만 나는 무슨 이유에서인지 더 이상 이곳에 있고 싶지 않았다. 조용히 아무데나 걷고 싶은 마음뿐 비상구를 통해 밖으로 나올 때쯤 사방을 둘러보니 수많은 관중들 저 많은 야구장의 사람들은 서로가 모르는 사이들일 뿐, 각자 한평생을 살아가며 몇 송이송이 스쳐갈까! 약 삼백 송이송이, 아님 오백 송이송이, 인생도 짧고 만남의 수도 시간도 얼마 안 되겠지! 돌아보면 다 거기서 거기, 저기서 저기, 티격태격, 아옹다옹, 다툴게 뭐 있을까. 다시 영희를 만나게 되면 오해를 남긴 그 말을 풀고 미래에 대한 설계, 청사진을 공개해야지!

절수는 기분선환할 겸, 야구장에 왔지만 온통 머릿속은 영희 생각 뿐, 다음에 다시 찾을 야구장, 다이아몬드를 마지막으로 한 번, 더 바라본 뒤, 비상구를 통해 빠져 나가며 문득 이런 생각이 떠오르고 있었다. 셀 수조차 없이, 수많은 사람 중의 한 사람, 그 사람은 다름 아닌, 영희, 하지만 오해를 불러일으킨 그 말로 연락두절되었고 보고 싶어도 볼 수 없고 만나고 싶어도 만날 수 없는 이내 신세,

유일한, 한 송이송이

이 생에 와서 한 평생 사는 동안 몇 송이송이 스쳐갈까! 생각해 보니 약 삼백 송이송이쯤 될까! 내가 찾는 나와 함께 마지막으로 걸어

가야 할 유일한 한 송이송이는 지금은 어디에 있을까! 내가 사는 수 많은 시간 중에 어느 날 운명의 번개 화살 같은 한 순간, 의미 있는 만남, 그 만남이 너무 보고 싶고 그리워진다. 이 생에 와서 한 세월 사는 동안 몇 송이송이 스쳐갈까! 되짚어 보니 약 삼백 송이송이쯤 될까! 나와 그가 그와 내가 서로에게 의미가 깊은 유일한 한 송이송이는 지금은 어디에 있을까! 내가 사는 수 많은 시간 중에 어느 날 운명의 번개 화살 같은 한 순간, 의미 있는 만남, 그 만남이 너무 보고 싶고 그리워진다. 오늘을 살 수 있는 희망도 내일을 살 수 있는 희망도 철수는 영희를 찾지 못해 마음속으로 고독한 이런 한 편에 시를 쓰며 힘없이 그렇게 이렇게 야구장에서 뛰쳐나와 가로등 닿는 곳까지 무작정 걷고 또 걸었다. 번개라도 번쩍 치듯 빨리 내 사랑 영희를 만나고 싶은 외로운 한 사나이, 저번 영희와 함께 막걸리를 먹다가 오해가 있었던 그 주막집이 주마등처럼 머리에 순간 떠올랐다. 솔직히 답답해서 그 곳에 가서 술이라도 한잔하고 싶은 마음이 들었고 그날 그 기억을 회상하고 스스로 깊은 사색에 빠져 보고 싶었다. 어느새 이미 한 걸음 두 걸음 그 곳을 향해 걸어가고 있었다. 걷는 줄도 모른 채 주막에 다다를 무렵 멀리서 아련히 보이는 모습, 잘못 보았나 싶어 집중하고 바라보았더니 영희가 홀로 그 곳에서 힘없이 술을 마시고 있었다. 너무 놀랍고 반갑고 순간, 어지럽기까지…

크게 소리 내어 불러 보았다.

"영희, 영희 맞지."

옆을 바라보는 영희에 얼굴은 별로 반갑지도 않고 무척 지친 모습이었다. 주막집 문을 열고 들어서자마자 철수는

"오해를 일으켜 미안해."

그러자 이 말에 물끄러미 바라보며

"오해?"

"뭐가 오해" 노려 보 듯,

"일단 앉아도 될까?"

"마음대로."

"어떻게 여길 오게 됐어?"

영희는 이 물음에 대답하지 않고 술만 계속 마신다.

"널 얼마나 찾았는지 알아. 전화도 끊기고."

"날 왜 찾아?"

"다른 사람 만나라며, 만나도 된다고 했잖아."

몹시 격앙된 얼굴로 철수를 바라본다. 철수가 자리에 앉기도 전에 영희는 자리에서 일어나 한마디 '툭' 던지며 더 관계가 유지될 수 없음을 내비친다.

"난 이리저리 핑계되는 사람 싫어. 싫으면 싫다고 말해 말 돌리지 말고."

"영희야, 깊은 뜻을 모르는구나. 예를 들어 모든 것을 사랑하겠다는 말인데."

"모든 것 좋아하네. 구차스런 변명대지 말고 여기서 끝내."

자존심이 유난히 강한 영희의 분노는 사그라들 줄 몰랐다. 철수는 더 이상 말을 하지 못한 채 고개를 숙이고 말았다.

"그래 어쩔 수 없지. 네게 괜한 말을 해서 이 지경이 되었구나! 시간을 갖고 우리 생각해 보기로 해."

철수의 이 말이 떨어지자마자 영희는 저번에 그 말을 듣고 달아나듯,

이철수의 충격

오늘도 마찬가지로 쏜살같이 밖으로 나가 버렸다. 이 모습을 본 철수는 뒤따라 갈 힘도 정신도 하나도 없이 주저앉고 말았다. 괴로움을 달래기 위해 그 자리에 앉아 맥주, 소주를 섞어가며 들이 마시고 또 마셨다. 밤늦게 까지 그 주막집에서 과음하고 비틀거리는 철수를 향해 주막집 주인은

"손님 너무 취한 것 같은데 대리를 불러드릴까요?"

"아닙니다. 괜찮아요."

그 후 철수는 혼자 나와서 저번처럼, 이길 저 길을 걸어 다니며 고통에 사로잡히며 고독을 씹고 있다. 무심코 걷고 걸어. 어딘지 모를 곳에 도착했을 때, 순간, 서글픈 눈물이 핑 돌아 앉아, 분노에 찬 심정으로 달아난 영희의 모습이 떠오르니, 가슴이 찢어질 듯 아파 왔다. 말 한마디가 천냥 빚을 갚는다는 말도 있지만, 부모의 마음처럼. 내리사랑 내리화처럼, 모든 허물을 감싸주고 아끼며 희생하겠다는 말을 다른 남자를 만나라는 뜻으로 알아들은 영희가 조금은 야속하기까지… 다른 남자를 만나더라도, 내 곁에 남아 있어만 준다면 영원히 아끼며 사랑하겠노라는 의지의 표현이었는데… 설령 완전히 내 곁을 떠나, 다른 사람과 사랑을 하게 되도, 그래도 영혼만이라도 끝까지 사랑하겠다는 표현이었건만, 부모가 자식을 하늘나라에 가서라도 허물을 감싸주고 아끼며 희생하는 마음으로…

희생적 내리사랑 내리화, 내리꽃이 활짝 피어나게, 온몸을 던지겠다는 내 의지에 표현이 어떻게 이런 일이 벌어졌단 말인가!

내리사랑 내리화

사랑과 이별의 구름다리

너와 함께 손을 잡고 매일 건넜던, 구름다리엔 오늘따라 음산한 바람마저 분다. 구름다리 밑으로 지나가던 수많은 자동차 전등도 오늘따라 어둡게 보였었지…

구름다리에 오늘따라 음산한 바람이 불었던 까닭과, 내려다 보였던 자동차 전등도, 오늘따라 어둡게 보였던 까닭은… 그랬던 이유는, 순간 서글픈 눈물이 핑 돌아 앉아, 수많은 자동차들 전등에 비춰진 눈물이 싫어, 어두운 골목으로 달려 갔어! 이별의 전주곡일까! 이별을 막을 방법은 없을까! 내가 싫어졌다면, 모른 채, 그저 보내줄 수도 있겠지만… 다시 내게로 마음을 돌리게 할 수는 없는지. 그저 운명에 맡겨야! 그저 모든 것을 운명에 빈 공간으로 남겨두고 싶어 운명의 빈 칸을 채울 여지를 모두 너에게 맡기고 나는 구름다리 반대편에 머무르고 싶다. 너와 둘이서 손을 잡고 매일 건넜던 구름다리엔 오늘따라 싸늘한 바람마저 분다. 구름다리 밑으로 지나가던 수많은 자동차 전등과 인도에 세워진 가로등 불빛도 오늘따라 캄캄하게 보이기만…

구름다리에 오늘따라 썰렁한 바람이 불었던 까닭, 내려다 보였던 자동차 전등과, 인도에 세워진 가로등 불빛마저도 오늘따라 캄캄하게 보였던 까닭은… 그랬던 이유는 순간, 서러운 눈물이 눈앞을 가려, 가로등 불빛과 수많은 자동차들 전등에 비춰진 눈물이 미워 어두운 골목으로 도망쳤어… 이별의 서막일까! 이별을 막을 묘수는 없는 걸까! 내가 정말 싫어졌다면, 말없이 보내 줄 수도 있으련만, 다시 내게로 마음을 움직이게 할 수 없는지, 그저 운명에 맡겨야 그저 모든 것을 운명의 빈 페이지로 남겨 두고 싶어 너와 나의, 운명의 빈 페이지를 채울 여지를 모두 너에게 맡기고 나는 구름다리 건너편에 서성이고 있을 뿐이다. 그 언젠가는 내 사랑, 영희도 내 마음을 이해하고 내 곁으로 나의 곁으로 찾아 올 날이 있겠지, 그러겠지. 으 으 으윽, 휴우.

하늘에 떠 있는 저 구름은 내 마음 알거야 원래 하늘은 속임수를 모르고 깨끗하니까, 그래서 하늘이니까, 그리고 맑으니, 당연히 내 마음을 알아 주겠지! 하루만 더 참는 거야! 그리고 매일 이렇게 하루 하루 하루씩만 참으면 일 년이 다 되어가고 그래도 찾아오지 않아도 또 그렇게 하루씩만 참아서 또 그렇게 일 년을 채워 보는 거야! 내 가슴이 멍들어서 그 멍이 내 안에서 꽁꽁 굳어질 때까지, 그렇게 말이야. 이런 자체가 너무 행복하잖아 좋아한다는 것, 사랑한다는 것, 그리움에 고통도 받아 봐야 사랑이 뭔지도 알게 될 거고, 이게 이 세상에 태어난 업보인지도 모르니까. 업보라면 달게 받아야지(쓴 웃음)

사람들에게만 이런 고통을 줄까! 아니야 동물들도 서로 좋아하다 사랑하다 그리워하고 외로워하고 그럴 거야. 왜냐면, 생각도 하고 밥도 먹을 줄 알고 그러니까 사랑이 뭔지도 알 테니 그럴 테니, 그럴 수밖에, 그런데 왜 이 세상에 그 고통, 사랑의 고통은 나만 안고 있는 것 같지! 남들도 그런 고통, 안고 살고, 동물들도 그런 고통은 안고 있는데. 더 아파봐야 지독하게 더 찢어지게 더 아파봐야, 다른 많은 사람들 아픔까지도 헤아려질까, 과연 그럴까. 그때 가서도 내 아픔만 생각하고 남들 것은 안중에도 없을까!(이 생각 저 생각)

밤길을 헤메다 지쳐 그만 집으로 들어왔다. 회사에 출근을 해도 일이 잡히질 않고 온갖 상념 속에 지낼 수밖에 없었고 식욕도 잃어만 가던, 어느 날 전화가 걸려 온다. 번호를 보니 청화의 번호, 오랜만에 걸려오는 전화, 반가운 마음에

"어 오랜만 잘 지냈어?"

"그럼 잘 지냈지."

"어떻게 지냈는데?"

"그냥 잘 지냈지."

청화는 철수를 만나 술 한 잔 하고 싶은 생각에

"오늘 저녁 7시에 만날까?"

"그래 좋아."

철수는 반갑기도 하고 울적한 기분에 이런 저런 얘기를 나누며 술 한 잔 하고픈 마음이 들었다. 오늘따라 창밖을 보니 잔뜩 흐린 날씨, 비라도 한번, 흠뻑 쏟아질 듯한, 우중충한 천지.

청화의 직장, 야탑역 부근에 있는 회사에 다니는 청화는 만남장소는 자기가 다니고 있는 직장주변에 좋은 곳이 있다며 그곳으로 하자며 미리 알려주었다. 다람쥐 쳇바퀴 돌 듯, 회사만 오가는 철수로서는 오랜만에 조금 멀리 외출한다는 것이 마음만은 무척 새롭고 한편으로는 답답한 심정을 어느 정도는 친구에게 하소연도 하고 싶었을 것이다. 그래서 더욱 새로웠다. 철수는 답답할 땐 음악을 들었다. 서글픈 음악을 들으면 마음이 더욱 무거워져 자주 전원을 끄곤 하였다. 그만큼 영희를 무척이나 좋아하고 사랑했었다는 반증이기도 했고 마음과 성격이 여린 편이어서 일지도 모를 일이다.

청화와의 약속 시간은 너무 너무 길게만 느껴졌다. 그것은 몸을 가눌 수 없을 만큼이나 힘들고 또 이 상황을 혼자서 겪기에는 가혹

하리만치 고독했기에… 홀로 앓는 고통, 고독보다 누구라도 함께하면 조금 나아지리라 생각하기도 했으리라… TV를 봐도 그저 그렇고, 잠시라도 생각을 잊기 위해 격렬한 운동도 해 보고, 열심히 뛰어다니며 운동을 하며 땀을 많이 흘려 보아도 그때 뿐, 영희에게 계속 전화를 걸어보아도 받지 않았고 집으로 찾아가도 문을 열어줄 리 만무하였다. 집 앞에서 기다리다가 그가 나왔을 때 다가가려 하면 얼른 다시 들어가 문을 잠가 버리기 일쑤였다. 가장 좋은 길은 영희를 하루라도 빨리 만나서 오해를 풀고 알아들을 수 있게 좀 더 자세히 그 말을 설명하는 일이라고 철수는 스스로를 믿고 있었다.

드디어 청화와 만날 시간이 가까이 온다. 약속장소로 나가보니 청화가 데리고 가는 곳은 조명이 화려한 인테리어가 돋보이는 일식 전문점.

내
리
사
랑

내
리
화

이별과 고독

철수는 다시, 멍하니 일식전문점 현관문 밖을 바라본다. 순간, 영희에 아련한 그림자를 떠 올렸을까! 아니면 혹시라도 밖에, 길을 영희가 지나갈지도 모른다는 막연한 기다림…

핸드폰을 꺼내어 영희에게 문자를 보낸다.

나는 네가 떠나는 것은 슬프지만, 네가 가는 길이니만큼 마음으로 보살펴 줄 거고, 이 세상 어느 곳에 있든, 또 누구와 함께하든, 잘 되라고 행복하라고 빌어 줄께! 하지만, 먼 훗날, 내가 했던 그 말의 깊은 뜻이 이해되고 헤아려지거든, 언제라도 내게 다시 돌아와 줘… 널, 하늘만큼 땅만큼, 하늘에서 땅 끝까지 이어지는 선보다 더 길고, 더 단단한 끈, 더 강한 쇠밧줄보다 더 센 줄로 너를 지켜주고 아낀다는 뜻이었는데 그만… (전송 누름)

한참 지난 후, 청화는 철수를 위로하듯 말을 하기 시작한다.

"뭐 여자가 이 세상에 한 둘인가 깔리고 깔린 게 여자인데 걱정 마. 내가 다니는 회사에 여직원들 많아. 모임자리를 만들 테니, 그때 나와. 맘에 드는 사람 있으면 그때 나에게 신호를 보내. 그럼…"

이 말을 듣자, 철수는

"아니야 됐어. 시간이 약이겠지."

시간은 점점 흘러 자정이 다 되어가고 있었다. 홀로 우두거니 앉아 고독과 번민에 사로 잡혀있는 것보다는 청화를 만나 이런 저런 얘기도 하고 문젯거리는 해소는 되지 않았어도 나름대로 속은 시원해졌다.

"우리 그만 일어나기로 해. 너무 좋은 시간이었어."

"그래. 내가 좋은 해법을 주지 못해 미안하다 철수야."

"아니야 무슨 말을… 혼자 있는 것보다 너무 좋은하루였어."

둘은 자리에서 일어나 그만 집으로 가기로 했다. 철수의 집은 용인 신갈동, 청화의 집은 용인 구갈동, 시계를 보니 아직 전철이 끊길 시간은 아니었다. 함께 옛 우정을 떠 올리며 야탑역으로 걸어가기로 했다.

"술도 많이 마셨으니 전철 타고 가는 게 좋지?"

"그럼 좋지."

"철수야 신갈역에서 내려 한잔 더 어때"

"좋긴 하지만 내일 출근이 걱정돼서 조금…"

"야, 신경 쓸 것 없어. 다 그런 거지 뭐."

야탑역, 경유 수원행, 마지막 전철이 들어오고 있었다. 전철이 도착하자 둘은 타기 시작하였다. 불과 얼마 시간이 지나지 않았을 무렵,

"다음 정차할 역은 신갈역입니다."

안내방송이 울리고 다시 둘은 내려서 한참을 걷다가 포장마차를 찾아 한잔 더 하려고 들어섰다. 늘 정겹게 반겨주는 포장마차 사장님.

"오랜만에 오시네요. 어서오세요."

"아 네, 안녕하세요."

자정을 넘긴 시간이지만 찬란한 가로등이 비치는 포장마차 창문

내리사랑 내리화

은 너무 낭만적이었다.

"한 시간 전쯤 야탑역 부근에서 술마실 때 대답하지 않았는데 미숙 씨와 사이는 좋은 편이지?"

"뭐 그렇지, 나는 한 여자를 집중적으로 좋아하고 사랑하지 않아 이 좋은 세상에 그럴 필요가 뭐 있어."

청화는 철수의 물음에 별 신경 쓰지 않고 나는 미숙이라는 한 여인만을 위한 일편단심 해바라기가 아니라고 말하면서 더 많은 대상을 즐기고 싶다고까지 말을 하고 소주잔을 들이킨다. 청화는 어릴 적부터 놀기 좋아하는 성격에 특히 여자친구가 많았고 유난히 여자들에게 말을 잘 붙이는 이른바 바람둥이로 불려졌었다.

"미숙이 말하는 거야. 미숙이는 성격이 조신하고 살림형이니 좋지! 결혼하면 날 편안하게 해 줄거고 절대 딴 남자들을 안 만날 테니 좋지, 하 하하하하."

"그럼, 청화 너도 결혼하면 조신해져야지 이기적인 성격, 이중성격은 버려야 해!"

"야, 술맛 달아난다. 그런 골치 아픈 소리는 하지 마! 그냥 좋은 게 좋은 거야. 너무 깊게 생각 말아. 짧은 인생, 그냥 그렇게 놀다가는 거야. 신나게 멋지게 그렇게, 낄 낄 낄낄낄."

청화는 불금에 성남에 있는 멋진 나이트클럽에 가서 스트레스를 날려 버리자고 제안을 한다. 내심 마음속으로는 철수가 영희 때문에 힘들어 하는 모습이 안쓰러워 보였을 수도 있었으리라. 또 한편으로는 그 상처를 잊기 위해선 다른 대상을 만나게 되는 것이 가장 빠르다고 생각하기도 했다.

"이번 불금엔 다른 약속 정하지 말고 가서 흔들자고 내가 다니는 회사에 섹시한 여직원들 모두 다 데리고 나올 테니 말이야."

"글쎄, 아직 모르겠어, 그때 가봐서 결정 할게 생각 좀 해보고."

"생각할게 뭐있어. 오케이… 멋진 옷을 입고 와."

철수는 별 관심 없는 표정으로 이렇게 말한다.

"집에 들어가서 쉬고 싶어. 그만 가야겠어."

이렇게 둘의 만남은 나름대로 의미있게 힘든 삶을 그리고 인생을 하소연하는 시간과 장소였다. 오늘은 화요일, 불금까지는 얼마 남지 않았다. 오늘도 이렇게 시간은 흘러갔다. 어느덧 시간은 흐르고 흘러 청화가 제안했던 바로 금요일, 불금이 되었다. 청화에게서 전화가 걸려온다.

"오늘이 그날, 있다가 저녁 7시까지 모란역으로 오는 게 어때?"

청화의 전화를 받고 망설였지만, 그러겠다고 대답해 주었다. 철수는 지금 기분도 심정도 그곳에 갈 정도에 마음 상태는 아니었지만 마음 한편으로는 기분전환도 하고 싶은 생각도 조금은 있었다. 철수는 약속장소에 시간에 맞춰 나가 보았다. 미리 나와서 기다리고 있는 청화와 같은 회사동료들, 서로 반갑게 인사를 나누고 함께 걸어갔다. 몇 분쯤 걸었을 무렵, 화려한 간판에 와이나이트라고 씌어 진 건물이 나오고 이 건물 지하계단으로 내려가는 많은 사람들… 함께 따라서 내려갔다. 화려한 불빛이 오고가고 상당히 큰 음악소리가 온몸에 전율을 느끼게 하듯 울려 퍼졌다.

"일단, 술부터 먹어 볼까. 하하하."

청화가 자리에 앉자마자 말을 시작한다.

"아 참, 우리 회사 동료들이야. 인사를 제대로 해야지."

"안녕하세요. 반가워요."

열 두 명이나 되는 여직원들은 일제히 철수를 향해 웃으며 인사를 건넨다. 철수도 화답하듯,

"아 네, 안녕하세요. 반갑습니다."

나이트 웨이터는 큰 쟁반에 맥주와 안주를 가져 오고 있었다.

"자, 우리의 화끈한 미래와 뜨거운 미래를 위하여!"

"위하여! 위하여! 위하여!"

"낄낄낄. 하하하. 호호호."

한 시간쯤 맥주를 마시더니 한명씩 두 명씩 무대에 나가 흔들어대기 시작하였다.

"흔들어! 흔들어! 좋다! 너무 좋아!"

"철수야, 앉아 있지만 말고 나와서 흔들어!"

청화의 회사에 다니는 한 여직원은 철수에게로 다가가 말을 건네며 팔을 잡아당긴다.

"오, 너무 멋져요. 같이 나가서 춤을 춰요."

"아, 네 조금 있다가…"

"아님, 제게 술을 따라 주세요!"

"아 네, 그럼요."

철수는 아직 열지 않은 맥주병을 따서 한 여인에게 따라 준다. 분위기 반전은 됐지만 그래도 철수의 가슴 한 구석에는 돌아오지 않고 있는 영희에 대한 그리움과 외로움이 물밀 듯이 밀려오고 있었다.

"우리 술만 먹지 말고 나가서 막 흔들고 춤을…"

술에 어느 정도 취한 한 여직원은 온 힘을 다해 철수를 잡아 당겼다. 더 이상 완강히 거부만 할 수 없었던 철수는 일어나 끌려 나

가다시피 나가게 되었다.

"오케이, 막 흔들어요. 흔들고 비비고 돌려 돌려."

철수는 잘 못하는 춤이지만 그냥 따라서 움직였다. 그러다가 조금 시간이 흐른 후 조용한 클래식음악이 나오고 블르스를 추기 시작. 철수는 정신없이 움직이고 있을 때 그 여인은 철수에 귀에 대고 속삭이기 시작했다.

"우리 만나요."

이후 블르스 시간이 끝나고 또 다시 경쾌한 음악이 나올 때쯤, 순간 무엇을 잘못 봤을까! 아니면 너무 닮은 모습에 사람일까! 맞은편, 멀리서 자리한 어떤 남녀 한 쌍, 내가 무엇에 홀린 것인지 어떻게 된 일인지 바로 영희가, 영희가 어떤 낯선 남자와 함께 춤을 추고 있지 않은가! 그것도 무척 다정하게 말이다. 놀란 가슴 쓸어내리며 정신을 바짝 차리려고 노력하였다. 황급히 들어와 제자리에 앉아 냉수를 한잔 마시며 그 방향을 다시 한 번 바라본다.

"아니, 왜 그러는 거예요?"

"아니, 아. 아니에요."

"뭐가, 아니에요. 왜 갑자기 춤을 추다가 뛰어 들어가요?"

그 여직원은 철수에게 냉수 한잔을 더 따라주면서 진정하라고 말을 한다. 무대 한 가운데에서 청화와 다른 많은 여직원들은 시간 가는 줄 모르고 마구 흔들며 만끽하고 있다.

내리사랑 내리화

차영희의 일탈

이때, 철수는 누구한테 말도 하지 못하고 계속 고통스런 시간을 보내며 빨리 다른 곳으로 나가 버리고 싶은 심정뿐이다.

한참, 시간이 흘렀을 때쯤 어떤 낯선 남자와 영희는 함께 손을 잡고 어디론가 밖으로 나가고 있었다. 철수는 마음을 안정시키며 곧바로 따라 나갔다. 그 남자와 영희는 밖에 나가서 여기저기 두리번거리더니 길 건너편에 있는 모텔을 향해 달려간다. 간판엔 에스모텔이라 적혀 있었다.

순간, 철수의 눈가엔 하염없는 눈물이 흘러내렸다. 내가 그토록 찾고 찾던 영희가 바로 그 영희가 웬 남자와 손을 잡고 모텔로. 러브모텔로. 바로 뒤 따라 나온 철수와 함께 있었던 여직원은 당황스런 표정을 지으며

"무슨 일이에요. 왜 갑자기 뛰어나온 거예요?"

"으으으 윽"

"아니 어디 아프세요?"

"아아. 아닙니다."

그 여직원은 철수에 허리를 살며시 끌어안는다. 철수는 반사적으로 뿌리치며

"아아, 힘듭니다."

"뭐가 힘들어요. 힘들 것도 하나도 없다."

그 여직원은 얼른 핸드백에서 자신의 명함 한 장을 꺼내 철수에게 건넨다. 명함에는 오삼미라고 이름이 적혀 있었다.

"연락해주세요. 당신은 너무 내 스타일이에요."

철수는 침통한 표정으로 땅만 바라본다. 잠시 후 청화를 비롯하여 열 한명에 같은 회사 여직원들이 나이트 문 쪽에서 우르르르 일제히 빠져나오면서

"아니 둘이서 거기서 뭐하고 있는 거야?"

"너무 좋아 보이는데."

"너무 잘 어울리는데."

여기저기에서 한마디씩하며 걸어오고 있었다.

"둘이 사귀기로 했어?"

"아니 아니야."

철수는 말하는 것도 귀찮았고 홀로 있고 싶은 마음만이 엄습해 왔고 어디론가 훌쩍 떠나고 싶을 따름이었다.

"오늘 너무 즐거웠고 좋은 시간이었어. 청화야 다음에 또 만나. 여러분들도 반가웠고 즐거운 시간이었습니다."

철수는 이 한마디 던지고 홀로 서서히 걸어가고 있다. 방금 전 철수에게 명함을 건넸던 그 여인은 걸어가고 있는 철수를 계속 뚫어지게 바라보고 있었다. 나이트에서부터 줄곧 철수 옆에서 함께하며 술을 마셨던 그 여인, 철수한테 단단히 빠지긴 빠졌는가 보다. 첫눈에 반해버린 것 같다. 철수의 모습이 안 보일 정도로 시간이 흐르자 청화는 오늘 모임에 함께했던 자기회사 여직원 열두 명에게

"이렇게 끝내면 아쉽고 섭섭하니 이 근처 호프에 가서 생맥주 한 잔 더 어때?"

"좋아."

"좋지."

"하 하하하하."

"키, 키키키 킥."

"호 호 호호호."

여기저기에서 쏟아지는 웃음소리들, 청화는 열두 명에 같은 회사 여직원들을 데리고 주변 호프집으로 향해 걸어갔다. 이름은 에이치호프집, 들어가자마자 나이트에서 철수와 함께 하며 명함까지 주었던 오삼미는 청화에게 물어 본다.

"김청화 주임님! 주임님 그 친구 분 성함이 어떻게 되나요?"

"그건 왜, 마음에 들어?"

"너무 마음에 들어요. 주임님 그 친구 분 이름하고 전화번호 좀 알려 주세요."

"와, 그러다 사귀겠는데. 그럼 알려 줄 테니 2차 호프 술값은 삼미 씨가 내는 게 어때?"

"그럼요, 이름과 번호만 알려 주신다면 뭐든지 다 하지요."

이 말을 듣고 있던 옆자리에 열한 명에 여직원들은,

"야, 빠르다 빨라 어쩐지 나이트에서부터 알아봤다니까…"

"아아아, 응큼하기는…"

"응큼하기는. 뭐가 응큼해! 먼저 찍는 게 임자야."

서로간에 말들이 왔다갔다 오고 가더니 이들은 다시 맥주를 마시기 시작한다.

"삼미 씨 있다가 갈 때 내가 내 친구 이름과 번호를 알려 줄게."

"오우, 고마워요. 주임 오라버니."

이 날 오삼미는 김청화 주임에게서 철수의 이름과 번호를 알아낸다. 이 날로부터 3일이란 시간이 흐른 뒤 삼미는 온통 청화의 친구인 철수의 생각에 빠져 끙끙 앓는다. 상사병이라도 걸린 듯, 상사병에 걸려 식욕도 잃고, 어느 길을 걸어가도 온통 삼미의 머릿속은 오로지 철수 생각뿐, 삼미는 참다 참다 더 이상은 못 참고 김청화 주임이 알려 준대로, 철수에게 전화를 건다. 조용한 클래식 컬러링 벨소리가 몇 번쯤 울렸을까…

"여보세요"

철수의 목소리인 듯했다. 삼미는 떨리는 가슴을 쓸어내리며

"어. 저어, 여보세요. 저어 오삼미라고 합니다."

철수는 깜짝 놀라며

"예에, 오삼미 씨라고요?" 순간 명함 이름이 떠올랐다.

"근데, 제 번호는 어떻게 알고 전화를 했죠?"

"아예. 김청화 주임님께서 알려 주셨어요."

"청화가?"

철수는 당황해하면서 무슨 영문인지 알고는 싶었다.

"그런데 무슨 일로 제게 전화를 하셨나요?"

철수는 오삼미라는 여인이 자신에게 전화한 이유를 어느 정도는 알고 있지만 모른 척 물어 본다.

"무슨 일은 뭐 무슨 일이겠어요. 만나고 싶어서 전화했지요."

"그런데 조금 바쁜 일이 있어서 어렵겠는데요."

철수는 그리 내키지 않았고 또 영희에 대한 생각을 하면 할수록 더욱더 괴롭고 몸을 가눌 수 없었다. 바쁘다는 일로 핑계를 대고 전화를 끊고 나서 음악을 듣는다. 유행가 노래들은 가사들이 구구절절이 인생사 사연 담아 철수의 마음을 대변하고 있었다. 이번 주말엔 홀로 어디론가 멀리 떠나야겠다고 생각하면서 철수는 한 걸음,

두 걸음, 내딛으며 집으로 들어오고 있을 때쯤 어디에선가 문자가
와 있는 것을 보았다.

혹시 영희인가 싶어 얼른 핸드폰을 열어 보니 조금 전에 전화를
했었던 삼미 씨였다. 별로 확인하고 싶지 않아서 그냥 집을 향해 걸
었다. 어느덧 집에 가까이 도착해 있었다. 철수가 살고 있는 신갈동
푸른빛 연립 11동 303호, 푸른빛 연립 11동에 들어설 무렵 또 문자
가 온 것을 느꼈다. 현관문을 열고 들어가 또 문자를 확인해 보았는
데 조금 전에 문자를 보냈었던 삼미 씨가 문자를 또 보내왔다.

문자 내용

옷깃만 스쳐도, 옷깃만 스쳐도 인연이라 했는데, 옷깃 한 번만
스쳐도 운명일 수 있는데, 그대와 난, 몇 번에 옷깃을 스쳐야 인연
이 될 수 있나요? 말 못하고 옷깃만 스치다 끝날 운명 인가요? 용기
가 나질 않아, 또 그냥 지나갈 것 같아, 답답한 이 가슴… 갑갑한 내
마음… 그대에게 옷깃향기라도 전하고자 이 옷깃에 진한 사랑 향수
뿌리고 지나가 볼까!

사랑 향기, 그대 가슴에… 듬뿍

옷깃만 스쳐도 하트일 수 있는데, 옷깃 한번만 스쳐도 애인될 수
있는데, 그대와 난, 몇 번에 옷깃을 스쳐야 하트가 될 수 있나요? 말
못하고 옷깃만 스치다 끝날 사이 인가요? 심장이 약해져, 또 그냥
스쳐갈 것 같아, 답답한 이 가슴… 갑갑한 내 마음… 그대에게 옷깃
향기라도 보내고자 이 옷깃에 진한 하트 향수 뿌리고 걸어가 볼까!

하트 향기, 그대 품으로… 듬뿍

철수 씨, 옷깃만 스쳐도 인연이라 했는데, 어떤 이유로 당신은,

저를 외면하려합니까? 제, 문자에 대해, 문자 향기라도 남겨 주시면 안 되나요? 문자 향기, 내 가슴속으로 들어오게 꼭 꼭꼭…

철수는 핸드폰을 끄고, 푹 쓰러져 버렸다. 원래 사랑에 빠지면 헤어날 줄 모르는 것 같다. 청화의 같은 회사에 다니는 삼미는 며칠 전 모임에서 철수를 처음 보았는데 한 눈에 반해 버려서 그만 병이 걸려버렸다. 끝내 철수는 삼미에게 답장 문자를 보내지 않았다. 하지만 삼미는 철수에 대한 끊임없는 애원를 하며 그리워하고 있다. 철수는 신갈에 있는 회사를 다니고 있는 중이다. 하루는 회사에 출근하여 한참 근무도중에 어디선가 문자가 오고 있다. 확인해 보았더니 또 삼미 씨가 보낸 문자였다.

내
리
사
랑
내
리
화

문자 내용

당신이 날 외면하면 할수록 그대를 향한 내 영혼에 끓어오르는 화살은 더 강하고 날카롭기까지 합니다. 그대를 만난 건, 행운이고 행복이기도 합니다. 이 행운은 당신과 내가 뜨거운 연인이 되라는 하늘에 뜻으로 새깁니다.

이런 내용의 문자였다.

철수는 연일 받는 문자가 반가운 마음은 전혀 없었고 괴롭기까지 하였다. 그렇지 않아도, 영희 문제로 피곤한 철수인데 또 다른 문제가 생기니 마음은 무척 혼란스럽고 힘들었다. 전화번호를 바꿔 버릴까 하는 생각도 해 보았지만 혹시나 영희에게서 전화나 문자가 올 거라는 나름에 기대감 내지 갈망 때문에 쉽사리 번호를 변경 할 수는 없는 상황, 반대로 삼미에게서 철수에게로 온 문자 내용은 솔직히 철수 입장에선 철수가 그 같은 내용을 영희에게 보내고 싶은 심정이었지만 철수는 영회가 더욱더 힘들어 할까 봐 영회에게는 전화나 문자를 하지 않고 마냥 기다리기만 하였다. 그렇게 기다리다가 시간은 유수처럼…

어느덧, 세월은 흘러 여름은 다 가고 조금씩 선선해지는 계절, 2012년 9월이 되었다. 결국 영회에게서 아무런 연락도 오지 않았고 속절없는 시간들일 뿐이었고 아픈 상처와 아픈 마음은 조금씩 씻겨 나가고 있었다.

그러던 어느 날 청화에게서 전화가 걸려온다.

"어. 잘 지냈지?"

"그럼 덕분에 잘 지냈어. 나 다음 달 중순에 결혼해."

"어. 반가운 소식이네. 미숙 씨하고…"

"그래 맞아. 미숙이 음."

"어, 정말 축하해."

삶의 거울

거울을 바라보며 느끼는 건 내 삶이 너무 지쳤다는 것…

몇 년 전에 보았던 그 거울은 어디로 갔을까? 내 모습이 아닌 것 같은, 내 얼굴. 이 모습, 그때 보았던, 그 사람도 그 얼굴, 그 모습은 아니겠지! 차라리 볼 수 없는 지금이 좋아… 그 모습도, 너무 지쳤을 테니까! 창문을 바라보며 느끼는 건 내 인생이 너무 지쳤다는 것… 몇 해 전에 보았던, 그 창문은 어디로 갔을까?

내 모습이 안 보이는 듯한 내 얼굴. 이 모습, 그때 보았던, 그 사람도 그 얼굴, 그 모습은 아니겠지! 차라리 볼 수 없는 지금이 좋아… 그 사람도 나처럼, 지쳤을 테니까! 정말 영희도 나처럼 지쳤을까. 아니면 누굴 만나 행복하게 살고… 영희에 대한 그리움이 돌처럼 딱딱해져만 가고 있을 때 점점 시간은 돌고 돌아 청화의 결혼식 날이 가까이 다가오고 있었다.

2012년 10월 17일이 되었다. 10월 17일, 청화의 결혼식… 결혼식을 일주일쯤 앞두고 청화에게서 전화가 걸려온다.

"이번 결혼식에 올 수 있겠니?"

"그럼 당연하지, 가고 말고. 너무 축하해!"

"이번 나의 결혼식 때 신부 측 친구들도 많이 온다는데 봐 두었다가 마음에 드는 사람 있으면 얘기해. 그럼 연결해 볼께."

"글쎄 말은 고맙지만 아직…"

청화는 못내 오랜 옛 우정이 두터운 친구인 철수가 영희를 잊지 못해 괴로워하는 중에, 그런 시기에 자신이 결혼을 하는 자체가 마음이 조금은 편치는 않았으리라. 어떻게든 철수에게 마음에 안정을 위해 다른 여자를 소개해 주고 싶어하는 *끈끈한 친구의 우정*… 인생의 새로운 출발을 예고하는 청화의 결혼식이 드디어 2012년 10월 17일 토요일 용인시 동백지구에 있는 하트웨딩홀에서 거행하게 되었다. 용인시 동백은 청화가 살고 있는 용인 구갈동에서 가깝고 신부인 박미숙이 살고 있는 서울 은평구에선 멀지만 양가 합의하에 장소는 이렇게 하기로 하였다. 신랑인 청화 나이 28세, 신부인 미숙 나이 26세, 두 살 차이가 난다. 바로 내일, 대망에 신랑 김청화와 신부 박미숙의 결혼식이 벌어진다. 주례는 청화의 모교인, 사랑대학교 총장님께서 맡게되어 청화로선 더없는 영광이자 기쁨이었다. 결혼식이 거행되기 하루 전, 철수는 청화에게 진심을 담은 메시지를 보낸다.

메시지 내용

청화야, 오랜 벗에게 보내는 뜨거운 마음이니 잘 읽어 보길 바라면서, 무엇보다 행복한 삶과 축복이 지구보다 더 큰 우주만큼 빼곡히 가득 차 내려와 앉기를 진심으로 기원한다. 철수는 이처럼 오랜 벗이며 우정이 두터운 청화의 결혼식을 하루 앞두고 이런 메시지를 보낸다.

"메세지 내용, 너무 고마워 철수야, 열심히 뜨겁게 살아갈게"

"화이팅. 파이팅. 하이킥."

서로는 정말 뜨겁게 인생 삶에 대해 격려하며 응원의 메시지를 주고받는다. 날이 밝아 오늘이 바로 2012년 10월 17일 토요일 청화의 결혼식, 수 많은 하객들이 참석하여 청화의 결혼을 축하해 주었다. 철수는 청화의 결혼을 축하해 주는 마음이 남달랐다. 서로 바쁜 이유로 청화의 신부 미숙과 철수는 제대로 대면하게 되는 것은 이번 기회가 처음이었다. 청화는 미숙에게 철수를 인사시켜 주었다.

"아아. 안녕하세요. 저, 박미숙이라고 합니다. 제 신랑에게서 말씀은 많이 들었습니다. 반갑습니다."

"아예, 저도 반갑습니다. 결혼식을 축하드립니다. 행복하세요."

이렇게 처음으로 청화의 신부인 미숙과 철수는 인사를 하게 되었다. 인사를 마치고 웃어가며 웨딩홀로 들어가는 순간, 갑자기 뒤에서 철수를 부르는 한 여인, 다름 아닌 바로 청화의 같은 회사.

옷깃만 스쳐도

여직원인 오삼미, 청화의 결혼식에 철수가 올거라고 잔뜩 벼르기라도 한 듯, 벌써 도착하여 철수가 오기만을 기다리고 있었다.

"철수 씨, 내가 그토록 전화하고 문자 넣고 그랬는데 그리도 무심하게 답장도 안하십니까? 안 한겁니까? 아님, 못 한겁니까?"

철수는 당황스러워

"아 그게. 그…"

정신이 없어 그냥 계단으로 피해야겠다는 마음뿐이었다. 계단으로 내려가려고 돌아서 걸어 내려갔다. 하지만 삼미는 피하고 있는 철수를 악착같이 따라 내려갔다.

"어디로 피하는 거예요? 철수 씨 잠깐 잠깐만요."

삼미는 건물 밖으로 피해서 달아난 철수를 따라가 길을 막았다. 적극적인 성격에 삼미는 어떻게든 철수를 잡고야 말겠다는 집념 투지,

"왜 제 말을 듣지 않고 피하기만 합니까?"

"아예, 저를 따라 오지마세요."

철수의 한마디…

"왜 따라 오지 말라는 거예요? 얘기를 하자구요. 얘기를…"

"저는 특별히 할 말이 없습니다."

철수는 조금은 단호하면서 냉정하게 삼미를 거부하였다. 그러자 삼미는 한참동안 고개를 숙이고 있더니 느닷없이 철수를 아주 세게 꽉 끌어안는다. 꽉 끌어안은 채 철수에게 말을 하기 시작한다.

내
리
사
랑
내
리
화

"철수 씨, 제가 저번 모임에 처음본 후 이렇게 하는 것, 조금은 예의는 아닌지 몰라요! 하지만 철수 씨, 옛말에 옷깃만 스쳐도 인연이란 말도 있잖아요? 그대와 난, 몇 번에 옷깃을 스쳐야 인연이 될 수 있나요? 애인이 될 수 있나요? 답답한 이 가슴, 갑갑한 내 마음… 그대에게 옷깃향기라도 전하고자 이 옷깃에 진한 사랑 향수 뿌리고 지나가 볼까요? 아님, 이 옷깃에 진한 하트 향수 뿌리고 걸어가 볼까요? 철수 씨, 어떻게 하면 내게로 오시럽니까?"

"삼미 씨, 일단 이 걸 놓고 말씀하세요. 누가 보면 어쩌려고…"

"안돼요, 놓을 수 없어요. 어서 말씀하세요. 앞으로 더 몇 번의 옷깃을 스쳐야 애인이 될 건가요? 아님, 더 옷깃을 스치지 않아도 지금 바로 애인이 될 건가요?"

"삼미 씨, 안 돼요 이거 놓으세요."

철수는 안간 힘을 다해 삼미를 뿌리치고 안 되겠다 싶어 결혼식장으로 들어갈 수 있는 분위기가 아니다 싶어 쏜살같이 맞은편에서 오는 택시를 잡아타고 도망치듯 달아났다. 달아나는 철수를 향해 삼미는 울먹이며 서성이다가 곧 바로 다가오는 택시를 타고 따라가기 시작했다. 사랑에 푹 빠지면 이렇게도 되는가 보다. 여자의 자존심을 모두 다 던져 버린, 화끈하면서 뜨거운 가슴을 지닌 이 시대 최고의 탱크이자 부로도우저, 오삼미.

자신의 사랑을 위해서라면 모든 것을 아끼지 않는 인파이터… 택시를 잡아타고 바로 뒤따라갔지만 오리역 부근에서 아쉽게도 그만 놓치고 말았다. 삼미는 철수를 놓치고 난 후 다시 큰 괴로움에 빠져 울적한 마음에 홀로 오리역 주변에 있는 커피 전문점에 들어간다. 오리역 부근에 위치한 카페 빈에 홀로 앉아 철수를 그리며…

자신의 제의를 거부하고 달아난 철수에 대한 그리움과 미움이 동시에 마음에 들어앉은 채로 삼미는 아메리카노 한 잔을 주문한다. 스쳐간 님에 대한 애증, 지나간 님에 대한 아쉬움이 아메리카노 한잔 속에 전부 들어가 있었다. 삼미는 스마트폰을 꺼내어 만지작거린다. 혹시 철수에게서 그냥 도망가 버려서 미안하다고 문자라도 오지 않았을까… 그래도 조금은 기대는 마음, 이것을 흔히 미련이라고 하지만… 도저히 잊을 수 없는 철수 씨, 잊어야 만 하나 그래야 아니면 더…

하나 꽃

지나간 님, 아픈 마음, 아픈 상처, 값비싼 지우개로 지워도, 지워도 지울 수 없다면 차라리 훌훌 털고 일어나! 앞산에 걸린 하나에서 하나로 태어난 아름다운 하나 꽃을 꺾어 버릴 거야! 영원히 나만 좋아해주는 하나에서 하나로 태어난 유일한 하나 꽃을 꺾을 거야!

영원히 아메리카노 두 잔, 함께 할 사람을… 스쳐간 님, 깊은 마음, 깊은 상처, 값비싼 양주를 마셔도 마셔도 지울 수 없다면 차라리 툭툭 털고 일어나! 뒷산에 걸린 하나에서 하나로 태어난 아름다운 하나 꽃을 꺾어 버릴 거야!

영원히 나만 사랑해주는 하나에서 하나로 태어난 유일한 하나 꽃을 꺾을거야! 영원히 카푸치노 두 잔, 함께 할 사람을… 삼미는 미련과 애증이 교차하면서 철수를 향해서 이런 글을 띄운다. 다소 분노도 섞인 내용인 듯하다. 얼마나 철수를 좋아했으면 그만큼 힘들다는 심정을 표현한 것같다. 이 시간 때쯤이면 결혼식도 모두 끝나고 뒤풀이를 할 시간… 청화는 즐겁고 행복한 결혼식이 거행되는 도중, 그리고 끝난 시간인데 철수가 보이지 않아 무척 당황해 하고 있다.

청화는 철수에게 전화를 건다.

"어디로 간 거야, 무슨 일 있어?"

"아, 정말 미안해. 그럴 일이 있었어."

"결혼식은 잘 마쳤는데 네가 없어서 나는 또 무슨 큰 일이라도…"

"결혼식 잘 마쳤다니 나도 기뻐. 큰 일은 아니고 다음에 얘기할게."

"그래 알았어."

함께 하지 못해 아쉽다. 철수는 전화를 끊고 식장에 끝까지 함께 하지 못해 청화에게 미안한 마음을 가눌 길이 없었다.

그 후로 청화는 미숙과 함께 하와이로 뜨거운 신혼여행을 떠났다. 철수는 결혼식을 잘 마치고 신혼여행을 떠난 청화와 미숙의 앞날에 행복열매가 하늘에서 땅 끝까지 주렁주렁 이어지기를 진심으로 바라는 마음이다. 며칠 시간이 흐른 후 철수가 다니는 회사의 어떤 동료 직원에게서 영희를 보았다는 소식을 듣게 되었다. 철수는 눈이 번쩍 뜨여 어디에서 어떻게 보았느냐고 동료에게 물었다. 그러자 동료는 어젯밤 신갈 오거리에서 어떤 남자와 팔장을 끼고 걸어가는 것을 보았다고 말해 주었다. 철수는 그 말을 듣고 심장이 덜컹거렸고 눈물도 핑 돌았다. 혹시 그때, 나이트에서 보았던 그 남자, 모텔로 함께 들어간 그 남자가 아닐까! 철수의 마음은 계속 아파왔다.

설마설마 했건만, 그렇게 연결이될 줄이야… 미련의 상처와, 체념의 상처가 동시에 머릿속을 교차하였다. 그렇지만 조금씩 조금씩 마음을 가다듬으려 노력을 하기도 하면서 너무 솔직하고 꾸미지 않는 정직한 성격 탓에 그만, 직설적 표현이 안겨준… 서로가 원치 않는 이별을 하게 된 불행의 아픔을 맛본 역사, 이제는 더 이상은 미련을 갖지 않고 모든 상처는 신갈 실개천에 흐르는 물살 속으로 내 던져 버리기로 하였다. 앞으로는 마음속으로 영희가 행복해 지기만을 빌고 또 빌어 줄 뿐이다. 미련이야 아픔이야 남겠지만, 하루가 지나고 또 하루가 지나면 서서히 조금씩 조금씩 잊혀지겠지. 몸의 상처는 아물면 그만이겠지만, 마음의 상처는 무척 오래 가지. 오래 가더라도 어쩔 수 없다면. 받아야만 한다면 그대로 받아야지. 많은 이들은 시간이 약이라고 하지만, 내 생각엔 시간이 약도 안 되는 경우가 더 많다고 생각하는데…

거제도 행

멀기도 하고 가까운 동네, 몇 해 전에 영희와 함께 가 보았던 바로 거제도. 가는 날은 무척 낯설었지만 하루가 흐르니 무척 익숙해져 버렸었지! 우리 둘 사이만큼이나. 어느 곳이던지 처음엔 낯설지만 시간이 조금만 흐르면 친숙해지고 면역되어 간다. 사람도 그렇다. 우리의 삶이 그렇듯, 힘들 것, 같았던 모든 일들이 어느 새 어느 새 가까워진다. 친숙, 친밀함 속에 자라난 날카로운 가시하나… 그 가시를 피해 다른 보금자리에 터를 잡아도 넝쿨 따라 물줄기 따라

따라온 닮은 꼴 가시… 그래도 하루하루 적응해 간다. 시간은 면역을 증강시켜주는 보약이고 영혼을 청소해주는 청소기 같다. 시간 말고 특별한 것은 없다. 아픈 만큼, 성숙해지는 것일까! 철수는 이렇게 하루하루가 지나면서 육체도 정신마저도 면역되어 가고. 청소되고. 성숙해져 가고 있었다.

통증

육체적 통증, 마음에 통증, 이것은 하나이다. 육체에 통증이 오면 마음이 어렵고 마음에 통증이 오면 몸이 어려우니 말이다. 혼자서 몇 시간씩, 낯선 길을 걷는 것과 같다. 누구와 함께 할 수 없는 낯선 길. 외로움을 넘어서서 적막함이 몰려온다. 우산 없이 수 십리를 걷는 것과 같고 한 겨울 영하 10도 냉방에 홀로 있는 것과 같은 이것은 공유할 수 없다. 그 이유는 몸을 나눌 수 없으니 몸을 둘로 나눌 수 없으니 그저 혼자서 담고 가야 한다. 이 지긋지긋한 통증이 완전히 사라질 때까지 나는 한 자리에 그렇게 앉아 있겠다. 움직이지 않고 그 자리에 앉아 있겠다. 철수는 잠시 청화와 대화를 멈추고 홀로 마음속으로 명상시를 되뇌인다.

그리운 사람

예전에 만날 때, 서로 서로 뜨거웠지만 어느 새, 어느 새, 행인이 되어 모습마저 볼 수 없게 되었구나!

우리 함께 거닐던 실개천 끝자락 벤치… 그 벤치에 앉아 오순도순 대화를 나누었었지. 오늘은 그 추억이 그리워 그리워서 벤치에 가 보았지. 그 벤치엔 다른 행인들이 앉아 오순도순 대화를 나누고 있었지. 다시 그와 저기에 앉아 저렇게 대화할 수 있다면 얼마나 좋을까! 그리운 사람, 그 사람…

과거를 회상하며 슬퍼하는 건, 못난 행동이지만 왜 이리 나를 내가 못나게 할까! 이 지긋지긋한 실개천은 더 이상, 지나가고 싶지 않다. 좋았던 기억이 날 너무 괴롭혀. 내일부턴, 이 길 말고 다른 길을 찾아 다른 실개천 도보길을 찾아 걸어 가련다. 그래야 마음을 다잡고 추수 릴 수 있을 듯… 이렇게 철수의 마음은 비워져만 가고 있었다. 인생이란 무엇일까. 나이는 숫자에 불과한 것인가 한잎, 두 잎, 쌓이는 것인가… 하루는 웃고. 하루는 울고. 즐거움과 괴로움이 교차하는 인생. 그 누구에 삶이라도 마냥, 좋을 수 도 없고. 나쁠 수 도 없는 사람들이 살아가는 인생. 인생이란 다 그 인생이 그 인생, 저 인생이 저 인생. 시원한 물 한잔 마시면서…

세월은 숫자에 불과한 것인가 두 잎 세 잎 쌓이는 것인가… 오늘은 웃고. 내일은 울고. 행복함과 고독함이 교차하는 인생. 그 누구의 삶이라도 마냥 기쁠 수 도 없고. 슬플 수 도 없는 사람들이 돌고 도는 인생, 인생이란 다 그 인생이 그 인생, 저 인생이 저 인생. 시원한 물 한잔 마시면서… 달수가 거듭할수록 철수의 영혼은 이렇게 닦이고 닦여 투명해져만 간다. 온통 천지에 산과 들이 투명해지는 겨울처럼 말이다. 어느 새 속절없는 시간은 흘러 초겨울이 다가왔다. 2012년, 11월 중순으로 접어든다. 그 해 초겨울은 유난히 춥기도 하지. 어떻게 온 지도 모르고 살아온 어언 28년, 비슷할 거라고. 닮았을 거라고 생각하며 살아온 지 벌써 28년, 정말 각자에 인생은 비슷하고 닮았고 그렇고 그럴까! 계산할 수 없고 알 수도 없는 각자에 인생길… 인생에 점수를 매긴다면, 과연 몇 점이나 될까! 그리고 인생에 정답은 있긴 있는 걸까! 인생에 채점을 매긴다면, 그런데 무엇을 기준으로 점수, 채점을 한단 말인가! 그냥 그렇게 떠 있는 것, 아님 그렇게 흐르는 것, 너무 어렵고 속단할 수 없다. 답이 없다.

영희를 2009년에 알게 되어, 그 후 3년 동안, 이 세상은 온통, 무지갯빛 풍경화 같았었지. 하지만, 지금은 일 빛, 검은 풍경화밖에 보이지 않지! 인생이 하나로 만, 보이는 일 빛, 검은 풍경화처럼, 내 마음속에 다양한 무지갯빛은 사라진 지 오래 되었다. 이 상태로 2012년, 올 해 싸늘한 첫 추위를 맞는다. 11월은 내 인생의 선물을 준비 하련다. 오늘부턴 선물을 준비하여 한 지점에 놓겠다.건 물 안이어도 좋고. 밖이어도 좋을 듯. 내 인생을 더욱 빛나게 환하게 밝혀 주었던 존재에게 전하는 작은 선물… 선물은 음식이어도 좋고, 아니어도 좋다. 그 선물로 인해 내가 편하고 그 선물로 인해 존재가 행복할 수만 있다면 딱딱한 돌이어도 괜찮을 듯, 선물을 줄 기회를 잃으면 존재를 잃으면 후회할 수도 있겠지. 후회가 생기지 않게, 미련이 생기지 않게 지점을 정하여 놓으면 된다. 그곳에… 오늘이 아니면 내일이어도 된다.나의 행복과 존재의 행복… 이런 것이 행복이겠지… 그 선물은 영희가 나에게로 다시 돌아올 것을 대비한 마음에 문, 마음에 선물이었으면 좋을 듯, 그래야 내가 오늘과 내일을 살고 또 버텨나가는 터… 막연히 영희가 돌아 올 것을 준비하는 철수. 가출 나간 자식이 돌아오지 않아 애태우며 돌아오기만을 기다리며 들어오면 주려고 꼭꼭 선물을 챙겨두는 부모의 마음처럼. 영희를 연인이 아닌 자식이라 생각하고 이 생, 마감하는 그날까지. 희생하는 내리사랑 내리화처럼, 꽃처럼, 영희가 철수에게로 돌아오면 주려고 준비한 선물… 부모가 잔칫집에 갔는데도 자신은 굶주려도 맛있는 음식을 자식을 주겠다며 포장해 오는 마음으로 철수는 기약도 없는 선물을 준비한다. 그래서 마음만은 행복하다.

11월 마지막 주, 철수는 주말을 맞아 조금은 답답해서 어디론가 바람을 쐬고 싶었다. 오늘은 철수가 다니는 직장동료인 최형철에게 전화를 했다. 동료인 형철은 철수에게 평소에 시간이 되면 함께 놀러 가자고 말을 했었기에 철수가 날을 잡아서 전화를 한 것이다.

"형철 씨 오늘 시간되면 바람 쐬러 가볼까?"

"그렇지. 좋지 좋아."

"어디가 좋을까?"

"음, 조용히 민속촌이나 갔다 오는 게 어떨지?"

"오케이 내가 사는 데서 가깝다고 배려를 하는군."

철수의 동료인 형철은 수원에서 살고 있다. 만남장소는 신갈 오거리로 정하였다. 둘은 이렇게 만나 형철의 승용차를 타고 한국 민속촌으로 향하였다. 점심식사는 민속촌내에 국밥집에서 하기로 하였다. 철수는 민속촌에 들어가는 순간부터 마음이 평온해졌다. 차분한 철수의 성격과 딱 맞는 장소이기도 하였다. 여기저기 돌아다니며 국밥집을 찾아서 우선 식사부터 해결하고 더 많은 것들을 구경하려고 생각하고 국밥집을 찾던 중, 바로 정면 조금 떨어진 곳에서 미숙 씨가 홀로 벤치에 앉아 있는 것. 공교롭게도 이철수와 박미숙은 서로 두 눈이 마주쳤다. 철수는 먼저 다가가 미숙에게 인사를 했다.

"안녕하세요. 미숙 씨 어떻게 이곳에 혼자 계세요? 혹시 청화와 같이 왔어요?"

"어어 이철수 씨… 아니에요. 답답해서 혼자 왔어요."

"어 혼자서요? 청화는 어디에…"

철수가 청화를 묻자 미숙은 침묵을 지킨다.

"아예. 미숙 씨 그럼 식사나 같이 하세요."

"그래요."

이렇게 해서 철수와 형철 그리고 미숙은 함께 국밥집으로 식사를 하기 위해 들어갔다. 민속촌에서 먹는 국밥은 맛도 좋고 운치도 좋고 모든 것이 좋았다. 식사를 마친 후, 커피를 마시며 철수는 청화의 안부를 묻는다.

"요즘은 조금 바빠서 청화와 전화 통화를 못 했는데 청화는 잘 지내지요?"

"아예, 뭐 그렇지요."

"그런데 어떻게 이곳에 혼자서…"

잠시 미숙은 말을 안 하고 침묵에 잠긴다. 자신의 괴로운 가정사를 말하고 싶지 않았고 그 만큼 마음이 힘들다는 뜻이기도 했으리라. 아메리카노를 들고 이곳저곳 둘러보며 옛 흙집도 관람하고 옛 물레방아 도는 광경도 보니 미숙의 마음은 조금은 편해 졌을 수도. 시간이 흐르자 미숙이 먼저 말을 꺼낸다.

"철수 씨, 저 사실은 제 남편하고 심하게 다퉜거든요."

"아아, 그랬어요. 그러면 안 되는데."

"그런데 무슨 일로…"

"예 그게. 그…"

"힘들면 말씀 안 하셔도 됩니다."

"아니에요. 제 남편이 제가 직장생활 하는 것도 못마땅하게 생각하고 또 조금도 쉴 틈을 주지 않고 저를 감시하고 있어요. 단 한시도 그냥 두지 않아요."

"아 네, 여러모로 힘드시겠군요?"

"맞추며 살아가려고 노력하지만. 너무 심해서 괴로워서 친정집에 간다고 하고 바람 쐬러 나왔어요."

청화는 나이트클럽을 좋아하고 각종모임을 빠짐없이 싸돌아다니며 새로운 이성을 만나기 위해 혈안이 되어있으면서도 자신의 아내 미숙에겐 늘 감시 벽을 두텁게 쌓고 심지어 의처증 증세까지 갖고 있다. 사실, 미숙은 가정과 직장일 밖에 모른다. 전형적인 살림형이고 현모양처이지만 너무 지나친 청화의 압박 매미전법으로 인해 하루도 맘 편한 날이 없다.

결혼이란 서로 백번 양보해야 하고 배려해야 하는데 쉬우면서도 어렵고, 어려우면서도 쉬울 수있는 것이 결혼… 삶이 어려운 것은 결혼문제, 가정문제 때문이 아닐까!… 문제는 욕심을 버리는 작업이 가장 중요한 것 같다. 사람은 그 누구든 자신만의, 자신만을 위한 도구는 아니다. 독립된 인격체이다.

제2부
인간이란

이기심

청화와 미숙의 결혼생활을 보고 있노라면 그 어떤 여성도 결혼하고 싶은 마음이 하나도 없을 것이다. 설마 이 사람은 이 남자는 그러진 않겠지라고 생각하고 결혼을 맺고 보면 거의 대다수가 이런 문제로 진통을 앓고 있다. 인류 대학을 나왔느냐, 안 나왔느냐, 무슨 일을 하느냐, 연봉이 얼마냐, 이런 문제가 인생 삶에 결정터가 아니다. 이것은 한갓 일부 도구에 불과할 뿐이다. 이것보다 더 몇 백, 몇 천배 중요하고 소중한 것은 바로 희생 철학, 헌신 철학이다.

그 이름 내리사랑, 내리화로. 내리꽃이 활짝 피어나야만이 이게 바로 참된 진정한 사랑이라 말할 수 있을 것이다. 문제는 실천하는 데 어려움이 동반되는 게 사실이다. 그래서 어려움이 있어 실천을 못 한다면 제발 사랑이란 말을 막 남발하지 말길 바란다.

시간은 흐르는 물과 같아 2012년도 얼마 남지 않았고 앞으로 다가올 새해를 맞이해야 한다. 날짜 중심으로 선을 그엇기에 한해가 넘어 가긴 하지만 사실은 인생은 하나의 선으로 연결된 외선이다.

길게 이어진 열차의 철길처럼, 길게 이어진 한강에 물길처럼…

이런 연장선 안에, 지금 청화는 자신의 욕심을 채우고자 자신이 다니는 회사의 여직원들을 자기 소유물처럼 생각하고 이것도 모자라 나이트클럽과 각종 모임에 싸돌아다니며 유희를 즐기고 있지만 자신의 아내 미숙에겐 빈틈없는 감시와 경계를 하며 하루를 그렇게 이렇게 살고 있다. 연말을 맞아 미숙은 자신이 다니는 회사의 동료들과 망년회를 가졌지만, 그 모임의 시간이 길어졌고 그 중 남자 직원도 상당수 끼여 있었다는 것이 청화의 불만 사항…

미숙이 자정을 조금 넘긴 시간에 집에 들어오자 청화는 기다리고 있다가

"왜 그렇게 늦게 들어와?"

"직장 망년회가 있었거든. 그래서…"

"그럼 대충 밥만 먹고 들어오지 왜 그렇게 늘어져."

"할 얘기도 많고 해서 호프에 가서 더 있다가…"

"뭐 호프. 남자직원들도 있을텐데 그럼 무방비가 되잖아."

청화는 두 눈을 부릅뜨고 크게 소리를 지른다. 그리고 몸이 경색되어 버린다.

"아, 안되겠어. 내년 2013년부턴 직장에 나가지 말고 그냥 집에만 있어."

"젊었을 때 한 푼이라도 더 벌어야지. 집에만 있어서 뭘 해."

"야 잔소리하지 말고 하라는데로 해."

"잔소리가 뭐야."

"어 말 대꾸 하네! 호프집에 싸돌아다닌 것이…"

"무슨 말이야. 싸돌아다닌 건, 당신이 더 싸돌아다녔잖아."

이 말을 들은 청화는 한동안 말을 멈추더니 미숙을 계속 노려본다. 그 후 말을 열기 시작한다.

"너 자꾸 말대꾸하면 나한테 언어맞는다. 당신을 위해서 일깨워준건데 오히려 나한테 싸돌아다녔다고."

"뭐야, 일깨우기는 누가 누굴 일깨운단 말이야."

"어어. 남편알기를 이 xx년 봐라. 너 안 되겠어. 에이…"

순간, 남편 청화는 미숙에게 달려가 얼굴을 향해 손바닥으로 마

구 때린다. 퍽 퍽 퍽. 짝 짝 짝.

"아아아 아 악"

미숙은 번개같은 귀싸대기를 여러 차례 강타를 당한 뒤 바닥에
쓰러지고 만다.

"으으으 으 으 윽"

한참 시간이 지나자 미숙은 눈물을 흘리기 시작한다. 그러자 청
화는 문을 열고 밖으로 나가 버린다. 미숙은 이런 경우를 한두 번
겪는 게 아니다. 결혼하기 전엔, 폭력까진 휘두르지는 않았는데…

올해, 10월에 결혼하고 불과 두 달이 지났는데 이런 일이 벌어지
니 미숙으로선 조금씩 조금씩 선택을 후회하는 마음도 생겨나기 시
작하였다. 미숙은 분한 마음에 잠도 오지 않았고 은평구에 있는 친
정집으로 전화를 걸었다.

전화벨이 몇 번 울리고 난 후,

"여보세요."

"어 엄마 나야…"

"어어. 미숙이 이렇게 늦은 시간에 전화를 했니?"

"으으으 으 으 혹"

미숙은 자신의 모친에 목소리를 들으니 갑자기 복받쳐 눈물을
흘리고야 말았다.

"미숙아, 무슨 일 있니? 왜 그래?"

잠시, 미숙은 말없이 수화기만 들고 있었다.

"미숙아, 무슨 일이야 말을 해. 말을…"

"엄마, 신랑이 날 때렸어."

"뭐야, 신랑이 널 때려…"

"너, 거기 어디야?"

"집…"

"그 사람은 어디에 있는 거야?"

"나갔어."

"그래 알았어. 거기 가만히 있어. 내 이xx를 가만 두지 않겠다."

미숙의 모친은 얼른 남편을 깨워 이 사실을 말한 후 승용차를 타고 은평구에서 미숙이 살고 있는 집, 야탑역 쪽으로 빠르게 달려가고 있다. 이, 미숙의 부모의 마음이 바로… 내리사랑 내리화. 내리꽃인 것이다. 미숙의 부모가 야탑역 부근, 보물 빌라 22동, 202호에 도착했을 땐, 청화는 어디론가 떠나버리고 보이지 않았다. 미숙만이 혼자 쇼파에 앉아 울고 있었다.

"이 사람. 어디갔니?"

"몰라요…"

미숙의 부친은 얼굴 표정이 몹시 상기되어 있었다.

"내 이xx, 오기만 해 봐라. 내 가만 두지 않겠다. 어떻게 키운 딸인데, 마구 때렸단 말이야. 당장 이혼시켜 버려야 해."

이렇게 미숙의 부모는 밤새워 신랑 청화를 기다리고 있었다. 그래도 청화는 나타나지 않았다.

"이 사람에게 전화를 해 봐야겠어."

부친은 청화에게 전화를 했는데 수신이 끊겨있었다. 하는 수 없이 이렇게 셋은 응접실에서 슬픔에 잠긴 채 밤을 꼬박 새웠다. 날이 밝았다. 새벽이 되니 초인종소리가 울린다. 문을 열었더니 청화가 들어온 것. 미숙의 부모는 청화에 멱살을 잡고,

"자네 뭐하는 짓이야. 모든 것은 대화로 풀어야지 폭력을 휘둘

러. 안 되겠어. 당장 이혼해…"

이렇게 말한 후, 청화의 얼굴을 향해 주먹으로 마구 내리친다. 팔꿈치로 이마, 볼 쪽을 계속 찍는다. 그러자 청화의 얼굴은 빨간색으로 피멍이 들기 시작했다.

"아아아… 예, 죄송합니다. 본의 아니게…"

"뭐가 본의 아니야. 이런 xx가 어디 있어."

그러자 청화는 무릎을 끓고 싹싹 빌기 시작한다.

"장인, 장모님 죄송합니다. 한번만 용서해주세요. 앞으론 절대 이런 일 없게 하겠습니다. 으으으윽"

그러자 미숙은

"아버지 이젠 그만 하세요."

이날 청화는 장인으로부터 심하게 얼굴 부위를 얻어 맞아서 직장에 출근할 수 없었고 병원신세를 지게 되었다. 이 후로 청화가 미숙에게 보였던 의처증으로 인한 정신적 압박은 조금은 주춤해 졌다. 하지만, 미숙은 불안했고 언제 또 불어 닥칠지 모르는 청화의 광폭 의처증 증세가 한없이 두렵기만 했다.

이윽고, 2012년 한 해가 가고 새로운 한 해.

2013년, 새해가 밝아 왔다.

최고

최고란 존재할 수도 존재 안할 수도 있을 것 같다. 보기에는 최고인데, 돌아오면 마지막 마지노선… 하지만 그것을 향해… 어제도 오늘도 내일도 막 달려 나간다. 앞서 있는 것이 보기에도 좋고, 나타내기도 좋고, 듣기에도 좋고, 그렇지만 맑은 해가 지고 노을이 지고 쉼터에 앉으면 빈 가슴이 되 듯, 존재했던 앞섬은, 어느 새 온데 간데 없이, 빈 가슴과 수평을 이룬다. 그래도 최고가 좋다고 쉬지 않고 뚜벅 뚜벅… 갈팡질팡… 좋기도 하고 싫기도 한 하루시간들… 하나를 선택하여, 한길로 걸어 본다. 옆을 보면 돌아 갈 뿐, 앞을 보면 앞이 보일 뿐! 이렇게 청화의 하루, 미숙의 하루는 판이하다. 지금으로선 청화에게 필요한 것은 그 자신의 부모가 청화를 어떻게 대하는지를 생각해 볼일이다. 청화의 부모가 아들 청화를 대하는 그 마음을 그대로 미숙에게 절반만 쏟으면 된다. 이것이 바로 참된 진정한 사랑이다. 말로만 떠들지 말고, 몸으로 실천에 옮겨야 한다. 지금 당장 행동으로 옮겼으면 한다.

다사다난했던 2012년은 역사 속으로 들어가고 새로운 역사에 한 페이지, 2013년은 또 어떤 다사다난함이 기다리고 있을까! 좋은 것만 모여 있는 곳이 천국이라면, 만약 천국이 실제 한다면 어느 누구든 노력에 노력을 거듭할 것이다. 즐거운 여름 피서를 기다리는 들뜬 이들처럼… 그 안에 새로운 사연이 있다면, 고민에 여지도 있을 수 있다. 어느 누구든 노력 끝에 행복할 권리는 각자 주어져 있기에 오늘도 땀을 흘린다. 자신을 향한 노력이었든 타인을 향한 노력이든 노력은 대상에 의미를 다시금 생각하게 한다. 돌아 보았을 때 행복감, 만족감이 그득하면 좋겠지! 오늘 흘린 땀방울이 헛되지 않게 점검하고 생각하고 느껴본다. 행복을 찾아 땀을 흘리고 있는 철수, 철수는 올 해엔 거듭나기를 다짐한다.

마음의 상처도 어느 정도 아물어 가고 있으니… 철수는 조용히

내리사랑 내리화

실개천을 건너 마트에 가서 막걸리 한 병을 사들고 집으로 온다. 막걸리를 조용히 혼자서 먹고 싶어서였다. 혼자 식탁에 앉아 인터넷 유튜브에 나오는 바이올린공연을 켠다. 바이올린 소리를 들어가며 막걸리를 마시며 인생을 느껴보고 싶은 마음이 들어서이다. 막걸리를 한잔 쭉 마신다. 안주는 냉장고에 있는 이것저것 반찬들을 꺼낸다. 바이올린에 선율은 참 곱기도 하지 주룩주룩 내리는 빗물소리 같기도 하고 한과 혼이 서린 바이올린 소리… 거침없이 흐르는 시냇물소리 같기도 하고 바이올린 소리를 들으며, 시원한 막걸리 한잔 마시면 조금도 취하지도 않는 것 같다. 왜냐하면 바이올린 소리에 취해… 막걸리를 먹는 것을 잊는 것 같다. 시원한 막걸리 한통을 마셔도 조금도 취하지 않을 것 같다. 그 이유는 바이올린 리듬에 빠져… 막걸리가 옆에 있는 줄도 모를 것 같다. 바이올린 선율이 막걸리를 삼켜버린 듯… 바이올린 모습은 참, 아름답기도 하지! 날씬하기도 하고 우아하기도 하고 내가 좋아하는 모습… 나의 이상형.

이 세상 온갖 소음들을 묻히게 하는 바이올린 소리, 괴로운 소음조차도 삼켜버린 시원한 선율, 늘 내 곁에 있어주면 감사할 따름… 철수는 홀로 막걸리에 흠뻑 취해 또 바이올린 소리에 더 취해 비몽사몽이 되어 버렸고 이젠 막걸리가 철수를 마셔 삼키고 있었다. 그러던 중 스마트폰에서 벨소리가 울리고 있었다. 하지만 철수는 전화벨소리를 들을 수 없었다. 막걸리한테 완전히 ko패 당해 일어나지 못하고 있었기 때문이었다. 그 후 한참 동안 잠든 후, 잠에서 깨어나 스마트폰을 보니 철수의 고향, 의정부에서 모친으로부터 전화가 걸려와 있던 것이었다. 오늘은 토요일이라 푹 쉬어도 되는 날, 그래서 어제 과음을 해버린 것 속은 조금 쓰렸지만 냉장고에 들어 있는 반찬과 찌개를 꺼내어 끓여 아침끼니는 떼웠다. 밀크커피를 한잔 마신 후 모친께 전화를 한다.

뚜르르르르… 신호음이 울린 뒤,

"여보세요."

철수의 모친은 전화를 받으셨다.

"예, 어머니 저에요. 철수예요."

"아 그래, 철수야. 잘지냈어. 내가 전화했었는데 안 받더라고…"

"예, 어머니 잠들었었어요."

"아아 피곤한 가보구나. 아 너에게 좋은 일이 있어서 전화했다. 네게 잘 맞는 예쁜 아가씨가 있는데 맞선을 한번 보렴."

"글쎄요. 아직은 생각이 없어서…"

"왜 생각이 없어. 나이가 올 해 29살이면 얼른 이제 가야지. 혹시 사귀는 여자라도 있니?"

"아니, 아직 없어요."

"생각 좀 해봐. 다음에 전화하자구나…"

"예."

부모는 자식이 어느 정도, 나이가 되면 결혼을 올리게 하고 픈 마음이 간절해지는 법… 내리사랑 내리화처럼, 내리꽃이 활짝…

철수는 모친의 전화를 받고 나서 마음이 조금은 복잡해져 갔다. 돌아올 기약도 없는 영희를 무작정 기다리기도 그렇고 하지만 아직은 끝까지 마음을 추스르고 기다리고 싶었다. 주말이 다가고 다시 월요일이 되었다. 월요일이면 늘 그랬던 것처럼 직장에 출근을 한다. 오늘은 회사에 출근하자마자 저번에 민속촌도 함께 갔던 친한 동료인 형철이 다가와서 자판기 밀크커피 한 잔을 빼준다.

"철수 씨 주말 잘 보냈어?"

"그냥 그렇게 혼자서 막걸리를 너무 많이 마셔서 그만…"

"혼자서 막걸리를 나를 불러야지…"

"그러게."

철수는 커피를 다 마시고 스트레칭 겸 밖으로 나갔다. 회사에 설치된 정수기는 한 자리에 우두커니 서서 물을 공급하는 허수아비 같다. 계단을 걸어 오르면 마주하는 허수아비 컨디션이 좋을 때나, 안 좋을 때나, 나를 위해 수분을 공급하는 물통… 건물에 들어올쯤 되면 늘 대면하고 마주하며 가까운 사이이지만 지나치면 소중함을 잊고 사는 나 자신 목마른 대지에 단비를 뿌리듯… 목마른 목과 입에 촉촉한 향을 넣어주는 정수기… 애완견보다 더 소중한 정수기이지만 생명이 없다고 홀대되는 것 같다. 그 속에 생명을 담고 있는데도… 졸음방지용, 커피 물도 제공하고 찌든 때가 낀 옷을 깨끗하게 세척도 해주는 맑은 물, 때론 시내로 흘러 물고기들에 목마름을 해소하여 주는 이런 물, 저런 물, 이 세상 끝까지 함께할 맑은 물과 오늘도 마주한다. 이렇게 물이 소중한 존재인데도 있을 때는, 그 고마움을 절실히 느끼지 못한다. 무엇이든 그렇다. 있을 때는, 그 소중함을 인식하기 어렵지만 그 존재가 없어지면 너무 소중한 존재였다는 것을 새삼 느끼게 된다. 인간의 간사함일까!

영희를 2009년부터 알았었지만 왜 그때는 그 소중함을 그리 절박하게 느끼지 못 했을까! 그를 떠나 보낸 후로 수 개월이 흘러서야 이제야 소중한 그대였다는 것을 깨우쳤다. 이제야… 눈 앞에 보이는 것은 모두 다 당신 눈에서 사라져도 남는 건 당신 어느 곳에 가도 있을 것 같은 땅 끝에 가도 서 있을 것 같은 그 사람. 그 그림자.

그 모습은 내겐 행운이었고 기쁨이었다. 미소가 맑았던 당신 곁에서 있던 앙상한 코스모스도 함께 미소를 띄었지. 어두운 밤이 찾아왔지만 대낮처럼 환해보였다. 당신에 맑은 미소가 어두움을 걷어갔을까! 아님, 내 영혼이 정화가 되어서 환하게 보였을 수 있다. 당신은 어둠을 없애는 마법을 지닌 요술쟁이 같아요. 이제는 이 사람, 아예 볼 수가 없다… 철수는 2013년, 새해 출근 시작부터 상념에 젖어 버린다. 새해를 맞아 오랜 절친이었던 청화는 잘있는지도 궁금하고 그 친구 행복하게 살아야 할 텐데 걱정도 되어 철수는 회사에서 일하다가 짬을 내어 청화에게 전화를 한다.

"어. 새해도 됐고 해서 새해에는 행복한 일만 있길 바라."

"전화줘서 고마워. 내가 먼저 전화하려고 했는데…"

"요즘 잘 지내고 있지. 날씨가 추우니 감기조심하고…"

"그래, 그런데 요즘 미숙 씨와 사이가 별로 안 좋아."

-서로 잘 극복하고 또 미숙 씨는 성격이 너무 좋으니 네게 내조도 잘하고 있잖아. 마음을 넓게 가져…

-그럴려고 하는데 점점 멀어져만 가고 있어.

"한번 만나."

"그래."

작년에 민속촌에서 우연히 미숙를 보았던 철수 그때 미숙에게서 들은 내용이 어느 정도 현실이라는 걸 알았고 지켜보는 입장에선 안타깝고 안쓰러워 보였다. 어느 요일보다 더욱더 지루하게 느껴졌던 오늘 월요일, 오늘은 같은 회사 절친 형철과 함께 수원으로 나가서 소주 한잔하려고 생각하고 있다. 수원에 살고 있는 형철은 그곳에 맛있는 음식점이 있다고 철수에게 알려 주었다.

재충전

새로운 한해, 첫 출근

새롭지만 지루하기도 했던 오늘 월요일

이런 날 이 세상에서 가장 좋은 것은 대화가 통하는 사람과 소주 한잔, 아닐까! 수원 권선구에 멋진 음식점으로 형철은 철수를 안내했다. 소주와 오겹살, 서로는 다른 동료들 보다 대화가 잘 통하고 무엇보다 철수의 심오한 가치관. 애정관을 형철은 폭 넓게 잘 이해하고 있었다. 철수의 오랜 벗이자 청화는 욕망이 너무 지나치고 극단적 이기주의자였다면 형철은 포용정신이 투철하고 상대를 이해하는 폭이 무척 넓은 편이어서 철수와 잘 통하는 단짝… 한참동안 서로가 대화에 심취되어 화기애애한 분위기가 이어지는 중 철수에게로 갑자기 카톡이 오고 있다. 다름 아닌, 수 개월 전에 청화의 결혼식 날, 철수에게 좋아한다고 매달렸던 바로 그, 오삼미였다.

카톡 내용

낮에는 따사로운 햇빛, 저녁엔 선선한 바람, 머지않아 무지갯빛. 다양한 색상들에 아름다운 꽃들이 피어나겠지요. 겨우내 준비한 물감, 스케치북, 붓들이 휘감아 돌며 그려지는 우아한 꽃망울, 꽃잎, 하늘 잎, 마음도 색상을 닮아 들뜨는 계절, 봄이 빨리 오길… 그 봄이 올 때까지 즐겁고 행복한 마음 간직하렵니다.

이런 내용에 카톡 내용이 삼미로부터 전해왔다. 철수는 카톡을 본 후 무척 놀라웠다. 그렇게 까지 냉담하게 보였는데 또 이렇게 문자를… 조금 삼미에게 미안한 마음이 들기도 했다.

그렇지만 철수는 별도로 삼미에게 카톡을 보내지는 않았다. 철수는 형철에게 최근에 있었던 어머니로부터 맞선 보라는 얘기가 있었다고 말하였다. 그러자 형철은 어머니의 말씀대로 한번 맞선에 나가는 게 어떻겠느냐고 말하면서 인연이라는 것은 어디에서 어떻게 될지 모르니 나가 보라고 말하였다. 철수로서도 그럴 마음이 아예 없는 것만은 아니었고 마음이 어느 정도, 평정심을 되찾으면 그러려는 마음도 있었다. 형철은 철수와 같은 직장동료이면서 나이도 올 해 29살 같은 나이인데 마찬가지로 아직 결혼을 안 하고 있다.

형철도 이 결혼문제로 신경을 많이 쓰고 있고 여러 경로를 통해서 맞선을 보러 다니는 상황인데 얼마 전 소개로 만났던 여자는 서로 잘 안 맞는다며 이루어지지 않은 상태이다.

"철수 씨, 어머니께서 알아 보셨으면 좋은 여자일 것 같은데 만나러 나가는 방향으로 하지."

"형철 씨, 걱정해 줘서 고마워. 좀 더 생각해 보고…"

2013년 1월, 첫 출근을 하여 이렇게 둘은 수원에서 만나 정다운 이야기가 오고 갔다.

"우리 그만 일어납시다."

"내일 출근해서 봅시다."

형철은 집이 수원이라 가까웠고 철수는 택시를 타고 용인 신갈동 집으로 향했다. 수원에서부터 신갈동으로 오면서 차안에서 많은 사색에 잠기며 맞선문제에 대해 고민에 고민을 거듭한다. 어차피 인생은 선택에 연속이 아니던가… 무엇이든 선택을 피해갈 수 있는 사람은 아무도 없다. 그래서 인생이 외롭고 고독하기도 한 것이다.

먼 훗날, 어떤 선택이 옳았다. 그르다. 말할 순 없다. 왜냐하면 반대로 삶을 살아볼 수 없기 때문에 몸이 두 쪽이 아니기 때문에 그렇다. 영혼과 육신은 하나이기 때문에 이것저것 다 선택할 수 없다. 원래 인생은 이렇게 어쩔 수 없는 것들이 너무 많다. 하지만 살아야지 그래도 살아야지 하루 하루 행복한 마음을 품고 살다 보면 그때 그때 고비를 잘 넘기고 이렇게 하다 보면 야구경기에서 리드당하다가 9회말에 역전 홈런 치듯, 이렇게 되는 것이 바로 바로 인생이니 힘들어도 무엇이든 선택하기 힘들어도 선택을 피해 갈수 없다면 선택을 안 할 수 없다면 그저 그렇게 선택하리라…

흐르는 물은 정해진 물길따라 가기만 하면 되니까 걱정이 없겠지만 인생은 정할 수 없어서 힘들어도 힘들 때, 잠시라도 쉴 수 있어 낫지 않겠는가. 흐르는 물은 쉴 수 없으니, 인생이 훨 씬 낫지. 그럼. 그렇지. 눈 깜빡할 사이에 벌써 신갈 도착, 철수는 조금 비틀비틀하며 신갈동, 자기 집으로 들어갔다. 들어가자마자 얼른 샤워하고 쇼파에 앉는다. TV를 틀고 조금 보다가 그만 잠에 들어 버렸다. 이렇게 반복반복. 또 반복. 이것이 인생, 삶,그렇게 그렇게. 이렇게 이렇게… 오늘은 월요일이라 행복했고. 내일은 화요일이라 즐겁겠지! 수요일도 마찬가지고… 오늘은 이불도 제대로 펴지 못하고 쇼파에 앉은 채, 그냥 이렇게 TV전원도 끄지도 못하고 잠들어 버렸다. 가끔은 이런 날도 있어야지.새해도 됐는데 청화에게서 전화가 올 것도 같은데 오지 않고 있다. 무슨 안 좋은 일이라도 있을까! 전화를 해 봐야 겠다. 전화벨이 한참 울리고 난 후,

"어 그래."

청화의 목소리

"요즘에 조금 뜸했지. 무슨 안 좋은 일이라도…"

"아니야, 새해 복 많이 받고…"

"한번 만나야지."

"그래."

철수는 어느 정도 청화에게 안 좋은 일이 있다는 것을 알고는 있었지만 모른 체했다. 이 넓은 땅, 수 많은 사람들 중에 이렇게 전화도 하고 지내는 벗이 있다는 것만으로도 행운인지 모른다. 때론 많은 벗들 중에 악연이 되는 경우도 적지 않게 나타나기도 하지만, 그 악연이 있음에 인생을 깨닫게 되니 무엇이든 버릴 것은 아무 것도 없다. 새해 첫 출근한지 하루 만에 또 하루가 지나 화요일이 되었다. 원래 무엇이든 첫 날이 새롭기도 하고 어색하지 첫, 이라는 글자만 지나면 무디어 진다. 면역성일까, 간사함일까! 화요일이 되니 왠지… 내가 어제 전화했으니 오늘은 청화에게서 만나자는 전화가 올 것 같은 예감이 든다. 친구에게서 전화를 기다리느니 내가 먼저 전화하는 것이 낫겠다 싶어 전화를 건다. 잠시 후,

"오늘 어때, 새해도 됐으니 만나야지."

"그래 어디가 좋을까?"

"내 직장에 형철 씨가 있는데 같이 갔었던 곳인데 너무 좋아 그곳으로 가자고…"

"그곳이 어딘데?"

"수원 권선구."

"그래 알겠어. 내게 있다가 약도를 알려줘."

청화는 철수에 오랜 벗, 형철은 철수가 다니는 직장에 동료. 이렇게 셋은 퇴근하고 수원 권선구 맛있는 요리 오겹살 집에서 저녁

7시에 만나게 되었다. 어제도 이곳에서 철수와 형철은 한잔했는데 오늘 또 이곳에, 오늘은 청화까지 함께 동석…

"어서 와, 친구."

철수가 미리 기다리고 있었다.

"어 그래 요즘은 자주 못 만났지. 반가워 철수."

"아 여기는 내가 다니는 직장에 동료인 최형철 씨라고…"

"아 네, 안녕하세요. 김청화라고 합니다."

"저도 반갑습니다. 최형철이라고 합니다."

서로는 이렇게 인사를 하고 자리에 앉는다. 철수도 따라서 앉고 있다. 서로는 화기애애한 분위기에서 재미있는 이야기도 오고 가고 정치 경제 사회 문화 스포츠에 관한 최근에 벌어지는 기사에 대해 이런 저런 얘기가 끊임없이 계속되고 있었다. 그러다가 한참 시간이 흘렀을 무렵, 철수가 최근 모친으로부터 맞선보라는 말이 있었다는 일을 청화에게 말한다. 이 말을 들은 청화는

"결혼이라는 거 말이야. 내가 해 보니까 알겠어."

"음 무슨 뜻?"

"한마디로 피곤하다는 거야."

"그래도 미숙 씨가 성격이 선하고 현모양처니까 좋잖아."

이런 얘기가 오고가면서 철수와 형철은 이미 저번 민속촌에서 우연히 미숙을 만나게 되어 대략 짐작은 하고 있었고 청화의 자기 자신은 온갖 바람을 다 피우고 다니면서, 아내인 미숙에겐 철저히 감시 통제 여기다 더해 의처증 증세까지 있다는 것을 알고는 있었다.

"뭐가 현모양처야. 직장모임에 가서 늦은 시간에 들어오는데…"

이렇듯 끝까지 청화는 자신이 각종 모임에 싸돌아다닌 것은 생각하려고 하지 않고 오직 아내 미숙이 다니는 직장에서 회식하고 늦게 들어오는 것, 이것만 못마땅하고 분노를 느낀다. 이런 청화와 같은 남성이 이 땅에 무척 많은 것이 현실이다. 이러한 부조화로 말미암아 임산부들이 딸을 낳는 것을 두려워하는 지경에 까지 이르렀다.

어린이집 · 유치원 · 초 · 중 · 고 학생들의 성비 불균형을 낳은 것도 이런 이유에 기인하고 있다. 이 땅에 남성 이중성격 독선과 아집이 교정되지 않는 한, 앞으로도 계속 사회는 부조화의 길로 갈 수밖에 없고 퇴행적 후진적 사회로 전락하고 말 것이다.

술을 먹던 도중 청화는 철수에게 인생에 행복이 무엇이냐고 묻는다. 그러자 철수는 행복은 행복이라고 생각하는 자체가 아닐까라고 말한다. 이 말은 마음을 비워야 한다는 말과도 상통되는 부분이다. 옆에 앉아 있던 형철은 이렇게 말한다. 살아 가면서 언제나 그립고 아름다운 이가 있다는 것은 마음이 정화되어 기쁩니다. 살아 가면서 언제나 그립고 그리워할 수 있는 이가 있다는 것만으로도 마음은 행복해서 기쁩니다. 오늘을 살 수 있는 희망도, 내일을 살 수 있는 희망도… 그리워할 수 있는 이가 있다는 그 자체입니다. 마냥 그립고 그리워하며 살다보면 언젠가 그 날이 오겠지요.(그 후 침묵) 그리워할 수 있다는 이는 실제 아는 사람이 아니더라도 큰 의미는 있다고 생각한다. 못 맺을 인연이라도 마음으로라도 그리워하며 살다보면 힘도 들겠지만 마음이 닦이고닦이지 않을까! 왜냐하면 사람은 원래 절제 속에서, 아픔 속에서 성장하게 되고 성숙도 될 거고, 또 인생도 알게 될 테니. 인생이 쉽지 않다는 것을… 그리워할 수 있다는 이는 어디에서 누구랑 만나고 살더라도 잘 살기만 하면 그것도 마음편히 살고 있기만 하면 그걸로 그만… 애써 보려고 할 것도 없고, 우연히 보게 되면 몰라도… 그런데 보고 싶어지는 충동은 피 할길 없지. 안 보려고 노력하는 수밖에…

오늘도 시간은 돌고돌아 시곗바늘은 10시를 가리키고 있었다. 청화는 주변에 노래방에 갈 것을 제안한다.

"우리 술도 어느 정도 알딸딸하게 취했는데 노래방 가서 시원하게 놀아 봅시다."

"그것 좋지, 가자고."

"좋습니다."

계산은 철수가 하고 밖으로 나왔다. 노래방을 찾아 이곳저곳 둘러보니 길 건너에 브이노래방이란 간판이 보였다. 그 곳으로 정하고 걸어간다. 들어가자마자 청화는

"술값은 철수가 냈으니 노래방 비는 내가 내지."

그러자 형철은

"아 제가 내겠습니다."

"아아아… 아닙니다. 다음에 그렇게 하세요."

그러다가 결국은 청화가 얼른 지갑에서 돈을 꺼내어 노래방 비를 지불한다. 쿵쿵쿵 꽝 꽝꽝, 큰 음악소리가 나면서 청화가 먼저 마이크를 잡고 한 곡조 뽑는다. 시원하고 경쾌하게 한 곡을 하더니 얼른 밖으로 홀로 뛰어 나간다. 철수와 형철은 왜 그러는지 영문도 모르고 계속 노래를 부르고 있다. 얼마 후 노래도우미가 세 명이 들어오고 있다.

"안녕하세요. 오빠들 우리보다 나이가 어린가…"

도우미 세 명은 들어와 각자 자리에 앉는다.

철수와 형철은 조금 못 마땅한 표정을 짓는다. 도우미 중 한 명은 형철에게 자기 이름은 숙희라고 말을 하면서 형철 옆으로 바짝 붙는다. 그러자 형철은 눈이 휘둥그레진다. 형철과 숙희는 서로 술을 따라주면서 이런저런 이야기가 오고가고 있다. 옆에서는 신나는 노랫소리와 술잔 부딪히는 소리가 들려온다. 형철은 숙희의 모습을 보고 첫눈에 반해서 인지 더 많은 이야기를 하고 싶은 듯 숙희도 형철을 보고 싫지는 않은 눈치, 이렇게 한 시간이 조금 지나고 모두 건물 밖으로 나왔다. 형철은 숙희의 전화번호를 알고 싶어했고 숙희는 형철에게 번호를 알려주었다. 그 후 각자 집으로 향하기로 철수가 말하였다.

"오늘 좋은 시간이었어요. 다음에 또 만납시다."

"아예, 형철 씨 만나 뵙게 되어 즐거웠어요."

서로는 내일을 위해서 출근을 생각해서 오늘은 이만 하기로 하였다. 형철은 집에 도착한 후, 잠이 제대로 오질 않았다. 그 이유는 숙희에게 첫 눈에 푹 빠져 버렸고 계속 생각이 나고 아른거렸기 때문에…

다음 날 수요일이 되었고 형철은 직장에 출근하자마자 숙희에게 문자를 보낸다.

문자 내용

지나가는 행인인 줄 알았는데, 무심코 지날 때는 행인인 줄 알았는데, 그랬는데, 한두 번 보게 되니 묘한 느낌이 듭니다.

서로의 눈빛이 오고 갈 때, 느끼는 묘한 감정

사랑의 출발점, 사랑의 출발을 알리는 알람소리…

내리사랑 내리화

지나가는 행인인 줄 만 알았어요. 묵묵히 걸을 때는 행인인 줄 만 알았지요. 하지만 한두 번 보게 되니 끌리는 느낌이 드네요. 서로의 눈빛이 부딪힐 때, 느끼는 끌리는 감정, 사랑에 신호탄, 사랑의 신호를 보내는 사이렌 소리(전송 누름)

형철은 이렇게 문자를 보낸 후 가슴이 설레였다. 그렇지만 마음 한 구석에는 숙희가 도우미를 하지 않았으면 더 좋겠다는 생각이 머릿속을 지배해 들어오고 있다. 다음에 만나게 된다면 이 부분에 대해 진지한 대화를 나눠야겠다는 마음을 갖고 있다. 원래 첫눈에 반하게 되면 이렇게 되는가 보다. 이런 경우를 눈에 콩깍지가 끼었다고 흔히들 말하지만…

그 후 한 시간쯤, 지났을까. 문자 답장이 오고 있다.

문자 답장 내용

예, 감사합니다. 저를 그렇게 좋아하신다니 기분은 좋은 편입니다. 이런 답장 내용이었다. 형철은 이 답장을 받고 너무 기뻐 펄쩍 펄쩍 뛰었다. 남자든 여자든 자기가 좋아하게 된 대상으로부터 긍정적인 답장을 받으면 어린아이처럼 뛰어 다닌다. 사랑이라는 것은 그 만큼, 엄청난 파괴력을 지니고 있는 것 같다. 처음 서로가 사랑을 느끼고 있는 시간, 그 시간이 이루어진 후의 시간보다 더 달콤함의 강도는 강할 것이다. 왜냐하면 기대 심리가 더 강하게 작용해서 그런 것이 아닐지… 옷도 처음에 샀을 때가 더 좋은 것처럼…

형철은 너무 들떠있어 그 힘든 업무도 하나도 힘든 줄을 모르고 씩씩하게 일을 하고 아침에 피곤해서 일어나기 힘들었던 현상도 한 순간에 사라져 버렸다. 철수는 같은 직장동료인 형철이 숙희한테 문자 답장을 받고 무척 기뻐하는 모습을 보고 함께 기쁜 마음이다.

"그리도 좋아. 형철 씨, 잘 되길 바라."

"땡큐, 그런데 철수 씨도 올 해엔 좋은 일이 생겼으면 해. 저번에 철수 씨 어머니께서 맞선 보라고 하셨는데 잘 해봐."

"글쎄"

철수도 나이도 있고, 어머니가 말씀하셨던 맞선에 관한 이야기가 떠 올랐다. 전화를 해서 만나 보겠다고 해야겠다고 생각하며 집으로 퇴근을 한다. 집으로 들어 온 후, 고향 의정부로 전화를 건다.

전화벨이 한참 울리고

"여보세요."

"네, 어머니 저 철수예요."

"어 그래 잘 지냈지. 저번에 선보는 얘기, 어떻게 볼 거야?"

"예, 그래야 될 것 같아요"

"음, 잘 생각했다. 이번 주 토요일에 집으로 와. 그럼 그 아가씨 만나는 것은 일요일날 의정부역에서 하기로 하고 내가 중매하는 사람한테 말해 놓을 테니…"

"예, 그래요."

이렇게 철수도 마음을 조금은 안정을 찾고 싶어하는 듯, 마침내 토요일이 되었다. 그립고 정겨운 고향 의정부로 향하여 달려간다. 철수의 고향 의정부 신곡 2동, 부모님은 조그만 빌라에 살고 계신다. 달리고 달려간 고향집… 집에 들어서니 베란다 쪽에 집을 지키는 애완견이 먼저 반갑게 철수를 반긴다. 멍멍멍…

"잘 있었어, 다롱이. 화롱이."

철수의 아버지는 집에서 TV를 보시다가 고개를 돌리며,

내
리
사
랑
내
리
화

"어, 철수 왔니?"

"예, 아버지 저 왔어요."

"날씨가 많이 춥지?"

"견딜 만 해요."

이때 철수의 어머니는 현관문을 들어오시면서,

"음, 철수 왔구나! 너 줄려고 시장에 가서 오리고기를 사왔다."

"아이 어머니 힘드시게 이걸 들고 오셨어요."

"뭘 힘들어, 네가 좋은 여자 만나면 힘든 것도 하나 없다."

이 후 철수의 모친은 오리고기를 아들에게 먹이려고 저녁식사를 한참 준비중이다. 오리고기를 맛있게 구워서 모친은 철수에게 먹인다. 내리사랑, 내리화, 내리꽃이 만발한 장면이다. 식사가 끝나고 모친은 내일 일요일, 의정부역에서 아들 철수가 만나야 할 아가씨에 사진을 보여 준다.

"예쁘지 않니, 사진 좀 봐봐."

"예 글쎄요. 일단 만나보고요."

다음 날, 일요일 오후 2시 의정부역에서 철수와 맞선녀 최리라는 만남이 정해져 있다. 일요일이 되었고 정오쯤에 모친은 직접 아들에 옷을 코디를 해 준다. 내리 사랑에 절정이 진행 중인 상태…

"잘 다녀 오거라."

"예, 어머니."

철수는 집에서 나와 맞선 장소인 의정부역으로 간다. 역에 도착하니 1시 30분쯤, 전화상으로 약속이 되어 있던 의정부역 맞은편에 위치한 kk카페로 먼저 들어가 맞선녀 최리라를 기다리기로 했다. 카페 분위기는 꽤 좋아 보였다. 조금은 긴장되는 철수, 하지만 어쩌겠는가. 이것이 인생인 걸, 만남 시간이 오후 2시인데 1시 50분쯤이 되니 철수는 더 긴장하기 시작했다. 스마트폰을 만지작거리며 여기 저기 기웃기웃. 마침내 2시가 되었다. 그래도 맞선녀는 나타나지 않았다. 여자에 자존심… 여자는 약속시간에 정확하게 나오면 자존심이 조금 상하는가 보다. 2시 15분이 되었다. 16분이 되려고 하는 순간, 카페 출입문에 한 여인이 조금 상기된 표정을 하며 들어오고 있다. 뚜벅뚜벅 걸어 오더니 잠시 발길을 멈추고 말을 건넨다.

"저 혹시, 이철수 씨 되세요?"

"아예, 맞습니다."

"오늘 만나기로 되어 있는 최리라라고 합니다."

"아 네, 안녕하세요. 반갑습니다. 앉으세요."

"예 저는 이철수라고 합니다. 뵙게 되어서 반갑습니다."

이렇게 둘은 의정부역 맞은편에 위치한 kk카페에서 아메리카노를 한잔씩 하며 맞선을 보고 있는 중이다. 이런저런 이야기가 한 시간쯤 흘렀을까! 철수가 말을 건넨다.

"오늘 너무 즐거운 시간이었습니다. 다음에 뵙지요."

"예, 그래요"

3시 20분쯤이 되어서 둘은 카페를 나온다. 맞선녀 최리라는 조금 더 대화를 하고 싶은 눈치이지만 철수는 마음에 내키지 않는 듯, 정중히 인사하고 돌아 서서 간다. 그 후 철수는 어머니가 기다리고 있는 의정부 신곡 2동 빌라를 향해 갔다. 집에 들어서자마자 모친은 몹시 궁금한 표정을 지으며

"어 그래. 왔구나. 어떻게 잘 만나 보았니?"

"아예, 그랬어요."

"그래 어떠니 마음에 들어?"

"뭐 그저 그래요…"

"마음에 안 드는가보구나. 웬만하면 했으면 좋으련만…"

"글쎄요."

"원래 인연은 마음대로 안 되는 거야. 때가 있겠지…"

철수의 모친은 냉장고에 가서 과일을 꺼내들고 와서 아들에게 깎아주면서 여러 가지 세상 돌아가는 이야기를 한다. 한두 시간이 흘러 저녁식사를 할 시간이 다 되어 가고 있었다. 내일 월요일은 직장에 출근하는 날, 여기서 저녁을 먹고 철수는 직장과 자신의 집이 있는 용인 신갈로 가려고 생각한다. 같은 하나로 된 땅덩어리에 살고 있어도 부모와 자식이 잠시 잠깐 떨어지는 일 자체도 철수의 부모는 괴로웠다.

"이제 가면 언제 오니? 다음 달에 올 거니?"

"예, 그래요."

철수는 인사를 하고 나와서 차를 타고 가는 씁쓸함…

아들의 승용차가 골목을 돌아 완전히 사라지기 전까지 부모는 마냥 바라보며 깊은 상념에 젖는다. 인연이라는 것은 강제로 옷 단추 맞추듯, 맞춰지는 것이 아닌 것, 철수는 맞선녀 최리라를 보았을 때 마음이 끌리지 않은 이유는 일단 자기 스타일이 아니어서 그럴 수도 있지만 아직도 영희에 대한 향수가 더 강하게 스며 있어서 그러는 것은 아닐는지!

철수는 용인 신갈 집에 도착하여 라떼를 한 잔 먹고 이번에는 인터넷 유튜브로 들어가 해금 연주하는 동영상을 들으며 깊은 사색에 빠져 본다. 해금소리는 인생을 대변한다. 그것도 한 굵은 고비를 넘어가는 선을…

　삶에 있어 고비는 몇 천번, 몇 만번 찾아온다. 하지만 가는 고비
는 거두고 굵은 고비를 추렸을 때는 이번이 처음일까? 개인의 생각
에 맡겨 봐야 할 듯 오늘은 술은 마시지 않으려고 한다. 그 이유는
해금의 선율은, 철수를 하늘만큼 땅만큼 취하게 할 수 있는 마력이
있으므로…

　어느 새 날이 밝아 새로운 한주, 월요일이 찾아 왔다. 늘 그랬던
마음으로 회사에 출근하기 위해 발걸음을 내 딛는다. 직장인으로서
월요일이란 다소 괴로움을 받을 수도 있는 요일이지만 이 세상, 모
든 일이 아무런 과정없이 그냥 이루어지는 일이 없듯이…

엇갈림

월요일의 아픔이 있기에 며칠 후, 불금열매가 주말나무에 빼곡히 열리는 게 아닐까! 아픔 후에 찾아올 싱그러운 열매, 바로 금요일 그 열매가 열기를 기다리며 출근도장을 찍는다. 그래도 다른 월요일보다 조금 더 피곤했던 날! 점심식사 후, 밀크커피를 마시며 쉬고 있을 때, 어디에선가 카톡이 오고 있다. 확인해 보니 어제 의정부역 앞에서 맞선을 보았던 바로 그 여인, 최리라…

카톡 내용

안녕하세요. 어제는 잘 들어 가셨나요? 너무 좋은 시간이었답니다. 행복한 시간이었구요. 자주 뵈었으면 좋겠어요…

이 같은 내용의 카톡이 전해 왔다. 철수는 무덤덤하였고 특별히 답장할 의사는 없었다. 철수가 답장을 안 하자 리라에게서 카톡이 또 오고 있다.

카톡 내용

왜 답장을 안 해주시나요? 너무 멋진 내 님이여. 어제 만남은 잊지 못할 추억이었고 세상이 뿌연하게 만 보입니다. 제가 무슨 이유로 온 세상이 뿌연하게 보일까요?

두 번째 내용이었다. 그래도 철수는 무덤덤했다.

사실, 소개든 맞선이든 이것은 쉬운 게 아니다. 옛 말에 무엇이 석대, 무엇이 석대라는 말도 있듯이 무척 어렵기도 한 것이 그러면서 쉬울 수도 있는 것이 소개, 맞선이다. 이렇게 난해한 맞선을 하는 수 없이 또 어쩔 수없이 수많은 젊은 층 남녀든, 노년층 남녀든, 참여하게 되는 이유는 이 사회가 남녀의 만남에 장이 극히 협소하기 때문이다. 나열해 본다면, 넓은 의미에 소개, 큰 틀 구조에 직장 동료, 이렇게 두 가지 경우로 국한되어 있는 것이 현실이다. 이 두 경우가 아닌 듯해도 분석해 보면 결국은 이 구조이다. 이런 문제가 일어나는 근본 원인은 사회가 지나치게 경색되어 있고 서로서로 불신풍조가 지배하기 때문이다. 이 문제는 결론적으로 해결책이 없다. 인성, 가치관, 희생철학, 헌신철학이 없기에 계속 악순환 고리가 이어질 수밖에 없다. 그저 그렇게 살아가는 수밖에⋯ 철수는 내일, 화요일 회사에 출근하기 위해 일찍 잠자리에 든다. 알람을 맞춰놓고⋯ 아침 7시로, 화요일 출근은 몸이 조금, 풀렸고 탄력을 받는다. 기어 1단에서 3단으로 이렇게⋯ 출근하니 절친 동료, 최형철이 다가와서 숙희와 어제 월요일에 수원 남문에서 만나 데이트를 했다며 흡족한 표정으로 말을 한다.

"나는 어제 그때 그 여인을 만나 사랑에 출발을 알리는 알람소리 그리고 사랑에 신호를 알리는 사이렌 소리를 울렸답니다."

"아, 그래요. 잘됐네요. 축하합니다. 앞으로 잘되기를 바랍니다."

형철은 저번 노래방에서 알게 된 도우미였던 숙희를 만나서 유쾌한 시간을 가졌다.형철과 숙희는 어제 저녁 7시에 남문에서 만나 식사도 같이 하고 화성행궁 쪽으로 걸으며 서로에 관심을 표시했고 장안문, 북문에서부터 옛 성곽길을 걸으면서 오붓한 시간을 갖고 많은 이야기를 하였다. 이 세상에 존재하는 모든 인연은 아름답다.

왜냐하면 인연이기 때문에 이 땅에 살면서 그냥, 무심코 지나치는 행인들이 너무너무 많기에 그렇기에 더욱더 남녀에 만남, 인연이란 소중한 것이다. 각자가 소중함을 모르고 살아서 그렇지…

형철은 신이 나서 계속, 스마트폰만 만지작거리면서 숙희에게 카톡 문자를 넣는다. 이 때가 이 세상에서 가장 아름답고 즐겁고 행복한 시기일 것이다. 순간, 철수는 오래 전에 처음으로 영희를 알게 됐을 때가 머릿속에 떠오른다. 나도 저렇게 처음으로 영희를 알게 되었을 때 행복에 겨웠었지. 마음속으로 영원을 맹세도 했었지. 이런 생각을 하니 철수는 영희 생각으로 인해 마음이 짓눌리기 시작하며 가슴이 답답해진다. 그래서 얼른 걸어가 창문을 활짝 연다. 그 때 그 기억이 갑자기 엄습해서였다. 절친 직장동료이기에 아무쪼록 서로가 좋은 만남이 되기를 기원하면서 염원하는 마음은 남다르게 지니고 있다. 불금으로 가는 첫 징검다리인 화요일도 조용히 흘러갔고 불금으로 가는 두 번째 징검다리인 수요일은 이제 몇 시간 후면 철수 곁에 다가 올 예정이다. 화요일에 끝자락, 퇴근 후 집에서 TV시청에 잠겨 본다. TV드라마에 애절한 사연 담은 내용이 나오고 있고 그 내용에 동화되어 얼굴이 굳어지고 만다.

상념이 들고 막막할 땐, 운동이 최고 철수는 재빨리 운동복을 갈아입고 집 밖으로 나간다. 신갈 오거리에서 민속촌 방향 실개천 도보길을 천천히 스마트폰으로 음악을 들어가며 걷고 있는 중, 개천 반대편 도보길에… 저, 도보 길에, 내가 그토록 보고 싶었던 바로 영희가, 내 가슴을 짓눌렀던 그 영희가…

작년 그 나이트에서 뛰어나와 모텔로 함께 달려갔던 그 남자와 다정다감한 얼굴로 서로 웃어가며 걷고 있는 것이 아닌가!

갑자기 철수의 온 몸은 한 겨울 추울 때 감기 몸살기가 왔을 때처럼, 으실으실, 후드드득, 떨려 왔다.실개천 반대편 도보길에서 철수는 우두커니 멍하니 바라 볼 뿐… 몇 초가 지난 후, 그들은 어느새 멀어지기 시작하였다. 철수는 계속 영희의 뒷 모습만을 처량하게 지켜볼 수밖에 없었다. 이 순간 아무 것도 생각하고 싶지 않았다. 아니 아무 것도 생각을 해선 안 될 상황이 맞을까! 신갈 저수지 방향, 개천 도보 길로 막 달려갔다. 저수지에 들어서자 물 위에 만들어진 다리, 도보길 난간 옆에 환하게 비춰지는 오색 전등만이 철수의 마음을 조금 누그러뜨려 주었다. 조정 연습장 쪽으로 달려가 앞에 보이는 벤치에 턱 걸쳐 앉았다. 그런 후, 신갈 저수지에 바람 타고 출렁이는 물을 바라본다.괴롭지만 슬프지만, 그래도 영희가 행복해졌으면 좋겠다는… 영희를 만난 그 남자가 좋은 사람이고 또 행복하게 해 줄 수만 있다면 내가 아니어도… 그런 사람일 수 만 있다면… 철수는 고개를 숙인 채, 계속 쓰린 가슴을 추스르고 또 추스린다. 자정이 다 되도록 그렇게 앉아만 있다. 신갈 저수지에 물 위로 날아다니는 물새들은 무척 한가로워 보이고 행복하게만 보였다. 정말 그럴까, 물새들은 아무런 걱정도 없고 마냥, 즐겁기만 할 걸까! 나름에 물새들만의 말 못할 사연도 있겠지. 내가 같은 물새가 아니라서 알 수는 없다.

물새들의 사랑도 영원하지만은 않을 거야! 오해도 있겠고. 싫증나서 떠나는 경우도 있겠고. 또 뭐가 있을까… 물새만 그럴까, 산새도 그렇고, 들새도 그렇지… 그래도 저렇게 힘차게 날아다니고 삶의 의지는 너무 강해… 나보다 더… 나도 내일부턴 강해질 거야! 물새, 산새, 들새들처럼 말이야… 나도 앞만 보고 달릴 거야. 새들처럼… 저렇게 날아갈 거야… 힘차게…

시계 기준하여 하루가 지나고 스마트폰을 보니 2시가 다 되어 간다. 일어 날 기운도 없었지만 정신력으로 일어났다. 그리고 다시 걸어서 온다. 신갈동 집으로 아무 생각 없이… 그렇게 집에 들어와 힘 없이 주방에 쓰러져 버린다. 다음 날 아침 7시 알람소리는 울리고 잠에서 깨어난다. 직장 출근을 위해 대충 차려 먹고 씻고 현관문을 나가려는 순간 전화 벨소리가 울린다. 의정부 어머니로 부터…

"예, 어머니 어떻게 아침부터 전화를…"

"그래 출근하려고… 너에게 또 다른 아가씨를 소개를 하겠다는 사람이 있는데 여자 나이는 28세, 그러니까 딱 좋지. 너하고 한 살 차이니 말이야."

"아예, 어머니 알겠어요. 다음에 통화해요. 지금 너무 바빠서 그만."

"그래 그럼."

철수의 모친은 어떻게든 아들을 장가를 보내고야 말겠다는 일념으로 이곳저곳 찾는 중이다. 이 세상에 살고 있는 모든 부모님들에 공통된 최대에 관심사가 바로 이것이다. 자식 결혼 문제… 좋은 사람 만나길 바라는 간절한 마음 하나로…

철수는 무거운 마음으로 회사에 출근한 후 오늘은 녹차를 한잔 마신다. 어떻게든 마음에 활기를 찾고자 이번 주 토요일엔 마음을 가다듬기 위해 홀로 에버랜드를 가 볼 생각이다. 정신적 돌파구인 셈이다. 활기찬 곳을 찾아서 힘차게… 빠르게 달리는 놀이기구도 바라보고 특이하게 생긴 동물들도 보고 그렇게 하면서 마음의 활기를 찾는 거야 그렇게… 이윽고, 생각했던 계획했던 토요일이 되었고 철수는 간단히 아침을 먹고 기흥역에서, 용인 경전철을 타고 용인에버랜드역으로 간다. 다른 신비한 세계를 보면서 마음을 가다듬고 싶었다. 새해 1월이라 사람들이 별로 없을 줄 알았는데 생각보다 많이 와 있었다. 가족단위 관람객들이 많은 편이었다.

용인에버랜드에 들어가자마자 철수의 마음은 가벼워졌다. 포근한 분위기, 포근한 음악, 따뜻하게 보이는 건물들 평온한 길거리, 이 모든 것이 철수를 동심에 세계로 빠지게 했다. 그냥 정처없이 이곳 저곳 돌아다녔다. 중간에 어디쯤에 멈춰, 캔맥주도 한잔하니 한 겨울 날씨가 그렇게 춥지만은 않았다. 그러다 잠깐 벤치에 앉아 쉬고 있을 때 앞에서 천천히 걸어오는 이가 마치 누굴 닮은 것 같아 보여서 바라보니 놀랍게도 미숙 씨였다. 마침 서로 두 눈이 마주쳤다.

"어, 미숙 씨 아닙니까?"

미숙 씨도 깜짝 놀라며

"어, 이철수 씨 아니예요."

"어, 어떻게 이곳에 오셨어요. 미숙 씨."

"아예, 그냥 바람 쐬러 나왔는데 철수 씨는요?"

"예, 저도 그냥, 그런데 청화는 어디에 있어요?"

"저의 남편은 오지 않았고 저 혼자 왔어요."

미숙은 철수가 혼자 앉아 있는 벤치 옆 자리에 앉는다. 그 후 철수는 얼른 구내 마트에 가서 따뜻한 커피 두잔을 사서 들고 온다.

"미숙 씨, 추울 텐데 따뜻한 커피라도 한잔하세요."

"고마워요, 뭘 이런 걸…"

이렇게 둘은 벤치에 앉아 따뜻한 커피를 마시며 추위를 녹이고 있다. 시간이 조금 지나 겨울, 찬바람이 너무 거세게 불어와 견디기 힘들어 안 되겠다 싶어 둘은 구내 커피숍으로 들어갔다.

커피숍 안에서는 밖에서 커피는 마셨으니 녹차를 주문하였다. 따뜻한 녹차 한잔을 마시면서 추위를 녹이며 철수는 청화에 안부도 묻고 덕담을 건넨다.

"잘 지내셨지요?"

"그럼요. 덕분에…"

한참 시간이 흐른 뒤, 자리에서 일어나 카페 현관문을 나오려는 순간 문 밖에서 청화가 눈을 부릅뜨고 서 있는 것이었다.

"네 이럴 줄 알았어. 둘이 사귀는 사이였군."

청화는 아침에 볼 일이 있어 어디 좀 갔다 오겠다고 아내 미숙에게 말하고 사실은 숨어 있다가 미숙에 뒤를 밟은 것.

"지금 뭐 하는 소리야. 우연히 바람 쐬러 왔다가 보게 된 건데."

"이런 우연히 같은 소리 하네. 내 저번에 민속촌도 안 보이게 뒤를 밟았었는데 그때도 화기애애 하던데. 어떻게 이렇게 오늘도… 그때도 우연, 오늘도 우연히 이리저리 잘 빠져 나간다."

"말도 안 되는 소리 그만 해. 너와 나는 친구인데 나를 뭘로 보고 의심을 하는 거야."

"어이, 철수… 친구는 무슨 친구 서로 눈 맞으면 그 짓하는 거지 뭐."

"뭐야, 그 짓 의심하기 시작하니 보이는 게 없구나."

카페 앞에서 철수와 청화는 서로 심하게 언쟁이 벌어지며 격분하기 시작하였다. 아무리 어렸을 적부터 오랜 벗, 절친이었다 하더라도 의처증이라는 질환 앞에선 우정도 산산조각이 나고 말았다. 급기야 서로 흥분을 가라 앉히지 못하고 청화가 먼저 철수의 멱살을 잡고 욕설을 퍼붓기 시작한다.

"야, 이 xx야 평소 고상한 척하더니. 얌전한 고양이가 붓두막에 먼저 올라간다고 하더니. 너를 두고 한 말이다."

"어 이게 보자보자 하니까. 욕까지 해."

"자기 그러지 마요. 바람 쐬러 왔다가 우연히 보게 된 거예요."

순간, 미숙은 서로 격해져 있는 철수와 청화 사이로 끼여들면서 이렇게 남편 청화에게 한마디한다. 그러자 청화는 미숙에게 남편, 몰래 바람피우고 다닌 x가 이젠, 애인 철수를 감싸기까지 한다며 미숙에게 욕설을 퍼붓는다. 화가 풀어지지 않은 청화는 또 저번처럼 미숙의 뺨을 마구 때린다. 짝 짝 짝. 팍 팍 팍.

깜짝 놀란 철수는 청화의 팔을 강하게 잡아당긴다.

"너 왜 그래. 하지 마."

미숙은 길가에 쓰러져 눈물을 흘리고 있다. 저번에도 억울하게 남편 청화의 의처증 증세로 얻어맞았는데 이번에도 또 같은 일이 벌어지고 말았다. 미숙으로서도 더 이상은 참을 수가 없었고 그동안 누적된 괴로움을 계속 안고 갈 수는 없었다. 저번처럼 얼른 스마트폰을 꺼내어 친정집으로 전화를 한다. 그러는 사이에 청화와 철수는 서로 멱살을 잡고 밀고 당기고를 반복하며 심하게 격돌하고 있었다. 어느 정도 시간이 지나고 조금 소강상태가 되었고 서로 각자 다른 벤치에 앉아 분을 삭이고 있던 중, 한참 시간이 지났을까! 미숙의 부모는 어느새 벤치를 향해 걸어오고 있었다. 미숙의 부친은 저번처럼 청화를 향해 마구 때리지는 않고 조용히 말하기 시작하였다.

"자네, 더 이상은 안 되겠어. 이젠 한계에 도달했어 일단 이 공원 밖으로 나가자고…"

　미숙의 부친은 저번처럼 청화를 마구 때리지 않은 이유는 격분된 감정이 포화가 됐을 때는 더 큰 대형사건이 터질 수 있기에 애써 참고 참고 또 참았다. 이렇게 모두는 밖으로 나갔고 실개천 쪽에 위치한 놀이터에 앉아 부친은 청화에게 당장 이혼하라고 말하였다. 미숙도 의처증 중증 증세를 앓고 있는 남편 청화하고는 이젠 단 하루도 결혼생활이 유지될 수 없음을 아버지한테 말을 한다. 그 후, 미숙의 아버지는 자신이 타고 온 승용차에 자신의 아내와 미숙을 태우고 은평구 집으로 향한다. 이젠, 이혼만이 기다리고 있음을 알리는 단호함이었다. 그렇게 그들이 떠나고 난 후 실개천 놀이터엔 철수와 청화만이 남아 있었다. 이 둘의 사이도 만신창이가 되어 버렸다. 청화는 조용히 벤치에서 일어나 다른 곳으로 가 버리고 그 놀이터엔 철수만이 홀로 남아 무심히 하늘만을 바라본다. 지나친 욕심이 불러온 참극, 청화의 비뚤어진 인생관, 결혼관이 빚은 불상사, 철수는 어이없는 오해를 받은 것도 괴롭지만 또 다른 자신만의 문제, 특히 과거에 대한 번민… 이런 것들이 동시에 괴로움으로 물밀듯이 밀려왔다. 불과 얼마 후 청화와 미숙은 결국 이혼을 하고 말았다. 파경을 맞은 두 사람은 마치 수마가 할퀴고 간 자리에 황량하게 남은 작은 모래알만이 덮여 있는 형국이었다.

　미숙은 야탑역 부근에 있는 빌라에서 은평구에 있는 친정집으로 떠났다. 미숙은 당분간 친정집에 머무르며 정신요양을 하며 쉬고 싶을 뿐이다. 청화도 정신적 동요는 있지만 평소 때와 같이 회사에 출근을 하며 홀로 새로운 삶을 구상하고 있다. 이번 일로 인해 청화와 철수에 사이도 우정은 산산조각 났고 좀처럼 옛 우정을 복원할 길은 요원해졌다.

철수는 한 달이라는 시간이 지나서야 둘의 이혼 사실을 어릴 적 옛 친구이자 청화와 같은 동네에 살았던 인호에게서 우연히 전철을 타고 왕십리를 가다가 보게 되어 듣게 되었다. 철수는 이 사실을 접했을 때 착잡한 마음 금할 길이 없었다. 그래도 어릴 적부터 우정을 나누어 왔던 사이었던 청화, 누구보다 친구에 삶을 마음속으로 응원했던 철수였기에… 그리고 갈라서는 과정에 어느 정도 간접적인 영향을 미쳤기에 더욱더 괴로웠다. 하지만 이번 일이 아니더라도 청화의 의처증 중증 증세로 봤을 때 가정균열사태는 사실상, 초읽기상태였다고 봐야 할 것이다. 어쨌든 그래도 철수의 마음은 무겁기만 하였다. 철수는 우연히 같은 동네, 옛 친구인 조인호를 전철에서 만나게 되어 다른 이런저런 이야기를 나누는 시간이 잠시 흐른 뒤, 어느새 왕십리역에 다다랐다. 철수는 인호와 식사라도 함께 하고 헤어지고 싶었지만 인호가 갈 길이 바빠서 그만 아쉽게 다음으로 미루어야만 했다. 철수는 왕십리에 살고 계신 이모님을 뵈러 가는 길이었다. 왕십리역에서 그리 멀리 떨어지지 않은 곳에서 이모는 과일가게를 운영하고 계시는데 철수는 좀처럼 찾아뵙기가 어려웠다. 가게간판을 찾았고 문을 향해 들어간다.

"이모 저 왔어요."

"어 이게 누구냐? 철수 아니냐. 어떻게 여기 가게를…"

"예, 저의 어머니가 가 보라고 해서 이렇게…"

"그래 잘 왔다."

왕십리역 주변에서 과일가게를 하시는 이모는 철수 모친에 동생, 이모는 조카 철수를 보고 무척 반가웠다. 과일가게이니만큼 이

모는 과일을 이것저것 꺼내어 쟁반에 담아 철수에게 주면서,

"과일이라도 많이 먹어. 오느라고 힘들었을 텐데."

"아니, 힘들지 않았어요. 겨우 신갈에서 왕십리 오는 건데요 뭘"

"언니가 널 나에게 보낸 이유를 알고 있니?"

"글쎄요. 잘 모르겠는데요."

"너에 다른 맞선문제 때문이다. 내가 알고 있는 참한 아가씨가 있거든."

철수는 아무런 말을 하지 않은 채, 과일만 먹고 있다. 별 말이 없는 철수를 향해 이모는,

"왜 대답이 없어. 맞선에 대해서 별 관심이 없는 거니?"

"글쎄요. 당분간 아무 생각도 하고 싶지 않아서…"

"그래 그럼, 많이 생각해보고 마음이 움직이면 내게 전화해라."

"예, 그럴게요."

이 날은 일요일이고 저녁 늦은 시간이 되어서 내일 회사 출근 문제도 있고 해서 그만 신갈로 내려가야만 하였다.

"이모. 집에 들르지 못하고 내려가게 되어 송구해요."

"아니 뭐가 송구해, 바쁘면 그런 거지 뭐."

철수는 이모 댁에 들릴 시간이 없어 그냥 인사만 하고 다시 왕십리역에서 수원으로 가는 전철을 탔다. 빈자리가 있어 앉았고 한정거장 지났을까, 순간 피곤해서 잠이 들어 버렸다. 한참을 더 지났을까, 모란역쯤에 다 달았을 때 깊게 잠든 철수를 깨우는 어떤 여인의 손… 누군가 철수에 어깨를 흔든다. 깜짝 놀라서 깨어 날쯤엔 바로 앞에서 잠을 깨우고 있는 여인이 꿈속에 등장하는 한 사람이라고만 느껴졌다. 비몽사몽이라고 해야 될까! 눈을 희미하게 뜨고 앞을 보

니 잠을 깨운 이는 다름아닌 오삼미… 세상에 이럴 수가… 어떻게 삼미가 바로 내 눈앞에… 삼미도 놀란 표정으로

"이렇게 전철 안에서 보게 되다니요."

"어어, 삼미 씨 여기에 어떻게…"

"바로 전 정거장에서 탔는데 자고 있는 얼굴이 철수 씨 같아서…"

더 이상 볼 수 없을 거라고 생각한 사람이라도 어떤 우연에 일치로 또 보게 되는 것 그래서 이 세상은 넓기도 하고 또 좁기도 하고 아예 평생 동안, 전혀 안 마주치는 경우도 있고…

"철수 씨. 여기서 이렇게 보게 되다니요. 영광이에요."

철수는 아무 말을 하지 않은 채, 그냥 앉아 있기만 한다.

"어디가세요. 삼미 씨?"

"저는 가는 곳이 있었지만 가지 않고 철수 씨를 따라 갈 건데요."

작년 가을에 청화와 미숙에 결혼식 날, 삼미가 철수를 악착같이 따라 붙는 바람에 철수는 쏜살같이 도망간 적이 있는데 또 그 날과 같은 상황이 벌어질지 모를 일이다. 철수는 마음속이 복잡해져 가고 있었다. 다음 역이 신갈역, 철수가 내리려고 일어서는 순간, 삼미도 내릴 문 쪽으로 움직인다. 전철에서 내린 철수는 힘없이 한 걸음, 두 걸음, 내 딛으며 출구로 빠져 나와 공원 쪽으로 걸어가고 있다. 뒤 따라 내린 삼미는 철수를 향해 소리를 지르면서 달려오고 있다.

"철수 씨, 같이 가요.'"

오늘은 철수의 마음은 작년 가을 그 날처럼 도망칠 생각은 없었고 모든 것이 지쳤다고 해야 할까… 5분 남짓 걷다가 공원 벤치가

있어 잠시 앉는다. 뒤 따라 온 삼미도 같은 벤치 옆 자리에 앉으며 철수에 얼굴을 빤히 바라보며 말을 건넨다.

"철수 씨, 왜 오늘은 그때처럼 도망가지 않나요?"

"글쎄요."

"글쎄요. 라는 의미는 무슨 뜻 인가요?"

"모르지요."

"뭘 모른다는 것 인가요?"

삼미의 물음에 철수는 아무 말 없이 계속 침묵을 지키고 있다. 철수는 가려고 일어나고 있는데, 삼미는 벌떡 일어나 앞길을 막는다.

"철수 씨, 잠깐 앉아 봐요."

"안돼요. 가야 합니다."

삼미는 완강하게 철수를 못 가게 가로 막으며 울먹인다. 이 울먹이는 삼미를 보고 철수는 잠시 마음이 약해져서 그만 다시 벤치에 앉고 만다. 삼미도 따라서 앉는다. 삼미는 철수에게 애원을 하기 시작한다.

"철수 씨, 내가 마음에 안 드시나요? 아니면 누구 사귀고 있는 사람이 있나요? 괜찮으니 속 시원히 말을 해 보세요."

"아닙니다. 삼미 씨에 미모는 뛰어난 편입니다. 뭐 특별히 사귀는 사람도 없고요."

이 말을 들은 삼미는 순간, 얼굴 표정이 환해지면서 미소를 짓기 시작한다. 신났다는 듯한 목소리로 말을 한다.

"아, 그럼 뭐가 문제가 되겠어요. 내 미모를 뛰어나다고 인정을 하는 걸 보니 내게 마음이 있다는 의미잖아요. 그런데 저번에 왜 도망쳤는지. 또 전화도 문자도 반응이 없었어요?"

"오해하진 말아요. 그땐 마음이 괴로웠고 물론 지금도…"

"오해… 무슨… 그리고 괴롭다는 뜻은?"

철수는 더 말을 하지 않고 땅만 바라본다. 그러는 철수를 바라보며 삼미는 계속 말을 이어 간다.

"철수 씨, 무슨 괴로운 일이 있어요? 그 괴로운 일을 내게 얘기해 주면 안 될까요?"

철수는 한숨을 푹 쉬며

"글쎄요."

"글쎄요 가 뭐에요. 얘기를 해요. 내가 고민을 풀어 주는 박사이니까"

"예, 그럼 고민을 말하지요. 수년전에 사귀었던 여인이 있었는데 제가 말실수를 했고 그로인해 큰 오해가 생겨 헤어지게 되는 아픔을 겪게 되었지요. 그래서 너무 괴로워요."

"아 예, 그런 일이… 세상을 살다 보면 그런 아픈 경험은 누구나 있을 수 있지요. 사실 저도 예전에 그런 일이 많았어요."

"아 네, 삼미 씨도 그런 아픔이 있었군요."

"철수 씨, 지나간 일은 신갈 실개천 물살에 다 내던지고 우리 아픔이 있었던 사람들끼리 새롭게 시작하기로… 어때요. 다 이렇게 되는 것은 하늘의 뜻이에요. 그리고 철수 씨를 앞으로 볼 수 없을거라고만 생각했는데. 어떻게 전철 안에서 보게 됐고 또 이렇게 지금 이 자리에서 대화를 나누고 있다는 거… 이 모든 것이 하늘의 뜻. 하늘은 제가 얼마나 철수 씨를 좋아했는지를 너무 잘 알고, 제 마음, 심정을 안쓰럽게 여겨. 오늘 이렇게 기적 같은 특별한 만남이 이루어지게 도와주신 거라고 생각해요. 하늘이…"

삼미는 이런 대화가 오고간 자체가 철수와 사귈 수 있는 절호에 기회로 생각하고 애원조로 그리고 철수를 위로하듯 말을 길게 이어간다. 삼미의 마음은 철수에게 동병상련에 심정을 일으켜 어떻게든 지금, 이 순간 기회를 최대한 살려 애인이 되고 싶은 마음 간절… 그러나 상대방, 철수의 생각은 그리 쉽게 열릴 것 같지 않다. 남녀 간에 서로 눈이 맞는 것은 쉬울 수 있다면 끝없이 쉽기도 하고 어려울 수 있다면 끝없이 어렵기도 한 것이 남녀간 사랑인 것같다. 처음에 이루어지는 단계, 운명적 만남, 모든 것이 하늘에 뜻, 사실, 노력도 많은 영향을 미치지만, 운이 지배하는 부분이 더욱 많은 것 같다. 그래서 운명이라고 부르는 것 같다. 삼미는 같은 벤치에 앉아 있는 것만으로도 무척 행복하다. 하늘에 붕 붕붕 떠 있는 기분이라고 하면 정답이다. 한참 동안 철수가 말이 없자. 다시 삼미가 말을 이어간다.

"철수 씨, 작년 가을 그날, 그대께서 도망친 후에 제가 몇 달간 간절히 카톡 문자 전송했던 그 심정, 이 세상 그 누구도 모를 거예요. 그 때 그 마음과 심정 담아 지금 제가 그대에게 카톡 문자를 보내렵니다. 지금 보내면 5분 후에 우리 같이 읽어보기로 해요."

카톡 내용

아메리카노 두 잔, 손에 들고 다다른 나루터
사랑 싣고 님을 실어 내 달리는 나룻배
님을 싣고 사랑 실어 흘러가는 사랑 배
서울에서 양평까지 흘러가는 내 사랑

양평에서 서울까지 흘러오는 내 인생

그님 싣고 밤새도록 노를 저어도 나는 좋아 나는 좋아

이대로 옆에만 있어 준다면 팔이 멍들도록 밤새워 노를 저어도

나는 나는 너무 행복합니다. 그저 그렇게 앉아만 있어 주세요.

그대로 그 자리에 그대로 영원히 그렇게…

카푸치노 두 잔, 손에 들고 다다른 나루터

사랑 싣고 님을 실어 내 달리는 나룻배

님을 싣고 사랑 실어 흘러가는 사랑 배

서울에서 양평까지 흘러가는 내 사랑

양평에서 서울까지 흘러오는 내 인생

그님 싣고 밤새도록 노를 저어도 나는 좋아 나는 좋아

이대로 옆에만 있어 준다면 팔이 부러지도록 밤새워 노를 저어
도 나는 나는 너무 행복합니다. 그저 그렇게 앉아만 있어 주세요.

그대로 그 자리에 그대로 영원히 그렇게…(전송 누름)

"철수 씨, 방금 카톡을 그대에게 그님께 보냈어요. 우리 같이 확
인해 보기로 해요."

"뭘, 카톡을 보냈어요. 바로 옆에 있는데…"

"어 무드를 깨내. 철수 씨, 우리에 러브 자체입니다."

"보냈다니 읽어 보기나 합시다."

철수는 바로 옆 자리 벤치에서 삼미가 보낸 카톡 문자를 같이 확
인하고 있다. 문자를 다 읽고 난 후 철수는 깜짝 놀란다. 놀란 이유
는 물론 표현상 그렇게 한 것이라고 생각하지만 팔이 부러져도 나
는 행복하다라는 표현… 그것도 여자가, 물론 여자라고 노를 저으
면 안 된다는 법은 없지만 삼미가 바로 옆에 앉아서 이런 카톡 문자

를 보내니 철수로선 어리둥절하기만 하였다. 철수가 잠시 먼 하늘을 바라보니 삼미가 계속 말을 이어간다.

"철수 씨, 이 내용은 꾸며낸 이야기가 아니에요. 그대가 정말 내 곁에만 있어 준다면 오늘 당장이라도 제가 통나무와 못을 구입해서 팔이 빠지도록 망치로 이리 치고 저리 쳐서 러브 나룻배를 만들어 그님 싣고 한강뱃길 따라 양평 러브여행을 뜨겁게 후끈 달아오르게 떠나요. 철수님 싣고. 애정 담아…"

삼미의 이 말에 철수도 감동을 받아 눈시울이 뜨거워지고 있다. 그렇지만 철수가 지금 심정으로는 삼미의 뜨거운 프로포즈를 수용할 수 있는 여력은 없었다. 철수는 그만 일어나 집으로 가고 싶을 뿐,

"삼미 씨, 오늘은 너무 늦었어요. 그만 일어나기로 해요."

"일어나긴요. 날 좋아할 거라고 확답을 해 주지 않으면 절대 일어날 수 없어요. 어서 좋아한다고 말해줘요."

"삼미 씨, 오늘은 그만, 내일 월요일 출근도 해야 하고…"

"철수 씨, 출근이 중요한 게 아니에요. 빨리 저를 좋아한다는 러브에 증표를 남겨 주세요. 입맞춤정도는 충분히 증표가 될 수 있죠"

"안 됩니다. 다음에 전화 드리지요."

철수는 벤치에서 일어나 신갈동 집을 향해 걸어간다. 삼미도 벤치에서 벌떡 일어나 철수에 뒤를 따라간다. 집 근처에 도달했을 때 철수는 이젠 그만 삼미가 돌아가기를 바라고 있다. 하지만 그럴 것 같은 분위기가 아니다. 삼미는 철수에 앞을 가로막으며 자기도 집으로 들어가겠다고 말을 한다. 이에 철수는 안 된다며 돌아갈 것을

부탁하지만 삼미는 완강히 거부한 채 실랑이가 벌어진다. 철수는 삼미를 뿌리치고 집으로 들어간다. 밖에서 문을 당기는 삼미, 그러나 이미 철수는 안에서 문을 잠가 버렸다. 문 밖에 서서 삼미는 눈물을 흘리고 있다. 그리고 바로 카톡을 보낸다. 내용은 문 안열어주면 한 발짝도 안감… 이렇게 짧고 굵은 내용이었다. 단호함, 자신의 사랑을 쟁취하겠다는 비장함 마저 엿보인다. 하지만 철수도 냉정하게 문을 열어 주지는 않았다.

짝사랑

이 후, 삼미는 또 다시 카톡을 보낸다.

카톡 내용

매일 아침, 그대에게 꽃 한 송이 드리고 싶어

그대 닮은, 나를 닮은 함께 닮은 어여쁜 꽃 한 송이

일 년, 삼백 예순날. 우리 애정, 우리 사랑,

활활 타 오르도록…

그대 두 손에 하이 얀, 삼백 꽃을 받치리라.

내 심장 닮은 하이 얀, 삼백 꽃을 받아 주세요.

내 영혼을 받아 주세요. 내 심장도 받아 주세요.

매일 저녁, 그대에게 꽃 한 송이 드리고 싶어

당신 닮은, 나를 닮은, 함께 닮은, 어여쁜 꽃 한 송이

일 년, 열 두달. 우리 만남, 우리 사랑.

활활 끓어 오르도록…

당신 두 손에 빨간, 삼백 꽃을 받치리라.

내 심장 닮은 빨간, 삼백 꽃을 받아 주세요.

내 영혼을 받아 주세요. 내 심장도 받아 주세요.(전송 누름)

이런 내용에 문자가 삼미로부터 그것도 대문 밖에서 오게 되니 철수는 착잡할 따름이었다. 살며시 창밖을 내다보니 삼미는 대문 옆 기둥에 기댄 채 쭈그리고 앉아 있었다. 한 사람이 한 사람을 좋아한다는 것, 행복하기도 하고 피곤하기도 하다. 그렇지만 안 좋아

할 수도 없다. 이래서 피곤하다. 철수는 대문 옆 기둥에 기댄 채 앉아 있는 삼미를 보니 자신이 영희를 기다리며 애 태우고 있는 처지를 보는 것 같아 안쓰러운 마음도 어느 정도 작용하고 있었다. 고민에 고민을 거듭하다가 철수는 삼미에게 카톡을 보낸다.

카톡 내용

삼미 씨, 미안합니다. 시간도 너무 늦었고 내일 출근도 해야 하고 그러니 그만⋯ 다음에 제가 연락드릴 테니 오늘은 이만⋯ (전송 누름)

삼미는 철수에게서 이런 문자를 받고 바로 답장을 보낸다.

답장 내용은(쪽 쪽 쪽) 이렇게 세 글자이다. 그리고 힘없이 뒤돌아 걸어간다. 돌아서 가는 삼미에 모습을 철수는 방안에서 창문으로 계속 바라보며 자신과 영희에 상황을 재연하는 느낌을 받고 있다. 서로서로 관계가 이처럼 얽히는 것이 인생, 철수는 다음 날 월요일 출근을 위해 잠에 들었다. 날은 밝았고 밝았으니 삶에 현장으로 달려가야 한다. 2013년 2월도 거의 다 지나가고 있으니 세월은 참 빠르기도 하지. 월요일은 몸도 마음도 무거울 수 있지만 300원 넣고 회사 자판기에서 마시는 커피는 무거운 몸과 마음을 가볍게 해 주는 마력이 있고 하루에 몇 잔 마시다 보면 퇴근 시간이 다 되어간다. 오늘은 회사에 들어서자마자 형철이 아메리카노를 마시자면서 회사 옆 마트로 철수를 데리고 간다. 근무 시간 조금 남겨두고 마시는 아메리카노도 꿀맛⋯ 마트에서 꿀맛 커피를 마시며 형철은 즐거운 표정으로 숙희와 일요일에 데이트했었던 이야기를 들려준다. 형철은 숙희를 만난 지 한 달이 되었는데 무척 가까워져 있었다. 형철은 철수에게 아메리카노를 한 잔 사주면서 숙희가 알고 있는 한 여인이 있는데 함께 만나자고 물어 본다. 철수는 어젯밤 삼미와 있었던 일도 심란한데 이런 말을 들으니 별로 마음에 와 닿지 않았다.

"형철 씨, 생각해 줘서 고맙지만 지금은 아닌 것 같아."

"그래요. 마음이 편해지면 그때 가서 추진해 봅시다."

형철은 철수가 다른 여인을 만나서 안정을 취하기를 바라는 마음과 영희에게서 받은 상처를 아물게 해 주고 싶은 마음이다. 그만큼 철수가 평소에 인격적으로 생활해 왔고 형철에게 마음적으로 잘 대해 주었던 보답 차원이라 볼 수 있겠다. 하지만 철수는 아직도 방황중이다. 시련에 연속…

어느덧 새해도 두 달이 지나가고 3월이 찾아 왔다. 3월은 겨우내 얼어붙은 땅이며 나무들, 또 많은 이들에 마음까지도 서서히 녹아 내리는 계절이다. 이 세상 모든 이들이 가장 기다리는 달이 바로 3월이 아닐까! 무거운 옷도 거두어 가버리는 3월… 실개천에 물살도 앙상하게 남은 얼음도 완전히 녹아 더욱 빨라지는 춘삼월, 모든 만물이 기지개를 활짝 펴는 계절, 철수는 조금 지루할 수도 있는 월요일 근무를 마치고 오늘도 기분전환 할 겸, 신갈 실개천 도보길을 걸어 다닌다. 저번에 영희와 어떤 남자가 함께 거닐었던 그 장소가 가까이 다가오고 있어 그때 그 기억이 생생하다. 설마 오늘도… 오늘은 그 광경이 내 눈앞에 나타나지 않았으면 좋겠다는 마음으로 천천히 걷고 있다. 하지만 가까이 그 장소까지걸어 왔을 때 순간 철수는 심장이 덜컹거렸다. 바로 실개천 도보길 징검다리 건너 반대편에서 오늘은 영희 홀로 귀에 이어폰을 끼고 유유히 걸어오고 있는 것이었다. 철수는 얼굴이 경색되었고 온몸이 굳어져 버렸다. 영희가 징검다리를 다 건너 올 때쯤 서로 두 눈이 마주쳤다. 철수는 무척 당황스런 표정을 지으며 말을 한다.

"영희야, 영희 맞지."

영희도 철수에 얼굴을 계속 바라보며 표정이 굳어지고 있다.

"어떻게 여길…"

"음, 운동하러 나왔다가… "

영희는 그냥 지나 갈려고 몸을 옆으로 움직인다. 그러자 철수는 말을 이어간다.

"영희야 잠깐 얘기할 수 있겠니?"

"안되는데… 할 말도 없고."

"잠깐이면 되는데… "

"무슨 말?"

"어떻게 지냈는지 궁금해서."

"궁금할 것 없어, 나 5월에 결혼해."

이 말을 들은 철수는 하늘이 두 쪽으로 갈라지는 듯한 충격이었다. 가슴은 갈기갈기 찢어지는 쓰라린 통증

"어 정말이니?"

"그럼 정말이지. 그리고 다음부턴 나를 보게 되면 아는 체 하지 마. 혼삿길 막히니까."

영희는 이 말을 툭 던지고 도보길 따라 막 달려간다. 철수는 달려가고 있는 영희의 뒷모습을 바라보며 서글픈 눈물을 흘린다. 그때 그 남자, 화기애애한 표정 지으면 함께 지나갔었던 그 남자가 영희와 결혼할 사람이라는 걸 느끼게 되었다. 냉정한 눈빛, 서늘한 목

소리, 영희는 그렇게 스쳐가버렸다. 철수는 오늘도 신갈 저수지 다리에 만들어진 도보길을 걸으며 체념이란 무엇인가에 대해 깊이 생각하고 있었다. 체념은 마음을 비운다는 말과 같은 뜻인가. 무엇이든 영원한 것은 존재하지 않는다. 영원해야만 한다고 생각하는 것들은 모두 다 욕심이 되어 버린다. 욕심을 잉태하게 하는 것은 몸이 있기 때문이다. 몸이 사라지면 욕심도 함께 사라진다. 오늘도 신갈 저수지에 물은 푸르기만 하구나…

　3월에 밤공기는 아직은 차갑기만 한데 낮에는 푸른빛이 감돈다. 나의 마음은 밤공기와 친숙해져 있다. 낮 공기는 낯설기만 하다. 어떤 만남이든지 소중하지. 이제 철수로서 할 수 있는 일은 영희가 미래를 약속하고 만날 그 남자가 무엇이든 영희 편에 서서 이해하고 사랑해 줄 수 있기를 바랄 뿐이다. 예전에 영희와 사랑에 빠져 있었을 때 함께 걸었던 이 도보 길은 내 마음을 알까! 길에 깔린 세면이며 흙이며 이 길 옆에 서 있는 나무들은 내 심정을 알까! 흙도 생명이 있고 나무들도 생명이 있으니 무슨 생각은 하지 않을까! 그리고 실개천에 흐르는 저 물은 또 어떤 생각을… 그냥 아무 생각없이 흐르고 있지만은 않을 테니, 그리고 이 생명들이 내 마음, 내 심정을 안다면 또 알아서 뭐해! 나를 돕지 못하잖아. 바라보기만 하고 있잖아. 물론 그럴 수밖에… 그래서 인생은 외롭지. 허전하고 쓸쓸하기도 하고… 그래서 술을 먹지. 먹어도 그때 뿐. 깨나면 또 외롭지. 그래서 내일도 술. 모레도 술. 그것도 괜찮지… 대신 안주가 부실하면 안 되지. 튼튼한 안주는 꼭 필수.

　철수는 두 시간 전 영희를 보았던 쓰린 추억, 그것도 5월에 결혼한다는 한마디. 서늘한 목소리를 잠시나마 잊을 수 있는 건 오로지 막걸리밖에 없다고 생각하고 늦은 밤에 마트에 가서 막걸리와 두부 김치를 사서 들고 와서 다시 실개천 바위에 앉는다. 두 병을 사 왔는데 한 병은 빠르게 먹고 두 병째 들어간다. 종이컵으로 두 잔 먹었을까. 약간 취하기 시작했는데 순간 주의력이 약해져 그만, 막걸리를 손으로 건드려 병이 쓰러지고 말았다. 엎질러진 막걸리가 흐르는 물속으로 들어가 버렸다. 물속에서 이리로 저리로 헤엄쳐 다니는 물고기가 그만 막걸리 물을 마셔버리게 된 것, 그 후 곧바로 헤엄치던 물고기는 취해 버린 것, 취한 물고기는 이리 비틀 저리 비틀 막춤을 추기 시작. 막걸리 마시고 취해 비틀거린 물고기 덕분에 철수의 외로움은 조금은 덜 수 있었다. 이렇게 함께 취한 술친구라도 있었으니 우울한 마음 조금은 나눌 수 있었을까! 철수는 막걸리에 취한 황금물고기를 바라보며 일어서서 집을 향해 돌아온다. 아픔은 뒤로 밀어 놓고 내일 화요일 출근을 위해 잠을 취해야 하는 상황이다.

화요일이 되었고 아직도 철수에 뇌리엔 찬바람만 불고 있다. 영희가 5월에 결혼을 거짓이었으면 좋으련만 그 건 아닌 듯, 화사한 봄 향기를 많은 이들은 좋아하지만 철수에게 그 향기는 악몽 같은 향기였고 지옥향기 같기도 하였다. 2013년 5월이 되기 전, 지금 3월, 여기서 세월이 멈추어 버렸으면 좋겠다는 생각만이 머릿속을 지배할 뿐… 퇴근할 무렵 절친 동료 형철은 철수에게 다가와 침체된 생활에 활력을 불어 넣고자 아는 사람들끼리 몇 명이 모여 산악회를 결성해서 주말에 등산을 하는 것이 어떻겠느냐 물어 본다.

"철수 씨, 생활에 활력은 운동이 너무 좋아, 산행이 어떨까?"

"형철 씨, 나름 좋은 생각이야, 그렇게 하지."

둘은 산행을 하는 것에 대해 의견이 일치 됐고 이번 주말에 경치 좋고 운치 좋고 공기 맑고 물도 좋은 무주구천동으로 산행을 떠나기로 하였다. 사실 형철의 의도는 주말에 하숙희가 알고 있는 한 여인을 함께 동행하게 하여 자연스럽게 철수와 만남이 이루어지게 하려는 계획이 있었던 것이었다. 이 후 시간은 흘렀고 마침내 금요일이 되었다. 형철과 철수는 신갈 정류장에서 내일 아침 7시에 만나서 일단 대전행 버스를 타고 가고 다시 그곳에서 무주로 가는 버스를 타고 가기로 약속했다. 철수는 약속시간에 맞춰 정류장으로 나갔다. 미리 나와서 기다리고 있는 형철과 숙희, 그리고 모르는 한 여인, 숙희와 철수는 인사를 나누었고 웃음을 지었다.

"철수 씨, 오늘 산행에 함께할 숙희 씨 친구입니다. 인사하세요."

"아 네, 안녕하세요. 저는 이철수라고 합니다."

"예, 안녕하세요. 반가워요. 홍다희라고 해요."

홍다희는 얼굴, 몸매가 상당히 뛰어난 미모를 지닌 여인이었다. 지금 형철의 마음은 어떻게든 절친 동료 철수가 영희에 시련에 늪에서 하루라도 빨리 빠져 나오기를 바라는 마음뿐이다. 잠깐 그렇게 서 있는 중에 7시 10분이 되었고 대전으로 가는 버스가 들어오고 있고 즐거운 마음으로 네 명은 버스에 올라탔다. 어느덧 무주구천동에 도착하였고 강력하게 흐르는 파워 물살은 온갖 근심 걱정을 한 순간에 쓸고 내려가는 듯하였다. 우선 하루를 묵을 산장을 얻기로 하고 점심식사를 하기로 하였다. 형철과 숙희는 방 하나를 얻기로 하였다. 그 만큼 가까워졌다는 근거, 하지만 철수는 별도 방 하나 홍다희도 별도 방 하나 이렇게 각각 알아서 같은 산장에서 방을 얻고 식사를 하러 나간다.

산나물이 유난히 맛있는 구천동 음식점, 네 명은 맛있게 식사를 하고 아메리카노를 한잔하고 천천히 산행길에 오른다. 너무너무 시원하고 경쾌한 물살, 3월 중순이라 산행하는 사람들도 무척 많았고 덕유산에서 내려오는 맑은 산 공기는 답답했던 가슴을 뻥 뚫리게 해 주었다. 그래서 인간은 자연과 일체를 이루는 것같다. 자연은 거짓이 없고 순수하니 인간도 자연 앞에 오면 순수해진다. 자연은 순수함으로 그 자리에 남아있지만 인간은 돌아서면 다시 오염된다. 이렇게 산에 와서 걷기도 하고 조금이라도 마음에 정화를 하면 조금은 순수해 지기도 하겠지! 덕유산에 흐르는 물은 그냥 먹어도 된다. 그래서 네 명은 각자 가지고 온 컵으로 흐르는 물을 떠먹는다. 순수함에 동화되어 간다. 맑은 하늘처럼, 늘 푸른 하늘처럼, 그렇게… 푸른 하늘과 푸른 물은 같은 색깔이고 성질도 비슷하다. 푸른다는 성질, 순수하다는 성질, 이런 것 또 하늘과 땅이기도 하고 선도 하나고 나눌 수 없고 하늘에서 물이 내리니 하나로 된 선이지!

네 명은 덕유산 기슭에서 흐르는 물을 떠 먹고 잠시 앉아 쉬고 있을 때 산책로 윗길에서 걸어오고 있는 두 여인 한 사람은 조금 낯익은 얼굴이고 다른 사람은 한 번도 못 본 얼굴, 조금 더 가까이 오니 낯익었던 여인이 바로 박미숙이었고 못 본 얼굴은 누군지 모르는 사람이었다. 네 명 중 미숙을 알고 있는 사람은 철수와 형철, 순간 철수와 미숙은 두 눈이 마주쳤다. 서로 너무 놀라는 표정을 지으며

"어, 철수 씨, 어떻게 이곳에?"

"아예, 아는 사람과 같이 왔어요. 그런데 미숙 씨는…"

철수는 문득 청화와 미숙의 이혼 사실을 저번 1월에 왕십리에 전

철타고 가다가 의정부 고향친구이자 청화에 친구이기도 한 조인호에게서 들었던 기억이 떠오르고 있었다. 그리고 형철도 작년 가을에 민속촌에서 함께 국밥집에서 식사를 했었던 기억을 떠올리며 가볍게 미소를 지으며 인사를 건넨다.

"미숙 씨, 잠깐 여기 바위에 라도 앉으세요."

"아예, 그럼 그럴까요."

이렇게 미숙과 다른 한 여인은 바위에 걸터 앉는다. 순간 숙희와 홍다희의 얼굴은 조금 굳어지고 있다.

철수와 형철은 숙희와 다희에게도 미숙과 인사를 나누라며 말을 꺼낸다.

"숙희 씨, 다희 씨도 인사 나누세요. 아는 분들입니다."

"아예, 그래요 안녕하세요."

숙희가 먼저 인사를 한다.

"안녕하세요."

미숙도 화답을 하고 있다.

이렇게 두 여인이 바위에 걸터 앉게 되어서 모두 한 자리에 여섯 명이 앉게 되었고 덕유산 중턱에 강하게 흐르는 물살을 함께 묵묵히 바라보면서 각자 무엇인가 깊은 생각에 사로잡힌다. 철수는 미숙과 청화의 이혼사실을 알고 있었기에 청화의 안부를 묻기도 난감한 처지였고 또 다른 무슨 말을 하기가 어색하기만 하였다. 그저 형식적인 안부만이 오고갈 뿐이었다. 미숙의 아픈 상처를 자극하면 안된다는 관념이 엄습했기에… 철수는 미숙에게 어떻게 잘 지냈느냐며 안부를 묻는다. 이런 분위기에서 홍다희와 박미숙에게서 묘한 신경전이 오고간다. 왜냐하면 미숙도 이혼한 지 두 달이 넘어가고 있고 또 철수가 마음씨도 착하고 이해심이 넓은 편이라 미숙도 내심으로론 철수에게 관심은 갖고 있었지만 볼 기회가 없었는데 너무 운좋게 이곳에서 볼 수 있게 되어 무척 기분이 좋은 상태이다.

철수와 미숙은 서로 웃음을 유지하며 시종일관 즐거운 분위기가 지속되고 있고 반면 다희의 얼굴은 점점 이그러져 가고 있다. 사실 형철의 얼굴 표정도 그리 밝을 수는 없다. 자신이 주선해서 다희를 이곳에 오게 한 것이니 말이다. 이런 분위기를 전환하고 싶은 형철은 그만 일어나 산 정상으로 걸어 오르자고 제의를 한다. 그래서 이렇게 여섯 명은 일제히 일어나 산 정상을 향해 올라간다. 미숙과 동행했던 김선희는 산을 두 번 오르는 셈이 되었다. 미숙은 산 정상에까지 갔었기에 힘들었지만 철수가 산행을 하기에 참고 다시 걷는다. 사실 형철과 다희는 미숙이 눈치 것, 따라오지 않았으면 하는 마음이지만, 사람의 생각은 어렵고 복잡한 것.

오히려 산 정상으로 오르면서 철수와 미숙은 더 대화를 많이 나눈다. 이 세상에서 가장 어려운 일이 사람의 마음이 아니겠는가! 그렇다. 인생이 무엇보다 어렵다 하는 것은 생각, 마음 때문에 또 그 마음은 인위적으로 물리적으로도 막을 수 없기 때문이다. 그래서 인생사가 무척 피곤하고 괴롭기도 한 것이고 때론 그 현상이 삶에 에너지가 되기도 한다. 이런 양면은 어떤 관점에서 인생을 바라보느냐 하는 차이인 것 같다. 한 사람의 기쁨은 다른 사람에겐 괴로움으로 작용하는 경우가 많은 것이 삶에 현실이고 피할 길이 없다. 그런 양면을 지닌 채 이렇게 여섯 사람은 덕유산 정상까지 올랐다.

"야호, 야호, 야호."

"와아, 너무 상쾌한 기분이야. 힘들긴 하지만 바로 이 맛이야."

"오호, 활력이 생기는 것 같아."

"그렇지."

산 정상에 올라가 본 사람이라면 느끼겠지만, 뿌듯함 그 자체이다. 모두 앉은 채 깊은 호흡을 내 쉬며 물을 마신다. 하지만 서로서로 마음속이 복잡해지는 것은 어쩔 수 없는 일, 조금 앉아 쉬었다가 산에서 내려 오려고 다시 일어난다. 내려오는 길은 편한 마음으로 한 걸음, 두 걸음 내려온다. 산 입구에 내려 왔을쯤 철수가 먼저 제의를 한다. 오늘은 이렇게 만나게 된 것도 인연인데 식사를 함께 했으면 좋겠다는 내용이었다. 결국은 미숙 동행인 선희도 포함하는 뜻, 형철과 숙희, 다희는 얼굴이 조금 난감한 표정을 짓는다. 싫다고 할 수도 없고 조금 어리둥절한 표정을 짓더니 그럼 그렇게 하자고 말을 한다. 이렇게 여섯 명은 함께 식당으로 들어가게 되었다. 철수의 이런 행동 속에는 그 어느 여인도 마음에 있지 않음을 나타내는 부분이라 볼 수 있겠다.

식당에 들어간 후에도 미숙과 다희는 끊임없는 신경전을 한다. 서로 철수 옆에 앉으려고 눈치를 보는가 하면 끝없는 시선 충돌, 식사를 마치고 막걸리를 마시기 시작하였고 어느 정도 시간이 지나자 모두 다 취해가고 있었다. 미숙은 2차 노래방에 갈 것을 제의한다. 하지만 형철, 숙희, 다희는 꿀 먹은 벙어리가 되어 침묵을 지킨다. 미숙과 함께 온 선희는 더욱 적극적으로 노래방에 가자고 제안을 한다. 형철이 그 제안을 받아들여 노래방으로 가게 되었고 그렇지만 신나는 분위기를 연출하지 못하고 조금 엄숙하게 노래를 부르고 의자에 앉고 음료수 먹고를 반복하던 중 철수가 노래를 하는데 갑자기 미숙이 철수를 끌어안는다. 미숙은 막걸리를 많이 마셔 취해 있었고 그러다 용기를 내어 보란 듯이 이렇게 한 것 같다. 미숙은 청화와 결혼생활 중에도 마음속으로는 철수처럼 따뜻한 남자를 만났더라면 얼마나 좋았을까 몹시 부러워 했을 것 같아 보인다. 그 후 청화의 광폭 의처증 증세로 인해 이혼을 한 후에도 온정 많은 철수를 찾았을 것이다. 전화번호를 알지 못해 철수에게 연락은 못 했지만 만나고 싶었던 그 마음, 그 심정이 오늘 이렇게 운이 너무 좋아 볼 수 있게 되어서 이런 기회에 강하게 분출되는 것이다. 하지만 다희의 입장에선 형철의 주선으로 자연스런 계기를 만들고자 멀고 먼 무주구천동까지 왔건만 이게 무슨 날벼락이란 말인가! 다희도 철수를 봤을 때 이상형이 아니면 모르겠지만 마음에 쏙 드는 편이다. 이래서 문제가 되는 것이다. 다희는 부글부글 끓어 오르는 감정을 억누르지 못하고 문을 열고 노래방 밖으로 나가 버렸다. 화가 치밀어 오른 감정을 진정 시키고자 구천동에 흐르는 물살만 넋을 잃고 바라본다.

형철과 숙희도 노래방 밖으로 나와 다희를 찾고 있다. 여기저기 돌아다니며 찾고 있는데 다희는 흐르는 물 옆 바위에 걸터앉아 담배를 하나 꺼내어 피우고 있었다. 형철과 숙희는 다가가 다희를 진정 시킨 후 데리고 산장으로 들어갔다. 이때 노래방에서는 철수, 미숙, 선희는 왜 안 들어오는지 영문도 모르고 계속 노래를 부르고 있다. 한참 동안 노래를 부른 후 밖에 나와 보니 아무도 없었고 구천동 상가 주변은 늦은 밤이라 조용했다. 미숙은 철수에게 조금 더 얘기를 하고 싶다며 편의점에 가서 음료수를 사들고 걸어온다. 밤 2시가 다 되어 가는 시간이지만 미숙은 철수와 할 말이 무척 많았고 정신적으로 기대고 싶어했다.

미숙은 과거에 있었던 이혼에 상처가 아직도 지배하고 있었기에 편안한 상대와 대화를 많이 나누고 싶은 마음 간절하다. 흐르는 물을 벗 삼아 이렇게 세 사람은 과거에 있었던 이야기를 끊임없이 이어가고 있다. 밤 4시가 다 됐을쯤에 길고 긴 대화가 끝이 났고 천천히 산장 쪽으로 이들은 걸어간다. 철수는 점심때 도착하여 방을 구했지만 미숙과 선희는 방을 구하지 않았다. 그 이유는 오후에 서울로 가려고 했었기 때문에⋯ 그래서 미숙과 선희는 철수가 묵고 있는 산장에 다른 방을 얻어서 들어갔다. 구천동의 흐르는 청량한 물소리를 들어가며 이들은 고요히 꿈나라로 접어들고 있다. 아침이 밝았고 구천동의 물은 환한 아침만큼이나 더욱더 맑게 보였다. 형철과 숙희, 다희는 일어나자마자 아침식사도 하지 않고 간다는 말도 없이 첫차를 타고 수원으로 올라가 버렸다.

철수는 밤 4시까지 미숙, 선희와 구천동 물살을 바라보며 이야기를 해서 인지 일찍 일어나지 못하고 점심때가 다 되어서 일어날 수밖에 없었다. 일어나서 형철에게 전화를 하니 핸드폰이 꺼져 있었다. 철수는 형철과 다희가 불쾌한 감정이 생겨 그냥 올라갔을 거라는 것을 짐작하고 있었다. 철수, 미숙, 선희는 일어나 점심식사를 하고 산 정상에 한번 더 오르기로 하였다. 산 입구에서 미숙이 물어본다.

"철수 씨, 어제 그 사람들은 어디에 있어요."

"아침에 일어나자마자 수원으로 올라 간 것 같아요."

"그래요. 그런데 어제 그 여자들은 어떻게 되는 사이인가요?"

"그냥, 아는 사이이지요. 뭐."

"아는 사이?"

순간, 서로는 말을 멈추고 계속 산행을 한다. 산 중턱쯤 올라간 후에 잠깐 쉬면서 미숙은 철수에게 조심스레 말을 건넨다.

"철수 씨, 그런데 왜, 제 남편에 대해 물어보지 않나요?"

미숙은 마음속으로는 철수가 자신의 이혼사실을 알고 있는 것이 아닐까! 이런 생각도 해 본다. 철수는 잠시 말이 없다가 천천히 말문을 연다.

"저 사실은 그 사실 알고 있었어요."

"그 사실이 뭔데요?"

"이혼사실."

"알고 있었어요?"

"네, 알고 있었지만 그런 얘기는 기분 나쁠까봐 일부러 말을 안 했죠."

"아이, 괜찮아요. 다 지난 일인데."

"그래도…"

미숙은 마음속으로 철수를 더욱더 좋아하게 된다. 자신을 배려하기 위한 예의, 인격, 이런 부분이 마음이 끌리고 또 예전에 처음 대면했을 때부터 그런 느낌을 받았었다.

"철수 씨, 저 철수 씨를 좋아하게 됐어요. 이젠 어떻게 해야 될지…"

"글쎄요?"

"글쎄요는 무슨 뜻?"

"괴롭다는 뜻이지요."

"괴롭다."

"혹시 예전에 사귀었다던 한 여자, 그 누구인가 그 사람을 못 잊어서 그러는 건가요?"

"그렇기도 하지요."

"철수 씨, 지워야 할 것은 값비싼 지우개로 깨끗이 지워버리세요 그리고 새롭게 출발하기로 해요. 저하고…"

"미숙 씨, 그건 안 됩니다. 청화하고 저하곤 같은 고향 의정부 오랜 벗입니다. 그런데 현실이 이렇게 됐다고 그럴 수는 없지요."

"철수 씨, 그런 현실이 무슨 상관이에요. 우리 서로 좋아하는 감정만 있다면 현실은 휴지조각입니다. 철수 씨를 내 것으로 만들겁니다."

이 말을 들은 철수는 갑자기 침묵을 지킨다. 철수는 늘 방황 중이다. 온통 머릿속은 영희가 5월에 결혼한다는 사실, 그 사실 하나만으로도 깊은 블랙홀에 빠진 상태,

이철수를 향한 4파전

덕유산 정상까지 갔다가 다시 내려온다. 오후 늦은 시간이 되어 세 명은 신갈을 향해 올라오게 되었다. 올라오는 버스 안에서 미숙은 철수에게 핸드폰 번호를 알려주고 철수의 번호를 자신에 핸드폰에 입력을 한다. 철수는 신갈동 집으로 들어갔고, 미숙과 선희는 각자 집으로 향했다. 이번 일로 인해 직장 절친이었던 형철과 철수는 사이가 큰 균열이 생기게 되었다. 철수는 신갈동 집으로 들어가 내일 월요일 출근을 위하여 쉬고 있다. 어디에선가 카톡이 오고 있다. 확인해 보니 저번 1월초에 의정부역 앞 kk카페에서 맞선 보았던 그녀 최리라였다. 그때 그 기억이 많이 나고 인상이 너무 좋았었다는 짤막한 한 줄이었다. 철수는 카톡 답장을 하지 않았다. 무료한 시간을 떼울길이 없어 TV전원을 누른다. TV시청을 해도 근본 문제는 해결이 되지 않고 더욱더 심란해지기만 하고 혼란스럽기 짝이 없었다. 그래서 TV를 꺼 버린다. 멍하니 창문을 바라보는데 또 어디에선가 카톡이 오고 있다. 방금 전에 맞선녀 최리라에게서 왔었기에 또 오는 줄 알고 받지 않았다. 그 후 5분 후에 또 카톡이 온다. 이번엔 누굴까? 궁금해서 확인해 보니 엊그제 구천동에서 보았던 그 여인 홍다희였다. 내용은 인사도 없이 그냥 가서 미안하다는 내용, 철수는 한 시간 사이에 연이어 두 명에 여인으로부터 카톡을 받게 되어 정신이 멍멍해져 버렸다. 저번에 집에까지 따라왔다가 울고 간 오삼미, 청화와 이혼하고 구천동에서 우연히 만난 박미숙, 방금 전에 연이어 카톡을 보낸 홍다희, 최리라, 이렇게 네 명의 여인으로부터 철수는 뜨거운 관심을 받고 있다. 하지만 철수의 마음은 이 네 명에 여인들에게 미치지 않는다. 철수는 자나 깨나 영희가 5월에 결혼한다는 사실에 큰 충격을 받고 있고 이런 현실이 생시가 아닌 꿈이기를 바라고 있을 뿐이다. 그렇지만 현실이고 철수로선 비극적인 시간이 점점 가까이 다가오고 있다는 것이다. 극단적으로 고독할땐 사람들에게 말하는 것보다 차라리 산새들에게 또 소주에게 말하는 편이 속은 편할 수도 있으리라… 물론 근본 해결책이 없는 것은 이것도 마찬가지이지만… 사실 인생은 근본 해결책이 없는 영역이 훨씬 더 많다. 그래서 삶은 힘들고 외롭다. 그래도 살아야지 어쩌겠는가!

근본적인 문제, 결정적인 문제는 한 가정을 이루고 있는 가족도 방파제가 안 된다는 사실을 명심하길 바란다. 그럼, 어떻게 해야 현명한 길인가! 사실 현명한 길은 생각에 차이일 뿐이다. 철수 입장에서 현명함이란 5월에 영희가 결혼을 하지 못하게 방해하는 것인가! 아님, 잘 살 수 있도록 빌어주는 것인가, 무엇이 현명함인가! 성격에 차이일까, 그렇다면 무슨 성격, 어떤 성격이 현명함인가…

끝없는 명제만 남기며 시간만 축내고 살아간다. 이럴 땐 힘들어도 한발 물러서는 것이 정도가 아닐까 생각한다. 자신의 목표를 관철하겠다고 끝까지 고수하는 것도 고집이 될 수도 있다. 그 고집은 상대를 위한 고집일까, 아닐 것이다. 결국 나 자신을 위한 고집인 경우가 더 많다. 그러니 그냥, 마음을 비우려고 노력하면서 하루하루 버텨나가라… 절대 가치는 이 세상에 아무 것도 존재하지 않는다. 사람도 마찬가지이다. 그러니 비워라… 구천동에 흐르는 물처럼 흘러 보내라. 막지 말고… 그러다 보면 더 좋은 경우가 생길지도 모르니… 이 세상은 오묘한 것이니, 생각보다 오묘한 것이니… 오묘하고 복잡하니까 그렇게 적응하라. 그렇게… 힘들어 하지 말고 말이다. 너무 고달프고 힘들면 홀로 흐르는 물살을 보면서 하염없이 울어라. 계속…

구천동에 흐르는 물보다 더 많은 양에 눈물을 흘려라… 그럼 아픔과 시련은 조금은 쓸려 나간다. 물살과 함께… 막 울어라, 그 눈물이 구천동 물살에 묻힐 정도로… 사람과 사람이 만나는 것은 하늘의 운이 지배하는 것 같다. 수많은 길을 지나가는 행인들도 그저 행인으로 남는다. 같은 일을 하는 사람들끼리 모여지는 성질이 점점 나이가 들수록 심해져만 간다. 무슨 모임, 동호회는 같은 일이 아니지 않느냐 라는 생각할 수도 있지만 그 모임, 동호회도 업무는 아니지만 일이다. 일이 라는 것은 업무만이 일인 것은 아니다. 개인적으로 무엇이 좋아서 취미로 만나게 되도 그것도 일이다. 성인이 되면 이렇듯 같은 일을 하는 사람들끼리만 만남이 이루어지고 급속도로 사람들의 대화내용도 획일적이 되고 극도로 정형화되어 버린다. 이렇기에 철수가 지금 안고 있는 쓰린 고통도 그 누구에게 토로를 해도 돌아오는 위로에 말은 이미 정해져있다. 이래서 인생은 고독하고 그 개인조차도 획일화 정형화에 길로 접어 들 수밖에 없는 것이다. 그리고 철수와 영희의 결정적 균열 원인도 철수가 획일 정형주의 탈피하고, 포용 진실주의로 치닫는 과정에서 벌어진 일이 아닌가! 그만큼 이 세상 이 사회가 지나칠 만큼 고정적 형식화되어 있다.

이런 번민에 사로잡힌 채 어느덧 3월은 다 지나가고 4월이 되고 말았다. 철수의 심정은 오히려 4월로 접어드니 마음이 비워지기 시작 하였고 이왕 이렇게 된 상황이니 아무쪼록 영희의 결혼을 진심으로 축하해 주고자 하는 마음이 앞으로 밀려와 있다. 좋은 사람만 만날 수만 있다면 꼭 내가 아니면 어떤가! 다른 사람 만나서 더 행복해질 수만 있다면 그것도 축복이라고 생각하기로 노력하였다. 4월은 점점 더 봄기운이 완연해지는 시기이고 산이며 들도 더욱더 푸르름을 더해가는 계절인 것 같다. 남녀간 데이트 커플들도 야외 공원을 가득 메울 정도이니 말이다. 철수는 오늘도 여느 때와 같이 퇴근 후 산책을 한다. 전화벨소리가 울려 확인해 보니 저번 1월에 전철타고 왕십리 갈 때 보았던 고향 친구 조인호였다.

"여보세요."

"어, 철수야 나 인호인데…"

"어, 그래 반가워. 내가 먼저 전화할려고 했었는데. 바빠서 그만…"

"잘 지냈지?"

"그래."

"철수야, 이번 주에 저녁식사라도 같이 하자고."

"음, 알았어. 내가 금요일에 전화할게."

전화왕래를 잘 하지 않았던 고향 벗 인호에게서 전화가 걸려와 철수는 무척 새롭기도 하고 궁금한 마음도 많이 들었다. 마침내 금요일이 되었고 약속대로 철수는 인호에게 전화를 건다. 뚜르르르르 신호가 가고 있고 인호가 전화를 받는다.

"음, 철수 어디에서 만나는 것이 좋을까?"

"왕십리에서 만나는 게 어떨까? 내가 사는 신갈까지 올려면 힘들 테니까."

"뭐, 가는 것도 괜찮은데… 왕십리로 하겠다면 그렇게 해."

"내일 저녁 7시 왕십리역에서, 내가 전화할게."

"알았어."

토요일이 되었고 철수는 고향 벗, 인호를 만나러 가기 위해 신갈역에서 왕십리역으로 가는 전철을 탔다. 철수는 왕십리역에 내리니 무척 새로운 마음이 감돌았다. 낯설지만 거리를 지나가는 사람들을 보고 있으면 새롭다는 생각과 오늘 이 시간이 지나면 또 다시 볼 수 있게 될지 영영 볼 수 없게 되는 스쳐가는 행인인지 호기심도 갖고 있다. 사람의 연은 어디서부터 어디까지가 연인가, 기준 같은 것, 철수는 신갈에서 있다가 왕십리에 오니 길거리에 사람도 많고 승용차도 많고 그리고 생각도 많아져만 간다. 7시가 다 되니 고향 벗 인호에게서 전화가 온다. 철수는 전화를 받자마자 5번 출구로 오라고 알려준다. 얼마 지나지 않아 인호가 나타났다.

"어, 철수 많이 기다렸어?"

"아니야, 방금 전에 왔어."

"어디로 갈까?"

"식사를 해야지."

철수와 인호는 식사를 하기 위해 식당가를 찾아 걸어간다. 찌개 백반을 먹어가며 이런저런 이야기를 나누면서 의정부 다른 친구들 소식을 서로 주고받기도 하고 특히 결혼에 대해 얘기를 많이 나눈다. 그러던 중, 청화에 관한 얘기가 인호에게서 먼저 나온다.

"청화는 얼마 전에 이혼했다는 말이 있더라고."

"어 그래?"

철수는 모른 척하였다.

"청화에 관한 소식을 알고 있니?"

"나도 자세한 것은 모르지만 다른 친구들에게서 들어서 알고 있지."

인호가 청화에 관한 말을 하면 할수록 철수는 마음이 편치는 않았다. 그 이혼에 직접적 원인제공은 아니더라도 조금이지만 오해를 일으키는 일이 있었기 때문에 철수는 이런 얘기가 심기가 불편해져 간다. 그런데 청화가 철수를 한번 만나고 싶어 한다고 인호가 말을 한다. 순간 철수는 마음속으로 생각한다. 혹시 청화가 나에게 직접 전화하기가 서먹서먹해서 제3자인 인호를 통해 날 만나려고 하는 게 아닐까!

철수는 이 말을 듣고

"어 그래, 청화가 날 만나고 싶다면 만나야지."

이렇게 말을 하고 술잔을 비운다.

"한잔해, 친구."

"그래."

식사를 마치고 소주를 한 두 잔 하다 보니 시간은 금방 지나 시곗바늘은 10시를 가리키고 있었다. 인호는 다음에 청화와 연락한 후에 시간을 내어 만나자면서 오늘은 그만 마시고 집으로 가야된다고 말을 한다. 10시가 조금 넘은 시간에 둘은 식당에서 나왔고 인호는 의정부로 철수는 신갈을 향해 갔다.

"잘 가, 인호 나를 만나려고 여기까지 오게 해서 미안해."

"아니야, 내가 자주 연락했어야 했는데 못해서 미안하지."

철수는 왕십리역에서 신갈로 오는 전철을 타고 오면서 이 시점에서 청화가 왜 나를 만나려고 할까 궁금한 마음도 들었다. 미숙과 이혼한지 석 달이 넘어간 지금, 청화가 단지 외롭고 힘들어서 그럴까! 아님, 나를 아직도 오해하고 있어서 뭔가 트집을 잡으려고 그러는 것인지 철수의 머릿속은 계속 복잡해져만 간다. 돌아온 후 몇 일이 지나자 인호에게서 전화가 걸려온다. 전화를 받자 인호는 청화와 용인 보라동 이마트 앞에서 오늘 저녁 7시에 가능한지를 묻는다. 이에 철수는 그러겠다고 말하고 전화를 끊었다. 그 시간에 철수는 나가 있었는데 7시가 조금 넘어서 청화, 인호 그리고 예전에 끊임없이 철수를 따라 다녔던 청화의 직장 여직원 오삼미였다. 청화와 인호는 그렇다고 하더라도 이번에 삼미가 나온 것은 철수로선 어이없는 일, 인근 식당을 찾아서 들어갔다. 청화는 철수에 얼굴을 보더니 조금은 미안해하는 표정이었다 1월 에버랜드에서 있었던 좋지 않았던 일, 이것 때문이겠지.

"철수야, 내 저번에 불필요한 오해를 해서 정말 미안하다."

"뭘, 다 그럴 수도 있는 거지 뭐."

이때 식당 종업원은 음식을 가져 온다. 삼미는 얼른 철수 바로 옆 자리에 가서 앉으며 미소를 띤다.

"철수 씨, 너무 보고 싶었어요. 저 번에 제가 그냥 돌아가면서 쪽 쪽쪽 이라고 문자 넣어 드렸잖아요. 그게 무슨 뜻인지 아세요?"

삼미의 이 말에 철수는 아무런 말을 하지 않고 고개를 숙인다. 그러자 삼미는 무안한 표정을 지으며 철수를 끌어안는다.

"삼미 씨, 이러지 마세요. 보는 시선이 많은데 이게 무슨 행동입니까?"

"뭘, 어때요. 우리 사이인데."

"옆에서 보니 서로가 너무 잘 어울려. 꼭 맞는 것 같아."

"나도 그렇게 생각해."

철수는 안 되겠다 싶어 자리를 이동한다. 그러자 삼미가 또 따라간다. 철수는 귀찮다는 듯이 청화에게 말을 한다.

"왜, 인호하고 둘이 오지 삼미 씨를 데리고 온 거야…"

삼미는 이 말을 듣고 실망스런 표정을 지으며 물을 마신다.

"밥은 다 먹었으니 한잔 해야지."

"그래."

이렇게 네 명은 식사를 마치고 술을 마시기 시작한다. 술이 한두잔 들어가고 시간이 지나자 청화는 영희에 대한 얘기를 하기 시작한다.

"내가 우연히 어딜 가다가 영희 씨를 보았는데 혹시 영희 씨 아니냐고 물었더니 그렇다고 하더군. 그런데 5월에 결혼을 한다고 하더라고, 그런데 참 공교롭게도 내가 작년에 결혼했었던 그 곳 동백에 있는 하트웨딩홀, 이 곳에서 20일에 하게 되었다고 하던데."

철수는 이 말에 침묵만을 지키고 있다. 이미 알고 있었지만 재차 또 그 사실을 들으니 더 괴롭기만 하였다. 순간, 삼미는 회심에 미소를 짓고 있다. 그렇게 되면 철수는 자기 것이 될 거라고 확신하고 있고 철수도 지금은 계속 방황 중이지만 다음 달에 영희가 완전히 결혼을 하고 나면 하는 수 없이 체념하고 결국엔 자기에게로 기울어져 올 것이라고 삼미는 굳게 믿고 있다. 철수로선 앞으로 한 달이 가슴을 옥죄어 오는 시간이 되겠고 삼미의 마음은 앞으로 한 달이 최대한 빠르게 지나가기를 바라고 있다. 이렇듯 어떤 같은 경우가 처해진 입장에 따라 다르다는 것이 인생의 한 단면일 수 있다. 하지만 묘하게도 이 자리에 삼미는 계속 철수 모습만 바라보고 있노라면 인호는 삼미에 모습만 뚫어지게 바라본다. 인호의 얼굴은 삼미에게 첫 눈에 완전히 반해버린 표정을 계속 자아내며 괴로워하고 있다. 삼미는 성격이 조금 남성스럽고 거친 부분도 있지만 워낙 얼굴이 야하게 생겼고 탄력적인 굴곡이 심한 몸매를 갖추고 있어 많은 남성들로부터 뜨거운 관심을 한눈에 받고 있는 중이다. 이러니 인호의 심장이 뛰지 않겠는가 사실 이 세상 모든 구조, 특히 남녀간에 벌어지는 모든 일도 먹이사슬 구조로 되어 있고 정글에서 벌어지는 동물들에 치열한 혈투와 하나도 다른 것이 없다. 오히려 계략과 전술이 가미되니 이들보다 더 치열할 수 있고 더 복잡하게 전개되어만 간다. 그것도 사랑이라는 그 이름으로 말이다. 자기 것으로 만드는 과정에서 즐겨 사용하는 단어, 사랑. 초코렛 선물. 사탕 선물. 아무튼 청화와 철수의 만남이 이루어지는 자리에 청화가 직장 여직원인 삼미를 데리고 나옴으로써 인호는 삼미를 보고 반하게 되었고 마음속으로 사랑에 감정이 싹트고 몸을 가눌 길이 없었다.

인간야수

인호에게 이런 강한 동기부여를 심어 주는 부분은 철수와 삼미가 연인사이로 제대로 발전한 것도 아니고 삼미 혼자서 그저 좋아하고 있을 뿐이기 때문에 인호 생각으로는 철수와의 의리 문제 이런 부분도 그리 크게 여기지 않는 것 같다. 물론 사람마다 생각에 차이는 있겠지만 사랑이라는 것은 뭐라고 정의를 내려야 할까! 순간 외모에 반해 좋아하는 마음 더 쉽게 표현하면 계속 바라보고 싶어지는 마음 위에 인호가 마음속으로 삼미를 본 후에 사랑에 감정이 싹트고 몸을 가눌 길이 없었다고 했는데 통상적으로 사랑에 빠졌다고 표현을 하니 여기에서는 표현상 그렇게 쓰기로 한다. 그렇지만 정확한 심리로 들어가면 마음에 쏙 든다. 이게 맞을 것 같다.

인호가 수많은 사람들이 몰려있는 수도권에 살면서 오직 삼미에게 만 이런 감정이 싹트고 몸을 가눌 길이 없었다고 말한다면 이 말은 백 프로 쇼가 되어 버린다. 하루를 살면서 그렇게 지나고 한 달, 두 달을 살아가다 보면 셀 수 없는 인원에 해당되는 이성을 바라보게 되면 계속 꼬리에 꼬리를 물고 그 마음은 싹트게 되어 있다. 이 모든 감정이 사랑일까? 당연히 사랑이 아니다. 이상형이고 내 스타일이라고 하는 게 맞다. 이래서 남녀간 사랑이 무척 어렵고 존재하기가 난해한 부분이 있다. 하지만, 내리사랑 내리화에 이름으로 내리나무에서 피어나는 꽃, 내리꽃은 이상형이고 내 스타일이 없다. 미워도 내 아들, 짜증나도 내 딸, 무조건적 사랑, 무차별적 사랑이 실제 존재한다. 바로 이 내리사랑을 내리화를 힘들더라도 남녀간 사랑에 접목해야만 한다. 이 사람 봐도 마음에 들고, 저 사람 봐도 마음에 들고, 그러다가 기회되면 만나고, 보고 싶어 하고, 이러면서 무슨 사랑이란 말을 남발하는가 내리화는 오로지 자식만을 좋아하고 사랑한다. 이게 바로 참된 진정한 사랑이다. 희생, 헌신도 감수한다. 불쾌한 일이 생겨도 헤어짐, 갈라섬이 없다. 이 생, 마감하는 날까지 무조건 희생한다. 이게 사랑이다. 이 만큼 사랑이란 자기희생 헌신이 따르지 않으면 사랑이 아니다. 그러니 용어를 달리해라. 다른 이름으로 그것에 걸맞게… 아무튼 인호는 흔히 통상적으로 불려지는 말로 사랑에 빠져 있다. 그러니 식사를 하면서 삼미를 뚫어지게 바라봤지 않겠는가! 사실 뭐든지 눈으로 무엇인가를 계속 본다는 것은 관심이 있고 좋아한다는 것으로 봐야한다.

승용차나 옷도 그렇고 집도 마찬가지다. 일단 눈길이 자꾸만 간다면 다른 것보다 더 관심이 있고 좋아하게 되었다는 것이겠지. 사람과 사람도 그렇고, 그래서 맞선보러 나가서 상대방이 자꾸 딴 데 쳐다보면 마음에 안 들어 하는구나라고 생각하면 거의 맞다. 물론 상대방이 쑥쓰러움을 많이 타는 성격이라 그럴 수도 있겠지만 이렇게 해서 또 다른 문제가 생기고 있다는 것이다. 결론은 삼미는 철수를 무척 좋아하고 상사병이 걸린 상태이고 철수는 별로 그저 그렇고 영희를 못잊어 하고 있고 그런데 이 만남에서 청화가 삼미를 데리고 나오는 바람에 인호가 삼미를 보게 되어 심장이 벌렁거리고 있다는 이야기, 인호 가슴에 불을 지폈다는 것, 물론 청화가 계획적으로 그런 것은 아니지만 원래 남녀관계는 이렇게 얽히고 설킨다. 이것 말고 인생살이도 이렇게 복잡하다. 복잡한 이유는 사람 수명이 너무 길어서 그렇다. 만약 사람의 수명이 지금보다 열배이상 줄

어든다면 얽히고 설킴도 복잡함도 현저히 줄어든다고 생각한다.

그리고 인호 입장에선 철수와 오랜 고향 벗이었다고 하더라도 자기 심장을 벌렁거리게 만든 내 스타일인 삼미가 계속적으로 철수에게 뜨거운 관심 표시를 하는 모습을 옆에서 바라만 보고 있는 것도 조금은 괴로움일 수 있다. 경우에 따라선 느끼는 강도에 따라선 고문으로 느낄 수도…. 이렇게 네 명은 시간이 많이 흐르자 서서히 자리를 마칠 것을 서로가 제안을 한다.

"철수 씨, 4월도 얼마 남지 않았고 5월 20일만 지나가면 그렇게 되면, 그렇게만 된다면…"

"삼미 씨, 저 정신적으로 힘들어요."

"뭐가 힘들어요. 철수 씨 곁엔 이렇게 뜨거운 삼미가 있는데…"

철수는 이제 그만 일어날 것을 제안하며 벌떡 일어난다. 뒤 따라 청화, 인호, 삼미도 천천히 일어나고 있다. 청화가 계산을 하겠다며 계산서를 들고 카운터 쪽으로 향한다.

"철수야, 내가 저번에 오해했었고 불필요한 트러블을 일으켜서 미안한 마음 갖고 있고 그래서 여기에 온 거야. 그런 의미에서 계산은 내가 할게."

"아니야, 내가 낼게."

순간, 청화가 빠르게 카운터로 달려가 계산을 한다. 그리고 모두 다 밖으로 나온다. 오늘도 놀기 좋아하는 청화가 또 노래방에 갈 것을 제안한다.

"오늘 기분도 좋은데 노래방이나 가자고."

"그래 좋지."

"그렇지."

이렇게 네 명은 보라동 주변에 노래방을 찾아서 들어간다. 누구보다 더 신난 사람은 인호, 말은 못하고 속으로 삼미를 보고 반한 상황에서 청화가 노래방을 제안하니 얼마나 달콤한 일인가. 인호 얼굴에 웃음꽃이 가득하다. 하지만 현실은 삼미의 마음은 철수에게로 그렇지만 인호는 호시탐탐 기회를 엿보고 있는 중 노래방에 들어가니 분위기가 후끈 달아오른다. 지금 인호의 마음은 온 천지에 함박눈이 내려 교통이 두절된 상태, 하지만 야속하게도 삼미는 철수에게로 가서 바짝 달라붙는다. 이렇게 한 시간 반가량 시간이 지나고 끝이 났고 밖으로 나왔다. 철수는 집이 신갈동이라 혼자 알아서 가겠다며 걸어갔고 나머지 세 명은 택시를 타고 각각 야탑, 모란, 의정부로 가야만 한다. 이때 삼미가 또 저번처럼 철수를 따라오려고 하자 철수는 삼미에게 오늘은 중요한 일이 있으니 시간이 안되고 다음에 시간을 내어 만나자고 말하여 부드럽게 따돌리고 또 철수는 도망치듯 달아났다. 철수에게 푹 빠져 있는 삼미는 다음에 시간을 내어 만나자고 한 그 말이 진실이라고 생각하고 너무 고무되어 좋아서 펄쩍펄쩍 뛰면서 사실은 도망치고 있는 철수에게 감격의 카톡 답장을 보낸다.

카톡 내용

철수 씨, 다음에 시간을 내어 만나자고 한 그 말을 듣고 눈물을 흘렸답니다. 그 만큼 저를 사랑하고 있다는 표시이지요. 저를 그렇게 좋아하고 있으면서 왜 진작 좋다고 말하지 않았나요? 이제사, 그 진실을 제게 보여 주시는군요. 사랑해요. 쪽 쪽쪽…

이렇게 삼미는 철수가 귀찮아서 따돌린 말에 엄청난 오해를 하고 말았다. 원래 무엇이든 미칠 만큼 좋아하다 보면 이렇게도 되기도 하는가 보다. 사리분별 능력이 현격히 떨어지는 현상….

결론은 또 철수는 삼미에게 카톡 답장을 안 했다는 것이 중요하다. 어쨌든, 이렇게 되었고 나머지 세 사람은 택시를 타고 서울 쪽으로 올라가야 된다. 마침 택시가 오고 있어 세워서 함께 탔다. 청화는 야탑역 부근에서 내리고 차안에는 삼미와 인호만이 남아 있다. 삼미는 집이 모란이고 인호는 의정부이다. 그래서 삼미는 모란에서 내려야 한다. 이때 인호는 머릿속으로 아이디어를 짜낸다. 삼미에게 모란에 볼 일이 있어서 내려야 한다고 위장을 하는 것이다. 그런 다음 내리고 그 후 용기를 내어 프로포즈를 감행하는 것. 완벽한 시나리오가 된다.

"저 삼미 씨, 제가 모란에 볼 일이 있어서 내려야 합니다."

"아 네, 그러세요."

택시는 모란역에 다 왔고 삼미와 인호는 내렸다. 삼미는 내린 후 인호에게 인사를 하고 집으로 향하려고 하는데 인호가 삼미의 길을 가로막는다.

"삼미 씨, 저 할 말이 있는데요."

"예, 제게 무슨 할 말이…"

"아예, 그게 그런 것이라서 그만…"

"아니, 그게 무슨 뜻인가요."

인호는 용기를 내려 했지만 쉽게 용기가 나질 않았다. 한참을 뜸을 들이다가 결국엔 용기를 내고 말았다.

"저, 삼미 씨 할 말이…"

"아니 무슨 말인데요."

"그게, 제가 삼미 씨를 처음 본 후에 제 스타일이라는 것을 느꼈지요."

인호의 이 말에 삼미는 깜짝 놀라며 어리둥절한 표정을 짓는다.

"예, 뭐라구요. 제가 인호 씨의 스타일…"

"예, 그렇습니다. 삼미 씨에 미모에 푹 빠져 버렸습니다. 내 사랑을 받아 주세요."

"아 네, 그렇지만 그럴 수 없어요. 저는 철수 씨를 무척 좋아하고 있거든요."

"삼미 씨, 그러나 철수는 삼미 씨를 안 좋아합니다. 별 관심 없지요. 하지만 저는 삼미 씨를 본 건 오늘이 처음이지만 뜨겁게 좋아합니다. 저녁 때 함께 식당에 갔을 때나 노래방에 갔을 때도 솔직히 저는 몸이 굳어 버리는 기분이었어요. 왜냐하면 첫 눈에 반해 버렸기 때문에 오늘 제가 청화와 함께 이 자리에 오게 된 것도 삼미 씨를 만나게 되고 서로 뜨거운 사랑이 이루어지게 되는 운명이라고 생각합니다. 제 마음을 조금이라도 이해해 주시길 바랍니다."

"말씀 잘 들었습니다. 하지만 솔직히 저는 인호 씨가 제 스타일이 아닙니다. 서로 좋아하는 일, 사랑하게 되는 일도 물리적으로 되는 게 아니잖아요. 그러니 그만 돌아가 주세요."

"어찌, 제 심정, 제 마음을 그리도 몰라주신 답니까? 이럴 땐 제 친구 철수가 너무너무 부럽군요. 철수를 그렇게 좋아하신다니 으흑."

"어쩔 수 없어요. 남녀관계는 마음대로 되는 게 아닙니다. 느낌이 무척 중요합니다. 저는 더 이상 할 말 없으니 그만 가세요."

이 말을 들은 인호는 고개를 떨구고 침통한 표정을 짓는다. 이렇듯, 선택이란 냉정한 것이다. 인생은 선택하는 것도 무척 힘들고 반대로 선택을 받는 것도 더더욱 힘든 일이다. 이래서 인생이 어렵다 하는 것이다. 이때 인호의 가장 현명한 선택은 누가 대신해 줄 수 없다. 오직 스스로 해결해야만 한다. 이래서 인생은 누가 대신 살아 줄 수 없고 늘 외롭고 고독한 선택을 해야만 하는 구조로 되어 있다. 열 번 찍어 안 넘어가는 나무 없다는 말도 있긴 하지만 이 말은 현실성은 보장할 수 있는 건 아닌 것 같기도 하다. 왜냐하면 사람일이기 때문에 그렇다. 만약 열 번 찍어 넘어갔다고 해도 그 후에 벌어지는 많은 변수들, 또 이루어졌다고 하더라도 행복을 장담할 수만은 없다. 반대로 서로 첫 눈에 반해서 이루어졌어도 마찬가지이지만…. 이렇듯, 삶은 이래도 탈, 저래도 탈, 그래도 자기 인생을 선택을 할 땐, 선택이 힘들다고 자기 삶에 대해 책임을 지우려 하지 않고 마냥 도망칠 수도 없다. 최종 결정은 고독하다. 인호만의 고독이다.

"삼미 씨, 오늘은 이만 돌아가렵니다. 하지만 하루에 단 일분이라도 저를 생각해주세요. 아니 일초라도…"

"아닙니다. 전 오로지 이철수 씨밖에 몰라요."

인호는 처음 본 날이지만 강력한 용기를 내어 삼미에게 프로포즈를 하였으나 결과는 아무 것도 없었다. 그렇지만 인호는 다시 택시를 타고 의정부로 가면서 머릿속으로 계속 연구를 거듭한다. 어떻게 하면 삼미의 마음을 사로잡을 수 있을까. 핵심은 바로 이것이었다. 상사병에 걸려 버린 것, 그 날 인호는 의정부 집에 들어가 잠을 취하려고 방에 누웠는데 자꾸만 삼미의 모습이 아른거렸고 호흡이 가쁘고 몸에 힘이 하나도 없이 다 빠져나가는 느낌이었다.

이 세상에서 짝사랑만큼 피곤한 것은 사실 무척 많지만 물론 이보다 더 괴로운 일도 셀 수 없이 존재하지만 홀로 누군가를 그리워하고 좋아한다는 것은 한편으로는 희망이기도 한 측면도 있지만, 이 세상 더 많은 피곤한 일들과 괴로운 일들을 더욱더 가중되어버리게 만든다는 것이 문제 중의 문제다.

이윽고 4월말이 되었고 봄 향기는 점점 강한 진동을 일으키며 산과 들의 향기는 도시의 거리, 건물로 스며들며 진한 파장을 이른다. 그러나 계절이 주는 안락함과 풍만함은 현재 즐거움과 행복이 턱밑까지 차 오른 이들 만의 그라운드, 계속 꼬여만 가는 이들에게 싱그러운 향기란 몹시 더울 때 길을 걷다가 잠깐 마주하는 실바람에 불과, 그러다가 5월이 되어 버렸다. 철수로선 돌이켜 보고 싶지 않은 5월 중순, 그것도 20일, 영희의 결혼식 그렇지만 침착해지려고 부단히 노력하며 유일한 벗, 시원한 냉수만 거듭해서 마시고 또 마신다. 졸릴 때, 유일한 벗은 아메리카노이지만 침착해지고 싶을 때 유일한 벗은 시원한 냉수가 아닐까 싶다.

5월이 되어 첫 출근을 하니 예전과 달리 절친 동료 형철은 말을 잘 안하려 들고 조금씩 피하는 눈치이다. 3월 중순에 있었던 무주 구천동에서 미숙과의 일로 아직도 형철은 불만을 감추지 못하고 있었다. 철수는 어쨌든 형철의 입장을 헤아리지 못했고 그가 데리고 나온 성의를 생각하면 조금은…. 물론 철수가 형철에게 소개를 받을 테니 그 여인 홍다희를 데리고 나오라고 부탁한 건 아니라 해도 결과적으로는 철수가 우연히 그 장소에서 미숙을 만나게 되어 많은 친절을 베풀고 다정한 행동을 취한 것에 대해선 형철에게 미안한 마음을 지니고 있는 것은 당연하기도 하다. 그래서 철수는 형철에

게 정중히 사과의 뜻을 표한다. 바로 이런 부분이 제대로 된 가치가
아닐까!!

"형철 씨, 내 저번에 무주구천동 갔을 때 일이 그렇게 된 것에 대
해 그때 말하려고 했는데 못했어. 정말 미안하게 됐어. 난 솔직히
지금 그 누구에게도 마음이 없어"

"그렇지, 철수 씨 나도 그 마음은 알지. 아직도 영희 씨를 못 잊
어 하고 있고 거기다 이번 달 20일에 영희 씨가 결혼까지 한다니 얼
마나 괴롭겠어"

"형철 씨, 그렇게 이해해줘서 너무 고마워"

서먹서먹했던 둘의 사이는 서로가 한 달 넘게 갇혔던 대화에 장
을 열어가면서 조금씩 풀어져 가고 있었다. 형철은 홍다희가 아직
도 철수에게 미련이 남아 있고 구천동에서 처음 대면했을 때 너무
좋은 인상이었다며 그 날은 마음은 속상했지만 아직도 잊을 수 없
는 임이라고 생각하고 있다는 다희의 뜻을 철수에게 전한다. 그러
나 형철의 이 말에 철수는 아랑곳하지 않는 분위기이고 며칠 앞으
로 나가온 영희의 결혼에 대해 끝까지 신경을 곤두서는 상태, 어느
덧 그날이 다가왔고 철수는 극도로 우울한 기분이 되어 버렸다. 오
늘은 19일이다. 내일 토요일이 영희의 결혼식, 그것도 작년 가을 청
화의 결혼식 했던 같은 장소, 용인 동백 하트웨딩홀 철수는 괴롭지
만 그 장소에 가 보기로 마음먹고 발걸음을 재촉한다. 3년 넘게 사
귀면서 철수로선 이 세상 그 무엇과도 바꿀 수 없었던 하늘같은 존
재였던 영희가 다른 남자와 지금 이 순간 결혼을 한다.

철수는 도착하여 아주 먼발치에서 결혼식 거행하는 장면을 침통
한 표정으로 바라보고만 있다. 행여나 영희의 눈에 띄기라도 한다

면 영희가 신경이 날카로워질까봐 눈을 마주치지 않으려고 무척 애를 쓴다. 모든 행사는 다 끝이 났고 영희는 신랑인 전중식과 어디론가 가고 있다. 이 가슴 아프지만 그 임이 가는 그 길이 유일한 행복이라면 그렇게 가는 것도 괜찮습니다. 구천동에 흐르는 막힘없는 물살 같은 인생길이 된다면 내 그대를 위해 아낌없이 손바닥이 터지도록 큰 박수를 보내렵니다. 행복하세요. 영희 씨…. 철수는 이렇게 마음속으로 영희의 미래를 축원하는 내용을 새기며 발길을 돌려 신갈동 집으로 향한다. 무엇에 엄청 두들겨 맞은 듯한 멍하고 어지러운 증세가 나타나기도 하였다. 집에서 잠시 커피를 마시며 쉬고 있을 때 어디선가 전화가 걸려오고 있다. 어딜까 폰을 보니 오삼미였다. 받지 않았다. 그랬더니 5분 후에 카톡이 오고 있다.

카톡 내용

철수 씨, 보고 싶어요. 오늘이 바로 그 날이지요. 너무 가슴 아파하지 말아요. 인생이 원래 그런 거니까. 그리고 철수 씨 고향 친구인 조인호 씨 말이에요. 저번에 보라동에서 철수 씨와 청화 씨 함께 만났던 날 집에 갈 때 그 사람 모란에서 내려서 제게 추근 거렸어요. 어찌나 귀찮고 짜증나던지 미칠 지경이었지요. 난 오로지 철수 씨밖에 모른다고 말하고 돌려보냈어요. 철수 오빠, 나 잘했지. 이젠 오빠라고 부르리라. 내 나이 26세, 오빠나이 29세, 세 살 차이니까. 결혼하기도 꼭 맞고 철수 오빠, 우리 결혼하기로 해요. 오늘 결혼한 그 사람들처럼요… (쪽 쪽쪽)

이런 내용에 카톡이었다.

철수는 귀찮을 따름이었다. 모든 것을 잊기 위해 술이라도 만취해 볼까 생각도 해 보았지만 이젠 술 먹는 것도 지쳐 있을 정도이다. 하지만 순간적이라 하더라도 고통을 잊는 것은 술밖에 더 무엇이 있는가! 철수는 이 세상에서 가장 독한 위스키를 사러 간다. 방에서 마시고 그냥 쓰러지고 싶어서이다. 조금 떨어진 위스키가게에 가서 구입한 후 집으로 오고 있다. 집에 거의 다 왔을쯤 대문 앞에서 기다리고 있는 삼미, 그럼 조금 전 전화하고 카톡넣고 할 때가 이미 이 곳에 오고있는 중이었단 말인가! 오늘을 하루하루 손꼽아 기다린 삼미,

"삼미 씨, 어떻게 예고도 없이 이곳에 왔어요."

"오빠, 우리 사이에 무슨 예고야. 그냥 오면 되는 거지 뭐. 아까 카톡 넣을 때 이미 이곳에 다 왔었어."

"내가 오라고 안 했는데 왜 온 겁니까?"

"오늘은 오빠와 나의 뜨거움이 절정으로 올라가는 날, 오빠의 영혼을 방해했던 한 사람도 임자를 만나 오늘 떠났고 이제는 우리 둘이 몸과 영혼이 하나가 되기만 하면 돼. 오늘부턴 철수 씨가 아닌, 오빠라 부를 거고 또 편한 말로 할 거야"

"삼미 씨, 오늘은 저 혼자 편히 쉬고 싶어요. 다음에 제가 전화할게요."

"저번에도 다음에, 이번에도 다음에, 왜 그렇게 나를 따돌리려고만 해. 그러지 말고 아니, 더 말할 것 없이 오빠, 일단 방으로 들어가자고."

"안돼요, 그만 돌아가 주세요."

삼미는 저번 보라동에서 함께 만나게 되었을 때 철수가 못 잊어하는 여인이 오늘 결혼한다는 사실을 알고 있었고 지금 이 순간이

되기를 기다리고 있었다. 철수가 문을 열고 들어가려고 하자 삼미는 못 들어가게 잡아당기며 같이 들어가자고 울먹인다. 못 들어오게 밀어 붙이는 철수를 안간힘을 다해 붙들고 늘어지며 매달리는 삼미, 결국은 방으로 같이 들어갈 수 있었다. 자신의 사랑을 쟁취하고야 말겠다는 삼미의 굳은 의지로 철수와 담판을 질 수 있는 너무 좋은 기회가 오고야 말았다. 이 땅에 살고 있는 많은 여성들도 수동적으로 남성으로부터 프로포즈만 받으려고 하지 말고 마음에 드는 남성이 있다면 삼미처럼 적극적으로 먼저 다가가 프로포즈를 과감하게 할 것을 적극적으로 권유하고 싶다. 그래야만 자신의 스타일을 만날 수 있다. 그렇지 않으면 만날 수도 없을뿐더러 쓰라린 외로움을 겪어야만 한다. 이 쓰라린 외로움은 이 세상 그 누구도 대신해 줄 수 없다. 같은 가족도 이런 부분은 한계가 있는 것이 현실이다. 그러니 이 세상에 살고 있는 여성들은 이것저것 눈치 보지 말고 내 권리, 내 행복을 찾아 나서라, 중간에 안 된다고 포기하지 말고 끊임없이 부딪쳐서 사랑을 찾아라. 외로움은 비참한 것이다.

물론 이것은 남성들도 마찬가지다. 끊임없이 부딪쳐서 마음에 드는 여성을 연인으로 만들어라. 돌 직구를 던져라. 삼미처럼…. 단, 어느 정도 합리적인 틀 안에서 정도를 걸으며 부딪쳐. 상대방을 배려하면서 너무 지나친 행동은 서로간에 큰 상처로 남으니 끊임없이 프로포즈를 하더라도 상대를 아끼고 감싸주면서 때론 희생도 하고 헌신도 하면서 그렇게 하면 된다. 희생할 수 있으면 사랑이다. 희생 못 하겠다면 사랑, 아니다. 어쨌든 삼미는 철수의 방에 들어가자마자 난데없이 대청소를 하기 시작한다. 막 쓸고 닦는다. 깜짝 놀란 철수가 왜 그러느냐고 물어도 대답하지 않고 악착같이 대청소를 한다. 있는 힘껏 빡빡 닦는다.

"아니, 삼미 씨 왜 그러세요. 이상하네요. 이해도 안 되고."

"오빠, 이상할 것 하나도 없어. 그럼 아내가 집청소를 해야지 누가 해?"

이 말을 듣고 철수는 너무 어이없다는 표정을 지으며 그만 하라고 말을 한다. 그러나 삼미는 더 열심히 쓸고 닦는다.

"자기야, 자기는 내가 이렇게 청소 열심히 하고 나면 어깨나 좀 주물러 주고, 물론 어깨 말고 다른데도 그렇게 해주면 더 좋지만…"

"삼미 씨, 제발 그만 하세요. 너무 넘겨짚지는 마세요."

철수는 냉정하게 삼미의 애교를 끊어버린다. 그러자 삼미는 느닷없이 쇼파로 달려가 픽하고 쓰러져 버린다. 그 후 몸이 아프다고 우는 시늉을 한다. 이에 철수는 당황하며 쇼파로 달려가 몸에 손을 대며 어디가 아프냐고 묻는다. 그러자 삼미는 이때를 노렸다는 듯이 느닷없이 철수에 입술에 자신의 입술을 밀착시킨다. 그리고 철수를 밑으로 쓰러지게 위에서 누른다. 이러자 철수는 온 힘을 다해 삼미를 밀어부친다.

"삼미 씨, 이 게 뭐 하는 짓이에요."

"오빠, 부부끼리는 원래 이래도 되는 거야. 오빠 그거 몰랐어?"

"무슨 부부야, 미안하지만 안 되겠어. 강제로 집 밖으로 밀어 내야겠어."

철수는 화가 나서 삼미를 온 힘을 다해 문 밖으로 밀어내려고 애를 쓴다. 이 과정에서 삼미는 더 강하게 철수를 끌어안으며 밀려 나가지 않으려고 아예 방바닥에 완전히 쓰러져 버리면서 크게 소리를 지른다.

"오빠, 날 밀어내지마. 난 착한여자란 말이야. 그리고 오빠밖에 모르는 착한 여자, 그런 여자인데…"

이후 삼미는 소리를 내어 울기 시작한다. 그러자 철수는 마음이 괴로워 더 밀지 않고, 얼른 다른 방으로 들어가서 문을 잠가버린다. 그리고 방바닥에 누워 한숨을 푹 내쉰다. 어느새 철수는 지쳐 깊은 잠에 빠져 들었다. 한참동안 아무 생각없이 자고 일어나 살며시 문을 열면서 삼미가 어디에 있는지 응접실 주방을 살핀다. 그런데 삼미는 보이지 않았다. 여기저기 돌아다 봤지만 전혀 보이지 않고 소리도 나지 않았다. 그러다 철수는 냉수를 마시기 위해 냉장고 쪽으로 가는데 식탁 위에 냉장고에 없었던 찌개, 생선, 반찬들이 가지런히 정갈하게 놓여 있었고 찌개 바로 하단에 어떤 쪽지가 한 장 놓여 있었다. 이게 무슨 내용일까! 얼른 쪽지를 열어 보았다.

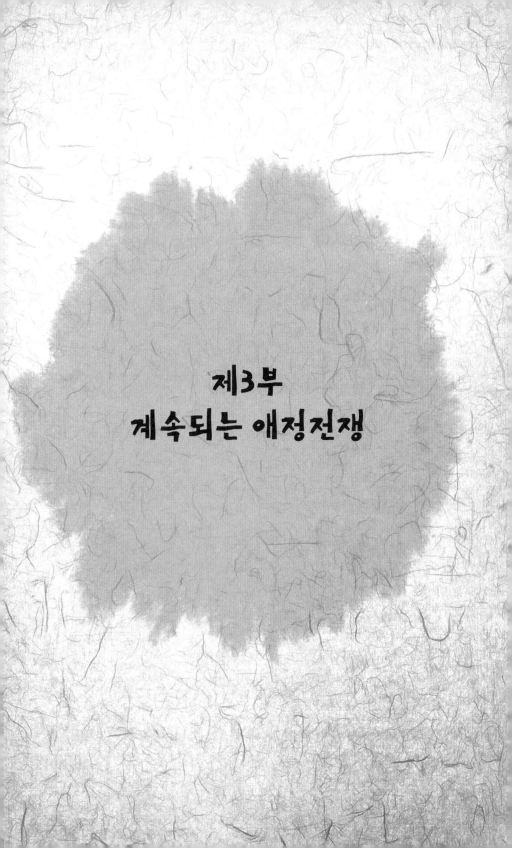

제3부
계속되는 애정전쟁

영희의 결혼

쪽지 내용

　오빠, 오빠가 잠에서 깨어날 때까지 기다렸지만 계속 자고 있어서 그 시간에 잠깐 시장에 들려 생선, 반찬들을 사서 갖다 놓았어. 맛있게 먹어. 그리고 나에게 매일매일 이렇게 할 수 있는 권한을 준다면 나는 하늘을 나를 듯 행복할 것이고 또 오빠가 맛있는 음식들을 먹고 있는 모습만 봐도 나는 우주여행을 하는 기분일 거야. 하나 더, 나는 그때 아무것도 먹지 않고 오빠가 먹는 그 얼굴만 봐도 너무너무 행복하고 너무너무 배가 부르고 완전 최고 행복이야…. 이것이 바로바로 최고의 행복….

　이런 내용에 쪽지가 찌개 하단에 놓여져 있었다. 철수는 이 글을 읽고 순간, 마음이 괴로웠다. 영희에 대한 여러가지 생각 이런 부분이 아직도 심란한데다가 그것도 오늘이 영희의 결혼식이 있었던 날이고 마음을 조용히 정리하고 싶었는데 삼미가 와서 무척 혼란스럽게 만들어 놓고 떠난 지금 이 시간이 더욱 황량하게만 느껴질 뿐 그 이상도 그 이하도 아무 것도 아니었다.

　늦은 밤, 시간이 되었고 철수의 마음도 이젠 조금 조용해졌다. 오늘 있었던 영희의 결혼식을 다시 한번 떠 올려보며 회상에 젖는다. 내가 한때 널 하늘만큼 좋아하고 사랑했었던 한 사람으로써 이제는 네 곁에, 네 주변에 나타날 수 없고, 먼발치에서 바라봐도 아무런 소용없는 현실이 되어버린 지금에 내가 바라는 마음 하나 있다면 그것은 행복하게 살아다오. 이 한 줄이다.

철수는 이렇게 마음속으로 되 뇌이고 오후에 사온 독한 위스키를 꺼내어 한 모금 한 모금 마신다. 이렇게 2013년 5월 20일 토요일은 역사 속으로 묻혀간다. 하루 더 지나 22일 월요일에 영희와 신랑 전중식은 사이판으로 일주일간 신혼여행을 떠났다. 그날, 월요일 철수는 늘 그랬듯이 회사로 출근을 한다. 힘없이….

오늘 월요일도 다른 월요일과 같이 마음이 가라앉는다. 하루하루 지나면 직장인들에 꽃요일 불금이 기다리고 있지만 사실 철수에겐 꽃요일이 과연 꽃일까, 고독한 꽃요일이겠지. 고독, 이 세상에 살고 있는 모든 이들에게 있어서 고독이란 정의를 내릴 수는 없다. 사람들마다 성격과 추구하는 방향이 천차만별이기에 그렇다. 고독은 자신을 기준하여 고독이라고 생각하면 고독이 된다. 남들이 생각할 땐 고독인데 자신이 생각할 때 아니라 하면 고독이 아니다. 이처럼 어려운 세상에 살고 있다. 배신도 당한 사람 입장에선 배신이지만 상대방 입장에선 새로운 삶이다. 즉, 새 출발이다. 배신당했다고 울부짖는 사람은 괴로운 시련이지만 이것도 상대 입장에선 울부짖는 그 행동이 귀찮고 짜증만 날 뿐이다. 결론은 사람들 각자가 이기주의와 이기주의가 정면으로 부딪치는 형국이고 무조건 힘만 세면 힘없는 자를 위에서 군림한다. 거기다 더해 마음이 사라져서 떠나고 싶어도 온갖 협박과 폭행에 가까운 행동을 일삼는 자들이 너무 많아 무서워서 못 떠나고 있는 이들도 무척 많다. 배신이라는 이름으로 배신자란 이름으로 각자에 자유로워야 할 영혼이 묶이고 압살당하고 있다.

이 세상에 철수처럼 순수하고 상대방을 배려하고 희생하려고 하는 사람들만 있다면 무엇이 문제가 되겠는가! 사랑했던 영희가 떠

내리사랑 내리화

나는 것은 가슴 아파도 정신적 후유증은 많아도 혼자서 앓는 한이 있어도 영희에게 직접적으로 내색하지 않고 마음속으로 행복을 빌어주는 아름다운 진정한 순정파 이철수, 그저 영희가 인생에 값진 추억으로 남을 신혼여행이기만을 빌어 줄 뿐이고 어디에서 어떻게 새로운 보금자리를 잡을지 모르지만 정말 뜻 깊은 새 출발이 될 수 있기를 진심으로 바라는 마음만이 철수의 마음이고 내리사랑 내리화를 남녀간에 접목 대입시킨 아름답고 아름다운 사랑이다. 자신이 사랑했던 그 사람, 영희의 결혼에 본인이 주인공이 되지 않았더라도 사랑했던 이가 떠나는 신혼여행길이 아름다운 사랑에 멋진 추억으로 남기를 두 손 모아 진정으로 기원하는 남자, 이게 바로 참된 진정한 사랑, 희생적 내리화, 헌신적 내리꽃이다.

지금이나 예전이나 이 사회는 사랑이라는 두 글자는 진실성보다는 일종의 인사말 덕담 차원이 되어 버렸다. 이 두 글자가 아는 사람들끼리 식사, 날씨, 안부 묻는 수준으로 전락해 버린지 오래다. 이 사회가 이런 풍조가 만연한다면 참 진실은 사장되어 버리고 가식과 위선만이 팽배해지리라. 아름답고 숭고해야 할 두 글자가 그냥 듣기 좋은 말로 포장해 버리는 쇼가 판치고 있다. 그러다보니 사회가 맑지 않고 혼탁해져 있다. 더욱 안타까운 현실은 많은 이들이 이런 가식과 위선에 곧잘 넘어간다는 사실이다. 텅 빈 수요일 오후 2시 철수는 저번 주 토요일 영희의 결혼식을 본 후 며칠이 지난 지금 거리에 있는 모든 사물은 눈에 보이지 않고 하얀 안개만 끼여 있는 듯하였다. 직장동료 절친 형철은 아직도 다희가 철수를 못잊어 한다는 내용의 말을 종종 하곤 한다. 아직은 이 말에 철수가 움직일 가능성은 만무하다. 퇴근할 시간이 다 되었을쯤에 형철은 숙희와 올 가을에 결혼 얘기가 오고가고 있다는 말을 한다. 이 말을 들은 철수는 반가운 표정을 지으며 형철에게 잘 되기를 바라고 있다는 격려를 해 준다. 인연이란 왔다가도 가고 갔다가도 오는 게 인연이다. 고정된 인연은 없다. 순간 고정됐다 변했다를 반복한다. 하지만 철수는 형철과 숙희의 인연은 고정된 인연이길 빌어주는 마음 간절하다. 자신은 흩어진 인연이었지만 절친은 모아진 인연이길…

"형철 씨, 좋은 인연으로 발전하여 백년해로 할 수 있길 바라."

"고마워 철수 씨, 그런데 이젠 그만 시선을 돌릴 때가 되지 않았을까 저번에 구천동 함께 갔을 때 기억하지? 다희 씨라고, 철수 씨를 꼭 만나고 싶어 하는데 한번 만나봐."

"걱정해줘서 고맙지만 나에겐 앞으로 많은 시간이 필요할 것 같아."

철수에게는 늘 문자를 보내며 애원하고 있는 삼미가 있고 다음은 지금 거론된 다희, 청화와 이혼한 후 은평구에서 의상실을 하고 있는 미숙, 올 1월에 의정부에서 맞선을 본 리라, 이렇게 네 명의 여성이 뜨거운 관심을 보내며 문자도 보내며 철수와 애인이 되기 위하여 각축전이 벌어지고 있다. 그렇지만 이 네 명이 그토록 바라는 그 꽃은 이들을 바라보지 않고 그저 먼 산만 보고 있다. 형철이 철수에게 소개하려고 했던 홍다희는 숙희의 친구이면서 지금은 화성시에서 제약회사에 다니고 있다. 다희는 숙희로 하여금 형철에게 말하여 철수를 만나게 해 달라고 매일같이 매미처럼 달라붙는다. 그러나 철수는 묵묵부답일 뿐….

다희는 형철과 숙희와 짜고 목요일에 형철이 철수와 직장 퇴근 후 식사를 하러 식당에 갔을 때 그곳에 다희와 숙희가 들어오는 구상을 하고 실행에 옮기기로 하였다. 어떤 대상을 못 견딜 정도로 좋아하고 그리워하다 보면 이런 머리를 써서라도 만나고 싶어 하는 것 같다. 바로 그 시간, 목요일 저녁 6시 30분이 되었고 철수와 형철이 다니는 회사 주변식당에서 만나는 그 시간에 도착하기 위하여 숙희와 다희는 자신의 직장에 연가를 내고 화성에서 출발 신갈까지 달려간다. 철수와 형철이 식당에서 밥을 먹기 위해 기다리고 있는데 문을 열고 숙희와 다희가 슬그머니 들어오고 있다.

"안녕하세요. 오랜만이에요."

"반가워요."

이렇게 인사를 하며 들어오는 이들을 보고 형철은 태연했고 철수는 눈을 크게 뜨며 깜짝 놀랐다.

"어, 이게 어떻게 된 거야. 여기에 어떻게 알고 오셨어요."

"뭘 어떻게 알아요. 엄청 좋아하다보면 사랑에 내비게이션이 알려 줍니다. 이 곳으로 가 보라고 말이죠."

홍다희는 이런 말을 하면서 얼른 철수 옆에 가서 앉는다. 철수는 당황해하면서 순간 마음속으로 저번 3월 중순에 무주구천동에 갔을 때 그때 그 기억을 떠 올려본다. 그때 다희는 노래방에서 분을 참지 못하고 뛰쳐나간 적이 있었다. 그리고 그 다음날은 아침에 일찍 올라갔었다. 그랬지만 철수에게 반한 그 마음 억누르지 못하고 그 후 카톡을 보냈었다.

"철수 씨, 그 날 간다는 말도 없이 그냥 올라가서 미안했어요."

"아 아닙니다."

그러면서 다희는 살며시 철수의 손을 잡는다. 홍다희도 삼미와 조금은 비슷한 성격으로 숨김없이 감정을 내뱉는 타입, 철수의 왼편에 앉아서 왼손을 꼬옥 잡고 있다. 철수는 불편하다는 듯 손을 뿌리친다. 그러자 다희는 또 그 손을 잡는다. 그것도 아주 세게 잡는다.

"다희 씨, 밥 먹고 있는데 몹시 불편합니다. 손을 놓아주세요."

"그럼 조건이 있어요. 식사 다 끝나고 제가 철수 씨의 손을 계속 잡고 있어도 뿌리치지 않기로 약속하면 놓아드리리다."

"아 네, 알았어요. 일단 손을 놓아요. 불편하니까."

다희는 철수의 손을 놓으면서 손등에 입술을 맞추고 놓는다. 삼미 못지않은 적극적인 구애형. 저번 구천동에서 있었던 치욕을 만회라도 하겠다는 듯 시작부터 총공세를 편다. 반대편에 앉아있는 형철과 숙희는 올 가을에 결혼을 약속한 느낌이 물씬 풍길 정도로 너무 사이좋게 정말 부부처럼 느껴질 정도로 보기가 좋았다. 올 1월 초에 청화와 철수 형철 이렇게 셋이 수원 권선구에 있는 노래방에 갔다가 그 날 청화가 형철과 철수 모르게 도우미를 세 명을 불렀고 그 중 한명이 바로 하숙희, 형철은 이날 우연히 숙희를 만나게 되어 첫 눈에 반하여 전화번호를 알려달라고 말했고 그리고 다음날 직장에 출근하자마자 바로 카톡을 보내는 적극성을 띠었다.

그 당시 형철이 숙희에게 보냈던 카톡 내용

지나가는 행인인 줄 알았는데 지나가는 행인인 줄 알았는데, 무심코 지날 때는 행인인 줄 알았는데, 그랬는데, 한두 번 보게 되니 묘한 느낌이 듭니다. 서로의 눈빛이 오고 갈 때, 느끼는 묘한 감정 사랑의 출발점 사랑의 출발을 알리는 알람소리… 지나가는 행인인 줄 만 알았어요. 묵묵히 걸을 때는 행인인 줄 만 알았지요. 하지만 한두 번 보게 되니 끌리는 느낌이 드네요. 서로의 눈빛이 부딪힐 때, 느끼는 끌리는 감정 사랑의 신호탄, 사랑의 신호를 보내는 사이렌 소리.

　이런 내용에 문자를 1월초에 보냈었고 이에 대해 이렇게 답장이 왔었다. 예, 감사합니다. 저를 그렇게 좋아하신다니 기분은 좋은 편입니다. 이렇게 해서 형철과 숙희는 발단이 되었고 그 후 형철은 숙희가 도우미 생활하는 것에 대해서 마음이 좋지 않아 이 부분에 대해 허심탄회하게 의논한 내용과 결과는 숙희는 다른 가게를 하다가 잘 되지 않아서 어떻게 하다 그만 빚을 지게 되었고 이것을 해결할 길이 마땅치 않아서 목돈 마련 차원에서 도우미를 하게 되었다는 것, 이 당시 형철은 이 말을 듣고 자신이 돈을 모은 적금을 깨어 숙희의 빚을 완전 해결해 주고 그 일을 그만둘 수 있게 도와주었다. 그 후 숙희와 의논한 끝에 수원시 권선구에 조그만 분식집을 차려 주기까지 하였다. 지금은 서로가 깊은 정이 들었고 올 가을에 후끈 달아오르는 뜨거운 결혼식을 준비 중에 있다. 사랑의 극대점 포화 상태, 안 보면 정신이 이상해질 것 같은 기분이 드는 상태이다. 이런 형철과 숙희 사이를 보면서 친구인 홍다희는 몹시 부러워한다. 그래서 다희는 식사 중인 철수를 향해 뜨거운 공세를 펼친다.

　"철수 씨, 우리도 바로 앞에 앉아 있는 두 사람, 원앙새처럼 저렇게…"

　철수는 다희의 이 말에 대수롭지 않게 생각하며 밥을 먹고 있다. 다희는 어떻게든 철수에게 잘 보이려고 옷에 특별히 많은 신경을 썼다. 그리고 옷에다 독특한 향수를 듬뿍 뿌리고 왔고 철수의 손을 자꾸만 잡았다 놨다 반복하며 자극하고 있다. 모두 식사를 마치자 형철은 철수에게 다희와 잘 해보라고 말을 건넨다. 이때 철수는 속으로 눈치를 챈다. 예고도 없이 느닷없이 숙희와 다희가 나타났다는 것은 형철과 미리 얘기가 오고갔다는 것일 가능성 백 프로, 철수는 식사를 마치자 벌써부터 이 자리를 어떻게 빠져나갈 것인가 이것을 머릿속으로 궁리하고 있다.

"철수 씨, 술 한잔해야지."

"글쎄"

"해야죠, 그럼 뭘 먹을까요."

"맥주나 한잔씩."

"다음엔?"

"다음엔, 당연히 노래방이지. 저번 구천동에서도 제대로 못 했잖아."

병맥주 네 병을 시켜 각자 한 병씩 마신다. 자리에서 일어나기 전에 형철이 재빨리 달려가 계산을 한다. 네 명은 식당 밖으로 나왔고 다희가 노래방에 갈 것을 강력하게 제안한다. 철수는 도망가고 싶지만 형철에게 밥까지 얻어먹은 입장에 그러기도 그렇고 괴롭지만 안 들어갈 수 없었다. 네 명 모두 2층에 있는 노래방으로 들어가게 되었다. 들어가자마자 바로 앉을 자리가 형성이 되어 버렸고 다희는 구천동에서 미숙 때문에 분위기가 날아가 버린 한이라도 풀 듯 철수를 노래도 부르기 전에 끌어안기 시작한다. 그러더니 급기야 철수의 입술에 자신의 입술을 갖다 댄다. 철수는 황당하고 놀라서 다희를 세게 밀어부친다. 다희는 떠밀려 노래방 쇼파에 쓰러지고 만다.

"뭐하는 거에요. 지금 이러면 됩니까?"

"아니, 철수 씨, 저번 구천동에선 어떤 여자와 끌어 안고 그러더니 어찌해서 나는 안 된다는 겁니까?"

"그때 그 사람도 갑자기 그랬던 거예요. 피하려고 했지만…"

"철수 씨, 내가 그때 그 여자에 비해 얼굴이 부족해요. 아님 몸매가 부족해요. 내가 다니는 회사에 모든 남자들은 내 얼굴, 내 몸매만 쳐다보면 다 침을 꿀꺽꿀꺽 삼키는 거 알고 계세요? 또 난 수원 시내든 서울시내 어디든 걸어가기만 해도 남자들 모두 얼굴이 얼린 동태처럼 굳어지는 것 모르시죠. 내 완벽한 얼굴과 몸매 때문입니다. 그런데 왜 철수 씨는 초강력 초특급 미인을 이렇게 대해도 됩니까? 도대체 왜 나를 밀어부쳐 버리는 거예요. 속으론 좋으면서…"

"다희 씨, 진정하세요. 일단 왔으니까 노래나 부릅시다."

"노래 부르는 건 좋지만 제발 내숭 좀 떨지 말아요. 철수 씨, 어떻게 나를 그렇게 막 내 몸매에 안 넘어 갈 남자있으면 나와 보라고 해봐…"

형철과 숙희는 아랑곳하지 않고 노래를 부르려고 책자를 찾고 있다. 이러는 중에 철수와 다희는 실랑이가 벌어지더니 조금 잠잠해졌다. 형철은 자기가 좋아하는 노래를 찾았는지 먼저 노래를 부른다. 그러자 숙희는 옆에서 박자를 맞추며 따라서 부르며 몸을 흔들며 엉덩이를 좌우로 움직인다. 반대편에선 다희는 철수의 손을 꼬옥 잡고 행복한 표정을 지으며 철수의 손을 자신의 허벅지 안쪽에 갖다 댄다. 이에 철수는 뿌리치며 벌떡 일어나 밖으로 나가 버린다. 다희는 바로 뒤 따라 나가며 크게 소리를 지른다.

"어디 가는 거예요?"

철수는 신갈 실개천 쪽으로 내려가는데 곧바로 다희가 따라 내려온다. 한참을 걷다가 멈춰 벤치에 앉는 철수를 따라 다희도 옆 자리에 앉으며 말없이 한숨만 푹 내쉰다. 서로 10분 가량 아무 말없이 있다가 다희가 핸드백에서 담배를 슬며시 꺼내면서 철수에게 담배를 피울 생각있느냐고 묻는다. 이에 철수는 담배를 피울 줄 모른다고 말을 한다. 다희는 입에 담배를 물고 피우기 시작한다. 무주구천동에서 그날처럼, 슬픈 표정을 지으며 한 모금, 두 모금 그렇게 조금 처량하게…

"철수 씨, 저번 구천동에서 봤던 그 여자가 애인인가요?"

"아닙니다. 제 친구와 결혼했었던 사람인데 이혼을 했지요. 그래서 답답해서 그날, 구천동에 왔던 것 같아요."

"와, 그럼 다행이다. 혹시 철수 씨 애인 같은 거 있어요?"

"있었지요. 그런데 지금은 없어요. 저번 주에 애인이 결혼했지요."

이 말을 들은 다희는 조금 놀라며 눈이 휘둥그레지면서 말을 한다.

"예, 저번 주에, 결혼을…"

"예, 그래요. 저번 주 토요일에…"

"아아, 그랬구나. 그래서 심란했던 거였군요? 미안해요. 분위기 파악을 못해서 그런 일이."

"아닙니다."

"철수 씨, 지금 분위기에 이런 말을 하게 되어 미안하지만 그럼 저하고 애인으로 지내는 것이 어떨까요?"

철수는 침묵을 지킨 채 한참 있다가 요즘 다른 여성으로부터 구애 공세를 받아 혼란스럽다고 말을 한다. 삼미한테 최근 집중 공세를 받은 철수는 가까스로 따돌렸는데 또 다희가 공세를 펼치자 혼란이 가중되고 있는 것이다. 지금 현재로서 철수에게 꼭 필요한 요소는 심적 안정이었다. 새로운 어떤 여성과 교제를 한다는 것은 마음이 허락하지 않고 그저 조용히 쉬고 싶을 뿐이다. 이런 심경을 다희에게 말을 한다. 이 말을 들은 다희는 그 다른 여성을 멀리하고 자기를 가까이 해달라고 요청을 한다. 하지만 철수는 특별히 누구에게 마음이 쏠리거나 관심이 생기지는 않는다. 많은 여성에게서 구애를 받아도 늘 마음은 허전하고 무의미하게 느껴질 뿐이다. 그만큼 영희라는 존재가 철수의 심장을 강한 파도로 내리치듯 오랫동안 내리쳐졌기에… 이런 철수의 영혼에 새로운 불씨를 당기기 위해서 현재는 네 명에 여성이 호시탐탐 기회를 엿보며 결정적 찬스를 포착하기 위해 혈안이 되어 있다. 그렇지만 사랑과 애정 마라톤 경주는 아직까지는 큰 무리 없이 순조롭고 공정하게 진행되어 가고 있다. 목요일도 점점 어두운 밤이 되어 가고 있었다. 철수는 계속 벤치를 지키고 있는 다희에게 그만 일어나 가자고 말을 한다. 그러나 다희는 한 가지 제안을 한다. 자기가 철수의 집까지 바래다주고 가겠다는 것이다.

"철수 씨, 제가 집까지 바래다주고 가면 안 될까요?"

"예, 안돼요."

"왜, 안 되나요?"

"그냥, 안돼요."

철수가 다희를 따돌리려고 이리저리 애를 써 보았지만 실패했다. 걷다 보니 집 가까이 다다랐다. 신갈동 푸른빛 연립 11동 303호 연립 밖에 놀이터에 도착했을쯤 철수는 다희에게 집 주변까지 다 왔으니 그만 돌아가 달라고 부탁을 한다. 하지만 다희는 조금만 더 놀이터 벤치에서 얘기를 나누자고 말한다. 이 말에 철수는 안 된다며 고개를 돌리며 빌라로 향하려는 순간, 약 십 미터쯤 떨어진 벤치에 낯익은 누군가가 앉아 있는 것이었다. 자세히 바라보니 다름 아닌 삼미가 앉아 있었다. 철수는 너무 놀라 어쩔 줄을 몰라 했다. 이렇게 늦은 자정시간이 되어 삼미가 집 앞 놀이터 벤치에 앉아 있다니! 앉아 있던 삼미는 철수와 다희를 계속 바라보고 있다. 이런 중에 다희는 철수에게 어디 늦게까지 하는 포장마차라도 있으면 가서 한잔하자며 철수의 손을 잡아당긴다. 안 된다고 뿌리치는 철수를 다희는 갑자기 끌어안는다.

"철수 씨, 한잔 더 해요. 아니면 뽀뽀뽀 라도…"

"아니, 손을 놓으세요."

"그럼, 끌어안기라도…"

이 장면을 본 삼미는 얼굴이 굳어지면서 백 미터 전력질주 하듯 철수 쪽으로 막 달려온다. 그 후 삼미는 끌어안고 있는 다희의 팔을 잡아당기며 옆으로 세게 밀어 버린다.

"이 여자야, 당신 깡패야, 왜 싫다는 남자를 괴롭혀. 이게 그냥…"

"어 어어, 이건 뭐야, 그 쪽은 누구냐? 이 사람은 뭐야 철수 씨, 이 여자 누구예요. 왜 난데없이 이런 행패를 부리는 건지. 희한한 사람이네."

철수는 너무 당황스럽고 놀랐지만 침착하게 대처하려고 노력하였다.

"삼미 씨, 다희 씨 모두 진정하세요. 이러시면 안 돼요."

철수가 아무리 둘을 진정시키려고 노력하였으나 쉽지 않았다.

"내가 오빠를 만나려고 두 시간 전부터 와서 기다렸는데 이제 사나타나다니 그것도 이런 몰지각한 여자하고 같이 오고 있고…"

"뭐야 몰지각, 내가 철수 씨를 좋아하는 게 왜 몰지각이야. 이 x야."

"어어, 나보고 x라고, 네가 아직 뜨거운 맛을 못 봤구나. 나는 오빠하고 사귀는 사이다. 어쨌든 넌 안 되겠어. 오늘 나한테 엄청 얻어 맞아봐야 제 정신을 차릴 것 같아."

"그래 날 때리겠다고? 돈 많으면 실컷 처봐, 자. 자. 자. 이 x야."

"삼미 씨, 다희 씨 제발 이러지 말고 떨어지세요. 비켜요. 저리…"

철수는 둘 사이를 가로막고 양쪽으로 갈라놓는다. 이렇게 둘을 갈라놓고 가운데 서서 서로간에 충돌이 벌어지지 않게 막고 있었다. 그런데도 둘은 막고 있는 틈으로 서로 삿대질을 하면서 서로를 향해 맹비난을 가하면서 계속 거친 욕설을 내뱉는다. 철수는 온 힘을 다해 둘을 갈라놓은 후 벤치에 힘없이 앉는다. 그 둘도 각각 다른 벤치에 걸터앉는다. 남자 한 사람을 사이에 두고 치열한 공방전이 한 차례 크게 일어나고 말았다. 이때 철수는 생각한다. 무슨 말을 하는 것보다 그냥 가만히 있는 것이 이 상황을 조용히 끝낼 수 있을 거라고 그래서 말없이 앉아 있다. 그러자 다희가 먼저 철수에게 말을 한다.

"철수 씨, 집이 너무 멀어서 그만 가야겠어요. 그럼 다음에 봬요."

"예, 그러세요."

다희는 집이 화성시이다. 회사도 화성에 있다. 내일 금요일 회사

출근 문제도 있어서 얼른 가야만 했다. 다희가 가고 난 자리엔 철수와 삼미만이 남아 있었다. 삼미가 먼저 말을 꺼낸다.

"오빠, 아까 그 여자 누군데 오빠에게 쪽 쪽 쪽을 시도하는 거야 내 다음에 걸리면 그냥 두지 않겠어. 더 이상 그런 행동 못하게 단단히 혼내 줄 거야. 어딜 오빠를 건드려. 오빠는 내 건데…"

"삼미 씨, 너무 늦은 시간이에요. 그만 가셔야지요."

"아까 그 여자가 너무 신경 쓰여서 안 되겠어. 또 이곳에 올 것 같아. 오빠, 혹시 이사할 계획, 이사를 하는 게 어떨까? 내가 사는 집 근처로, 모란 말이야. 아님, 아예 여기도 아니고 모란도 아닌, 제3에 다른 곳으로 오빠와 함께 가서 집을 얻고 동거를 하는 거지. 그래야 아까 그 여자가 찾아오지 못하겠지. 거기에 사랑의 증표로 매일 삼천 번 넘는 쪽 쪽 쪽과 2세를 낳고 기르는 거야."

"삼미 씨, 내일 금요일입니다. 출근하셔야지요. 이만…"

삼미는 그만 돌아가겠다고 말을 한 후 가는 척하다가 돌아서 가는 철수의 뒤를 살며시 따라가더니 느닷없이 철수의 앞으로 가서 얼굴에 그리고 입술에 삼미가 표현하는 말 그대로 쪽 쪽 쪽을 한다. 그리고 뒤 돌아가면서 막 웃어가며 크게 소리를 지른다.

"철수 오빠는 내 꺼다. 누구도 건들지 마라."

이렇게 동네가 떠 나갈 정도로 아주 크게 반복하여 소리를 지른다. 철수는 집에 들어가 이것저것 다 귀찮고 또 주변 여성들이 너무 지나칠 정도로 달라붙어 괴롭기도 하고 그래서 홀로 다른 곳으로 이사할 생각을 심각하게 고민하고 있다. 그 여성들을 더 완강히 거부하면 되겠지만 성격이 그리 냉정한 편도 아니고 거친 편도 아니어서 그만 상대방에게 정중하게 대하려고 노력하는 성격이다 보니 이런 문제가 끊임없이 나타나고 있는 것이다. 방금 전에 너무 큰 회오리가 몰아친 기분이었다. 철수는 씻고 침대에 누워 가만히 무엇인가 생각에 잠긴다. 영희가 저번 주 토요일에 결혼식을 올리고 신혼여행을 떠났는데 이 생각 저 생각이 머릿속을 지배하다 그만 살며시 잠에 들었다. 잠깐 잠에 들었는데 영희의 꿈을 꾸고 말았다. 영희가 꿈속에서 철수에게 오라고 손짓을 하는 것, 철수는 너무 기뻐서 신발도 신지 않고 영희를 향해 전력질주를 한다. 그러다가 돌부리에 걸려 넘어져 무릎을 다쳐 피를 흘리고 있다. 이때 어떤 다른 여성이 나타나 상처에 바르는 연고를 건넨다. 그러더니 한 마디 한다. 쪽 쪽 쪽이라고… 하지만 철수는 그 여성을 피해 영희에게 다시 전력질주하려고 일어나려고 하니 영희는 보이지 않고 하이얀 안개만이 자욱하였다. 영희야, 어디로 갔냐라고 외치며 사방을 정신없이 뛰어다니다가 그만 철수는 잠에서 깨어났다. 철수는 잠에서 깨어난 후 식은땀을 흘리며 홀로 한숨을 깊게 내쉰다.

"아아아, 꿈이었구나. 꿈."

철수의 스트레스

잠에서 깨어났고 온 몸에 힘이 하나도 없었다. 그래서 냉장고 문을 열고 음료수를 꺼내어 한잔 마신다. 그리고 다시 침대에 누워 잠을 이룬다. 다음 날 아침이 되었고 오늘은 금요일, 오늘만 일하면 또 이틀 편히 쉰다고 생각하며 회사로 향한다. 출근하여 사무실로 들어가자 형철은 철수에게 어제 잘 됐느냐고 묻는다. 형철의 표정을 보니 어제 만남은 계획된 일이었다는 느낌이 들었다.

"철수 씨, 어제 다희 씨와 좋은 시간 가졌어?"

"형철 씨, 나를 생각해주는 것은 고맙지만 앞으로는 다희 씨를 오지 않게 해 줬으면 좋겠어."

"어어, 다희 씨가 마음에 안 들어. 그래도 다니는 회사든 어디든 인기가 너무너무 좋은데 얼굴, 몸매, 어디하나 빠질 때가 없는데."

"형철 씨가 나를 위해 그러는 것은 나도 잘 알고 있고 좋은데 나는 솔직히 지금은 절대적 정신요양이 필요해, 그러니 앞으로는 어제와 같은 일은 생기지 않게 해줬으면 해, 부탁이야."

철수는 이젠 더 이상은 안 되겠다 싶어 단호하게 선을 긋는다. 자칫하다가는 많은 여자문제로 휘말릴 수도 있다는 위기감이 감돌았기에 이런 문제로 얽히고 싶지 않아서 그런 것도 있지만 지금으로선 절대 안정이 절대로 필요한 시점이라는 것을 자신이 절실하게 느끼고 있기 때문일 것이다. 마음과 다르게 날씨는 화창하여 오늘도 나름대로 평온한 불금을 맞이할 수 있었다. 한 시간, 두 시간 시간은 흘러 퇴근 시간이 되어 집으로 향한다. 철수는 마음속으로 오

내
리
사
랑
내
리
화

늘만큼은 요란하지 않은 조용한 날이기를 바라면서 집까지 다다랐다. 바램대로 집 주변엔 아무도 없었다. 몸도 조금 뻐근하고 사우나에 갈까 생각 중에 커피 한잔 마시고 밖에 나와 사우나로 걸어간다. 사우나에 가서 땀을 쭉 빼고 나니 한결 몸이 가벼워짐을 느낀다. 따분한 일상에서 벗어나고자 오늘은 집에 가지 않고 수면실에서 잠을 잘까 한다. 어디론가 훌쩍 떠나진 않았지만 마치 그런 느낌, 사우나 수면실은 집에서 멀리 떠나 여행간 느낌을 연상케 하여 철수는 기분이 조금은 가볍고 새로워졌다. 수면실에 누워 영희를 떠올려 본다. 지금쯤은 신혼여행 갔다가 돌아 왔을까! 아직 오지 않았을까! 이젠 영희의 신혼여행에 상대 주인공이 내가 되었어야 한다는 그런 생각은 잠을 이루다가 꿈속에서나 가능한 일이 되어 버렸다. 꿈도 잘 꾸어야지 잘못 꾸면 더 가슴 아픈 사연담은 내용을 꾸게 되니 잠을 자려고 눕는 것도 두렵기만 하다.

수면실에서 이리저리 뒤척이다가 결국엔 잠이 들고 말았다. 잠깐 잠들었나 싶었는데 아침에 기상을 알리는 사우나측 방송에 깨어나 보니 벌써 아침 9시가 되었다. 사우나측 관계자들이 진공청소기를 이리저리 밀고 다니고 있다. 철수는 벌떡 일어나 준비하고 밖으로 나온다. 오늘은 토요일이면서 5월에 끝자락, 날씨가 너무 좋다. 문 여는 곳을 찾아 들어가 해장국 한 그릇을 먹고 나니 사우나에서 땀을 많이 흘려 힘들었던 몸이 조금 나아지는 걸 느낀다. 오전에 공원에 가서 음악을 들을 생각이다. 스마트폰으로 듣는 바이올린 소리, 이 소리는 아름답기도 하지만 철수의 마음을 가라앉혀주는 역할도 하기에 충분했다. 공원에 앉아 있는 다정한 연인들, 이 세상에 태어나 자신만의 이름을 새기고 또 그렇게 성장하여 서로 좋아하게 되

고 그리고 자기 것으로 만들려고 통제하고 감시하고 스마트폰에 하
트 그림 몇 개 새겨 넣고 하트 그림 몇 개 들어오면 좋아서 들뜨고
진정한 사랑인양 착각하며 새뇌되어가고 있는 이 땅의 수많은 연인
들…. 하늘은 저토록 푸르기만 한데, 왜 인간들의 마음은 푸르지 않
을까! 그렇다면 나 자신은 과연 얼마나 푸른색을 간직하고 있을까!
나도 거기서 거기인가! 이렇게 명상에 잠긴 지 오래 지나 시간을 보
니 점심을 먹을 시간이 다 되어 있었다. 벤치에서 막 일어나는 순
간, 전화가 걸려오고 있었다. 폰을 보니 미숙이었다. 철수는 잠시
고민을 한다. 받을까 말까 그러는 중에 폰이 끊어진다. 그러더니 바
로 또 전화가 온다.

이번엔 전화를 받아 보았다.

"예, 여보세요."

"철수 씨, 철수 씨 맞죠?"

"아 네, 맞아요."

"철수 씨, 저 지금 옷가게를 오픈했는데 남성 옷도 많아요. 그런
데 철수 씨에게 잘 어울리는 옷이 있어서 그러는데 한번 이곳에 올
수 있으세요?"

"아, 그럼 그 옷을 저 보고 사라는 말인가요?"

"아니, 일단 한번 옷 구경도 할 겸 봄에 맞는 좋은 옷들이 많으니
오세요. 약도는 제가 문자로 자세히 알려드릴께요."

철수는 이 전화를 받고나서 미숙이 자기에게 접근하려고 그러는
것을 감을 잡았다. 그래서 옷가게 약도가 문자로 오더라도 그곳에
가지 않으려고 생각한다. 어떤 여자의 접근도 피하고 싶은 마음에
서다. 일어나 식당 쪽으로 걷는데 문자가 오고 있다. 확인해 보니

옷가게 약도 문자였다. 철수는 별 신경 안 쓰고 식당에 가서 점심을 먹고 집으로 갔다. 토요일 오후 조금 답답하고 따분한 기분이 감돈다. 따분할 땐 역동적인 그 무엇인가가 필요할 텐데 그것이 무엇일까! 이럴 땐 활기를 불어 넣는 운동경기를 봐야겠다고 마음먹고 서울에 있는 야구장에 가려고 일어나 승용차를 서울로 돌린다. 오늘은 토요일이라 경기가 오후 5시에 시작한다. 야구선수들의 활기찬 모습과 번개 같은 광속구를 보고 싶었고 허공을 가르는 어퍼 풀 스윙을 보면 따분함을 잠시 잊을 수도 있으리라. 입장권을 구입한 후 야구장 안으로 들어갔다.

　6회초가 어느 정도 진행되고 있는 중에 철수는 목이 아파서 머리를 이리저리 돌리는 중에 약 30미터쯤 떨어진 곳에 보이는 청화와 삼미, 그렇게 둘은 바로 옆 자리에 앉아서 재미있게 야구경기를 관람하고 있었다. 청화는 삼미의 어깨에 손을 올리기도 하고 허리를 잡기도 하고 그러더니 아주 세게 입술을 마주치기도 하였다. 순간, 철수가 의아하게 생각한 것은 저렇게 삼미가 청화와 뜨거운 사이인데 왜 그렇게 나를 줄기차게 따라오고 울기도 하고 연속으로 문자도 보내오고 그랬을까! 생각해보니 삼미의 성격 자체가 그렇다라는 결론을 얻었다. 한 남자에게 만족을 못하고 많은 남자를 만나고 놀러 다녀야 속이 후련한 성격, 물론 이런 부분은 삼미만 그러는 것은 아닐 것이다. 모든 여성들도 마음으로는 그러고 싶겠지만 환경이라든지 현실적인 문제, 또 그럴 수 있는 끼와 성격이 있어야 가능한 일이기에 못 하는 어려움이 있는 것이 사실일 것이다. 이 세상에 더 많은 남자를 싫어하는 여성이 어디 있겠는가! 다 그렇게 절제하고 참고 바늘로 발바닥 꾹꾹 찔러가며 이를 악물고 버텨 나가는 것이지… 이렇게 절제하고 참고 살아가는 것이 인생을 제대로 깨우친 참된 가치관이다. 물론 이 경우는 남성도 마찬가지다. 청화처럼 많은 여성을 애인으로 만드는 것은 참된 가치관을 모르는 자기 자신밖에 모르는 이기주의의 극을 달리는 부분이다.

그런데 철수가 그때 더 놀란 것은 청화와 삼미가 앉아 있는 좌석에서 뒤로 약 20미터쯤 떨어진 좌석에 홀로 인호가 앉아 있는 것, 순간, 철수의 머릿속은 복잡해져만 가고 있다. 무슨 일일까! 이리저리 생각을 하다가 그들에게 보일 수도 있으니 조금 더 다른 곳으로 벗어나기로 하였다. 그래서 10미터쯤 더 다른 곳으로 이동한 후 그들의 상황을 바라본다. 계속 바라보다가 느낀 것은 함께 온 것이 아니고 각각 따로따로 왔다는 사실을 느꼈다. 그렇다면 지난번에 삼미가 나에게 보낸 문자 중에 용인 보라동에서 만난 후 돌아갈 때 택시를 타고 가다가 모란에서 인호가 내려서 자신을 귀찮게 추근거렸었다는 문자 내용.

그럼 저렇게 멀리 떨어져 있는 인호는 삼미를 따라왔다는 것, 그것도 모르게… 청화와 삼미는 같은 회사 직원이니까 함께 만나서 왔을 것이고… 철수는 이런 결론을 내린 후 이 근처에 앉아 있는 것이 신경이 쓰였다. 그래서 안 보이는 곳, 멀리 반대편 3루 쪽, 내야석으로 자리를 이동을 한다. 그랬는데 철수로선 더 황당한 일은 자리를 3루 내야석으로 이동한 후에 이때, 경기는 7회말이 진행 중인 상황이었다. 철수에게로 삼미로부터 카톡이 오고 있다.

카톡 내용

철수 오빠, 너무 보고 싶어. 나는 지금 홀로 방에서 라디오를 들

다가 문득 오빠가 생각나고 보고 싶어서 문자를 보내는 거야. 오빠,
내일 일요일 오빠 집에 놀러 가고 싶은데 괜찮겠지…

　이런 내용이었다. 이 문자를 받고 철수는 너무 놀랍고 황당해서
어리벙벙하였다. 방금 전에 1루 내야석 쪽에 청화하고 옆 자리에
같이 앉아 데이트를 하고 있는 삼미가 이런 문자를 이 시간에 내게
보내다니 한마디로 기가막힐 노릇이었다. 사실 철수는 삼미에게 특
별히 관심은 없지만 이런 삼미의 행동에 대해 이해가 되지 않았다.
한마디로 음란 여, 라고 봐야 할 듯, 음란 남 청화와, 음란 여 삼미
가 나란히 앉아 재미있게 야구 관람을 하고 있는 중이다. 아마 이
시간에 청화도 모르면 몰라도 다른 여성에게 문자를 보내고 있을
것으로 추측된다.

　철수는 8회초가 시작되기 전에 야구장 밖으로 나오고 있다. 불필
요하게 오해를 받고 싶지 않아서였다. 시간은 대략 7시 20분쯤 되었
다. 주차장에 가서 자신의 승용차를 타고 다시 신갈 집으로 내려온
다. 오면서 차안에서 이런저런 상념에 빠져본다. 한편으로는 미숙
씨가 불쌍하다는 생각도 들고 청화가 미숙과 결혼 후에도 계속 저랬
을 것 같은데 자신의 아내였던 미숙을 아무런 이유도 없이 의처증
증세로 괴롭혔으니 어쨌든 인생은 어렵고 험난하다. 좋은 사람 만나
는 것도 복이고 행운인데 이게 마음대로 안 된다는 것이 문제 중의
큰 문제가 아닌가. 얼굴만 봐도 어떤 사람인지 알아낼 수 있는 정확
한 직관능력이 있으면 몰라도 인생사 너무 어렵고 복잡하다. 그런
생각 속에 어느새 집에 다 왔다. 그리고 방에 들어가 침대에 눕는
다. 오늘도 천장에 영희의 모습이 아련히 떠오르고 있다. 이제는 더
이상 만날 수도 없고 좋아할 수도 없는 이를 마음속에 새기는 이유

는 나의 이런 마음을 하늘이 안다면 이 생애, 언젠가는 그 언제가 오지 않을 수도 있지만 그님을 길을 지나면서라도 한번 볼 수 있는 기회는 올 거라는 기대감 내지 희망.

　철수가 야구경기를 끝까지 관람하지 않고 8회초가 시작되기 전에 밖으로 나와 신갈 집으로 향했지만 그들은 9회말 끝날 때까지 경기를 지켜보고 나왔다. 삼미와 청화는 야구장 밖으로 나와 호프 집으로 향한다. 인호는 저번 용인 보라동에서 함께 만난 후 택시를 타고 집으로 가다가 삼미가 살고 있는 모란역에서 내려 용기를 내어 프로포즈를 했지만 거부를 당했고 그 후 삼미를 악착같이 따라가 대략 집을 알아놓은 상태, 그래서 오늘도 집 주변에서 기다렸던 것이었다. 더 강한 용기를 내어 프로포즈를 시도할 생각에서였다. 그렇지만 심장이 떨려 못하고 그저 삼미가 가는 곳으로 따라가기만 했을 뿐이다. 가슴이 덜컹거리며 말 못하고 꽁꽁 얼은 채로 그렇게 따라갈 뿐… 그랬는데 삼미는 야구장으로 향했었고 그곳에 도착한 후 폰을 들고 무슨 말을 하더니 몇 분 후에 그곳에 청화가 나타났고 그렇게 둘은 서로 웃어가며 손을 잡고 야구장으로 들어가는 것이었다. 이 장면을 목격한 인호는 가슴을 해머로 쿵쿵 얻어맞는 아픔을 겪었다. 그 후 보이지 않게 따라서 관중석으로 들어갔던 것, 이때 인호의 심정은 천 갈래 만 갈래 찢어지는 통증, 그 자체였다. 보라 동에서도 삼미는 줄곧 철수의 손을 잡고 입술까지 부딪치며 좋아서 펄쩍펄쩍 뛰었었는데 오늘은 또 청화의 손을 잡고 다정하게 관중석으로 들어가는 것, 오늘은 인호로서는 인생은 무척 부러운 요소들이 많다는 것을 절실하고 뼈저리게 느낀 하루였다.

　지금은 호프집에서 삼미와 청화는 화기애애한 대화를 주고 받고

내
리
사
랑
내
리
화

있을 것이다. 인호는 집에 갈까 말까 고민하다가 음료수나 한잔 먹고 갈려고 마트에 들어선다. 캔을 하나 사서들고 나와 밖에서 마시고 의정부 집으로 가려고 하는 순간, 삼미와 청화가 들어갔었던 그호프에서 둘이 손을 잡고 나오고 있었다. 인호는 그들과 얼굴을 안부딪치려고 얼른 옆쪽으로 피한다. 그 둘은 어디론가 유유히 걷고있다. 인호는 호기심에 따라간다. 약 10분쯤 걸어갔을까! 간판에는 z모텔이라 적혀 있는 모텔로 입을 맞추며 들어가고 있었다. 인호는 멍하니 바라만 보다가 한숨을 푹 쉰다. 그리고 불과 2분 후 모텔 5층 도로변 쪽으로 보이는 어느 창문에 환하게 전등이 켜진다. 바로 그 후 창가에 검은 두 그림자가 선 채로 부둥켜 안고 이리 흔들 저리 흔들 거렸다. 인호는 예감했다. 그리고 속이 몹시 쓰렸다. 그 후 돌아서서 의정부 집으로 가지 않고 무작정 걷고 걸어 한강 고수부지까지 걸어간다. 그 근처 마트에 들려 소주 세 병과 안주를 사서 들고 나와서 고수부지 돌계단으로 걸어가 힘없이 주저앉는다. 얼른 병따개로 한 병을 딴다. 그리고 종이컵에 따를 겨를도 없이 그냥 통째로 들고 반쯤 마셔 버린다. 상대적 빈곤감, 상대적 박탈감, 이런 마음이 한강에 흐르는 물결과 함께 밀려오고 있었다. 인호는 자신이 삼미와 직장동료가 아니라서 외면을 당하지 않았나 이런 생각도 해본다.

당신은 직장동료들끼리는 같이 밥도 먹고 커피도 마시며 얘기를 하는데 난 직장동료가 아니라고 외면만 하십니까? 내가 당신과 밥도 같이 먹고 커피도 마시며 얘기를 하기 위해선 당신이 다니는 회사에 그대가 다니는 직장에 취직을 해야만 합니까? 내가 당신을 만나 대화할 수 있는 유일한 길은 그 회사에 이력서라도 제출해야만 할까요? 인호는 한강물을 보며 소주를 마시면서 홀로 외롭게 상념에 젖는다. 그렇게 홀짝홀짝 마신 소주가 어느새 두 병을 넘어 세 병째 들어간다. 인호의 눈에 멀리 아득하게 보이는 한강 건너 희미한 가로등, 그 가로등 불빛은 술에 조금씩 취해가는 인호의 가슴에 불씨를 당긴다. 그 가로등 불빛이 마치 삼미의 모습과 닮아 보였다. 그 불빛은 인호에게 무엇인가 강한 메시지를 던지는 것 같았다.

그 불빛은 더 강하게 나를 다그치는 빛깔로 보였다. 왜, 더 강하게 이 불빛을 터트리지 않느냐고 묻는 그런 느낌… 인호는 순간, 깨달았다. 더 강한 대쉬가 필요해. 인파이팅 같은 거. 아웃파이팅은 안 된단 말이야. 아 아. 더 강한 용기. 이것이다. 결론은 이미 나와 버렸다. 삼미를 내 것으로 만드는 거야. 이런 생각을 거듭하며 인호는 한강 고수부지에서 전열을 가다듬으면서 소주 세 병을 멋지게 해결하고 벌떡 일어나면서 크게 구호를 외친다.

"화이 팅, 파이팅, 하이 킥."

이렇게 세 종류에 결의를 다짐하고 천천히 의정부 집으로 향한다. 그야말로 비장한 각오였다. 내 사랑을 포기하지 않겠다는 굳은 의지, 글쎄 사랑이란, 여기서 말하는 사랑은 내 스타일을 놓치고 싶지 않다는 승부욕에 일종일 것 같다. 이것도 생각하기 나름이다. 이 당시는 인호의 눈에 삼미가 이 세상에서 가장 아름답게 보이고 그가 없으면 금방이라도 죽을 것 같은 찢어짐이 존재하지만 이 시기가 한참 지나고 더 많은 여성들을 접하게 된다면 지금 이 마음이 끝까지 유효할까! 그럴 수도 있을 거다. 그렇지만 아닌 경우가 더 많다. 그 이유는 인간은 간사하기 때문에…

그러나 인간은 먼 앞날을 내다 볼 수 없는 구조로 되어 있다. 지금 순간에 최고면 그 것이 최고이다. 시간 지나 아니면 아닌 것이고 이렇게 변하는 게 자연스러운 건지 배신인가? 아니면 본능인가? 아무렇게나 생각하면 되는 것인가? 자기 자신이 유리한 쪽으로 생각하면 되겠지. 인생은 이렇듯 끊임없이 생각과 생각이 충돌하며 심한 마찰을 일으킨다. 그런 시간 속에서 깨닫기도 하고 반대로 못 깨닫고 큰 수렁에 빠지기도 한다. 짧고 긴 인생길, 아무쪼록 순탄하게 하루하루 행복하게 살아갈 수 있기를 바라는 마음 간절하다.

이렇게 인호는 일보전진을 위한 일보후퇴를 했다. 먼 훗날 인호는 삼미와 멋진 데이트를 하며 용산역에서 출발하여 부산역으로 KTX를 타고 가면서 열차 안에서 뜨거운 애정역사를 쓸 수 있을까! 인호는 의정부 자신의 집에 도착하여 아무 생각 없이 잠에 들었다. 한편 청화는 삼미를 만나 주말을 뜨겁게 보냈다. 야구장에 가서 오붓하게 야구 관람도 하고 또 호프집에 가서 시원한 맥주도 한잔하고 그리고 마지막으로 인근 모텔까지 가서 뜨거운 애정도 확인하고 장밋빛 시간들을 만끽했다. 너무 뜨거웠던 밤 시간이 지나고 날이 밝아 창밖은 환한 빛깔이 감돈다. 일어나 씻고 모텔에서 나와 해장국 한 그릇을 하러 식당으로 간다.

"청화 오빠 어젯밤 너무 화끈하고 좋았어."

"야, 내가 누구냐. 나는 너무 강하고 세다는 것이 문제라면 문제야."

"오빠, 해장국 먹고 어디로 갈까?"

"뭘, 어디로 가. 또 그래야지 뭐. 뭐니 뭐니 해도 남는 건 그것밖에 없어."

"화이팅."

이렇게 둘은 식당으로 들어가 해장국을 한 그릇씩 하고 사우나로 가서 몸을 충분히 풀고 다시 나와서 승용차를 타고 양평으로 떠난다. 한참을 내려갔을쯤 청화는 승용차를 시골마을 변두리 공터에 세워놓고 또 다시 뜨거운 애정표현을 시도한다. 한 시간이 지났을까 서로는 식은땀을 흘리며 전율에 사랑타임은 끝이 났다. 20분쯤 차안에서 쉬었다가 청화는 핸들을 돌려 양평으로 뜨겁게 달려간다. 청화는 이 뿐만이 아니다. 삼미를 비롯하여 수십 명에 여성들을 만나고 애정을 과시하고 다니고 있다. 자신은 그러면서 예전 자기의 아내였었던 미숙을 줄기차게 의심하고 광폭 의처증 증세로 급기야 이혼까지 하게 되는 지경에 이르고 말았었다. 사실 미숙은 조신한 성격으로 다른 남자를 만나고 다니진 않았다. 억울하게도 청화 같은 광기의 음란 남이면서 광폭 의처증 중증환자를 만나 결혼하게 되어 온갖 뼈저린 아픔을 감내하며 살아야만 하였다. 지금은 자유의 몸이 되어 홀가분하고 편한 삶을 살고 있지만 아직도 정신적 후유증은 미숙의 한 쪽 가슴에 새까맣게 드리워져 있다. 청화는 이날 삼미와 함께 양평에 도착하여 에로틱한 시간들을 많이보내었고 늦은 저녁시간이 다 되어 야탑역 부근 자기의 집으로 왔다.

2013년 5월 말 마지막 주, 일요일은 기우는 해와 함께 꺾이었다. 날이 밝아 월요일이 되었고 5월 20일 토요일에 결혼식을 올리고 사이판으로 신혼여행을 떠났던 전중식, 차영희 부부도 여행을 마치고 한국으로 돌아 왔다. 부부는 오자마자 남편, 전중식의 부모의 집에 가서 인사를 올렸다. 시댁은 수원시 영통구 이의동이다. 우선, 시댁에 가서 신혼여행을 잘 마치고 돌아왔음을 전하였다. 사이판에 가서 사온 많은 선물꾸러미를 차에 싣고 집으로 들어선다. 시아버지는 앉아 있다가 벌떡 일어나 아들 부부를 뜨겁게 반긴다.

"어, 그래 어서 오거라. 먼 여행길 무척 힘들었겠구나."

"아, 아닙니다. 아버지 즐겁게 잘 다녀왔습니다."

"아버님, 잘 다녀왔습니다."

욕실에 들어갔었던 시어머니도 문을 열고 나오면서 뜨겁게 부부를 반기며 크게 웃는다. 아들 부부의 행복을 비는 내리사랑의 한 단면이다.

"어, 왔구나. 너무 멀리 갔다 오느라고 피곤하겠구나. 어서 앉아라"

"아버님, 어머님, 여행 선물 사왔습니다."

"아이, 뭘 그렇게 선물을 많이 사가지고 와."

시부모와 영희 부부는 응접실 탁자에 앉아 여행에 관한 이야기를 나누며 시어머니가 준비한 음식을 먹고 있다. 이렇게 이야기를 하다 보니 어느새 자정 시간이 다 되어 영희 부부는 방에 들어가 잠에 들었다. 아침에 일어나 부부는 식사를 하고 다음으로는 영희의 부모의 집, 용인시 기흥구 상갈동 금화마을로 향하였다. 친정집에 도착하자마자 영희의 아버지는 따뜻하게 환영하며 들어오라고 말을 한다. 어머니 역시 뜨겁게 환영하며 즐거운 신혼여행이었기를 바라는 따뜻한 표정을 짓는다. 친정집에도 많은 선물꾸러미를 전하고 있다. 이렇게 시댁과 친정을 오고가며 신혼부부는 여행을 다녀온 인사를 하고 그들만의 신혼집으로 향하였다. 신혼집은 영희의 친정집에서 얼마 떨어지지 않은 기흥구 보라동 한보라 마을로 정하였다. 영희 부부가 신혼집을 친정에서 얼마 떨어지지 않은 기흥구 보라동 한보라 마을로 정한 이유는 남편 전중식의 직업이 보라동 민속마을에서 가든을 하고 있기 때문이다. 가까워서 이렇게 정하였다.

타인의 사랑

영희 부부는 먼 여행을 마치고 돌아와서 무척 피곤하였다. 그들의 신혼집인 한보라 마을, 아파트에 들어오자마자 씻고 잠을 취했다. 인생의 새로운 출발점이자 구심점인 결혼, 이 결혼이 영원히 행복할 수 있는 길은 서로가 한발 물러서며 배려하고 양보하며 때로는 희생도 하고 헌신도 할 수 있어야 만이 결혼은 영원히 행복해질 수 있고 불행의 늪으로 빠져들지 않을 수 있다.

전중식의 부모가, 아들 중식을 대하는 그 마음. 그 정성을 아내인 영희에게 절반만이라도 쏟아야 하고….

차영희의 부모가, 딸 영희를 대하는 그 마음. 그 정성을 남편인 중식에게 절반만이라도 쏟아야만이….

이게 바로 참된 진정한 사랑, 아름답고 아름다운 사랑이다. 이생 마지막 순간, 그 날까지 희생. 헌신하는 부모의 사랑, 내리화처럼, 내리꽃이 활짝 피어나야 만이….

이것을 말로만 떠드는 사랑이 아닌 진실 된 사랑이라 할 수 있을 것이다. 모든 허물을 감싸주고 아끼고 보살피는 무차별적 내리화처럼. 희생적 내리화. 헌신적 내리화. 내리꽃이 전국 방방곡곡에 활짝 피어나길 진심으로 기원하면서 염원한다. 가정의 평화가 곧, 사회의 평화로 이어지고 사회의 평화가 곧, 국가적 평화로 이어지기에 이 모든 평화의 시발점은 가정에 있다. 그것도 부부관계에 있다. 부부관계가 화목해야 사회가 살고 나아가 국가가 산다. 핵심은 내리화이고 내리꽃이다.

내
리
사
랑
내
리
화

이윽고 6월이 되었다. 6월은 5월에 비하여 조금 더워지면서 점점 여름에 길목으로 접어든다. 성숙해져가는 봄이라고 표현하면 맞을까, 성숙해져가는 계절만큼이나 사람에 마음 또한 그렇게 성숙해져만 간다. 영희는 한보라 마을 아파트에서 중식과 제2의 인생을 살아간다.

제1의 인생이 태어나서 결혼하기 전, 홀로된 상태였다면 제2의 인생은 나 아닌 다른 사람과 결합하여 살아가는 것이다. 여러 가지 극복해야 할 문제들이 직면해 있다. 제일 먼저 아이출산문제가 기다리고 있고 그 후에 벌어지는 양육문제 그뿐만이 아니라 오만가지 살림형, 생계형 문제들이 줄줄이 대기하고 있다.

이런 문제들을 해결하기 위해선 무슨 일이든지 악착같이 노력하는 수밖에 없다. 그래서 남편, 전중식이 운영하는 가든 영업을 아내인 영희도 함께 거들 생각이다. 이렇게 둘은 화목하고 행복하게 잘 살아가기 위해 두 주먹 불끈 쥐고 뜨겁게 파이팅을 외친다.

"자기야, 행복하게 잘 살자고."

"그래, 파이팅."

이 부부가 정말 화목하고 행복하게 잘 살 수 있기를 바라고 또 바란다.

한편, 저번 달 말에 삼미를 야구장까지 따라 갔었던 인호는 이번에는 삼미가 다니는 야탑역 부근에 있는 회사 앞에서 기다리고 있다. 친구 청화에게 한번 놀러갈 것처럼 전화를 하여 회사위치를 알아내었다. 인호는 두근두근 떨리는 가슴을 안고 첫 눈에 반해 버렸던 그 사람, 삼미를 손꼽아 기다리며 오늘만큼은 확실하게 무엇인가 보여줘야겠다고 다짐, 또 다짐한다. 패기와 용기를 보여주겠다는 뜻이다.

　과연 화요일은 인호의 인생에 사랑의 도화선이 되는 날이 될 수 있을까! 저녁 6시 50분쯤 되니 드디어 삼미가 회사 정문을 나와 퇴근하고 있었다. 아무리 용기를 다짐하고 결의하더라도 막상 그 상황이 되면 몸이 굳어 버리는 이유는 그 만큼 삼미를 좋아하고 생각을 많이하고 있다는 반증이기도 하였다. 그렇지만 어쩌겠는가, 심장을 강하게 하고 다가가는 수밖에, 저번 주 토요일 저녁에 야구장에 따라 갔다가 정신적 아픔을 겪고 한강 고수부지에 가서 그토록 맹세, 또 맹세하지 않았던가! 삼미는 회사 앞 모퉁이를 지나 어느새 골목으로 접어들었다. 인호는 두 주먹 불끈 쥐고 앞만 보고 막 달려간다. 온 힘을 다해 큰 소리로 불러 본다.

　"삼미 씨, 저 잠깐만요."

　이 소리에 삼미는 깜짝 놀라 뒤를 바라다본다.

　"어어, 어떻게 여기를 알고 왔어요?"

　"삼미 씨, 너무너무 좋아하고 너무너무 사랑하다보면 사랑의 내비가 알려 줍니다."

　"예에, 사랑의 내비게이션이…"

　"그럼요. 하트 내비도 있지요."

　인호의 이 말에 삼미는 대수롭지 않게 생각하고 그냥 돌아서서 막 달려간다. 인호는 이에 굽히지 않고 계속 따라 간다. 더 빠르게 달려가 삼미의 앞을 가로 막고 하고 싶었던 말을 쏟아 붓는다.

　"삼미 씨, 아메리카노라도 한잔하면서 얘기를 하고 싶습니다."

　"무슨, 아메리카노입니까?"

　지금 시간은 저녁 7시 15분쯤 되어 가고 있다.

내
리
사
랑
내
리
화

인호는 마음이 약해지기 시작하였다. 완강히 거부하는 삼미를 향해 어떤 방법도 여의치 않았고 속수무책이었다. 사람의 마음을 움직이게 한다는 것은 너무너무 어려운 길이라는 것을 뼈저리게 실감하는 순간이다. 달아나고 있는 삼미의 뒷모습을 바라보며 인호는 한숨만 내 쉴 뿐, 그리고 먼 산만 멍하니 바라볼 뿐이었다. 순간 인호는 오늘이 마지막 기회이다. 더 이상 내 사랑을 찾을 기회는 앞으로는 돌아오지 않는다고 생각하였다. 30미터 이상 멀어져만 가고 있는 삼미를 향해 인호는 이를 악물고 힘차게 달려간다. 이때 삼미는 골목을 다 빠져나와 큰 도로 인도로 접어들고 있었는데 인호가 또 삼미의 앞을 가로 막는다. 그런 후 인호는 삼미의 손을 잡는다. 이에 삼미는 손을 뿌리친다. 그러자 인호는 느닷없이 세게 끌어안는다. 이러자 삼미는 몸을 좌우로 거칠게 움직이며 반항을 한다. 그러자 인호는 온힘을 다해 삼미에 어깨를 잡고 다시 골목으로 끌고 들어가면서 계속 말을 이어간다.

"삼미 씨, 사랑은 쟁취하는 거라고 했습니다. 오늘 내 사랑을 쟁취할 겁니다."

"뭐 하는 짓이야. 일단 손을 놓고 말하라고…"

삼미는 화가 나서 막말로 소리를 지른다. 그러자 인호는 갑자기 삼미의 입술에 세게 입술을 갖다 댄다. 그리고 아주 세게 끌어안는다. 인호는 지금 정신이 없다. 몽롱한 상태이다. 자신이 말하고 있는 사랑을 위하여 투쟁하고 있는 중이다. 옳은 행동일까, 아니면 그릇된 행동인가, 일단, 상대방 삼미의 의사를 무시한 채 자신의 생각만 가지고 밀어붙이고 있는 모습은 잘못된 행동임에 틀림없다. 그릇된 행동이라는 것을 알아도 이성에 눈이 멀면 통제를 못하고 이렇게 도를 넘는 경우를 많이 볼 수 있다. 그래서 여자로 태어나서 살아가기가 무척 어렵고 힘들고 고달프다. 그래도 자신이 마음에 드는 상대에게서 강제성을 띄는 접근을 받았다면 조금은 괜찮을 수도 있겠지만, 그렇지 않은 경우는 큰 상처와 충격이되어 증오심과 비탄에 젖을 것이라고 생각된다. 거칠게 저항하는 삼미를 인호는 골목으로 끌고 들어간다.

"어어, 지금 뭐하는 짓이야!"

"아아, 어쩔 수 없어요."

이렇게 완강하게 삼미를 끌고 인호는 골목에 위치한 모텔로 들어간다. 가까스로 인호는 삼미를 데리고 방으로 들어갔다. 삼미는 빠져 나가려고 애를 썼지만 인호의 힘에 눌려 그만 잠자리를 하게 되었고 방안은 온통 붉은 장미꽃잎이 더욱 검붉게 붉어져만 갔다. 화요일은 인호에겐 너무 큰 모험이었고 자칫 돌이킬 수 없는 적이 될 수도 있는 그런 날이었다. 삼미는 이런 일이 있은 후 황급히 방안에서 옷을 갈아입고 뛰쳐나갔다. 이때 시간은 밤 9시쯤이었다. 이렇게 뛰쳐나간 삼미는 강제로 당한 울분을 참지 못하고 곧 바로 청화에게 이 사실을 전화로 알린다. 이 사실을 전해들은 청화는 깜짝 놀라면서 통화가 끝나자마자 삼미에게 달려간다. 지금 삼미는 홀로 카페 빈에서 아메리카노를 마시며 안정을 취하고 있는 중이다. 어느새 벌써 청화는 삼미가 연락한 카페 빈에 도착하여 들어오고 있었다. 청화는 카페에 들어와 슬픈 표정을 짓고 있는 삼미에게로 다가가서 위로를 한다.

"아니, 어떻게 된 일이야?"

"그 인호라는 사람이 내가 회사에서 그 시간에 퇴근한다는 것을 알고 와 있다가 따라와서 나보고 얘기 좀 하자고 하길래 싫다고 했지. 그랬는데도 자꾸만 따라와 나를 강제로 모텔로 끌고 들어가서 그만…"

"뭐야, 강제로…"

"오빠, 너무 분하고 화가 치밀어 오르는 데 경찰에 신고할까?"

"아니, 좀 진정하고… 그 친구 의정부 고향 친구인데 저번에 보라동에 같이 갔던 것이 내 결정적 실수였다. 삼미야, 너무 미안해. 너는 내 애인인데 널 그렇게 그랬단 말이야. 그 xx. 친구의 의리고 뭐고 없는 놈이구나!

"오빠, 어떻게 하지, 그냥 둘 순 없고 성폭행으로 신고를 해야 되겠어."

"아니, 삼미야 일단 내 친구이니 내가 만나서 해결 할 테니 가만히 있어."

"아아, 정말 신경 쓰여, 신고하기도 그렇고…"

청화는 삼미와 만나서 이런 대화를 주고받은 후 밤 10시가 넘은 시간에 인호에게 전화를 한다. 청화도 지금 굉장히 분개하고 있다. 사실 청화는 수많은 여성을 만나며 사귀고 다니는 엄청난 바람둥이면서 미숙과 결혼한 후 미숙을 계속 의처증으로 의심하고 괴롭혀 결국에는 미숙이 이것을 견디지 못하고 이혼을 신청할 수밖에 없었다. 삼미는 청화가 만나고 있는 여성 중, 한 명에 불과하다.

청화는 인호에게 한 차례 전화를 했는데 안 받자 다시 전화를 건다. 이번에는 인호가 전화를 받는다.

"여보세요."

"어, 나 청화인데, 나 좀 만나야겠어. 시간되지?"

"난, 지금 시간이 없는데…"

"뭘 시간이 없다는 거야. 어디야. 지금 만나서 말할게 있어."

"난, 여기 야탑에 있어. 그럼 야탑역 3번 출구로 올 수 있어?"

"그래, 거기서 기다리고 있어."

인호는 고향 친구 청화가 늦은 밤에 만나자고 전화가 걸려와 의아했지만 그 문제일 거라고 생각하지 못했다. 인호는 지금 1시간 전에 삼미와 그런 일이 있은 후 얼떨떨한 기분에 홀로 소주를 마시고 있다. 그러던 중 불현 듯 청화에게서 전화가 걸려와 조금 이상하기도 했지만 청화도 직장이 이 부근이라 그냥 생각나서 자신에게 전화했을 거라고 단순하게 생각하고 있다. 그런데 자신이 지금 야탑에 있을 거라는 것을 알고 전화했다면 대충 눈치를 챘어야했는데 미처 의식을 하지 못했다. 삼미와 청화는 승용차를 타고 야탑역 3번 출구에 다다랐다.

그리고 인호에게 전화를 한다.

"여보세요. 나 청화인데 너 지금 어디 있어?"

"음, 거기서 잘 봐, 보이지 포장마차라고…"

"그래, 거기 있어."

청화는 삼미에게 잠시 조금 떨어져 있으라고 말하고 그 포장마차로 거칠게 달려 들어간다. 그런 후 크게 인호를 향해 소리를 지른다.

"야, 이 xx야, 네가 그럴 수 있어?"

이 말에 깜짝 놀란 인호는 당황해하기 시작한다. 혹시 그 사실을 청화가 알게 된 것이 아닐까! 포장마차 주인은 크게 소리를 지르고 있는 청화를 향해 나가 줄 것을 부탁하고 있다.

"손님, 너무 소리가 큽니다. 여기서 그러시면 안 되지요. 죄송하지만 밖으로 나가주세요."

그러자 청화는 조용히 인호에게 다가가서 밖으로 나오라고 손짓을 한다. 이에 인호는 밖으로 나오고 있다.

"왜 그래, 청화야 갑자기 소리를 지르고…"

"너 삼미하고 무슨 일이 있었어?"

"무슨 일은 무슨 일이야. 아무 일도 없었지."

"뭐가 아무 일도 없어. 삼미가 울면서 나한테 전화해서 네가 강제로 성폭행을 했다고 하던데…"

"아니, 아닌데."

인호와 청화가 이렇게 다투는 사이에 조금 떨어져 있던 삼미가 다가온다. 삼미는 그 둘에 사이에 가까이 다가와 인호에게 크게 소리를 지른다.

"네가 날 강제로 건드렸잖아."

순간, 인호는 고개를 돌려 버린다. 그러자 옆에 있던 청화가 다가가 인호의 멱살을 잡는다.

"내가 물어 봤을 땐 안 그랬다고 발뺌하더니 왜 지금은 고개를 돌리는 거야. 찔리는 구석이 있는가 보네."

"그래, 그랬다. 그런데 넌 뭐야. 네가 남편이야. 애인이야. 뭐야 왜 네가 내 사생활에 간섭인데…"

"어어, 이제야 제대로 말하는구나. 내가 애인이다. 그리고 직장 상사고 또 삼미는 내 것이고 내 퍼스트다. 알았어. 왜 내 퍼스트를 건드려."

"뭐야, 퍼스트. 그래 좋다. 그런데 왜 삼미가 철수에게 좋다고 달라붙을 땐 내버려두는 거야?"

"야, 넌 내 고향친구이지만 너무 단순하구나! 그건 삼미의 의사. 마음이잖아, 삼미는 철수를 좋아하니 특별히 나도 할 말 없지. 하지만 삼미가 널 좋아하진 않잖아. 너 혼자 좋아한 것이지. 그래서 문제가 되는 거지. 그것도 싫다는 사람 끌고 가서 성폭행까지 했으니. 넌, 성범죄자야. 알겠어."

"뭐야, 나 보고 성범죄자라고. 애인도 아닌 것이 네가 삼미 씨 보호자야."

이 말에 청화는 인호의 멱살을 잡고 뒤로 밀어 붙인다. 인호도 앞으로 오면서 청화의 가슴을 밀어 붙인다. 격렬한 실랑이가 벌어지고 있다. 옆에 보고 있던 삼미는 얼른 휴대폰을 꺼내어 경찰에 신고를 한다. 둘이 옥신각신하는 사이에 경찰차가 도착하였고 그 둘과 삼미까지도 파출소로 가게 되었다. 파출소로 들어갔는데도 둘은 계속 치열한 말다툼이 오고간다. 경찰은 이 둘에게 조용히 할 것을 말하고 사건 배경에 대해 묻는다. 그러자 삼미가 자신이 성폭행을 당했다고 진술하면서 눈물을 글썽거리기 시작하였다. 그러나 어느 정도 시간이 흐르고 나니 삼미의 마음도 가라앉았고 분노는 조금은 누그러져 가고 있었다. 결국 피해자인 삼미는 인호를 용서해주는 것으로 사건은 종결되었다. 이 사건으로 인해 고향 친구사이였던 인호와 청화의 사이는 엄청난 균열이 생겼고 삼미는 신경이 날카로워졌고 우울한 증세마저 나타나기 시작하였다. 이런 부분이 여성이 살아가기 어려운 구조이다. 욕망을 이런 강압적인 방법으로 시도해 들어올 때 여성은 사실상 무방비가 되어 버리는 게 현실이다.

하지만 남성은 이런 부분에 있어서 많이 자유로운 편이다. 여성이 남성에게 욕망을 품고 강압적인 행동을 시도했을 때는 남성은 이것을 막아낼 수가 있다. 근력에 차이가 있으므로… 물론 남성도 양성애자인 남성의 강압적 시도에 대해선 어떻게 될지 속단할 수 없을 것 같다. 이때는 어느 남성이 더 근력과 운동신경이 강한가에 따라서 여러 형태로 결과가 일어 날 가능성이 높을 것 같다. 어쨌든 여성은 이런 부분도 사회적 약자이지만 또 심리적 약자이기도 한 것 같다. 현실이 이렇다 보니 독립심도 현저히 약해져 있다. 자기주 장이 약해졌다는 뜻이다. 겉으로 드러나는 외면에 주장을 뜻함이 아니라 마음속에 내재해 있는 내면에 주장을 뜻하는 것이다. 이런 부분을 강화할 필요가 있어 보인다.

한편, 철수의 마음은 지금쯤은 영희가 신혼여행을 마치고 돌아 와 신혼생활을 시작하였으리라 생각하며 늦은 밤, 어두운 하늘을 물끄러미 바라본다. 이 자정이 넘은 어두운 하늘만큼이나 어두운 내 마음. 그렇지만 영희 부부가 행복한 나날이 하늘에서 땅 끝까지 한선으로 아름답게 이어지기만 한다면 철수는 더 바랄 것이 없다. 친오빠가 친여동생의 결혼생활이 늘 행복하기를 기원하는 그런 마 음. 그런 심정으로 철수는 이런 마음이면서 내리 마음이기도 한 것 이다. 부모가 딸의 결혼생활이 늘 행복하기를 바라는 마음, 뭐든지 자식이 잘 되면 동네방네 자랑하고 싶어하는 내리 마음, 그 마음의 저변에는 희생과 헌신의 배려 정신이 깔려 있는 것이다.

철수는 지금도 신갈동에서 살고 있다. 만약 영희 부부가 보라동 한보라 마을에서 집을 구하고 신혼을 시작한다는 사실을 알게 된다 면 어떤 마음이 들까. 그리 멀지 않은 곳에서 예전에 아름다운 꽃을 피웠던 두 사람은 지금은 남남이 되어 각자의 길을 걸으며 그렇게 살아가고 있다. 그렇게 흐르는 시간 속에서 6월도 어느덧 중순이다 되어가고 있었고 날씨는 여름에 도달할 정도의 온도를 나타내고 있는 날들이 이어진다. 그러던 중, 주말이 찾아왔고 철수의 어머니로부터 전화가 걸려오고 있었다. 자나 깨나 자식 철수를 걱정하는 어머니는 늘 마음이 하나에 있다. 철수, 장가보내는 것, 바로 이것 하나, 그런 의미에 전화이다.

"예, 어머니. 날씨가 조금씩 더워집니다. 건강관리 잘 하세요."

"그래, 그건 그렇고 한번 올래. 여러 가지 얘기할 게 있어서…"

"그래요. 갈게요."

철수는 이 전화를 받고 고향에 간지도 오래됐고 또 한 번쯤 갈려고 생각은 하고 있었던 차에 전화도 오고해서 집으로 향해 간다. 고향 가는 시간은 아무 생각도 나지 않는다. 그저 평온한 마음만이 온몸을 지배할 뿐 그 마음이 잠깐 스친 상태에서 어느새 고향집에 다와 있었다. 의정부 신곡 2동 빌라 집에 들어선다.

"그래, 철수야, 어서 오거라."

"네, 아버지 별 일 없으셨어요?"

"그래, 그렇지 뭐."

"어, 왔니."

"네, 어머니 저 왔어요."

"오느라고 피곤할 테니 우선 밥부터 먹고 얘기를 하자."

철수의 어머니는 아들이 올 것을 생각하여 맛있는 음식을 많이 만들어놓고 기다리고 있었다. 식사가 끝나고 어머니는 철수에게 말을 꺼낸다.

"저번 1월에 최리라라고 그 아가씨 중매했었던 그 아주머니가 널 만나고 싶어 한단다. 좋은 소식이 있는 것 같다. 내가 그 아주머니 전화번호를 알려줄 테니 가서 만나보렴."

"그런데 그 아주머니가 왜, 저를 만나려고 하지요."

"아아, 그것은 나도 잘 모르지. 일단 가서 만나봐."

"저번처럼 여자 소개 문제라면 가지 않을 거예요."

"아니, 그게 아닌 것 같은데…"

"저번엔 어머니가 저를 계속 만나보라고 독촉해서 그만 괴로워서 그랬지만 이번에는 그럴 생각 없어요. 저로선 마음에 정리가 필요해요."

"어쨌든 그 일 아니니까 가서 만나보기만 해라."

"그럼, 알았어요."

철수는 올 1월초에 그 중매인으로부터 최리라라는 여성을 소개받아서 의정부역에서 만남이 이루어진 적이 있었다. 그 당시 철수는 영희가 몇 달간 계속 전화도 받지 않고 피하고 또 다른 남성, 지금에 남편과 계속 데이트 중이었고 그 사실을 알고 괴로움에 세월을 보낼 때 어머니의 간곡한 부탁도 있었지만 또 자신도 마음 전환차원에서 반전 돌파구가 필요한 시기에 맞선을 본 적이 있었다. 그 중매인이 다시 만나자고 하니 왠지 그런 일이 아닐까 생각은 들지만, 어머니 말씀에 의하면 그 일이 아니라고 하니 믿어 보는 수밖에, 그래서 철수는 의정부 집에 도착한 오늘은 너무 늦었고 내일 일요일에 그 중매인에게 전화하여 만나려고 생각하고 있다. 날이 밝아 일요일이 되었고 철수는 그 아주머니에게 전화를 걸고 있다.

"여보세요."

"안녕하세요. 이철수라고 합니다. 어머니께서 전화해보라고 하셔서 전화 드렸는데요."

"아예, 안녕하세요. 오늘 시간 괜찮으세요."

"아예"

"그렇다면 오늘 의정부역에서 12시에 만날 수 있을까요?"

"예, 알겠습니다."

통화가 끝나고 철수는 의정부역으로 승용차를 몰고 나간다. 도착하여 전화를 걸고 있다. 그러자 그 아주머니는 전화를 받는다. 아주머니는 철수에게 만나는 지점을 알려준다. 철수는 그곳으로 걸어간다. 그렇게 만나게 되었고 아주머니는 철수에게 식사나 같이 하자고 제안을 한다. 어느 한식집에 들어가 둘은 된장찌개를 함께하면서 이야기를 한다.

"요즘 잘 지냈어요. 철수 씨."

"아 네, 덕분에 잘 지냈습니다. 아주머니께서도 별일 없으시지요?"

"그럼요, 철수 씨 덕분에 저도 잘 지내고 있어요."

무슨 일로 예전에 철수에게 최리라라는 여성을 소개했었던 이 아주머니가 주말에 시간을 내어 철수를 만나려고 하는 것일까! 사실 아주머니는 철수의 어머니에게는 참하고 예쁜 아가씨를 아들에게 소개하겠다고 말하여 오늘 이 만남이 이루어진 것이다. 철수의 어머니는 지금 무척 고무되어 있다. 아들 철수가 마음을 가다듬고 새로운 여성을 만나 새로운 모습으로 행복한 삶이 이어지기를 바라고 있으니 말이다. 오늘 새로운 즐거운 일이 벌어지기를 손꼽아 기다리고 있는 중이다. 식사가 끝날 무렵, 철수는 아주머니에게 조심스럽게 물어 본다.

"그런데, 무슨 일로 저를 만나려고 하셨나요?"

"아아, 그것은 조금 있으면 알게 됩니다. 조금만 기다리세요."

"아 네, 그래요."

철수는 식사가 다 끝나고 식당 내에 있는 셀프 커피자판기에 가서 밀크커피를 두 잔 뽑아 들고 온다.

"아주머니, 커피 드세요."

"그래요."

이렇게 둘은 커피를 마시고 식당에서 나온다. 그 후 아주머니는 잠깐 미용실에 들려 머리를 손질을 해야 한다고 말한다. 의미 있는 자리에 가기 위해서라고 말하면서 철수를 골목으로 안내하여 약 5분쯤 걸어가더니 어떤 미용실로 들어간다. 그 미용실에 들어가는 순간, 미용실안 쇼파에 최리라가 앉아 있었고 웃으면서 어서 오세요. 라고 말을 하고 있다. 깜짝 놀란 철수는,

"어어, 그때 그 소개로 만났던 그 분…"

"아예, 맞습니다. 저를 잘 기억하시네요. 저 최리라예요. 그동안 잘 지내셨어요. 철수 씨"

"아니, 이게 어떻게 된 일이예요?"

"어떻게 된 일이긴요. 철수 씨가 전화도 안 받고 문자도 답장이 없고 그래서 너무너무 보고 싶어서 이 소개 시켜주셨던 아주머니께 잘 말씀드려서 철수 씨를 이곳에 올 수 있게 한 거예요."

"그랬단 말이예요?"

"철수 씨, 잠깐만요. 제가 음료수를 드릴께요."

최리라는 냉장고 문을 열고 음료수를 꺼내어 철수와 아주머니에게로 가지고 온다. 그리고 자기도 철수의 옆 자리에 살며시 앉는다. 철수는 어리둥절한 표정을 지으며 멍하니 천장만 바라보고 있다.

이성을 향한 그리움과 간절함이 절정에 달하면 자존심 따위 존재하지 않는가 보다. 왜냐하면 알량한 자존심 내세워 먼 훗날 그리움과 간절함이 절정에 절정을 더해 터지는 날에는 자신의 중증 정신질환을 그 누가 알아주겠는가! 자신만 괴롭고 힘들고 그 병이 썩을 때로 썩어들어가 그대로 화석처럼 굳어져 버릴 뿐, 응고되어 버릴 뿐, 심장도 화석처럼 그렇게 응고되어 버릴 뿐… 이렇게 응고되어 썩을 바엔 차라리 용기를 내어 내 몸 안에 들어있는 자존심이라는 먼지 하나 남지 않게 다 털어 버리리라.

"철수 씨, 문자를 계속 넣었는데 답장을 안 해주셔서 서운했어요."

리라의 이 말에 철수는 묵묵부답이다. 침묵을 지키며 마음속으로는 어이없다는 생각도 하면서 그러나 미용실에 들어올 때 묘할 만큼 편안함이 느껴지는 것도 사실이었다. 리라는 원래 의정부에서 태어났고 현재 의정부역 주변에서 미용실을 운영하고 있다. 1월 초에 철수와 맞선을 보았었는데 그때 소개했었던 아주머니에게 리라는 간청하여 그 남자, 철수를 만나게 해 달라고 졸라서 오늘 리라로서는 의미있고 그리움을 풀 수 있는 뜻 깊은 날을 맞이하게 된 것이었다. 리라는 마음속으로 궁리를 한다. 음료수를 다 마시면 가겠다고 일어날 지도 모르는 내 님, 철수를 어떻게든 조금이라도 더 간직할 수 있는 방법이 무엇일까. 그러다가 리라에게 굉장히 좋은 아이디어가 떠오르고 있다. 그것은 다름 아닌 이곳이 미용실이고 자신이 미용사인 만큼 철수의 머리를 손질을 해 주겠다고 하는 것이었다.

"철수 씨, 너무 어렵게 생각하지 마시고요. 제가 머리를 좀 다듬어 드릴까요? 머리를 보니 다듬을 때가 된 것 같아요."

"아아, 그런가요. 아직은 괜찮은 것 같은데"

"아니에요. 다듬을 때가 됐어요."

"아 네, 그럼 그렇게 하세요."

철수는 리라하고는 예전에 맞선을 보았던 사이라서 조금 어색하지만 너무 복잡하게 생각하지 않고 또 리라가 미용사이기 때문에 머리를 조금 손질을 해도 되겠다고 생각하였다. 이때 갑자기 아주머니가 바쁜 일이 있다며 먼저 가겠다고 일어나고 있다. 벌써 리라와 아주머니가 둘이서 계획된 시나리오였다는 느낌이 드는 결정적인 부분이 드러나고 있는 것이다. 이제 미용실은 철수와 리라, 둘만이 남게 되었고 리라는 철수의 머리를 만지기 시작한다. 가위로 조금 머리를 커트를 한다. 그러는 도중에 어느 손님이 문을 열고 들어오고 있다.

"아, 오늘은 휴일입니다. 죄송합니다."

리라는 이렇게 손님을 그냥 돌려보낸다. 사실은 오늘이 휴일은 아니다. 하지만 리라가 의도적으로 철수와 데이트를 하기 위해서 즉석 휴일을 만든 것이다. 어느 정도 머리 손질을 하다가 리라는 무려 6개월이나 홀로 그리워했던 대상, 철수에게 자신이 간절히 하고 싶었던 말을 서서히 꺼내기 시작한다.

"철수 씨, 나 안 보고 싶었어요?"

"아, 글쎄요"

"글쎄요가 뭐에요?"

"모르겠다는 뜻이기도 하지요."

"뭘 모르겠다는 뜻인가요?"

"아직은…"

"철수 씨, 나 어때요. 저번에 철수 씨와 맞선 보던 날, 그 카페에 앉아 있을 때 내 심장은 한 겨울에 저수지 물이 꽁꽁 얼 듯, 그렇게 못 움직이고 굳어만 있었답니다. 그것도 철수 씨 어깨를 바라보면서 그 후로 집에 돌아와 한숨만 나오고 어리벙벙하고 사실 밥맛도 하나도 없었지요. 그 어깨 때문에, 이 어깨…"

리라는 이 말을 하면서 철수의 어깨를 손으로 누른다.

"아니, 왜 어깨를 누르세요."

"좋으니까 누릅니다."

지금 리라로서는 이 순간이 영원히 유지되길 바라면서 빌고 있다. 그럴 순 없지만 조금이라도 더 있기 위해선 파머든 염색이든 뭐든 하게끔 유도를 해야만 한다. 한마디로 사랑을 표현할 수 있는 절호의 기회이다. 시곗바늘이 흐르는 모습이 아쉽기만 하다. 시곗바늘아 잠시 쉬었다 가면 안 되겠니. 네 마음대로든, 내 마음대로든, 아무튼 그렇게… 리라는 철수의 머리를 다 다듬고 이어서 함께 있는 시간을 어떻게든 늘리려고 염색을 권장하고 있다. 마음 같아선 파머까지도 하게 하고 싶지만 머리가 너무 짧다. 하지만 염색을 하면서 최대한 이리저리 시간을 늘리며 이야기를 이어갈 애정전략, 사랑전술이다. 최대의 승부처. 리라로선 이 승부처에서 철수로부터 조금이라도 관심을 이끌어 내야만 하고 다음에 또 만날 수 있는 조그만 명분을 만들어야만 하고 철수에게 뭔가 인상 깊은 메시지를 남겨야만 하는 숙명적인 순간인 것이다.

"철수 씨, 최근에 유행하는 패션 염색을 권장합니다."

"저는 별로인데요."

"아, 그냥 하세요. 철수 씨에게 어울리는 타입이에요."

리라는 재빨리 염색약을 가지고 와서 철수의 머리에 바르기 시작한다. 지금 이렇게 염색한다는 이런 명분이라도 만들지 않으면 철수는 일어나서 갈 수도 있다. 그렇게 되면 또 최리라는 앞으로 몇 개월일지, 몇 년일지 모르는 시간을 내 스타일 철수를 볼 수 없는 아픔이 올지 모른다. 리라로선 자신의 사랑을 얻기 위한 나름에 모든 승부수를 던진 셈이다. 남녀 사이엔 사랑을 쟁취하기 위해서 온갖 수단과 방법이 총동원되는 것. 철수는 사실상 계획에도 없던 염색을 하게 된 것이다. 염색약을 다 바른 리라는 밖에 나가 카페에 가서 아메리카노 두 잔을 테이크아웃 하여 들고 오고 있다.

아메리카노 두 잔

이 얼마나 기다려왔던 감격적인 아메리카노 두 잔인가! 리라는 늘 철수와 아메리카노 두 잔을 함께 할 수 있기를 꿈에서도 빌고 빌어 왔다. 바로 그 꿈이 오늘 이렇게 현실로 다가오고야 말았다.

"철수 씨, 아메리카노를 드세요."

"아이, 뭘 이런 것을, 이것을 사오려고 밖에까지 갔다 왔어요?"

"그럼요, 내가 철수 씨를 얼마나 좋아하고 그리워했는지 모르시지요. 이까짓 아메리카노는 철수 씨가 드신다고만 하면 열 트럭도 더 사올 수 있어요. 단, 사올 때 마다 뜨거운 입맞춤을 제게 보내주세요."

리라의 이 말에 철수는 침묵을 지킨다.

둘은 뜨거운 아메리카노를 조금씩 조금씩 식혀가며 마시고 있다. 그러던 중 리라는 염색이 잘 되었는지 보겠다며 철수 곁으로 다가온다. 가까이에서 머릿결을 보는척 하다가 느닷없이 철수의 입술에 자신의 입술을 갖다댄다. 그리고 꾹 누른다. 깜짝 놀란 철수는 눈을 휘둥그레 뜨면서 손으로 리라의 입을 막는다. 그리고 밀어 붙인다. 그러자 리라는 더 거칠게 또 달려들며 철수의 손을 잡고 뒤로 꺾고 다시 입술을 갖다 대고 더 세게 꾹 누른다. 이때 철수는 머리에 염색약이 발라져 있었고 몸에 가운까지 입고 있었던 터라서 피하기가 좀처럼 쉽지 않았다. 철수의 이 피하기 어려운 자세와 상황을 리라는 미리 철저하게 연구하였고 분석까지 하였다. 그런 후에 기습적으로 애정표현을 강행한 것이었다. 철수는 기분이 몹시 상한 상태이다.

"리라 씨, 그런 모습 이해가 안 되는군요."

"이해 안 될 것도 없습니다. 너무너무 좋으면 이렇게도 하는 겁니다."

철수는 어이가 없다는 표정을 지으며 침묵을 지킨다.

리라의 이런 행동에 대해 피하고 싶어도 피할 수 없는 사면초가에 빠졌다고 볼 수 있을지도 모르겠다. 염색약이 그대로 머리에 묻어 있으니. 리라는 또 아이디어를 짜내고야 만다.

"저, 철수 씨, 시간이 됐으니 그만 머리를 감아야겠네요."

"예, 그럼"

철수는 세면대쪽으로 걸어가 의자에 눕는다. 그러자 리라는 세면의자를 뒤로 눕힌다. 그 후 리라는 수건으로 철수의 얼굴을 가리고 머리를 감긴다. 샴푸를 행구고 린스를 바르기 전, 또 다시 리라는 철수의 입술을 향해 자신의 입술을 갖다 대고 세게 꾹 누른다. 철수는 피하려고 얼굴을 좌우로 움직였지만 위에서 더 강하게 누르는 리라의 압박을 피하기엔 역부족일 수밖에 없었다.

"철수 씨, 피하려고 하지 말고 그냥 한번 세게 꽉 안아주세요."

"아아아, 그만 비켜요."

"비킬 수 없어요. 저번 1월부터 계속 카톡을 넣었는데 답장 안해준 응징벌이랍니다. 내 응징에 입맞춤 벌을 달게 받으시어요."

"어 어어. 어디에다 손을 대는 거야. 안 되. 뭐 하는 거야."

"이것은 카톡을 받고 답장을 안 해준 체벌이랍니다. 내 응징에 체벌을 달게 받으시옵소서."

"이러지마, 으 흑"

철수는 가까스로 세면의자에서 온힘을 다해 빠져 나왔다.

리라는 철수를 미용의자로 안내하였고 그러자 걸어가 앉았다. 드라이로 머리를 말리며 리라는 철수에게 미안하다고 말을 한다.

"철수 씨, 너무 미안해요. 하지만 오늘 내가 용기를 내어 철수 씨를 내 품에 안은 것은 후회하지 않아요. 오늘부로 그대는 내 것이 되었습니다."

"리라 씨, 다 되었으면 가겠습니다. 안녕히 계세요."

철수는 일어나 밖으로 나가고 있다. 걸어 나가는 그님을 하염없이 바라본다. 언제 또 볼 수 있을까! 기약도 없이 빠르게만 흘러간다. 행여나 그님이 나의 오늘 행동이 미워, 영영 나를 돌아보지 않는다면 그 슬픔 어찌하면 좋을까. 그렇지만 이것이 두려워 마냥 일 년, 열두 달. 매일매일 그리워하며 깊은 밤을 뜬 눈으로 지새우는 것은 너무너무 가혹하고 온몸이 부서지는 통증이 오는 건 어떻게 하냐고… 드디어 철수를 오매불망 짝사랑하는 여성 4인방 중 마지막으로 리라도 오늘부로 입을 강제로 맞추는데 성공하였다. 이미 다희, 삼미, 미숙 3인방은 예전에 기회를 노려 철수의 입술을 빼앗는데 성공했었다. 리라만 기회가 마땅치 않아 하지 못했던 것이었다. 하지만 리라도 오늘 유인작전을 교모하게 펼쳐 성공함으로써 결국, 철수를 오매불망 짝사랑하는 여성들의 4파전은 오늘부터 더욱 치열해질 것으로 예상된다. 철수는 과연 이 4인방 중에서 자신의 짝을 찾을 것인가, 아니면 또 다른 제3의 인물이 등장하여 더욱더 치열한 접전이 벌어질 것인지, 모를 일이다. 미래에 일이니 말이다.

철수는 이런 일이 있은 후 내일 월요일 출근을 위하여 오늘 신갈동으로 가야만 한다. 부모님께 인사드리고 가기 위해 의정부 신곡

2동 빌라로 들어선다. 들어서는 아들에게 어머니는 몹시 궁금한 듯, 이미 아주머니와 얘기는 오고 갔지만 철수의 어머니는 새로운 아가씨를 만나게 된 것에 대해 어떻게 마음에 드는지, 무척 궁금하기만 하였다. 어머니는 아들에게 중매얘기를 하면, 안 나갈까봐 그냥 모른척하고 그 아주머니가 볼 일이있다고 하니 나가 보라고 했었지만 맞선결과는 너무너무 빨리 알고 싶은 내리사랑, 내리마음, 내리화처럼, 내리꽃이 가슴속에 활짝 피어있다.

"그래, 들어왔니? 그 아주머니가 왜 널 만나자고 한 거니?"

"어머니, 모르겠어요."

"아니, 그래도 만나자고 한 이유는 있을 거 아니야?"

"그 아주머니 조금 이상해요."

"뭐가 이상해?"

"올 1월초에 역에서 맞선 보았던 최리라라는 여자가 운영하는 미용실로 날 데리고 가서 조금 있다가 나가고 들어오지 않았어요."

"아니 뭐, 그게 무슨 소리야. 나에겐 다른 새로운 아가씨를 소개하겠다고 아들을 만나게 해 달라고 부탁을 하 길래, 그럼 그렇게 하겠다고 어제 널, 여기로 오게 한 것인데…"

"어머니 그냥, 그렇게 아세요. 없었던 일로 하세요."

"나 참, 어이가 없고 황당하구나! 우리를 가지고 놀은 것 아니냐. 내 이 아줌마를 가만 두지 않겠다. 싸가지 없는 여자구나!"

"그냥, 어머니 더 깊게 생각하지 마세요. 저는 신경을 안 쓸려고 해요."

철수는 저녁식사를 하고 다시 용인 신갈동으로 향하여 승용차를 돌린다. 차안에서 바라보는 도로변 가로수는 정말 크기도 하지. 내

심장도 저렇게 컸으면 좋으련만 내 심장은 작기만 하다. 콩알만큼이나 작아져 있다. 이렇게 작아진 심장을 안고 어두운 길을 달리고 달려 어느새 신갈까지 다 왔다. 그 후 아무 생각없이 방에 들어가 잠을 잤다. 그러나 한 시간 잠들었을까, 창 밖에 가로등 불빛이 너무 밝고 눈부셔 그만 잠에서 깨어나 버리고 말았는데 사실은 요란한 카톡 알림소리에 깨어난 것, 눈을 비비며 확인을 해 본다. 최리라였다.

카톡 내용

어제 내가 많이 무례한 것인가요? 아니면, 10년 후, 후회할지도 모르는 삶을 거부한 것인가요? 내 중심인가요? 아니면 모험이자 용기인가요? 이렇기에 자기는 점 점점, 나의 늪으로 빠지게 될 겁니다. 앞으로 더 좋은 계기와 기회가 온다면 어제 있었던 그 표현보다도 더욱 강한 그런 표현을 서슴없이 시도하리요. 20년 후에 내 삶이 그렇게 후회가 생기지 않도록… 30년 후에 내 인생이 빙판이 되어 버리지 않게, 그렇게 아프지 않게,

이런 내용에 카톡 내용이 자정이 넘어 철수가 잠든 사이 전해왔다. 이 글을 읽고 머리가 멍멍하여 냉장고에 들어 있는 석수 한 병을 꺼내어 한 번에 쭉 다 마신다. 그리고 뒤척이다가 결국엔 꿈나라로 접어든다. 날이 밝아 월요일이 되었고 철수는 일어나 씻고 밥을 차려 먹고 회사에 출근도장을 찍으러 나간다. 늘 그랬던 것처럼, 오늘도 그렇게. 원래 출근이라는 것은 피곤하기도 하지만 안정적인 에너지이기도 하다. 마음만은 평온한 측면도 없지는 않다. 출근하여 잠시 의자에 앉아있는데 늘 그랬던 것처럼 반갑게 웃으면서

반겨주는 절친 동료 형철. 그런데 표정은 그리 밝아 보이지 않는다. 무슨 말을 할까 말까 고민하는 눈치인 것 같았다. 그러자 철수가 먼저 말을 건넨다.

"형철 씨, 내게 무슨 말을 하고 싶어 하는 것 같은데 왜 말을 안 하고 있어?"

"아아, 그게 말이야. 그게…"

"형철 씨, 괜찮아. 우리 사이에 뭐 못할 말도 있어. 그냥 말을 해봐."

형철은 한참 뜸을 들이더니 입을 열기 시작한다.

"철수 씨, 내가 이런 얘기해도 될지 모르겠지만 어제 일요일 오후에 김청화 씨에게서 전화가 걸려 왔는데 말이야."

"음 그래, 청화가 왜? 말을 해봐."

"그 사람도 오죽 답답했으면 나한테까지 전화를 다 했겠어. 며칠 전에 철수 씨 친구, 그 인호 씨라는 분이 청화 씨 직장에 다니는 삼미 씨를 회사 밖에서 기다리고 있다가 따라가서 그만, 강제로…"

"뭐야, 강제로…"

"참, 휴우. 글쎄 강제로 성폭행을…"

"뭐, 인호가 삼미를 성폭행을 해."

"청화 씨 말에 의하면 그 삼미 씨가 우울증에 걸렸다는 거야."

철수는 이 말을 듣고 마음이 답답해지고 있다. 저번 달 말에 야구장에 갔을 때, 청화와 삼미는 함께 야구 관람을 하고 있었고 인호는 한참 뒤쪽에서 관람하는 것을 봤었던 기억이 맴돌았다. 그랬는데 급기야 그런 일이 벌어지다니, 철수는 삼미와 교제하는 사이는 아니라 하더라도 그 말을 들은 지금 마음은 안타깝고 착잡하기 그지없었다. 더군다나 저번 4월 말, 용인 보라동에서 청화, 삼미,인호, 철수 이렇게 네 명이 만났을 때, 그 세 명이 집으로 가는 길에 인호가 모란에서 내려 추근거렸었다고 삼미가 내게 5월 20일에 문자도 보내며 하소연을 하지 않았던가! 어쨌든 철수는 자신과 직접적으로 관련된 일은 아니라고 해도 마음이 편치는 않았다. 아무쪼록 더 이상은 이런 불미스런 일이 벌어지지 않기를 바라는 마음뿐이다. 형철에게 월요일 아침부터 이런 말을 듣게 되니 기분이 가라앉고 괴롭기까지 하였다. 그리 유쾌하지 않았던 월요일도 이렇게 저렇게 근무하다보니 퇴근시간이 다 되어간다. 6시가 조금 넘어가니 어디선가 전화가 걸려오고 있다. 확인해 보니 삼미였다. 오늘 오전 출근해서 삼미에 대한 얘기를 했었는데 공교롭게도 이 시간에 그에게서 전화가 걸려오니 기분이 묘하기도 하다. 안 됐다는 생각도 들고 안쓰럽다는 마음도 들어 일단 전화를 받아 본다.

"예, 여보세요."

"오빠, 나 삼미야. 나 지금 엄청나게 울고 싶은데 도와줄래"

"무슨 얘기하는 겁니까? 삼미 씨"

"철수 오빠, 나 지금 오빠의 회사정문에 와 있어. 일단 나와 .봐"

"아니, 회사정문에…"

이 말을 듣고 얼른 밖에 나가 본다. 그랬더니 삼미가 철수의 회사 정문에 기대어 울고 있었다. 너무 놀란 철수는 누가 볼까 무서워 얼른 삼미를 데리고 주변에 있는 카페로 들어간다.

"삼미 씨, 어떻게 지금 시간에 회사출근 안 했어요?"

"오빠, 자꾸 내게 존대 말, 하지 말란 말이야. 난 지금 너무 우울한 상태야!"

내리사랑 내리화

"그러지 말고 침착하게 마음먹고 차근차근 말을 하세요."

"난, 오빠밖에 모르는 것 알지. 그렇지. 말을 하라고…"

"아예, 그렇다고 하고."

"그런데 오빠의 친구 그때 4월 달에 보라동에서 같이 만나던 인호라는 사람, 그 xx가 나를 글쎄, 으 으 흑. 나를…"

"삼미 씨, 진정하고 말 해봐요."

"내가 회사일 끝나고 가는데 따라와서 나에게 성폭행을 가했어."

철수는 이미 오전에 형철에게서 들어서 알고 있었지만 모르는 것처럼 표정을 지으며 삼미를 위로를 한다.

"뭐예요, 인호가 그런 짓을 저질렀단 말이에요."

"이게 다 오빠 책임이야. 오빠가 나를 꽉, 애인으로 만들었다면 그런 xx가 나에게 이런 짓을 못했을 테니까, 이 모든 것은 철수오빠 책임이야."

"글쎄, 아무튼 마음이 몹시 상했을 것 같은데 안정을 취해야겠지요."

"사실, 난 이 세상에서 오빠밖에 모르는 착하고 순진한 여자인데 이번일은 너무너무 힘들고 괴로워 못살겠어. 확 감옥에 넣어 버릴까. 그 xx를."

이 말을 들은 철수는 속으로 답답하기만 하다. 저번 달에 홀로 야구장에 갔을 때, 삼미와 청화가 함께 야구 관람을 하며 입맞춤까지 하는 것을 멀리서 우연히 지켜봤었던 철수로선 지금 삼미가 하고 있는 이 말이 어떻게 들릴지 사뭇, 궁금하기만 하다. 애당초, 철수는 삼미에게 아무런 관심도 없었지만 그래도 보라동에서 함께 만났었고 또 인호가 의정부 고향, 친구였기에 어쨌든 마음은 불편하다.

"오빠, 그리고 그 xx. 그 이후로도 계속 내가 다니는 회사에서 기다리고 그러는데 정말 미칠 것 같아. 앞으로 더 계속 그러면 이 회사를 다니지 못할 것 같아. 아니면 스토커로 경찰에 신고를 하든지. 해야겠어."

"삼미 씨, 내가 잘 얘기해서 그러지 못하도록 할 테니 마음 놓아요."

"역시 오빠는 나를 너무너무 사랑해. 쪽 쪽 쪽…"

"그럼 그렇게 알고 마음 편히 가세요."

철수는 이렇게 삼미를 안정을 시키고 집으로 갔다. 또 따라오려고 하는 삼미에게 수원에 중요한 볼일이 있다고 따돌리고 다른 곳으로 가는 척하다가 다시 신갈동 집으로 향하였다. 약속대로 철수는 집에 돌아와 인호에게 전화를 건다. 뚜르르르르 신호가 가고 인호가 전화를 받는다.

"아, 그래. 철수 잘 지냈어."

"그렇지, 그런데 요즘에 청화와 삼미하고 그리고 너하고 무슨 문제가 있지?"

"아, 그거 별거 아니야."

"그래? 별거 아닌 게 아닌 것 같은데, 나도 얘기 들어 알고 있는데 말이야, 삼미 씨가 많이 힘들고 괴로워하고 있다는 거 알아. 인호야. 네 인생을 그런 식으로 망가뜨리지 말길 바란다."

"야, 너 지금 무슨 소리야. 뭘 망가뜨려, 망가뜨리기는, 너나 잘해 알았어!"

"널 위해서 해 준 말인데 오히려 내게 말을 막 하는구나."

"신경 쓰지 말고 전화 끊어, 네가 삼미에 남편이라도 되?"

인호는 철수의 말에 민감한 반응을 보이며 공격을 퍼붓는다. 인호는 현재 삼미에게 푹 빠져 완전히 이성을 잃어 있고 통제 불능상태이다. 저번보다 더 확실하고 강한 155킬로 돌직구를 계속 끊임없이 던지고야 말겠다는 이성에 대한 강력한 집념을 불태우고 있는 중이다. 이런 경우는 아무도 말리지 못한다. 심각한 문제 중에 문제이다. 의정부 고향 친구인 철수의 진심어린 조언을 비웃기라도 하듯, 인호는 그 다음 날 또 다시 삼미가 다니는 야탑역 부근 회사에 가서 기다리고 있다. 그러는 중에 삼미가 걸어 나오고 있었다. 인호가 무슨 말을 하기 위해 그쪽으로 걸어가고 있는데 이것을 삼미가 보게 되었고 순간 돌아서서 다시 회사로 들어가고 말았다. 그 후 삼미는 이 사실을 청화에게 말하였고 이 말을 들은 청화는 몹시 흥분되고 격앙되어 밖으로 나와서 인호에게로 걸어온다. 더 이상 피할 수 없는 난타전이 오고 갈 것으로 예상된다.

"야, 또 왔어. 저번에 파출소까지 끌려갔다 왔으면서 아직도 정신을 못 차렸구나. 오늘은 끝장을 내 주겠다."

"아, 됐어. 방해하지 말고 비켜. 난 어떻게든 삼미를 내 것으로 만들거야."

이렇게 인호와 청화는 의정부 고향친구사이지만 이성문제로 큰 격돌이 벌어지고 있고 분위기 상 절대 후퇴는 없어 보인다. 먼저 격분한 청화가 인호의 얼굴을 향해 강하게 스트레이트를 날린다. 방심하던 인호는 이 강력한 펀치를 맞고 바닥에 퍽 쓰러진다. 쓰러진 인호를 향하여 청화는 마구 파운딩 연타 공격을 장렬 시킨다. 인호도 가까스로 일어나 반격을 하며 얽히고 설킨다. 이 장면을 보고 너무 놀란 삼미는 또 저번처럼 경찰에 신고를 한다. 불과 얼마 지나지 않아 경찰이 출동하였고 청화와 인호는 연행이 되었다. 파출소로 끌려간 두 사람. 그리고 따라간 삼미 결론은 쌍방이 폭행을 가한 내용이었고 삼미에 대한 스토커 부분에 있어선 주의조치가 내려졌다. 하지만 진술조서를 받는 과정에서 서로 화해를 하였고 인호도 더 이상은 삼미를 따라다니지 않기로 약속하였다. 그렇게 되어 세 명은 파출소에서 나올 수 있게 되었지만 인호와 청화는 가슴속에 큰 앙금을 지닌 채, 다른 방향에 길로 걸어갔다. 삼미는 청화를 따라 가면서 나 때문에 이런 일이 벌어져 미안하다고 말하면서 몸은 다친 데 없느냐고 묻는다. 지금 삼미의 마음은 서로 파출소에서 화해를 했다하더라도 인호가 또 언젠가는 회사에 급습할 거라는 불안감에 젖어 있다. 그래서 청화와 저녁식사를 하면서 이에 대해 의논을 할 생각이다. 둘은 식사를 하기 위해 식당으로 들어간다.

"청화 오빠, 그 xx와 부딪치느라고 많이 다쳤지. 너무 미안해. 조금 괜찮아. 병원에 가봐야 되나?'

"아니야, 조금 찢어졌을 뿐이야. 연고 바르고 하면 될 것 같아."

"너무 미안해. 아무래도 회사를 관둬버려야 할 것 같아. 너무 신경 쓰여."

"어쨌든, 큰일이다. 내가 괜히 저번에 보라동에 데리고 나오는 바람에 일이 이렇게 커질 줄은 미처 몰랐어. 다 내 실수야. 그 녀석 때문에 내가 너무 미안한 마음이야. 너무 골치 아픈 일이다. 근본대책이 없어."

삼미는 청화가 자신 때문에 치고 박고 격돌이 벌어져 너무 미안한 마음과 죄의식까지 가지고 있다. 아마 오늘도 청화가 없었다면 또 그때처럼 불미스러운 성폭행이 벌어졌을지도 모른다. 삼미는 생각만 해도 아찔하다. 둘은 식사를 마치고 청화는 삼미가 살고 있는 모란 집까지 바래다주고 갈 생각이다. 왜냐하면 인호가 숨어 있다가 급습할지 모르기 때문이다. 청화는 자신의 승용차에 삼미를 태우고 집 앞까지 가서 내려주고 다시 야탑역으로 내려오고 있다. 삼미는 모란 집에서 방에 누워 심각한 고민에 사로잡힌다. 회사를 관둘 것인가! 참고 다녀야 할 것인가! 언제 또 기습적으로 급습할지 모르는 인간 야수 인호가 몹시 신경 쓰인다. 어디를 가든 여성이 사회생활하기는 힘들다. 사회생활뿐만이 아니라 일상생활을 하기도 사실 쉽지 않다. 어디에 가든지 인간야수는 존재하기 마련이고 위험상황이 왔을 때, 피하기가 말처럼 쉬운 게 아니기 때문이다. 거기에다가 더욱 외롭고 힘든 것은 이런 피해를 받게 되면 피해당사자만 괴롭고 비참하지. 이 사회가 이런 부분을 근본적으로 해결하려는 노력도 없고 오히려 가해자를 이해해 주려는 노력을 하는 어처구니없는 현실에 직면하고 있는 것이 이 사회이다. 예를 들어 여성의 행동을 문제 삼는다거나, 구체적인 예로 여성의 짧은 치마로 인해 심하게 유혹을 받아 본능을 이겨내지 못하고 어쩔 수 없이 인간야수로 돌변할 수밖에 없었다. 바로 이런 변명을 늘어놓는 것이다.

위에 든 예가 나름대로 어쩔 수 없는 사유로 근거가 될 수 있으려면 다른 예로 어떤 이가 도서관에 공부하러 갔다가 열람실에서 화장실을 가기 위해 밖으로 나왔는데, 순간 깜박하여 스마트폰을 책상 위에 놓고 나왔다고 가정하자. 그럼 그 열람실을 이용하는 다른 열람자가 그 스마트폰을 보고 지금 현재 주인이 없는 무방비 상

황이니 본능적으로 훔쳐가고 싶다고 어쩔 수 없는 충동으로 인간야
수로 돌변해도 된단 말인가. 사람을 탐하는 본능이나, 물건을 탐하
는 본능이나 똑같다. 후자 말고 전자에 대해 떠들려면 후자를 설명
할 수 있어야만 한다. 이 사회가 이런 식으로 인격이 썩어 들어가고
있으니 정말 큰일이다. 자기 딸은 내리사랑, 내리화처럼 끔찍이 여
기며 소중하고 바라보기만 해도 눈물이 절로 나고, 남의 딸은 기회
되면 진하게 썬팅한 차에 한번 태우고 어디론가 떠나보고 싶고, 짧
은치마 입은 것을 자신의 성폭행 정당화 사유로 생각하고 왜 인생
을 이렇게 사는가! 인생을 인간답게 살길 바란다. 어쨌든, 삼미는
지금 중대한 기로에 놓여 있다. 회사를 다닐 것인가, 관둘 것인가,
자신이 좋아하는 상대를 자신이 선택하여 데이트를 하는 것은 행
복이지만 자신이 싫어하는 상대가 물리적으로 강제적으로 데이트
를 시도해 들어오는 것은 비참하고 참담한 일이다. 바로 우울증으
로 직행하게 되는 것이다. 이 심정을 이 세상 그 누구가 알겠는가.
급기야, 삼미는 다니던 회사를 그만 두고 말았다. 그리고 답답했던
마음을 조금이라도 털어내고자 홀로 여행을 떠난다. 삼미는 착잡
한 마음. 가슴에 담고 KTX열차를 타고 부산 송도로 간다.

시원한 바닷바람을 쐬면 우울증이 조금은 가실까! 송도해수욕장
모래밭에 앉아 바다향기를 맡으며 소주와 광어회를 먹는다. 한 병
을 다 마시고 나니 철수가 보고 싶어진다. 그래서 핸드백에서 스마
트폰을 꺼내어 철수의 번호를 찾아 누른다. 철수의 폰의 컬러링소
리. 바이올린소리가 한참 울리더니

"여보세요."

"철수 오빠, 나 삼미."

"아예, 삼미 씨, 어떻게…"

"오빠, 나 여기 어디인지 알아?"

"어디에요? 삼미 씨."

"아, 지겹다. 지겨워 나한테 존칭을 쓰지 말라고. 말끝마다 누구 씨, 뭐 씨."

"무슨 일이 생겼어요. 삼미 씨."

"아아아, 그만 하라니까. 어휴 정떨어져. 오빠, 나 여기 부산 송도야. 멋진 곳이지. 하지만 울고 싶기도 하고."

"어어, 어떻게 평일에 부산을 갔어요."

"응, 나 회사 관뒀잖아. 그 인호라는 사람이 너무 괴롭게 해서 더 못 견디고 나와 버렸지."

"어어, 회사를 관뒀단 말이에요. 그리고 지금 혼자 부산 송도에…"

"송도 바다 밭에 앉아 소주 한 병 했지, 그랬더니 철수 오빠가 생각나서…"

"아아, 그럼 그곳에서 잘 쉬었다 올라와요. 삼미 씨."

"그래 오빠, 올라가면 신갈 집으로 갈게, 날 기다리고 있어. 쪽 쪽쪽"

삼미는 원치 않은 대상인 인호에게 불의에 성폭행을 당하였고 그 후로도 회사까지 따라오고 그래서 극도로 우울증에 시달리다 끝내, 회사를 관두고 정신요양차원에서 부산 송도에 가서 일주일간 마음을 가다듬고 다시 부산역 출발, 수원행 KTX를 타고 올라오고 있다. 저번 주 화요일에 야탑역 회사 주변에서 인호와 청화가 삼미 문제로 격렬하게 격돌하여 몸에 상처가 나는 상황이 발생하였고 그 후, 파출소로 연행이 되니 사태로 까지 일어났었고 심각한 정신적 우울증에 시달린 삼미는 바로 그 다음 날 수요일 오전에 회사를 관두고 정신 요양 차, 부산 송도로 떠났었다. 그리고 무려 일주일간을 부산 송도에서 머물면서 정신을 가다듬고 한 주가 지난 오늘 목요일에 수원으로 올라온 것이었다. 올라오자마자 삼미는 택시를 타고, 용인 신갈동에 있는 철수의 집으로 달려간다. 부산 송도 모래밭에서 소주 한 병을 마시고 가장 머릿속을 지배했었던 그님, 바로 철수였기에, 극심한 우울증상태에서 고독한 가슴에 향긋한 단비를 뿌렸던 내 영혼의 구심점, 이 철수. 나의 사랑이 있는 곳으로. 신갈로 오는 택시는 번개같이 빠르게 달렸다. 마치, 삼미의 심정을 대변하듯, 눈 깜짝할 사이에 신갈동 철수의 집 앞에 도착하였다. 내리자마자 푸른빛 연립 11동 303호 철수의 집으로 달려간다. 그러더니 초인종을 누른다. 시간은 자정이 가까이 다가오고 있는 시간인데. 그러자 철수가 문을 연다. 다른 때 같았으면 문을 열어 주지 않았을 철수가 문을 연 것은 일단 성격이 우유부단한 것도 있지만 최근 삼미가 여러모로 괴로움이 겹쳐있고 다니던 회사마저 관두고 나가서 측은하게 느껴졌고 또 인간야수 인호와의 상처, 이런 문제는 사실, 철수는 조금도 연관이 없다 하더라도 4월 처음 보라동에서 만날 때, 옆에 같이 있었고 인호와 아는 처지라서 그래도 심정적으로는 미안하고 안쓰러워서였다. 문이 열리자마자 삼미는 철수를 보고 부둥켜안고 울기 시작한다.

"오빠, 이게 다 오빠 때문이야. 제발 나를 잡아줘. 나를 붙잡아 줘 제발."

"삼미 씨, 그만 진정하세요. 일단 들어와 앉아요."

삼미는 엉거주춤한 자세로 걸어가더니 쇼파에 퍽 쓰러진다.

"오빠, 혹시 냉장고에 술이라도 있으면 가져와. 같이 마시게…"

철수는 냉장고 문을 열어 보니 술이 없었다. 그래서 음료수를 꺼내어 들고 온다.

"삼미 씨, 술은 없고 음료수만 있는데 이거라도…"

"고마워 오빠. 음료수 먹고 우리 밖으로 야식하는 데 있으면 술 먹으러 가자."

"삼미 씨, 너무 늦은 시간이라서 글쎄…"

"오빠, 내 저번에 무슨 씨, 뭐 씨라고 하지 말라고 했지. 난, 지금 가슴이 찢어지는 심정이야. 나를 좀 도와줘."

삼미의 간청으로 철수는 함께 야식집으로 술을 먹으로 나간다. 신갈동 푸른빛 연립에서 나와 골목으로 돌아다니며 야식이나 포장마차를 찾아보았는데 쉽게 찾기 힘들었지만 한참을 내려가니 불이 켜져 있는 곳이 한 군데 있었다. 그래서 들어갔다.

"오빠, 술은 뭐니 뭐니 해도 소주가 제일이지. 그리고 안주는 회가 좋아."

"그럼 그래요."

이 때 갑자기 삼미는 철수의 옆구리를 세게 꽉 꼬집는다.

"오빠, 제발 존대 말 좀 하지 마. 자꾸 그러면 괴로운데다가 더 괴로워."

이렇게 삼미가 철수에게 애교도 떨고 아양을 떨어도 끔쩍도 하지 않는 이유는 삼미에게 이성적으로 특별히 관심이 없어서 그렇다. 철수도 이젠 마음을 잡고 이성을 만날 때가 되었지만 마음속에 삼미가 들어와 있는 것은 아니다. 현재 철수에게 러브콜을 보내고 있는 4인방 중엔 이렇다 하게 철수의 마음을 강타해 들어오는 존재는 없는 것 같다. 물론 미래에 벌어질 일은 누구도 장담 못한다. 그러나 지금 벌어지는 여러가지 상황과 정황을 봤을 땐 다른 그 이외에 인물이 될 가능성이 매우 높은 것으로 보인다.

"오빠, 나 회사 관뒀어. 그 x 때문에 그렇지. 난 내가 마음에 안드는 사람이 달려드는 것은 정말 질색이야. 절대 용납할 수 없어. 감옥에 넣어 버리려다가 청화오빠 그리고 철수오빠 고향친구라서 어떻게 해. 그냥 봐 줬지. 확 구속시켜 버렸어야했는데. 그런 x xx…"

"삼미 씨, 괴로웠던 심정 확 풀고 소주 한 잔 하세요. 자 받아요."

"그래, 따라 봐 철수 씨, 아님, 철수오빠, 아님, 철수야."

"쭉, 마셔요. 삼미 씨."

"오빠, 나 이제 앞으로 무얼 하지. 회사도 관두고 나왔는데…"

"글쎄요, 궁리를 해봐야지."

이렇게 철수와 삼미는 대화를 하다 보니 벌써 시간은 밤 3시가 다 되어간다. 철수는 날이 지났으니 오늘 금요일 출근도 해야 하고 그만 가자고 말을 한다. 그런데 삼미는 또 예전처럼 철수의 집으로 함께 들어가려고 떼를 쓴다. 오늘따라 철수의 눈에 비춰진 삼미의 모습이 매우 애처롭게만 보이고 불쌍해 보이기도 하였다. 그래서 자신의 집으로 들어오게 그냥 두었다. 하지만 더 무리한 삼미의 요구는 단호히 거부하였고 철수는 다른 방으로 들어가 문을 잠근 채, 잠에 들었다. 일어나 보니 삼미는 저번처럼 찌개도 끓여놓고 밥도 새로 해 놓았다. 그리고 응접실에서 깊은 잠을 자고 있었다. 철수는 삼미를 깨우지 않고 밥만 먹고 씻고 그냥 회사로 출근을 하였다. 오늘은 금요일이라 직장에서 회식이 있을지도 모르는 날이다. 회사에 가니 동료들이 웃으면서 반갑게 철수를 맞이하면서 오늘은 한 주간에 피로를 푸는 의미에서 회식이 있다고 말을 하고 있다. 장소는 보라동 민속마을에 있는 해성가든 으로 정하였다고 말을 한다. 어느덧 시간은 흘러 퇴근시간은 다 되어가고 있고 모두들 자리에서 일어나 회식 장소에 갈 준비에 한창이다. 각자 알아서 모임장소로 이동을 하고 있고 철수도 형철의 차를 타고 가고 있다. 도착하고 보니 민속마을 산기슭에 위치한 가든은 꽤 시설도 좋고 분위기도 좋아 보였다.

"철수 씨, 이 회식장소는 내가 정한거야. 괜찮지 어때 오리고기도 있고."

"아, 그럼 형철 씨가 정할 정도면 안 봐도 완벽 그 자체이지 뭐."

철수가 다니는 회사는 그리 큰 규모는 아니어서 직원 수가 20명 남짓 된다. 실내분위기도 밖에서 봤던 것 그 이상으로 좋은 느낌이었다. 스물세 명에 전체직원은 일제히 자리에 앉았고 무척 화기애애한 분위기를 연출하며 주문했던 오리고기가 나오기만을 기다리고 있었다. 몇 분이 지나고 음식이 나오기 시작하였다. 술은 복분자로 정하였고 또 먹고 싶은 데로 마음껏 먹어도 된다고 이 회식을 주선한 형철은 모임배경을 설명하였다. 올 가을 숙희와의 결혼을 앞두고 기분이 하늘 높이 업그레이드 되다보니 여러 가지 즐거운 일들을 할 수 있는 마음이 앞서는 것 같다. 저녁 7시에 시작된 회식은 한참 무르익어가고 있었고 여기저기에서 술에 취하는 사람들도 속속 드러나기 시작하였다. 그러던 중, 어떤 한 여인이 가든 현관문으로 들어서고 있었다. 가든 주인으로 보이는 듯한, 느낌도 들었는데 모임에 참석한 직원들과 두 눈이 마주쳤는데 순간, 철수는 깜짝 놀라며 정신이 하나도 없었다. 그 여인은 다름 아닌 영희였다. 영희도 철수와 두 눈이 마주쳤는데 매우 놀라는 표정과 당황스러워하는 모습이었다. 여기서 이렇게 영희를 부딪칠 줄이야! 영희는 가든 주인이었고 카운트에서 계산도 하기도 하였다. 몇 분 후에 어떤 한 남자가 들어오고 있었는데 바로 남편이었다. 잘 기억해 보니 결혼식장에서 신랑입장 할 때 봤던 기억이 철수의 뇌리를 스쳐지나가고 있었다. 지금 철수의 마음은 한 겨울, 저수지에 물이 꽝꽝 얼어있는 심정이다. 영희의 마음은 어떠할까! 아마 두 사람에 마음이 같지는 않을 것이다. 이런 것은 얼굴표정으로도 알 수 있다. 영희는 큰 오해로 인하여 철수 곁을 달아난 것이고 그 과정에서 불만이 싹터있었기에 그리 좋은 그림은 아니다. 철수는 지금 심정이 저수지 물이 꽝꽝 얼어붙은 형국이면서 한편으로는 자리를 피하고 싶은 마음도 나타나고 있다. 그저 그렇게 계속 보고 있었으면 하는 마음이 또 다른 경로를 통하여 가슴으로 파고 들어오기도 한다. 설명 불가한 부분인 것 같다. 그러다가 아무 생각도 나지 않는다. 실내가 온통 깊은 동굴 속에 들어와 있는 것 같은 그런 느낌이라고 할까! 다른 직원들은 영문을 모르니 복분자와 오리고기를 먹기에 여념이 없다. 하지만 형철은 이 사실을 느낌으로 알았기에 미안한 마음을 감추지 못한다. 어떻게 회식장소를 정하다보니 공교롭게도 이렇게… 이것도 운명인지 모르겠다. 사람이 살다보면 뜻하지 않게 어떤 부분이 일치가 되기도 하고 안되기도 하고 그것으로 인해 괴롭기도 하고…

저녁 7시부터 회식이 시작되었는데 어느새 9시가 넘어간다. 끝날 시간이 된 것 같아서 형철은 카운터에 가서 카드로 계산한다. 모든 직원들은 밖으로 나오고 있었고 철수도 나오기 위해 문으로 향

내리사랑 내리화

한다. 영희를 한 번 더 보려고 바라보았지만 보이지 않았다. 귀찮아서 순간 다른 곳으로 간 것 일까! 그랬을 것 같다. 나는 널 이 순간에라도 1초라도 더 보고 싶은데… 네 모습 1초라도 볼 수 없어도, 네 목소리라도 한번 듣고 싶었는데… 아무튼 여기서 이렇게 남편과 함께 가든을 하는 줄은 미처 몰랐지만 내가 너를 위해 바라는 것은 아무 것도 없다. 매일매일 행복 꽃이 활짝 피어나길 진심으로 기원하면서 염원한다는 것. 이것 하나. 민속마을 해성가든에서 나와 회사 직원들은 2차 노래방으로 걸어가고 있다. 하지만 형철은 바쁜 일이 있어 가야 한다며 빠졌고 철수도 비슷한 사유를 말하고 참석하지 않았다. 철수의 마음을 누구보다 잘 아는 사람은 바로 절친 동료 최형철이다. 그는 철수에게 위로의 말을 건넨다.

"미안해, 철수 씨. 내가 모임장소를 물색했는데 이곳이 좋을 것 같아서 정했는데 하필 그럴 줄을 몰랐지. 마음이 엄청 심란할 텐데 어쩌지?"

"아니, 무슨 말을 그렇게 해. 오늘 너무 좋은 곳에서 잘 먹고 좋았어 나 신경 쓰지 마. 형철 씨, 다 그런 거지 뭐."

"철수 씨, 기분도 그럴 텐데 우리끼리 다른데 가서 한 잔 할까?"

"아니야, 그냥 조용히 실개천이나 구경하다가 집으로 갈 거야."

형철은 자신이 모임장소를 그렇게 정해서 누가 된 것 같아 마음이 편치 않은 상태로 수원 집으로 향한다.

철수는 뒤를 돌아다보며 멀어져만 가는 가든을 바라보며 발길 돌려 상갈동 주변 실개천으로 내려간다. 지금 시간은 밤 10시가 되어 간다. 몇 달 전, 이 실개천을 걷다가 영희가 어떤 남자와 데이트를 하며 걸어갔었는데 그 남자가 내가 오늘 본 그 주인공이 맞구나!

황금 물고기

이 세상에서 가장 행복한 그 주인공, 매일같이 영희와 얘기하고 함께 밥 먹고 같은 집에서 그렇게… 이 세상, 그렇게 행복한 남자. 주인공이 어디 있어. 아무도 없지. 실개천벤치에 주저앉은 괴로운 한 남자. 예전 영희를 떠나보내고 이곳에서 홀로 막걸리를 먹다가 엎질러서 그만 지나가던 황금물고기가 막걸 물을 먹고 취해 비틀대며 달아난 적도 있었지. 오늘은 그 친구, 보이지 않고 구리 빛 물고기만 보이는 구나! 그때 그 황금물고기도 다른 짝을 찾아떠나 버렸나. 아님, 내가 지나간 후에 이곳으로 헤엄쳐올까! 깊은 상념과 쓰린 과거를 떠올리며 고개 숙인 시간이 흐르고 있던 중, 어디선가 전화가 걸려오고 있었다. 이 시간에 누구일까, 폰을 보니 삼미였다. 받고 싶지 않아서 가만히 벨소리만 들으며 잔잔히 흐르는 물만 바라보고 있었다. 그러자 이번엔 카톡이 오고 있다.

카톡 내용

오빠, 오늘 무슨 일 있어. 집에서 기다리고 있는데 오지 않아서 몹시 궁금하고 걱정되어 전화했는데 받지 않아서 문자를 넣는 거야. 왜 이리 마누라를 신경 쓰게 만드는 거야. 빨리 집으로 들어와. 오빠 주려고 오겹살을 사다 놓았는데…

이런 내용이었다. 철수는 예전에 이 실개천에서 보았던 황금물고기를 찾고 있는 데 여념이 없다. 영희를 완전히 떠나보냈을 때 이곳에서 침통한 심정으로 막걸리를 마실 때, 유일하게 나의 벗이 되어 주었었던 그 물고기는 어디로 갔을까! 영희를 닮아 그렇게 떠나 갔는가! 막걸리가 자신을 괴롭히기 위해 물속으로 스며든 것이라고 오해하고 다시는 나 같은 사람 안 본다고 마치 내 곁을 무심히 떠나 버린 누구처럼, 황금물고기도 그렇게 떠나갔는가! 왜 이곳엔 구리 빛 물고기만이 왔다갔다 손짓을 하는 건가! 내 곁으로 돌아와 다오, 제발 내 곁으로 돌아와 다오, 황금물고기여 물고기.

이렇게 오랜 시간 상념에 젖어 있다가 일어나 실개천 도보 길을 걸어간다. 집으로 가자니 삼미가 아직까지 있을 것 같고 마땅히 갈 곳이 없어 그냥 발 닿는 데로 걸어간다. 조금 처량하게. 그렇게. 걷다 보니 작은 호프집이 한곳 눈에 들어온다. 그래서 들어간다. 생맥주와 마른안주를 시켜놓고 먹어가며 회한에 잠겨 본다. 결국은 작년 8월 내리화를 설명하고 영희가 크게 오해하여 떠난 시점이 철수에겐 후회로 남을 수도 있고 그저 아픈 기억으로 남을 수도 있다.

오늘 영희를 그곳에서 보게 된 것은 어쩌면 행운인지도 모른다. 내 님이었던 그 사람에 모습을 잠시라도 볼 수 있었던 것을 더없는 행복으로 여기고 그 행복한 마음으로 내 삶에 최선을 다하자. 아마 영희도 나를 봤을 때, 말은 안 하지만 내가 나의 삶에 최선을 다하기를 응원하고 있었을 거야, 그 영혼에 내 그림자가 완전히 지워지지 않았다면 그래 줄 수도 있었을 것 같기도 해, 나의 검은 그림자라도 있다면. 오늘은 이렇게 속절없이 나 홀로 이곳에 와서 한 병마시고, 또 한 병마시고 그렇지만 내일부턴 한번 나를 위해서 힘차게 달려 볼 거야, 파이팅하면서. 나를 위한 파이팅. 내 영혼을 위한 하이 킥. 더 빠르게 더 강력하게 그렇게. 시곗바늘은 자정을 가리키고 있다. 지금쯤이면 삼미도 돌아갔을까! 계산을 하고 천천히 나와서 실개천 따라 걸어서 신갈동 집으로 간다. 질서정연하게 흐르는 물소리는 내 가슴을 시원하게 적셔주고 물속에 스며있는 작은 돌들은 내 빈 마음을 차곡차곡 덮어주고 있는 것 같다.

물소리를 쫓아가다 보니 어느새 신갈동 집에 다다르고 있었다. 내 몸은 그렇게 덮여진 모습이 되어 집에 도착이 되고 있다. 마음이 하나 둘 덮이니 몸도 그렇게 덮여져 있었다. 찌든 마음에 때를 실개천 물에 흘려 보낸 것일까! 그랬나 보다. 복잡한 상념 속에 들어선 신갈동 푸른빛 연립 11동 303호 철수는 지금 매우 조심스럽다. 혹시 아직도 집에 삼미가 있지 않을까 해서 그렇다. 조심스럽게 현관문을 열어 본다. 순간, 삼미가 아직도 응접실에 누워 있는 것. 철수는 최근 정신적으로 힘들었을 것 같아 들어오게 했건만 이렇게 가지 않고 누워 있기만 해서 곤혹스럽기 짝이 없다. 다시 들리지 않게 문을 살짝 잠그고 밖으로 나간다. 일단 밖에 놀이터에 가서 벤치에 앉아 갈 곳을 생각하고 있었다.

지금 시간 밤 1시경, 그냥 우두커니 앉아 있는데 드디어 삼미가 푸른빛 연립 11동 303호에서 나오고 있었다. 이렇게 귀찮을 거라면 아무리 그가 불쌍해 보여도 문을 열어 주지 말 것을. 다시 또 들어오려고 할지도 모른다는 생각에 어디로 가는지 계속 자세히 바라보았다. 삼미는 놀이터를 지나가더니 큰 정자나무 옆에 세워진 승용차 뒤에 서 있는 것이었다. 그러자 승용차에서 한 남자가 나오고 있었는데 다름 아닌 바로 청화였다. 이게 어떻게 된 일일까! 청화는 담배를 하나 꺼내어 피우고 삼미를 태우고 떠나는 것이었다. 저번 야구장에서도 저런 장면을 봤기에 크게 놀라지는 않았지만 나를 좋아한다고 집에까지 들어오고 방금 전까지만 해도 기다리고 있다고 전화하고 문자넣고 그러더니 어느 틈에 또 저렇게 청화를 이곳에 오게 하여 함께 데이트를 하려고 차를 타고 가고 있는 오삼미.

철수는 집으로 들어가 몹시 신경이 쓰이고 귀찮기 시작하였다. 또 다음에 삼미가 이곳에 나타나 철수오빠 사랑이 어쩌고 저쩌고 할게 뻔 한일, 안 되겠다 싶어 다른 곳으로 이사를 계획하고 있다. 기억에 오래 남는 상갈동으로 이사 계획을 세우고 다음 주쯤에 완전히 그곳으로 떠날 생각이다. 내가 힘들고 지쳐있을 때 거닐던 그곳, 그 도보길 가까이 가고 싶다. 아마 이쯤, 그 동네도 내가 오기를 기다리고 있는지도 모르니까! 아닐 수도 있지만… 그렇게 이번 주는 지났고 새로운 한 주가 시작되었고 철수는 계획대로 상갈동으로 이사를 떠났다. 정들었던 신갈동을 뒤로 하고 새로운 마음과 더 맑은 생각을 간직하기 위함이었다. 새로 이사한 곳은 상갈동 녹색빛 연립 7동 202호였다. 6월 중순에서 말로 접어드는 길목에 인간관계가 얽히고설키고 싶지 않아서이기도 했지만 무엇인가 새로운 돌파구를 만들고 싶기도 했던 것이다. 이사를 하고 나니 정말, 마음이 무척 새로워지고 깨끗해지는 것을 느낀다. 무엇이든 새롭다는 것은 행복한 것 같다. 월요일에 이사를 하고 하루 지나 화요일이 되었고 오늘은 민속촌길로 걸어 볼 생각이다. 사실, 마음 한 구석에는 철수가 상갈동 쪽으로 이사 온 이유는 저번 주 금요일에 직장 단체회식 때 보라동 민속마을에 가서 회식을 하다가 그 가든 에서 영희를 보았기 때문인지도 모른다.

마음으로라도 조금이라도 옆으로 향하여 가고 싶었는지도 모르겠다. 그것이 영혼적 행복이라면 그렇게 하는 것도 좋을 수 있겠다. 마음의 평온 같은 것, 좋았던 추억을 되새기며 즐거운 걸음으로 걷는다. 옆을 지나는 셀 수 없는 차들도 내가 상갈동으로 새롭게 보금 자리를 잡은 것을 환영하듯, 더욱 신나게 지나가고 있었다. 실개천 으로 내려가 한참 걷고 있는데 너무 기막히고 신기하게도 금요일에 가든에서 보았던 영희 부부가 걸어오고 있는 것이었다. 가든 일을 종업원들에게 맡기고 잠시 운동하러 나온 것 같았다. 철수는 가슴 이 뛰기 시작하였고 영희를 운 좋게 여기서 또 보게 되는 게 조금은 얼떨떨하기도 하였다. 하지만 얼굴은 피하고 싶었다. 나는 좋지만, 행여나 영희가 내 모습을 보고 언짢게 생각할지 모르니 단 하루, 단 한 시간, 단 일 분, 단 일 초라도 영희 가슴에 언짢음을 주고 싶지 않고 무한정 즐거움과 행복만 주고 싶다.

지금은 현실적으로 뭘 어떻게 줄 수 있는 상황은 아니지만 영혼 의 선물, 다름 아닌 마음의 평온과 평화 같은 것, 이런 것을 주고 싶 다. 그것도 아주 듬뿍. 그래서 난, 얼른 얼굴을 돌려 흐르는 물살 쪽 을 향해. 그 쪽만을 바라보겠다. 네 눈에 내 모습이 보이지 않게.이 것이 내가 지금 영희에게 줄 수 있는 최선의 행복선물일 것임을 믿 는다. 그럴 테니, 한 가지 나의 영혼의 부탁이 있다면 빠르게 걷지 말고 부디 천천히 느리게 느리게만 걸어가 주겠니. 내가 널 조금이 라도 더 볼 수 있게 발걸음을 거북이처럼, 아니 이 보다 더 느리게 걸어가면 안 되겠니. 그렇게라도 해준다면 나의 실수로 인해 널 떠 나 보낸 후로 받은 모든 아픔과 상처는 백분의 일이라도, 저 실개천 물살에 씻겨나갈 수 있을 텐데. 그럴 텐데.

영희는 이런 영혼의 부탁을 미처 듣지 못하고 빠르게 속력을 내 어 남편과 함께 걸어가고 있다. 스쳐 지나가는 모습을 보니 영희가 임신을 한 것 같아 보였다. 옷차림도 그렇고, 철수는 예전 산책로

내리사랑 내리화

따라서 기흥저수지방향으로 걸어가 조정연습장 쪽으로 걸어간다. 올 때는 왔던 길로 가지 않고 반대로 가려고 생각한다. 내 마음과 영희 마음에 잔잔한 물결을 위해서, 그렇게 하겠다.

오늘 6월말 화요일도 추억의 한 자리로 자리매김 되어가고 있다. 이사 온 상갈동 녹색빛 연립 7동 202호에 들어오니 전화가 오고 있어 확인해보니 또 삼미였다. 받지않았다. 그랬더니 신갈동 푸른빛 연립 11동 303호에 와 보니 오빠가 없고 다른 사람이 살고 있다는 내용이었다. 그래서 무슨 일인지 궁금하다는 메시지가 오고 있었다. 저번 주 금요일에 청화를 만나 함께 차를 타고 갔던 삼미가 또 오늘 화요일에 그곳 신갈동에 와있는 것, 이곳으로 얼른 이사하길 잘했다고 생각된다. 그렇지 않으면 계속 집으로 찾아올 테니까, 오늘부턴 마음 편히 쉴 수있는 시간이 될 것 같다. 그래서인지 잠도 잘 오고 한결 가벼운 기분이 되어 아침을 맞이 할 수 있고 회사일도 더욱 힘들이지 않고 할 수 있는 원동력이 생기고 있는 것이다. 그 상쾌한 기분을 내 몸에 안고 수요일 출근도 그렇게 이루어졌다. 출근을 해 보니 저번 주 오리고기를 먹었던 민속마을 그 가든 집이 맛이 좋다고 직원들끼리 여기저기에서 말이 오고가고 있었다.

"아 며칠 전에 갔었던 그 가든에 오리고기 맛이 너무 좋았어. 다음 회식 때도 또 그곳으로 가자고…"

"그래요. 너무 맛있었어요. 또 가기로 해요."

이렇게 직원들마다 일제히 그 오리고기 맛을 못 잊어하고 있었다. 이 말을 들은 철수는 오리고기보다는 다른 대상에 대한 서서히 아물었던 상처가 또 다시 마음속에서 돌출되기 시작하였다. 실개천에 흐르는 물살을 보며 자신이 스스로 거듭나겠다고 다짐하고 맹세

했건만, 또 이렇게 그와 조금이라도 연관된 말을 듣게 되면 또 다른 번민이 싹트고 모든 시간들에 대한 회의감이 피어오른다. 이렇듯, 사람의 아픔은 결심과 어떤 시간으로 해결되는 것이 아닌가 보다. 그렇다면 어떻게 해야 한단 말인가! 내 안에 잠든 기적과도 같은 투지와 집념이 필요 할 때인데, 그 기적을 무슨 방법으로 끌어낸다는 것인가. 게임에 몰두를 하며 모든 잡념을 일소 시켜버릴 것인가. 무엇인가를 풀어헤칠 때가 되었다. 내 삶의 돌파구. 그것은 이제는 나도 내 사랑을 찾는다는 의미를 지닌다. 결국은 나를 위한 선택이 되는 것이다. 누구를 어떻게 만나 내 삶을 풀어헤칠 것인가! 일단 삼미는 제외하고 다음으론 미숙. 하지만 미숙은 마음씨는 착하지만 청화의 아내였었고 그래서 조금 그렇고, 다희, 다희는 미모는 대단하지만 성격이 잘 안 맞는 것같고 마지막으로 의정부에서 미용실을 운영하고 있는 리라, 리라는 살림을 잘할 것 같고 내조를 잘할 것 같은 느낌이 들고 나를 편하게 해줄 것으로 생각된다. 그렇다면 이젠 마음의 정리를 끝내고 리라를 만날 것인가! 아니면 또 다른 대상을 찾아볼까.

6월에 끝자락, 수요일 퇴근을 하며 이런저런 생각에 잠겨본다. 인생은 무슨 일이든지 다 그렇겠지만 한 번 실패하고 나면 그것을 다시 복구하기란 생각처럼 그리 쉽지만은 않은 것같다. 특히 남녀 사이도 그렇고 다른 것도 그렇고. 가장 중요한 것은 마음을 컨트롤하는 일인 것이다. 다시 말해 마음이 눌러 있다는 뜻이다. 이 눌러 있는 마음을 어떻게 펼쳐 놓을 것인가이다. 이 세상에 별 수 있는 사람은 없다. 그 누구나 정해진 틀 구조에서 만이 만남도 이루어지고 대화하고 그러다가 때 되면 그렇게 사라지는 것이다. 허무하기 그지없다. 허무하지 않으려고 치장하고 가식을 떨어 봐야 결국은 별 수 없는 것이 바로 인간사 인생이다. 그러니 절대 위축되지 말고 막 부딪쳐서 사랑을 찾아라. 이렇게 사랑을 찾았다면 그 때부턴, 상대를 통제 구속하려 들지 말고 희생하고 배려하며 헌신하라. 내리사랑, 내리화. 내리꽃이 활짝 피어나 그 꽃이 만발하여 남녀 사이에 대입, 접목되도록, 그 화가 잘 자라고 피어날 수 있도록 평소에 물도 주고 거름도 주고 비료도 주고 옆에 자라나는 풀들이 있다면 제거해 주면서 그렇게…

내리화가 이성교제. 남녀간의 사랑. 부부간의 사랑에 싹틀 수 있게 이 세상에 뿌리 내릴 수있게 이 땅에 촉촉한 사랑 비를 내리게 해주세요. 그렇게 해주세요. 메마른 이 땅에 끈끈한 사랑 끈을 내리게 해주세요. 그렇다면 결국은 현모양처 같은 의정부에서 맞선을 봤었던 최리라에게로 과감히 마음의 결정을 하는 것인가! 정말 그럴 건가! 2013년 6월 끝줄에 걸린 고민, 요일은 수요일 밤 11시 30분에 창밖을 바라보면서 고민에 젖어 본다. 오늘은 술은 생략한다. 그러다 결정을 내리지 못하고 살며시 꿈나라로 들어간다. 꿈속에 들어갔다가 잠시 머문 틈에 벌써 아침 7시가 되었다. 씻고 먹고 나온다. 회사가 신갈동이라서 그냥 걸어 갈 정도이고 아침에 걷는 것은 몸에도 좋고 마음에도 좋은 것이라 차는 집에 두고 유유히 직장을 향해 걸어간다. 실개천 도보 따라 걸으며 출근하는 기분 신갈동에 있었을 때는 느끼지 못했던 것을 지금은 느끼고 있다. 물줄기를 바라보며 걷고 있는 중, 아침 일찍 전화가 걸려온다. 또 누구일까! 확인해 보니 미숙이었다. 무슨 일일까! 궁금하니 일단 받아보기로 하였다.

"여보세요."

"아 네, 철수 씨, 혹시 출근하는 시간이에요?"

"예, 미숙 씨, 반가워요. 그런데 어떻게 아침 일찍 전화를 다 했어요."

"아예, 나름이 아니라 저번 5월 말에 제가 철수 씨에게 이곳 옷가게에 와서 마음에 드는 옷을 한 번 골라보라고 했는데 오지 않아서 그만, 오실 수 있으세요?"

"글쎄요. 시간이 마땅치 않아서"

"예, 그럼 철수 씨 다니는 회사로 택배를 통해서, 아니면 저번 구천동 갔을 때 저와 함께 갔었던 친구를 통해 보내드리면 어떨까요? 그 친구 집이 용인시 삼가동이거든요. 그래서 가는 길에 회사에 잠깐 들려 드리고 가라고 하면 좋을 것 같아요. 제가 드리는 선물입니다."

"아예, 아닙니다. 성의는 고맙지만 받기가 미안하기도 하군요."

내
리
사
랑
내
리
화

옷 선물

미숙은 철수에게 선물할 여름옷을 종이가방에 정성껏 넣어 금요일에 집에가는 선희를 통해 전달할 생각이다. 6월도 다 지나갔고 이제는 본격적인 여름 7월이 예고되어 있다. 옷가게를 경영하는 미숙은 이런 선물을 하는 이유는 철수를 애인으로 만들고 싶어서 이다. 다른 이유는 없다. 남녀관계는 그저 우정을 나누는 친구나 아니면 도와주는 관계로 남는 것은 현실적으로 불가능하다. 결국 최종목표는 애인이라는 두 글자로 맞춰져 있다. 어쨌든 금요일에 선희는 철수에게 전달할 옷을 차에 싣고 오후에 신갈 쪽으로 내려오고 있다. 도착하자마자 회사에 들려 선물을 전달한다.

"안녕하세요. 날씨도 더워지는데 시원한 여름옷을 갔다드리라고 해서 이렇게 왔어요. 옷은 괜찮지요?"

"아 네, 뭘 이렇게 옷까지… 오시느라 고생하셨어요. 커피라도 한잔 하시고 가세요."

철수는 선희를 회사 휴게실로 안내하여 커피를 직접타서 준다.

"서울에 올라가시면 미숙 씨에게 고맙다고 전해 주세요."

"아예, 알겠습니다."

선희는 철수와 처음 본 건, 3월 중순 무주구천동에 갔을 때였다. 그 후 이번이 두 번째이다. 선희는 철수의 두 눈을 잠시 바라보며 야릇한 미소를 지으며 그만 가겠다는 인사를 하고 문을 나간다. 남녀관계는 어떤 식 으로든 조그만 계기만 형성이 되면 종이에 불을 붙이면 갑자기 타오르는 것처럼 타오르려고 꿈틀거린다. 또 조그만 계기가 없다하더라도 그 틈, 그 계기를 만들려고 동서남북으로 전력질주를 한다. 삶의 목적과 목표가 되어 버렸다. 철수는 퇴근하고 집에 들어와 여름옷을 입어 본다. 고맙다는 인사를 하려고 미숙에게 전화를 건다. 뚜르르르르 신호가 가고

"예 여보세요."

"잘 지내고 있어요. 미숙 씨, 이렇게 너무 좋은 여름옷을 보내 주셔서 너무 고맙고 감사합니다. 잘 입겠습니다."

"아아, 아니에요. 시간되시면 한 번 오세요. 다른 옷도 있으니까요."

"그럴게요."

6월도 이틀밖에 남지 않았고 이번 주말만 지나면 7월이 시작된다. 철수는 여름옷을 선물 받고나니 한편으론 부담감이 앞선다. 의정부에서 미용실을 하고 있는 최리라에게로 마음이 기우는 듯 했던 철수는 다시 번민에 쌓이기 시작하였다. 미숙은 예전부터 편안한 성격을 지녔고 누구보다 철수를 편안하게 해줄 수 있는 성격의 소유자임에 틀림없다. 그렇지만 가장 신경 쓰이는 부분은 청화의 아내였었다는 것이 걸린다. 사실, 그 둘은 끝났기에 별 상관은 없지만 모양새가 안 좋다. 그러나 서로가 운명이라며 못 만날 것도 없지 않은가! 하지만 문제는 미숙의 선물을 철수에게 전달하는 과정에서 또 다른 변수가 하나 등장하고 말았다. 전달자였던 김선희가 철수를 보고 호감을 받게 되었다. 삼미, 다희, 리라, 미숙 이렇게 네 명이 철수를 향한 4파전이 벌어지던 애정 쟁탈전이 이젠 미숙, 선희, 리라 이렇게 3파전으로 재편되었다. 그렇다고 삼미, 다희가 완전히 경쟁구도에서 이탈한 것은 아니다. 잠시 숨고르기를 하고 있다고

내
리
사
랑
내
리
화

하면 맞을까, 조금 외곽에서 기회를 엿본다고 하는 것이 정답일 것 같다. 현재 철수의 마음은 최리라, 박미숙 두 명에게 마음이 쏠려가고 있지만 김선희가 그 틈새를 파고들어 올 수있는 여지는 너무 많다. 그 이유는 상대적으로 참신한 이미지에 지금까지 다른 이들과 얽히고 설키지 않았다는 점이 철수의 마음을 가볍게 할 수도 있을 수 있다. 점점 더워지는 시간이 오는 가운데 6월의 끝선은 그렇게 지나갔다. 또 내년되면 6월은 살며시 찾아올 것이니 지금 지나가는 6월을 아쉬워할 것도 없을 것 같아 보인다.

　마침내, 2013년 7월 1일 월요일이 되었다. 철수는 미숙에게서 선물 받은 여름옷을 입고 회사에 출근을 하고 있다. 화사한 옷을 입고 출근을 하니 벌써 동료들이 좋은 반응이 여기저기에서 쏟아져 나오고 있다.

　"철수 씨, 옷이 너무 잘 어울리는데 그리고 가격도 좀 나갈 것 같은데."

　"아아, 그런가"

　"어디에서 산거야. 꽤 좋아 보이는데."

　"음, 산 것이 아니라 선물 받은 것이야."

　옷은 사람의 마음을 향상 시켜주는 것이 확실한 것 같다. 잘 맞고 어울리는 옷, 색상에 옷을 입고 있으면 정신적으로 힘이 생기니 좋은 옷을 입는 것도 에너지원이라는 생각이 든다. 이렇게 가볍고 편한 옷을 입고 근무를 하니 시간가는 줄 모르고 무척 더워질 7월에 첫 출근은 산뜻하게 출발하고 즐겁게 끝내고 퇴근준비 마치고 문을 나선다. 그런데 회사정문에 우두커니 서있는 낯익은 한 여인, 바로 저번 주 금요일에 이곳에 와서 옷을 전달하고 갔던 선희였다.

돌아갈 때 철수를 바라보는 눈빛이 예사롭지 않았었는데 그 눈빛이 그대로 적중하는 순간을 맞이하고 있다.

"안녕하세요. 지나가다가 들렸어요. 퇴근하시는 거지요?"

"아예, 안녕하세요. 그런데 어떻게 또 오셨는지요?"

"아니에요. 그 옷이 마음에 드시는지 궁금해서요."

"고맙습니다. 너무 마음에 들고 좋아요. 지금 입고 있는 것이 바로 그 옷인데 보시기에도 괜찮아 보이지요?"

"예에, 그러네요. 역시 철수 씨는 너무 잘 생기셔서 어떤 옷이든 다 잘 어울리는 것 같아요."

"그런 말씀 너무 감사드립니다."

"그런데 철수 씨, 카페 빈에 가서 아메리카노라도 한 잔 하세요."

"아아, 그럴까요."

철수와 선희는 카페 빈으로 들어가 자리에 앉는다.

"제가 미숙 씨에게 옷을 보내 주셔서 고맙다고 개인적으로 전화는 했어요."

"아아, 그러셨어요. 마음엔 드시죠?"

"예, 너무 마음에 듭니다."

이때 아메리카노는 나오고 있었다. 선희는 한 모금, 두 모금, 마시며 어떻게 말을 꺼낼 것인가에 대해 숙고 중이다. 하지만 이런 것은 숙고를 한다고 해결 나는 것이 아니라는 것을 잘 알고 있는 선희로서는 결국은 용기를 낼 필요가 있을 것이다. 여자의 자존심이 지배한 것일까, 아니면 선희의 원래 성격이 그런 것인가. 정작 마음 속에 품었던 그 말은 하지 못했다. 자신의 가치를 올리기 위한 전술일 수도 있겠지만 서서히 풀어 나간다는 계획을 세웠을 것으로 추측된다. 미숙이 철수를 좋아하고 있다는 것을 잘 알고 있으면서도 아랑곳하지 않는 행동 속에는 사랑은 누가 먼저 선점하느냐 이것이 중요하다고 생각하고 있는 듯하다. 그렇지만 선점했어도 먹이사슬 구조에 의해 무너지기도 한다. 아무튼, 복잡하고 난해한 것이 사랑인 것 같다. 인간은 태어나서 자연으로 돌아가는 그날까지 끊임없이 다른 사랑을 쟁취하기 위해 안달이 나있다. 그러면서도 자기 사랑은 행여나 누가 볼까 전전긍긍한다. 이것이 인간의 본성인 것으로 보인다. 이런 인간세계로 태어난 것이 어쩌면 비극인지도 모른다. 더 나아가 벌을 받았는지도 모르겠다. 겉과 속이 가장 심하게 차이가 나는 세계가 바로 인간세계이기에 그렇다. 조금 나아 보이는 사람에겐 벌벌 떨고, 그렇지 않다고 느껴지는 사람에겐 함부로 대하려 들고, 이 이론에서 벗어날 수 있는 자는 존재하지 않는다. 하지만 철수는 모든 이들을 공평하게 대하려고 무척 노력하는 삶을 살고 있다. 그것은 다른데서 찾을 것 없다. 남녀간에 벌어지는 행동을 보면 다른 성향을 알 수 있게 되어 있다. 대체적으로 인간들은 남자한테는 약하고 여자한테는 강한 면모를 보이기 때문이다. 제대로 된 인격자는 양자를 공평하고 동등하게 생각한다. 이 사회도 이 방향으로 나아가야 할 것이다.

선희는 아메리카노만 먹고 그냥 돌아갔다. 자기 내면에 의사는 표현하지 않고, 그것은 다음 기회로 미루고 오늘은 조용히 스쳐갔다. 한편, 보라동 한보라 마을, 후후 아파트에서 살고 있는 영희 부부는 출산을 목전에 두고 있었다. 이 부부는 아들을 원하고 있었다. 그러나 출산을 하고 보니 딸이었다. 2013년 7월 7일 태어난 여자아이였다. 이름은 부친의 성을 기준하여, 전혜수라고 지었다. 영희 부부는 새 생명이 태어난 만큼 더욱더 노력하며 최선을 다해 살아갈 것을 다짐하고 있다. 가든 영업도 나름대로 잘 되어가고 있었고 자녀도 출산하고 모든 게 순조롭게 풀려 나가고 있었다. 인생은 이런 것이 행복일 것이다. 돈도 잘 벌리면서 승용차도 더 크고 성능 좋은 것으로 바꾸려고 계획하고 있고 형편을 봐 가며 집도 더 좋은 데로 이사하려고 생각 중에 있다. 안정된 삶과 경제적 풍요를 이루어나가고 있는 영희 부부의 앞날은 장밋빛 청사진이 꽉 채워지고 있었다. 그렇게 시간은 흐르고 흘러 7월 중순이 되었고 날씨도 점점 더, 더워지고 있었고 이에 형철은 철수에게 주말에 시원한 계곡 같은 곳으로 바람을 쐬러가는 게 어떻겠느냐고 묻는다. 철수도 더워진 날씨에 계곡에 가서 휴식을 취하면 좋겠다는 생각은 있지만 저번처럼 또, 홍다희를 데리고 올 것 같은 예감이 들어 신경이 쓰인다. 왜냐하면 다희는 미모는 대단하지만 잘 안 맞는다고 느껴지기 때문이다. 이 세상, 모든 사람들은 서로가 첫 대면을 했을 때, 뭐라고 설명할 수 없는 예감, 교감이라는 것이 존재한다. 느낌이라고 하면 쉽게 풀이된다.

이런 면에서 철수는 다희에 대해 이점이 없다. 또 다른 존재였던 삼미같은 경우도 그렇고… 철수가 무척 기피하는 타입들인 것이다 그래서 사람관계가 쉬운 게 아니다. 철수는 형철에게 분명하게 말을 하고 있다. 또 저번처럼 다희를 데리고 온다면 휴식차원의 시간으로 계곡에 갈 수 없음을… 이에 형철은 철수의 입장을 고려하여 이번엔 절대 그런 일이 없을 것이라고 말을 한다. 그래서 미래에 배우자가 될, 숙희만 동행하고 갈려고 계획한다. 7월말로 접어드는 금요일. 오늘은 계곡에 가기위해 회사에 휴가를 내었다. 철수는 무주구천동이 기억에 남는다며 또 그곳으로 가고 싶어했지만 형철과 숙희는 이번엔 답답한 가슴을 뻥 뚫을 수 있는 곳, 신비한 폭포가 있는 곳, 바로 충북 영동군에 있는 옥계폭포로 정하였다.

금요일이 되었고 약속대로 이렇게 세 사람은 수원역에서 만나 영동으로 가는 열차에 몸을 실었다. 오랜만에 떠나는 열차여행 무척 신났다. 이윽고, 영동역에 다다랐고 내려서 일단 식사를 해결하기 위해 식당가로 향했고 된장찌개를 시켜 먹었다. 이때까지만 해도 예상하지 못했지만 사실은 그 열차를 타고 다희가 몰래 따라 온 것, 형철은 철수의 심경을 이해했기에 다희가 오지 못하게 연락을 취하진 않았었다. 그런데 숙희가 평소에 집요한 다희의 부탁을 받고 감쪽같이 이런 구상을 하게 된 것이다. 다희는 100미터쯤, 거리를 유지하며 이 세 명을 따라 붙어 다녔다. 그러다가 결국은 우연을 가장하여 어쩌다가 같은 곳에 여행을 오게 되었다며 무척 반가워하면서 합석하는 시나리오이다. 나름대로 절묘한 전법이었다. 식사를 마치고 이 세 사람은 옥계폭포를 향하여 택시를 잡아타고 갈 때 다희도 바로 뒤에 세워져있는 택시를 타고 따라가고 있었다. 숙희와 다희의 치밀한 애정을 이루기 위한 전략이 무르익어가는 순간이다. 옥계폭포는 사람의 마음을 시원하게 해 주었고 정신을 맑게 해 주기도 하고 몸과 마음을 푸른 하늘과 맞닿을 수 있게 하기에 충분했다. 세 명은 공터에 앉아 절벽에서 쏟아지는 안개꽃을 감상하는 데 넋을 빼앗겼다.

그러는 중, 계획대로 다희가 나타나기 시작하였다. 홀로 여행을 온 것처럼 그렇게…

"어 어어, 안녕하세요. 어떻게 이곳에서 보게 되는군요."

"아니, 다희 씨, 이게 어떻게 된 거에요?"

"그냥 답답해서 바람 쐬러 이곳에 왔어요."

순간, 철수는 눈치를 챘다. 같은 열차를 타고 따라왔다는 느낌이 들었다. 그렇다고 아는 체를 안 할 수도 없지 않은가! 그래서 짧게 인사를 한다.

"안녕하세요. 다희 씨, 이곳에서도 뵙게 되어 반갑습니다."

"아예, 철수 씨, 그대와 난 인연인가 봐요. 이렇게 운명적으로 자주 만나게 되는 것을 보면 말이죠."

내
리
사
랑

내
리
화

제4부
여름 휴가

팥빙수 두 그릇

　다희는 철수 곁에 바짝 와서 앉으며 밝은 미소를 짓는다. 이 때, 형철은 매우 놀라는 표정이었지만 숙희는 야릇한 표정을 짓고 있다. 이렇게 두 사람이 상반된 표정인 것은 형철은 전혀 예상하지 못한 일이고 숙희는 각본대로 이루어졌기에 이런 표정인 것이다.

　"철수 씨, 꽤 오랜만이죠. 저번 5월 25일 노래방간 것을 끝으로 무려 두 달이나 지나갔네요. 아참, 그 때 거기 철수 씨 집 앞에서 저하고 싸웠던 그 인간은 요즘도 계속 따라다니고 그러나요?"

　"아, 아닙니다. 요즘은 잠잠해졌지요."

　우연을 가장하여 여행지까지 따라온 다희. 잠시 옥계폭포에서 쏟아지는 맑은 안개꽃을 바라보며 생각에 잠겨 있다. 지금 머릿속으론 온통 내 사랑을 어떻게 차지할 것인가에 함몰되어 있을 것 같다. 사실, 사랑이란 노력만으로는 해결이 안 나는 성질이 많다. 이것보다 더 중요한 것은 서로가 눈이 맞아야 한다. 눈이 맞는 요소와 개념은 뭐라고 규정짓기는 어렵지만 우선적 요소는 내 스타일인 것 같다. 색깔도 좋아하는 색이 있듯이 사람도 마찬가지일 것으로 보이고 다음 요소는 성격이나 취향 이런 것이 아니겠는가!

　옥계폭포에서 맑은 안개꽃이 떨어지는 모습을 마냥 보고 있노라니 무더운 기운은 온데 간 데 없이 사라졌고 거기에다 해가지니 그 모습은 더욱더 아름답고 우아하게만 보일 뿐이었다. 저녁식사를 할 시간이 되었고 그리고 잠을 잘 수 있는 민박집도 얻어야만 하였다. 이렇게 네 명은 수려하고 화려한 옥계폭포를 바라보는 것을 뒤로

221

제 4 부 여름 휴가

미루고 식사를 하기 위해 발걸음을 옮겨야만 하였다. 이 근처에 식당이 있어서 식사를 할 수 있었고 술도 한 잔씩 하였다.더 나아가 민박을 얻어 짐을 풀었고 그 후 식당에서 구입해 온 술을 한 잔 더 하고 각자 휴식을 취하기 위해서 방으로 이동하였다. 형철과 숙희는 앞으로 두 달만 지나면 결혼을 하는 사이라서 방 하나를 사용하는 것에 조금도 어색함이 없었다. 하지만 철수와 다희는 그럴 수가 없었고 각각 방을 하나씩 얻었다.

"철수 씨, 우리도 저들처럼 방 하나를 함께 사용하기로 해요. 그리고 우리도 저들처럼 올 가을에 결혼을 하고요."

"다희 씨, 안 됩니다. 그쪽 방에 가서서 편히 쉬세요."

"에이, 저런 무드도 없는 오빠 같은 사람은 계속 외로워라 외로워."

다희는 약간 화를 내며 자신의 방으로 들어간다. 그 후, 무엇인가 궁리를 하고 있다. 계속 스마트폰을 만지작거리며 이것저것 눌러 보며 시간을 떼우다가 순간, 철수가 혼자 있는 방으로 갈 수 있는 아이디어를 떠 올린다. 방법은 다름 아닌 꾀병을 부려 동정심리를 유발시켜 그 쪽 방으로 들어가는 것이다. 그 방법은 아까 먹은 음식으로 인해 체해서 도와달라고 부탁하는 것이다. 나름대로 괜찮은 방법이다. 실행에 옮기기 시작하기로 하고 철수의 방문을 두드린다. 쿵 쿵쿵 쿵쿵쿵.

"철수 씨, 문 좀 열어 봐요. 빨리요."

철수는 깜짝 놀라며 문을 연다. 그러자 다희는 체해서 죽겠다고 울먹인다. 이에 철수는 자신의 방으로 들어오게 한 후, 음료수라도 마시라고 따서 준다. 다희는 음료수로는 안 된다며 등을 세게 두들겨 달라고 말을 하자 등을 세게 두들기기 시작한다. 그 후 일분이 지났을까 다희는 방바닥에 퍽 엎어지고 만다. 쇼크로 쓰러진 것처럼 쇼를 하는 것이다. 매우 놀란 철수는 다희를 깨우려고 안간힘을 쏟고 있었지만 좀처럼 의식이 회복되지 않았고 조금도 움직이지도 않았다. 무척 당황한 철수가 119라도 부르려고 스마트폰을 드는 순간, 다희는 조금씩 움직이기 시작하였다. 다행이다 싶어 시원한 물이라도 먹이려고 컵을 입에 대는 순간, 다희는 느닷없이 양손으로 철수의 뒷목을 세게 잡아당기며 자신의 입술을 갖다 대고 이불을 덮어 버렸다. 너무 놀란 철수는 이불을 확 걷어치우고 다희를 세게 밀쳐 버린다.

"아니, 다희 씨 지금 무슨 행동을 한 겁니까?"

"철수 씨, 왜 그렇게 좋아하기가 힘이 듭니까?"

"체했다고 쇼를 하고 도대체 왜 그러는 거예요."

"뭘 왜 그래요. 왜 그러기는 좋아하니까 그러지. 제가 왜 그러는지도 모른단 말이에요. 원래 좋으면 이렇게 하는 겁니다. 난, 철수 씨를 엄청나게 좋아하기도 하고, 사랑하기도 한단 말이지요. 그것도 뜨겁게 후끈거릴 만큼."

다희가 계속 이렇게 나오자 철수는 얼굴을 다른 곳으로 돌려 버린다. 그러자 다희는 상의를 벗어버리면서 더 강하게 유혹을 한다. 철수는 눈이 휘둥그레지면서 깜짝 놀라서 문을 열고 밖으로 나가 어디론가 한참동안 걸어가 공터벤치에 앉아 한숨을 내 쉰다. 이 시간에 철수가 사용하는 방엔 다희 혼자서 누워 있었다. 이 때 시간은 밤 10시쯤, 철수는 정신없이 방에서 뛰쳐나가는 바람에 스마트폰을 그냥 두고 나갔는데 하필 공교롭게도 이 시간에 서울 은평구에서 옷가게를 하는 미숙에게서 전화가 오고 있었다. 전화를 받을 수 없는 상황이 되어 버렸고 그러자 카톡 문자가 오고 있었다.

카톡 내용

철수 씨, 그대에게 더 많은 옷을 선물하고 싶습니다. 그리고 그대와 내가 같은 옷을 입고 거리를 걷는다면 얼마나 행복할까요. 커플들처럼요. 그렇게, 그리고 어제는 홀로 팥빙수를 먹었답니다. 무더웠던 화요일, 강남역 10번 출구에서 나와 인도를 걸어갑니다. 무덥던 날. 나 홀로 쓸쓸함 억누르며 2층 카페에 들어갔었죠. 여기저기에 아메리카노, 팥빙수 먹는 사람들, 나 홀로 외로움 짓누르며 팥빙수 한 그릇 먹어 봅니다. 낮에는 햇님, 구름님 보며, 밤에는 별님, 달님 보며, 소설속의 이상형과 함께 팥빙수 두 그릇 함께 할 수 있게, 소설속의 이상형 꼭 만날 수 있게 간절히 기도, 기도합니다. 너무 허전해서 야구장에 홀로 갔었습니다. 이곳에서도 팥빙수 두 그릇 먹고 있는 다정한 짝들, 5회말 끝나고 하는 커플이벤트가 더욱더 눈물을 핑 돌게 했고, 너무 울적해서 다음날은 한강유람선도 갔었습니다. 이곳에서도 팥빙수 두 그릇 먹고 있는 다정한 짝들. 한강변에 몰려든 물새들도 짝이 있어, 더욱 더 가슴을 아프게 했죠. 이 물새만도 못한 인생. 이 물새만도 못한 삶. 올해 여름이 지나, 내년 여름이 다가오면 또 여름이 오면, 홀로 팥빙수 한 그릇 먹는 상상만 해도 마음이 벌써부터 차가워 옵니다. 나와 함께 팥빙수 두 그릇 함께할 사람 두 손 모아 손꼽아 그려 봅니다. 나와 함께 팥빙수 두 그릇 함께할 사람 두 손 모아 손꼽아 기다립니다.

이런 내용이었다. 이 문자가 온 시간에 철수는 밖에 나가 있었고 방안에는 다희만이 있었는데 그만 그 내용을 자신이 확인하고 몹시 기분나쁘게 생각하며 불쾌하게 느끼고 짜증스런 표정이 되어 버렸고 그래서 다희는 해선 안 되는 심술을 부리고 말았다. 자신이 그 철수의 스마트폰으로 문자를 보낸 미숙에게 답장을 해 버린 것.

답장 내용

너무 외로워하시지 말고 홀로 카페에 가서 실컷 아메리카노 먹고 너무 쓸쓸하게 생각하시지 말고 홀로 한강변에 가서서 실컷 팥빙수 먹고 그리고 한강변에 몰려든 물새만도 못하다고 생각하시는 것은 너무 좋은 생각이고, 그 사실을 알았으면 이런 문자 넣지 말고 홀로 방안에서 TV를 보며 외로움과 쓸쓸함을 달래보시지요. 앞으로 문자는 사양하겠습니다. 다희는 이런 내용을 철수의 스마트폰으로 답장을 보내 버렸다. 미숙은 이 답장을 받고 깜짝 놀라며 큰 충격에 빠지고 말았다. 철수의 성격으로 봤을 때 이렇게 문자를 보내지 않을 텐데, 잘 이해가 되지 않았고 한참동안 어리벙벙하기도 하였다. 그 후, 미숙은 심한 좌절감에 빠졌고, 다희는 매우 통쾌한 기분에 사로잡혔다. 자신의 사랑을 얻기 위해선 때론 이런 반칙도 있어야만 하는가. 그러나 언젠가는 드러날 수밖에 없는 무모한 반칙이 아니겠는가! 그 후, 다희는 밖으로 나가 철수를 찾고 있다. 한참을 찾아다녔지만 찾지 못하였고 그래서 그냥 돌아와 자려고 발길을 돌리려는 순간, 철수가 공터 벤치에 앉아 있는 것을 볼 수 있었다. 다희는 천천히 철수에게로 다가가고 있었다.

"철수 씨, 왜 이곳에 홀로 앉아 있나요. 제가 아까 그랬다고 뭘 그런 걸 가지고 그렇게까지 해야겠어요. 너무 그러지 말란 말이에요.”

다희는 이렇게 말하면서 좀 더 다가가 벤치에 앉는다. 다희는 호
주머니에서 담배를 하나 꺼내어 입에 물고 라이터 불을 켠다.

“철수오빠, 왜 아무 말도 안합니까? 아무 말도 하지 않는 것을 보
니 나를 너무 좋아하는 가보죠. 원래 남자는 이성 앞에서 말 안하고
가만히 있으면 상대를 너무 뜨겁게 사랑하고 있다는 묵시적 암호라
면서요.”

“다희 씨, 너무 그렇게 말을 만들진 마세요.”

“그런데 무엇 때문에 놀라서 문 열고 도망친 거예요. 내가 상의
를 벗으니 너무 매력적이라서 그랬나요?’

“아닙니다. 저 먼저 들어갑니다.”

철수는 얼른 일어나 민박집 자신의 방으로 들어간다. 다희는 우
두커니 한숨만 내쉬며 괴로운 표정을 짓는다. 숙희와 연락을 취해
이곳까지 열차를 타고 따라 왔건만 별다른 해법이 보이지 않는다.
원래 이성간에 좋아하는 문제가 말처럼 쉽지는 않은 것이다. 아무
리 노력을 해도 상대가 원하지 않는다면 무위로 돌아가는 것이 이
성교제가 아니던가! 그래도 상대의 마음을 움직이게 노력을 한다는
것은 나쁜 일은 아니지만, 그것도 너무 지나치면 상대에게 큰 상처
를 줄 수도 있고 또 심해지면 범죄가 될 수도 있으니 늘 평정심과
배려하는 마음을 유지하는데 각별히 신경을 써야 할 것이다. 세상
사 어디 이성교제만 이런 어려움이 있는 것은 아니다. 자신은 무엇
을 간절히 원하지만 생각대로 마음대로 안 되는 게 바로 인생이 아
닌가. 사실, 모든 것을 비우고 살면 속 편하고 좋지만 현실 삶에서
글쎄, 사람은 원래 욕심과 승부욕으로 뭉쳐진 주체이기에 어려운

얘기이다. 다희는 담배를 하나 더 꺼내어 입에 물고 피우면서, 다리를 흔들며 박자를 맞추면서 홀로 중얼중얼 노래를 부르기 시작한다. 무척 슬픈 내용에 발라드를 부르며 하늘을 바라본다. 한참동안 시간이 흐른 뒤, 피곤함을 감추지 못하고 자신의 방으로 들어간다.

한편, 철수는 방에서 잠이 오지 않아 스마트폰을 만지작거리다가 순간 깜짝 놀라면서 카톡을 바라본다. 한 시간 전에 미숙에게서 문자가 와 있었고 거기에다가 더 놀란 것은 여기에다가 다희가 임의적으로 답장을 보내버린 것. 보낸 답장을 읽어 보니 상당히 충격적인 내용이 곁들여져 있었다. 내가 보낸 답장인 줄 알고 미숙이 심각하게 마음에 상처를 받았을 것 같은 내용이었고 빈정거림에 극치를 달리는 글이었다. 이 글을 읽은 미숙이 큰 오해를 받았을 것 같은데 철수는 자꾸만 마음이 괴로워지기 시작하였고 한숨만 나오기 시작하였다. 순간, 화가 난 철수는 다희가 묵고 있는 방으로 가서 따지려고 노크를 한다. 그러자 다희는 문을 열지 않고.

"누구세요"라고 물어본다.

철수가 나라고 하자 다희는 너무 기쁜 나머지 속옷차림으로 문을 열며,

"아니, 철수 씨가 내 방에 올 생각을 다 하고 너무 좋아 와우 신난다. 어서 들어와요. 내님이여 들어오시어요."

이에 철수는 물끄러미 다희를 바라보며 인상을 쓰면서 말을 건넨다.

"다희 씨, 왜 그런 행동을 하셨어요?"

"무슨 그런 행동입니까?"

다희는 모른 척하였다.

"왜 남의 폰에 문자를 넣고 그랬어요. 내가 그랬다고 오해하게 생겼잖아요."

"아니, 남… 우리가 어떻게 남이에요. 우리는 하나입니다. 그리고 그런 예의 없는 여자에게 내가 가르침을 준 것입니다. 어떻게 내 사랑, 철수 씨에게 건방지게 밤에 문자를 보냅니까? 그래서 내가 따끔하게 일깨워주었습니다. 문자내용 그대로 그렇게."

철수는 도저히 말이 안 통한다고 생각되어 한숨을 푹 쉬고 얼굴을 돌려 자신의 방으로 다시 발걸음을 옮긴다. 그러는 철수를 향해 다희는 크게 소리를 지른다.

"철수 씨, 그냥 가면 어떻게, 여기까지 왔으면서 어서 들어와."

철수는 뒤도 돌아보지 않고 자신의 방으로 들어가 그 문자내용으로 인해 심각한 괴로움에 빠져들고 있었다. 그렇게 뒤척이다가 잠이 들었다. 반대편 끝 방을 사용한 다희는 자기의 마음을 너무 몰라주는 그 누군가를 한없이 원망하며 이리저리 뒤척이다가 꿈나라로 들어갔다.

이것이 2013년 7월 말, 금요일에 있었던 영동군 옥계폭포로 휴가를 떠나서 있었던 일이었다. 날은 밝아 아침이 되었고 형철과 숙희는 일어날 줄 모르고 깊은 잠에 그리고 깊은 사랑에 빠져들어 있어서 아침인지 밤인지 구분을 못하고 있어서 일어날 기미가 보이지 않아 보인다. 점심 때 가 다 되어서야 일어 날 수 있었다. 이들은 점심식사를 마치고 조금 쉬었다가 주변에 있는 월이산에 오를 계획이다. 여름이라 덥고 지칠 수도 있지만 땀을 푹 빼고 나면 오히려 더 상쾌해질 것을 생각하면 즐거운 마음도 함께 있다. 산에 오르기 시작한지 얼마 되지도 않았는데 벌써부터 소나기를 닮은 땀이 온 몸에 줄 줄 흘러내리면서 탈진상태가 되어갔다. 도저히 안 되겠다 싶어 네 명은 산기슭에 주저앉아 오랜 시간 휴식을 취하기도 하였다. 이토록 여름산행은 어려움과 끈기를 요구한다. 산 정상까지 가는 것을 포기한 채, 마냥 휴식만 취하다가 그냥 내려 올 수밖에 없었다. 이윽고 해질녘이 되었고 네 명은 오늘도 술 파티가 이어졌다. 내일 일요일 아침에 여행을 마치고 수원으로 올라갈 예정이기에 조금은 아쉽기도 한 것 같다. 어제도 술을 마셨는데 오늘 또 술을 마시며 영동의 추억의 밤을 되새기고 마음껏 음미하고 있다. 오늘도 어제와 같이 다희는 철수의 마음을 흔들어보기 위해 안간힘을 다 써보았지만 헛수고로 끝났고 허탈한 마음과 허무한 마음이 함께 교차하며 포기상태에 직면하게 될 정도가 되었다.

다희는 몹시 화도 나고 실망스러워 지금 늦은 이 시간에라도 혼자 올라가고 싶었지만, 내일 함께 가자고 완강하게 말리는 숙희를 봐서 그냥 꾹 참고 취한 상태로 밖에서 고래고래 소리 지르고 반주도 없이 산이 떠나갈 정도로 아주 크게 노래 부르고 하다가 이젠 너무 지쳐서 더 이상은 안 될 만큼 한계라고 생각하여 마지막으로 쓰린 눈물의 밀크커피 한 잔 마시고 자신의 방에 들어와 샤워하고 픽 쓰러진다. 민박집 주변의 야산에서 울려 퍼지는 이름 모를 산새소리가 진동한다. 영동 여행은 이렇게 야릇한 산새소리와 함께 2박이 지나가고 있었다. 그러다가 눈이 떠지니 일요일 아침이 되어 있었고 창문을 바라보니 시냇가에 흐르는 물소리가 더욱더 처량하게만 들리었다. 네 명의 손님과 이별하는 개울이 몹시 서글퍼졌는가 보다. 그렇지만 다음에 한 번 더, 네 명의 손님이 오기를 손꼽아 기다리는 듯한 기다리겠다는 마음이 담긴 애절한 물소리이기도 하였다.

그 흐르는 물들은 기다리다 기다리다가 끝내 오지 않으면 그 자리에 그대로 굳어져 망부석이 될 것 같은 표정을 감추지 않았다. 흐르는 물이 망부석이 된다는 것, 그럴 수도 있겠다. 어쩌면 그 흐르는 물들은 다희의 속상함을 조금이나마 위로하고 싶어 동료애라도 느껴 너무 힘들어 하지 말라는 격려였는지도 모르겠다. 먼 곳까지 열차를 타고 몰래 따라 온, 한 여자의 절규와 상처를 씻어주고 싶어져서 그랬는지 아마 그랬을 것 같다. 이 네 사람은 아침끼니를 떼 우고, 수원역을 가기 위해 영동역으로 향하였다. 형철과 숙희는 여름 지나 가을이 오면 결혼식을 하기 전에 더 뜨거운 정을 확인하는 애틋한 시간의 연속이었고, 철수로선 그저 무덤덤한 시간이었고 다희로선 내 사랑, 철수를 차지하기 위한 최대의 승부처였지만 별 성과 없이 그저 그렇게 흘러가 버렸다. 그래도 아직 승부는 끝나지 않은 걸까! 그래도 다희 입장에선 내 사랑 철수를 향한 경쟁 라이벌구도에서 치열한 경쟁자 한 명에게 문자로 큰 좌절을 느끼게 한 부분은 나름대로 성과이자 챔피언이 되기 위한 교두보는 쌓았다고 봐야 할 것인가.

남녀간에 서로 자신의 사랑을 차지하기 위해 경쟁은 할 수 있지만 이번에 다희가 보여준 반칙은 좋은 선례를 남기지 못한 것은 확실한 것 같다. 더욱 중요한 것은 마음점수를 채점하는 철수에게서 좋은 점수를 받지 못할 것은 불 보듯 뻔한, 일이 아니겠는가! 영동역에서, 용산 역으로 가는 오전 11시 새마을호에 몸을 실었다. 열차는 인정사정 봐주지 않고 아주 거칠고 번개같이 달려 북쪽으로 향한다. 청룡열차처럼 빠르게 그렇게 달려 올라오고 있다. 열차는 소기에 성과를 올리지 못한 다희의 마음을 어루만져주지도 않으면서 무슨 생각할 틈도 주지 않고 마구 달려오기만 한다. 잠시 피곤해서 졸았을까! 어느새 수원역에 다다르고 있었다. 수원역에 내리실 고객님 준비하라는 안내 방송이 나오고 조금 있으니 열차는 플랫 홈에 서서히 서고 있었다. 이에 네 명은 천천히 내렸다. 시간을 보니 오후 1시가 넘은 시간이었다. 식당 아무 곳이나 들어가 식사를 해결하러 간판을 찾아 들어갔다. 들어간 곳은 중화요리 집이었고 이들은 짬뽕을 시켜서 먹기로 하였다. 음식이 나오는 대기 시간에 시원한 냉수를 마시며 탁자에 놓인 잡지를 보는 도중, 바로 오늘 일요일 수원야외음악당에서 저녁 7시에 여름 음악콘서트를 한다는 광고전단을 보게 되었다.

충북 영동으로 먼 여행을 갔다 와서 다소 피곤하기도 했지만 한여름 밤에 그윽한 음악을 듣는다는 것도 나름대로 좋은 시간이라 생각되어 있다가 저녁시간에 그곳에 가기로 정하였다. 약 10분쯤 지나니 맛있는 짬뽕이 나오고 이들은 오랜만에 맛있는 중화요리를 맛보았다. 다 먹고 난 후 시간은 시계바늘은 2시 5분을 가리키고 있었고 저녁 7시 음악콘서트시간까지는 시간이 너무 많이 남아 있어서 마땅히 시간을 채우기도 난감하기도 하였다. 그래서 일단 음악콘서트가 있을 야외음악당쪽으로 간 후, 카페 빈에 가서 카페라떼라도 한 잔하면서 그 시간을 기다리기로 하였다. 이들은 전철을 타고 수원 시청역 근처로 향한다. 세 명은 카페 빈을 들어가려고 하는데, 다희는 몹시 불쾌하게 생각하며 들어가려고 하지 않았다. 그 이유는 영동에 있을 때 철수가 자신의 마음을 몰라주었다는 것이다. 그냥 가려는 다희를 숙희가 달려가 붙잡는다.

"다희야, 다 잊고 신나는 음악콘서트 노래나 들으면서 힘을 내"

"숙희야, 노래를 듣는 건 좋지만 어떻게 해야 철수 씨를 흔들 수 있을까?"

"오늘은 같이 노래를 듣다 보면 철수 씨도 마음이 흔들릴지 모르니까 가지 말고 옆자리에 가서 있다 보면 정이 들 수도 있어. 파이팅"

"그래, 알았어, 하이 킥"

홍다희가 그냥 가려고 하는 것을 그의 친구인, 하숙희가 달려가 가지 못하게 안정을 시켜 이렇게 네 사람은 야외음악당 주변인 수원 시청역에서 조금 떨어진 카페 빈으로 들어갔다. 이 때 시간이 2시 45분쯤이었다. 네 명은 다 같이 카페라떼를 시켰다. 너무 무료한 시간이 계속되어 가고 있다. 얼마 후, 카페라떼는 나왔고 먹으면서 시간을 떼우기로 하고 영동여행 후기에 대해 여러 가지 얘기가 오고가며 웃음꽃이 활짝 피어나고 특히 결혼을 얼마 앞둔 형철과 숙희는 애틋함이 하늘을 찌르는 듯하였다. 그 두 사람을 보며 부러움으로 가득 찬, 다희, 이번 영동여행에서 자신의 소기의 뜻을 이루지 못한 아쉬움을 달래듯, 카페라떼를 서글픈 표정을 지으며 조금씩, 조금씩 마시고 있다가 잔을 탁자에 세게 꽝 소리가 날 정도로 내려놓으며 철수에게 아주 작은 소리로 외친다.

"그대가 날 아무리 외면하여도 이미 우리 둘은 하늘이 내려준 운명입니다."

이렇게 작게 분위기 있는 목소리로 얼굴을 바라보며 말을 하면서 주먹으로 철수의 허벅지를 있는 힘을 다해 아주 세게 꽉 내리친다. 그런 다음, 자신의 허벅지를 또 강하게 내리치며 이번엔 아주 크게 소리 지른다.

"사랑은 자극이야. 더 강한 자극이라고, 옆에 앉은 이에게"

이런 내용을 그 카페 빈이 떠나갈 정도로 엄청 크게 외친다. 깜짝 놀란 종업원들이 다가와 조금 조용히 해 줄 것을 요청하고 있다.

"저 손님, 다른 손님 방해되지 않게 조금만 조용히 해 주십시오."

"어, 제 소리가 그렇게 컸나요. 옆에 앉은 이를 너무 사랑하다보니까 그랬나 봐요. 죄송합니다."

철수는 고개를 숙인 채 아무 말 없이 깊은 생각에 잠겨 있다. 아마 마음속에는 다희의 어처구니 없는 스마트폰 카톡 문자 전송으로 인해 크게 오해를 하고 상처도 받았을 미숙을 생각하며 괴로운 심경 가눌 길 없었다. 이렇게 저렇게 시간은 흘러 4시 30분쯤 되었다. 형철은 야외음악당 쪽으로 가서 바람을 쐬고 조금 있다가 저녁을 먹고 7시에 시작하는 한여름 밤의 음악콘서트를 관람을 하자고 제의한다. 그래서 이 네 사람은 카페 빈에서 나왔고 야외음악당 쪽으로 걸어간다. 오랜만에 오는 수원야외음악당은 너무 아름답고 운치가 좋아 보였다. 예비부부인 형철과 숙희는 아름답게 꾸며진 야외음악당을 보고 감탄하며 황홀한 표정을 감추지 못하고 있었다. 철수와 다희도 멋진 음악당을 보고 감탄하면서 즐거움을 자아낸다. 해가 기우는 광경과 함께 물든 노을빛은 더욱더 뜨거운 남녀 사이를 더 활활 타오르게 하는 것만 같았다. 형철은 미래의 배우자 숙희에 손을 꼭 잡는다.

"우리 올 가을에 결혼하고 이 멋진 곳에 또 오는 거야."

"그래, 그럼 그래야지. 하이 킥"

철수는 야외음악당 멀리 보이는 푸른 잔디밭을 하염없이 바라만 보며 순간 눈물이 핑 돈다. 바로 1년 전, 철수의 올인 사랑의 화신이었던 영희와 함께 이곳에 와서 데이트하면서 미래도 약속했었고 바로 옆에 있는 연못에서 영원함을 맹세했었던 아득한 기억들이 뇌리를 스쳐가고 있었기 때문이었다. 돌아올 수 없게 된 그님이 1년 전, 이 잔디밭, 바로 이 자리에 앉아 있었지. 과거, 영희가 앉아 있었던 그 자리에 천천히 걸어가 푹 주저앉는다. 그 님의 영혼이 머물었던 이 자리, 하늘이 내게 만약에 앞으로 1년 후에 이 자리에 나와 그 님이 함께 앉아서 단 5분만이라도 아무 말이든지 대화 할 수 있게 해준다면 나는 너무 기뻐서 너무 행복해서 그 님을 등에 업고 걸으며 달리며 더 세게 뛰면서 가고, 가다가 가다가 지치면 그 님을 업은 채로, 기어서 기어서라도 영동옥계폭포까지 걸어가련만… 그 님께서 더 많은 여행을 원하신다면 그곳에서 다시 시작하여 부산해운대로 쉬지 않고 달리고 달려가련만 그 님은 다른 이에 임이 되어 그렇게 흐르고 있구나! 1년 전, 절대 올인의 화신이었던 차영희. 그대 이름, 세 글자. 철수는 1년 전 이곳에 와서 영희와 데이트했었던 추억의 시간 속으로 빠져들며 깊은 상념에 잠겨 우울한 표정을 자아내고 만다. 이 때, 옆쪽에서 다희가 서서히 다가와 철수의 손을 꼭 잡으며 말을 한다.

"철수 씨, 나를 미워하지 말아 주세요. 저쪽 파트너들이 이렇게 손을 잡기에 나도 한 번 그렇게 해 보았어요. 그대의 손과 내 손은 하나입니다."

그러자 철수는 다희의 손을 살며시 밀면서 홀로 다른 곳으로 걸어가고 있다. 시계바늘은 5시 5분을 가리키고 있고 음악공연시작 2시간쯤 남았었다. 형철은 철수에게 걸어가 일근 식당에 가서 식사를 해결하고 다시 오는 것이 어떻겠느냐고 말을 건넨다. 이 말을 들은 철수도 그러는 것이 좋겠다고 하였고 이에 네 명은 식당으로 향하였다. 간단히 찌개백반을 시켜 먹었다. 식사를 마치니 5시 30분쯤 되었고, 식당에 비치된 셀프커피자판기에서 밀크커피를 한잔씩 빼서 먹고 나온다. 그리고 다시 음악당으로 걸어간다. 아까 왔었을 때는 사람 수가 그리 많아 보이진 않았지만, 식사를 마치고 돌아와 보니 꽤 많이 모여 있었다. 거기에다가 운 좋게 무척 무더웠던 오후 날씨 같지 않게 조금이지만 선선한 바람도 불기도 하였다. 즐겁고 행복한 공연관람을 도와주는 하늘의 뜻인 것 같았다 .6시가 조금 넘어서 리허설이 시작되었고 공연분위기가 후끈 달아오르는 듯하였고 수원야외음악당의 주변은 온통 푸른색 물결로 뒤 덮여 버렸다. 푸른색은 평화를 상징하는 색이 아닌가! 현란하면서 웅장하게 울려 퍼지는 밴드소리와 코러스합창단소리는 우아함 그 자체였고 인기유명가수들도 군데군데 보이기 시작하였다. 사회자의 안내를 시작으로 드디어 음악공연이 시작되었다.

　첫 번째 가수는 록 가수였다. 록이라는 음악은 경쾌하면서 전율이 느껴지기도 하였다. 네 사람의 여행 후기 피로를 한 순간에 날려 버리는 멋진 공연이면서 멋진 한 방이었다. 다음 차례는 분위기 있는 음악, 발라드의 향기가 넘쳐흘렀고 모든 관객들은 깊어가는 한 여름 밤의 정취와 무드 있는 음악에 점점 빨려 들고 있었고 무아지경으로 깊게 빠지는 것 같았다. 그러던 중 조금 앞쪽에서 좌측으로 낯익은 남자 두 명이 앉아있는 것이었다. 밤이라서 선명하게 보이진 않았지만 불빛에 반사된 얼굴을 유심히 바라보니 바로 청화와 인호 두 사람이었다. 그 두 사람을 철수가 제일 먼저 확인하고 그 후 형철에게 귓속말로 알려 주었다. 철수도 그렇고 형철도 매우 놀랐다. 인호가 삼미가 다니는 회사에 와서 무력으로 그녀를 성폭행을 하였을 때 그 두 사람은 그 문제로 격렬하게 충돌했었기 때문이다.

그런 아픔을 겪었기에 삼미는 우울증에 빠졌고 다니던 회사마저 관두게 되지않았던가! 인호와 청화는 그 과정에서 서로 심하게 맞부딪혀 파출소로까지 연행되기까지 했었는데 어떻게 저렇게 사이 좋게 이곳에 와서 음악공연을 함께 볼 수 있게 되었는가! 아마도 극적으로 서로 화해를 했을 것으로 추측은 들지만 그리 쉽지만은 않았을 텐데, 어쨌든 철수와 형철은 의아하게 생각하며 고개를 갸우뚱거렸다. 이윽고, 8시가 넘어가고 있었는데 청화가 화장실을 가려는지, 담배를 피우러 가는지 모르지만 일어나 나오다가 철수와 두 눈이 마주치고 말았다. 서로는 놀란 토끼 같은 표정이었다.

"아니, 철수 어떻게 여기에 왔어?"

"청화, 어 어어. 여기서 보게 되다니"

그러다가 청화와 형철도 두 눈이 마주치게 되었다.

"아니, 형철 씨, 아닙니까?"

"아예, 맞습니다. 청화 씨, 여기서 뵙게 되어 기뻐요."

"아 네, 저도 기쁘고 반갑네요. 저쪽에 인호도 와 있는데 잠깐만요. 인호를 이쪽으로 오게 해야겠어요."

청화는 조금 떨어진 곳에 앉아 있는 인호에게로 가서 이쪽으로 오라고 말을 한다. 이 말을 들은 인호도 이쪽으로 오게 되었다. 철수와 인호는 두 눈이 마주쳤으나 서로 반가워한다기보다는 못마땅한 표정을 나타내고 있었다. 철수는 삼미를 좋아하고 그러진 않았지만 그녀가 인호한테 성폭행을 당하여 우울증에 빠졌었고 회사마저 사표를 낸 시련을 겪었다는 것을 잘 알고 있고 또 그녀는 자신에게로 찾아와 아픈 상처를 토로했었기에, 그 사건이 남의 일 같지 않았다. 그러니 당연히 그 가해자인 인호를 보게 되니 마음이 편치 않을 수밖에 없었다. 그런데 더 어이없는 일은 그 가해자인 인호와 그 당시 격하게 충돌이 벌어졌던 청화가 저렇게 가까워졌다는 것도 이상하지만, 저 가해자인 인호와 아무렇지도 않게 친밀해져 버린 청화와 다정스럽게 애정데이트를 즐기는 삼미의 행동과 자존심 또한 그 이상으로 더 이해가 되질 않았다. 그렇다면 삼미는 속없는 여자란 말인가! 아니면 모르고 그러는 것일까! 알아도 그런 것은 별개의 문제라고 생각해서 그러는 것인가!

아무튼, 인호와 철수의 까다로운 만남은 이렇게 지나가고 있었다. 이 때 형철은 인호에게 함께 앉아서 음악 관람을 하자고 말을 건넨다. 형철의 마음이 숙희와 결혼을 앞두고 있어, 푹 빠져 정신없어 그랬는지 아니면 무엇을 착각했는지 모르지만 결과적으론 순간, 실수를 하고 말았다.

야욕

왜냐하면 인호는 삼미를 성폭행할 때도 겉으로 표방하는 것은 사랑이지만 그건 자신의 못된 짓을 미화하기 위해 하는 말이고, 사실은 자신의 욕정을 못이겨 무력으로 성폭행을 시도했던 것이다. 그런 성향이 강한 인호를 또 이 자리에 동석시켜 준다는 자체, 물론 사람을 너무 의심해도 안 되겠지만 그렇다고 반대로 너무 의심을 안 해서도 안 되는 것 아닌가! 원래 남녀간의 문제가 벌어지는 일은 어떻게 모이든 몇 명이든 모이면 이성간의 불씨가 싹트고 좋은 쪽으로든, 그렇지 않은 쪽으로든, 불씨가 된다. 그런데 문제는 그렇다고 아예, 안 모일 수만은 없지 않겠는가! 이 세상, 거의 대부분의 분쟁과 스트레스는 이것이 차지하는 것이 대부분이다. 그러니 평화롭게 살고 싶거든 욕심을 버리고 야욕을 거두어 들여라. 인내심을 키우고 남의 것을 부러워하지 말고 탐내지도 말고 그저 모른 채 지나쳐 버려야 한다. 이게 바로 공존의 법칙이고 자신을 위한 길임을 명심하라. 그렇지만 욕심과 야욕도 한 번 성취한 이가 더 쉽게 접할 수 있는 것.

인호에게 여성과 접하게 될 수 있는 계기를 만들어 준 것은 고양이에게 생선을 맡긴 격. 또 아직까지 인호처럼 무력으로 성폭행까지는 시도는 안 했지만 타고난 천하의 바람둥이인 청화 앞에 여성과 대화할 수 있는 계기가 주어졌다는 것은, 골키퍼와 일대 일 상황, 이렇게 자연스런 자리가 또 형성이 되고 말았다. 철수는 내심, 마음속으로 삼미 건을 통해서 보았기에 또 그런 전철을 밟지 않을

까. 우려를 금하지 못하고 있었다. 그러나 형철은 자신이 직접 옆에
서 그 상황을 지켜보지 않았기에 심각성을 절실히 인식하지 못하고
있었다. 원래 뭐든지 무엇인가를 뼈저리게 느껴 보지 않으면 그 아
픔을 알 길이 없을 것이다. 그렇기 때문에 인생은 외롭고 힘든 것이
다. 고독하기도 한 것이다.

청화와 인호는 잠깐 공연장 주변 화장실로 가더니 담배를 한 대
피우고 다시 돌아와 그 네 사람 근처에 자리를 잡고 앉아 공연을 관
람한다. 아닌 게 아니라 우려했던 일이 벌어져만 가는 분위기이다.
저번에 4월 중순쯤, 용인시 보라동에서 청화와 철수의 오해를 푸는
화해의 만남의 장에서 인호와 삼미가 동석했었을 때, 인호가 삼미를
처음 보게 된 그 순간부터 완전히 반해 버려서 정신을 차리지 못하
고 있다가 택시를 타고 셋이서 함께 돌아가는 길에 모란에서 내려
접근을 했었고 받아주지 않자 그 후, 회사까지 찾아와 계속 추근거
렸고 결국 무위로 돌아가자 급기야 그로부터 한 달이 지난 시점, 6
월 초쯤에 결국에는 저질러선 안 되는 짓을 저지른 것이었다.

그 때의 그 행동이 다시 재연될 수 있는 바로 그 분위기이다. 인
호는 예전에 삼미에게 반했을 때처럼, 오늘은 상대가 바뀐 다희를
보고 반하기 시작한다. 삼미 못지않게 다희도 얼굴이며 몸매가 매
혹적이다. 이런 요소가 인호를 정신적으로 힘들게 하는 부분이고
충동을 일으키게 하는 것인데 상대가 거부의 의사표시를 하면 물러
서는 것이 정도이다.그러나 인호는 어떻게든 무력을 동원해서라도
자신의 욕심을 채우고 마는 나쁜 성격을 지니고 있다.

인호는 지금 음악공연이 보이지 않는다. 온통 머릿속은 옆에 앉
아 있는 매력적인 다희에게로 완전 시선을 빼앗기고 말았다. 원래

남자든 여자든 마음에 드는 이성에게 마음을 뺏기는 시간은 그리 많이 걸리진 않는다. 약 5분 가량, 바라보면 판가름 난다. 이상형인지, 아닌지,어느덧 시간은 흐르고 흘러 밤 10시가 가까이 되었고 음악공연도 다 끝났다. 모든 관객들은 꽤 흡족한 분위기였다. 무더위에 지쳐 있다가 공기 맑은 곳에 와서 신나고 유쾌한 노래를 들었으니 기분이 흡족하지 않겠는가! 그 네 사람과 그 후 동석하게 된 두 명, 청화와 인호도 매우 만족스런 표정을 자아내며 행복한 얼굴이었다. 순간, 철수는 눈치를 챘다. 인호가 저번처럼 또 그럴 것 같은 안 좋은 예감, 그래서 다희에 대한 보호차원으로 주의와 설명을 해주고 싶은 마음이 앞선다. 이러는 이유는 저번 삼미 건에서 철수는 자신과 무관하다 하더라도 도의적으로 매우 미안한 감정을 감추지 못하였고 한동안 죄의식에 사로잡히기도 하였었다.공연이 다 끝나자 많은 관객들은 하나 둘씩 일어나 음악당을 빠져나가고 있었다. 청화가 먼저 뒤풀이차원에서 호프에 가서 한잔할 것을 제안한다. 그 말이 끝나자마자 철수는 오늘은 서로가 갈 길이 멀다고 말을 하며 이 선에서 더 연결되는 것을 차단하고 있었다. 그러자 인호의 얼굴은 일그러지고 있다. 속으론 다희에게 접근할 수 있는 절호의 기회였는데 그 흐름을 타지 못함이 속이 끓어 오른다. 그것도 다름 아닌 고향 친구인 철수가 브레이크를 걸고 있으니 더 미워지는마음도 가슴 한 구석을 차지한다.

"아아, 그러지 말고 이렇게 오랜만에 만나게 되었는데 그냥 가면 서운하잖아 우리가 이런 사이야, 가자고 호프로 우리에 호프로, 호프…"

"예에, 좋은 시간이 될 듯 하군요. 갑시다."

이렇게 인호의 적극제안에 형철은 속내도 모르고 호응을 해 주고 있다. 철수는 답답하기만 하다. 인호의 눈빛이라든지, 표정으로 봤을 때 저번 같은 사건이 또 벌어질 것 같은 예감, 도저히 지울 수 없었다.

"철수야, 넌 볼일 있으면 먼저 가면 되잖아. 우리는 이렇게 모였으니 한잔하고 갈 테니, 그래 먼저 가…"

"지금 무슨 말이야 나만 바쁘겠어. 우리 다 같이 바쁘다고…"

인호는 브레이크를 걸고 있는 철수를 따돌리기 위해서 머리를 쓰고 있다. 하지만 철수도 인호의 의도를 포착했기 때문에 쉽게 응해주진 않고 있다. 어떻게든 계기를 만들어 다희에게 접근하려고 하는 인호와 또 저번 삼미 건 같은 사건이 생길까봐 미연에 봉쇄하려는 철수간에 치열한 샅바싸움이 전개되어 가고 있다. 사실 철수는 다희에게 전혀 이성적으로 관심이 없다. 그렇지만 자신이 알고 있고 또 이루어진 것은 아니라 해도 자신에게 관심을 쏟아주었던 대상이 불미스런 일을 당하는 것은 괴로운 일이 아닐 수 없다. 그래서 그런 일이 벌어지지 않게 보호해 주고 싶은 마음뿐이다.

철수의 이런 마음을 모르고 호프에 가는 것을 응해 주려고 하는 형철을 볼 때 답답하고 갑갑하기만 하다. 결국에는 형철과 숙희가 넘어가는 바람에 다희도 따라서 호프로 가게 되었다. 이렇게 되어 철수도 안 갈 수 없는 상황이 벌어지고 말았고 여섯 명은 수원시청 주변에 있는 호프집에 들어갔다. 이 여섯 명 중에 가장 신난 사람은 인호였다. 그런데 자리에 앉아 생맥주가 나오길 기다리는 중에 묘한 기운이 감돈다.

청화도 다희를 바라보는 눈빛이 예사롭지 않았다. 그의 미모는 수원시내에서 찾아보기 힘들 정도이니 말이다. 인호와 청화는 서로 말을 한마디 더 하려고 계속 말과 대화가 맞부딪치며 치열한 신경전도 오고간다. 그러나 다희는 이들에게 조금도 눈길을 주지 않고 오로지 철수만을 바라보며 따뜻한 미소를 보내고 있었다. 이것을 눈치 챈 이 두 남자는 고통스런 표정을 지으며 또 한편으로는 기회를 엿보는 마음가짐은 변함이 없다. 그렇게 한 시간이 흘렀고 11시가 다 되어가고 있었다. 철수는 시간이 많이 됐으니 그만 일어나자고 제안을 하고 있다. 하지만 더 있고 싶어하는 청화와 인호 두 남자, 철수가 먼저 얼른 일어나 계산을 한다. 빨리 나오고 싶어서이다. 그래서 다른 사람들도 따라서 나온다. 지금 철수의 마음속은 고향친구들이지만 그 두 남자들을 따돌리는 데에 온통 집중이 되어 있다. 인호는 다희에게 어디까지 가시느냐고 묻는다.

"저 이름이 다희 씨, 맞죠. 가시는 곳까지 바래다드리고 가려고 하는데 괜찮을까요. 가시는 곳이 어디입니까?"

"아아, 아닙니다. 저는 철수 씨하고 더 할 말이 많아요."

그러자 철수가 얼른 다희의 손을 잡고 다른 곳으로 가면서 다른 사람들에게 알아서 잘 가라고 인사를 한다. 이 장면을 보고 있는 청화와 인호는 저렇게 두 사람이 사귀는 사이인가 하는 생각에 사로잡히고 있었다. 형철과 숙희도 인사를 하고 둘이서 어디론가 가고 있었다. 이제 남은 건 청화와 인호만이 남아 있을 뿐이다. 이 남자 둘은 그 근처 또 다른 곳으로 한잔 더 하러 가고 있다. 어디로 갈까 둘러보다가 이번에는 소주를 먹으러 고기집으로 향한다. 이 둘은 소주를 마시며 아까 보았던 그 여인 다희의 미모에 대해 감탄하는 얘기로 주를 이루며 그 내용이 화제가 되고 있다.

내
리
사
랑
내
리
화

한편, 철수는 얼른 다희의 손을 잡고 다른 골목 쪽으로 향했었고 어느 정도 걸어가니 조용한 놀이터가 나왔고 그래서 일단 그곳에 앉았다. 지금, 다희는 무척 고무되어 있다. 왜냐하면 철수가 먼저 자신의 손을 잡고 그것도 다른 사람들 있는 데서, 그것도 늦은 밤 시간에 이곳 한적한 놀이터로 자신을 데리고 온 것, 이 사실에 잔뜩 의미부여를 하고 있다. 결국, 내님, 철수가 나를 좋아하게 되어서 사랑의 애정표현을 하려고 이 장소로 자신을 데리고 왔다고 생각하고 있는 것이다.

"왜 그래요. 철수 씨, 어떻게 나를 데리고 이렇게 분위기 만점인 곳으로 올 생각을 다 했어요. 결국 이렇게 될 것을, 어찌하여 영동 여행 갔을 때 그렇게 강하게 나를 멀리하며 팅겼나요?"

"그게 아닙니다. 다희 씨."

"아니긴 뭐가 아니에요. 뭘 그렇게 아니란 말이에요. 여기까지 내 손을 잡고 왔으면서 끝까지 내숭떨고 끝까지 아닌 척 하는군요."

"사실은 내가 이런 말을 해도 될지 모르지만…"

"어 어어, 이런 말이든, 저런 말이든, 해도 돼요. 빨리 이런 말 좀 해봐요."

"아까, 그 남자들은 내 고향친구들입니다. 제가 그 친구들을 감싸주고 배려도 해야겠지만 그런데도 그 친구들에 대해 이렇게 비난을 가하게 되어 내 마음도 편치만은 않습니다. 이해하세요."

"아니, 철수 씨 무슨 말을 하려고 그러는 거예요. 너무 어려워요. 속 시원히 한번 말 해 보세요. 화끈하게 아니면 내 입술에 그대의 입술을 대 주시든가."

철수는 고개를 숙인 채, 한참동안 고민하면서 망설이고 있다. 말을 설명하기가 조금 까다롭기도 한 부분이라서 그렇기도 한 것 같다. 아무리 고향친구라는 것과 의리를 지켜주고 싶은 마음도 있지만 그보다 더 중요한 가치 하나가 있다면 그들의 몰지각한 행동으로 인하여 다른 한 여성이 그로 인해 정신적 충격과 상처를 받는다면 안 되지 않겠는가! 더 큰 명분으로 고향친구들의 의리를 깨면서 결국, 철수는 서서히 말을 시작한다. 다희가 제 2의 삼미가 되지 않길 바라는 마음에서이다.

"다희 씨, 아까, 그 남자들 어떻게 생각하세요?"

"뭘, 어떻게 생각해요. 철수 씨 고향친구들이라면서요."

"아니, 그런 것 말고 다른 느낌 같은 것들…"

"우아! 오케이 이런 말을 자꾸 내게 물어보는 걸 보니 그 남자들이 꽤나 신경 쓰이는가 봐요. 그들이 철수 씨 라이벌이라고 느껴지는 것 맞죠? 세상에, 날 얼마나 좋아하고 사랑하고 끌어안고 싶었으면 벌써부터 다른 남자들을 경계하고 시기하고 질투심까지, 어쨌든 그래도 난 이 자체가 너무너무 짜릿하고 흐뭇해요. 철수 씨가 나를 너무 좋아하는 바람에 다른 남자들을 방어한다는 사실, 이런 현실이 너무 많이 좋아요. 흥분되기도…"

이 말을 들은 철수는 어이없다는 표정을 지으며 하늘을 바라보며 한숨을 푹 내 쉰다. 이 세상을 살면서 본의 아니게 오해도 많이 받고 얽히고 설키고 이렇게 복잡하고 얽히는 것이 사람 사는 인생인가보다! 삶이 단조로우면 깨닫는 것이 없을 것이다. 그래야 사는 맛이 나는 것이겠지.

"다희 씨, 그런 뜻은 아니고요. 그냥, 허심탄회하게 설명 드리겠습니다. 그 두 사람들은 한 사람은 다른 여성을 성폭행을 한 적이 있고 또 다른 사람은 너무 지나치게 문란하고, 늘 다른 여성들을 사귀고 헤어짐을 밥 먹듯 반복하는 성격에 소유자입니다. 그래서 여러 가지 말썽도 많았고 그렇기에 그들이 다희 씨에게도 그럴 수 있기에 보호차원으로 알려 드리는 것입니다. 피곤한 사람들이예요."

"어머, 그래요. 그런 중요한 정보를 제게 알려 주시는 걸 보니 철수 씨가 저를 무척 아끼는가 봐요. 저를 그만큼 사랑하고 보호하고 픈, 그런 마음 그런 거."

"그들은 예전에 직장에서 한 사람이 어느 여성을 따라다녀서 그만 둘이서 심하게 싸움이 벌어져 파출소까지 연행되어 가기까지 했었는데 어떻게 된 일인지 그 후, 저렇게 또 친해져서 음악공연까지 같이 보러 오고 참, 알다가고 모를 일이네요. 더 큰 문제는 아까 그 인호라는 친구는 옆에 있었던 친구의 회사 여직원을 성폭행하여 그 상처로 다니던 직장마저 사표를 내 버리고 말았지요. 결국 우울증에 걸렸다고 하더군요."

"아아, 그런 아픔이 있었군요. 너무 좋은 정보를 알려줘서 고마워요. 내 사랑, 이철수 씨, 철수 오빠."

이렇게 철수는 말하기 껄끄럽고 힘든 부분을 말을 하고 나니 속이 후련하였다. 여러 가지 안 좋은 상황이 벌어질 것을 뻔히 알면서 모른 채, 방치만 한다는 것은 더 큰 괴로움이라고 생각했기에 미연에 방지하고 보호하기 위하여 용기를 내어 자세히 설명을 한 것이다. 시간은 12시가 다 되어 가고 있었다. 철수는 다희가 가야할 곳 화성까지 택시를 잡아 주고, 자신은 새로 이사한 곳 용인시 상갈동으로 다른 택시를 잡아타고 오고 있다. 이렇게 해서 2013년 7월 말

여름의 영동옥계폭포의 2박 3일 여행은 끝이 났다. 집에 돌아오니 몸은 조금 피곤하였다.

내일은 월요일이면서 또 8월의 시작점이다. 8월은 새롭게 시작할 수 있을 것만 같았다. 휴가도 갔다 왔으니까, 그래야지. 그런데 한 가지 문제는 미숙이 받은 오해를 어떻게 풀 수 있을까, 문제이다. 내가 답장문자를 보낸 것이 아니라 해도 믿어줄리 만무하다.내 스마트폰으로 답장문자가 전송이 되었기 때문에 어떤 말도 다 변명으로 들릴 수밖에 없을 것이 뻔한 일이다. 다희의 그런 몰지각한 행동으로 인해 철수는 여간 난처한 일이 아닐 수 없었다.

지금 당장 고민한다고 해결될 일도 아니고 서서히 생각하며 방법을 찾기로 하고, 먼 여행을 마치고 돌아와서 피곤하니 잠을 자기로 하였다. 눈을 떠 보니 8월의 첫 아침이 되어 있었다. 무엇이든지 첫 이라는 글자는 희망도 주고 마음을 즐겁게도 하는 것 같다. 그래서 즐겁다. 그 즐거운 기분과 마음으로 회사에 출근을 한다. 실개천 도보 따라 걸어서. 야호, 오늘은 왠지 회사를 출근하기 위해 실개천 길을 걷는데 원인 모를 아련한 기억. 6월 중순, 금요일에 있었던 민속마을 해성 가든 에서의 회식할 때 있었던 일. 영희를 보게 되었던 그 기억, 그리고 그 후, 다음 주 월요일에 상갈동으로 이사를 하고 난후, 다음 날 화요일 바로 이 길을 걷다가 또 영희 부부를 보았던 기억, 이런 아련한 기억들 속에 느껴지는 감정이 무슨 원인인지 알 수 없었고 그렇게 모르지만 왠지 나는 지금 이 시간, 고개를 그 방향을 향하여 움직여지고 있고 그 기억에 그 사람은 지금 무얼 하는지 궁금해지는 것은 또 무슨 원인일까! 지워지지 않는 기억으로 남겨 버리면 되지 뭐! 다른 때와 다르게 오늘은 이런 생각도 하면서

내
리
사
랑
내
리
화

출근길에 오른다. 회사에 들어가니 에어컨을 시원하게 틀어 놓아서 그런지 무척 시원하였다. 형철이 먼저 다가와서 어제 잘 들어갔느냐고 말을 건넨다.

"철수 씨, 어제 늦은 시간이었는데 집에 잘 들어갔어?"

"그럼, 잘 들어갔지. 형철 씨도 숙희 씨와 잘 들어갔겠지? 거리도 먼 곳인데."

"덕분에 잘 들어갔는데 참, 어제 다희 씨와 같이 어디로 가던데 혹시 이젠 좋아하는 마음이 생긴 거 아냐? 그렇게 보였는데 그렇지 않고 손을 잡고 어디로 갈 생각을 할 수 있겠어. 조만간에 좋은 일이 있기를 바라."

"아아, 그런 것이 아니라…"

형철은 어제 밤에 철수가 다희의 손을 잡고 좁은 골목으로 들어가니 좋아하게 된 줄 알고 착각하기 시작하였다. 내막을 모르니 그럴 수밖에… 어쨌든, 절친 직장동료인 형철은 그렇게 둘이 좋은 사이가 되길 바라고 있고 미래의 배우자 될 숙희도 친구인 다희와 철수가 연인 사이로 발전하기를 기대하고 있는 중이다. 그러나 철수의 마음은 좀처럼 움직일 줄 모르고 현재로선 의정부에서 미용실을 운영하고 있는 최리라, 아니면 은평구에서 옷가게를 하는 박미숙 이렇게 두 사람으로 압축되어 가고 있는 분위기인 것 같기도 하다.

한 명, 더 복병이 있다면 저번 6월 말 금요일에 미숙의 옷 선물을 전달하기 위해서 회사에 찾아왔었던 선희가 있다. 선희는 이날 철수에게 옷을 전달하면서 예전 3월 중순에 무주구천동에 갔을 때 느끼지 못한 매력을 느꼈다. 그 후, 7월 1일 월요일에 또 철수의 회사에 퇴근시간에 와서 기다리고 있다가 만나서 많은 얘기를 나누었다. 그러나 선희는 별 다른 표현을 하지 않았고 옷이 마음에 드는지에 대해서 이야기를 하고 그냥 돌아갔었다. 지금 현재 홀로 지내는 철수는 앞으로 어떤 여성을 만나서 사랑의 싹을 틔울 수 있을지, 궁금하기도 하다. 오늘 8월의 첫날이자 월요일은 나름대로 즐거운 마음으로 지나간 것 같다. 에어컨 바람을 쐬니까 모르지만 지금 밖엔 엄청나게 무덥고 지나가는 사람들도 불쾌지수에 가득 차 있다. 그래도 철수는 영동에 가서 경이롭고 신비한 옥계폭포를 보았고 오는 길에 일요일에는 수원야외음악당에서 경쾌하고 신나는 노래공연을 보았으니 잠시 무더위는 잊을 수 있을 것 같기도 하다.

어느덧 퇴근시간은 조금 넘어 가고 있었고 회사정문을 통해 나오고 있다. 다람쥐 쳇바퀴 돌듯 도는 세상 삶 속에 그래도 행복이 하나 있다면 저녁시간이 되면 집으로 향한 퇴근이라는 것이 있다는 것, 그리고 이 시간은 내일도 또 찾아온다는 사실 거기에다가 오늘 하루가 행복했었던 것은 오늘 먹었던 아메리카노를 내일 또 먹을 수 있다는 의미, 그 자체인 것 같다. 퇴근로이면서 산책로인 실개천으로 내려선다. 한 여름이라 지금 이 시간에도 햇살은 엄청나게 뜨겁고 더위는 살을 뜯는 것같이 후덥지근하다.

얼마쯤 걷다가 너무 더워 그늘 밑에 잠시 앉았다. 스마트폰이 진동을 일으키고 있어 열어보니 미숙에게서 전화가 오고 있었다. 순간, 조금 당황스러웠다. 내가 먼저 전화를 하여 오해를 풀어주고 싶었는데 이렇게 전화가 걸려오니 어쩔 줄을 몰랐다. 받으려고 하니 뚝 끊긴다. 한숨을 푹 쉬고 하늘을 한번 쳐다본다. 어떻게 말을 하여 오해를 풀 것인가! 또 전화가 안 오기에 이번엔 내가 먼저 걸기로 한다. 신호가 가고 있고

248
내리사랑 내리화

"예에, 여보세요."

"아예, 미숙 씨, 맞죠?"

잠시 아무런 소리가 들리지 않는다.

"아 네, 맞습니다. 말씀하세요."

"미숙 씨, 저번에 그 답장문자 때문에 몹시 기분이 나빴을 텐데 이렇게 먼저 전화 주셔서 너무 감사합니다."

"아니, 그건 그렇고 그런 답장문자를 내게 보낸 걸 보니 나에게 전혀 관심이 없는 것 같네요. 그런데 매우 불쾌했던 것은 그냥 싫으면 싫다고 하지 그렇게 마구 비꼬는 내용을 꼭 보내야만 했나요? 도대체 뭐하자는 겁니까?"

"그건, 제 설명을 좀 들으셔야 합니다. 오해가 있을 수 있는 부분입니다."

"오해는 무슨 오해, 내가 철수 씨와 팥빙수 두 그릇, 함께 먹고 싶다고 표현한 것이 그렇게도 역겹고 짜증이 났었나요? 내가 철수 씨를 엄청 좋아하고 있는데, 그럼 그 정도 표현도 못하나요. 나 보고 팥빙수 먹고 싶으면 홀로 가서 실컷 먹으라고요. 그리고 또 한강변에 몰려든 물새만도 못하다고 생각하는 건 너무 좋은 생각이라고요. 어쩌면 그렇게 내 마음을 몰라주고 거기에다가 나를 그렇게 약 올리기까지 합니까?"

"아아아, 미숙 씨 일단 진정하세요. 그 부분은 전화상으로 설명이 안 됩니다 그러니 한번 만나서 제가 자세히 오해를 풀어 드릴게요."

철수가 이렇게 말하자 미숙은 전화를 뚝 끊어 버린다. 철수는 실개천에 흐르는 물만 바라보며 괴로움에 빠져든다. 왜 사람이 살아가는 생활은 저렇게 물처럼 평온하지 않을까! 끊임없는 충돌과 마찰과 번민 속에서 살아가야만 하나! 나는 지금 A4용지 한 장을 꺼내어 종이배를 접으리라! 그래서 띄우겠다. 그 종이에 적겠다. 이렇게… 내 영혼의 영원한 안식처이며 쉼터인 영희에게 나는 지금 그대를 볼 순 없지만 늘 내가 외롭고 힘들고 괴로울 땐 이곳에 와서 그대를 위한 행복의 기원과 염원을 함께 빌고 또 빌어드립니다. 그길이 내 안에 병든 영혼을 치유하는 유일한 길임을 알기에 그렇습니다.

철수는 가방에서 A4용지를 꺼내어 이렇게 펜으로 쓴다. 그리고 그 종이를 잘 접어 종이배를 만든다. 그리고 그 배를 상갈동 실개천 물위에 띄운다. 그리고 버들잎을 하나씩 따서 물위에 던진다. 그 배가 잘 흘러가 영희가 있는 곳, 그 님이 계신 곳까지 무사히 선착하여 그 님이, 부디 이 글을 읽어 볼 수 있게 그렇게… 잘 도착하게 나는 뒤에서 버들잎이라도 하나씩 던져 주련다. 이 버들잎이 노가 될수 있게. 노가 없으니 이렇게라도 해야지. 그 종이배 물에 젖지 않고 잘 흘러가 내가 쓴 글, 잘 읽어 볼 수 있게 그 님이 살고 있는 곳까지 그렇게 잘 흘러가 주시오. 철수의 염원 담은 종이배는 유유히 흘러만 가고 있었다. 갈대가지에 걸리고, 나뭇가지에 걸려도 헤쳐가며 힘 있게 흘러간다. 가다가 지치거든 잠시 물위에 앉아 있다가, 다시 힘을 내어 달려가… 그대로 그 종이배, 우리 차 영희, 그 님이 내 영혼의 심정을 펼쳐 볼 수 있게만 부디, 그렇게 무사히 잘 흘러가 주시오. 몸으론, 볼 수 없으니 영혼으로라도 만나고 싶습니다.

철수는 이렇게 실개천에 배를 띄우고 걸어서 상갈동 녹색빛 연립 7동 202호집으로 향해 걸어간다. 한편 이런 철수의 영혼적 구심점인 영희는 지금 민속마을 해성가든에서 요식업을 경영하고 있다. 영희 부부는 한보라 마을에 있는 후후 아파트에서 살고 있고 저번 달 7일에 영희의 딸아이인 이름은 전혜수를 출산하였고 지금까지는 너무 평화롭고 행복하게 살고 있었다. 출산도 했기에 부모로서의 책임감도 강하게 작용하고 있었고 무척 화목한 가정을 이루고 있었다. 그러던 가정에 어느 날부터 묘한 먹구름이 끼기 시작하고 있었다. 그 발단은 남편인 중식이 건강유지 차원에서 매일 스포츠센터에 나가면서부터 시작되었는데 꾸준히 한 곳에 나가다 보면 자연히 사람을 알게 되어 있다. 그런데 문제는 중식이 한 남자를 알게 되었는데 사이좋게 지내기 시작했고 가끔 술도 한잔씩 하는 사이까지 되었다. 중식이 친하게 된 남자의 이름은 김영식이다. 영식은 술만 먹으면 지나치게 말이 많아지고 짓궂은 장난을 한다.

처음엔 술을 먹으니 취해서 그런다고 생각하고 그리 깊게 여기진 않았는데 어느 날 장마가 시작되었고 비가 구질구질하게 내리는 8월초 금요일 스포츠센터에서 운동을 마친 김영식은 중식에게 오늘은 비도 오는데 막걸리라도 한잔하는 게 어떻겠느냐고 묻는다. 그러자 전 중식은 웃으면서 좋다고 화답을 해준다. 그래서 둘은 스포츠센터에서 샤워를 하고 나와 막걸리 집을 찾아 들어간다. 비 오는 날, 막걸리란 더없는 낭만 그 자체였고 거기에다가 운동을 하며 땀을 많이 흘렸으니 갈증해소차원에서도 만점이었다. 막걸리는 작은 항아리에 나왔는데 그 안에 얼음까지 들어있어 더욱 시원함이 극을 달리며 상쾌하고 짜릿하기까지 하였다.

"시원하게 한잔하세요. 중식씨, 아자. 파이팅"

"영식씨도 멋지게 한잔요. 아 싸. 건배"

김영식은 전중식과 같은 나이 올해 30살이다. 그렇기에 더 가깝고 친해진 것이고 또 운동을 무척 좋아한다는 공통점이 있기에 더욱 그렇다. 밖에는 장대비가 쏟아지고 있고 안에선 그 비를 마주보며 통쾌한 막걸리를 마시고 있고 이렇게 한 여름 밤 8월 5일 금요일은 유쾌하게 흘러가고 있었다. 중식은 한참 막걸리에 취해 제대로 정신을 차리지 못하고 있을 무렵, 아내인 영희에게서 전화가 걸려오고 있었다.

"아, 여보세요. 우리 마누라 안녕"

"어떻게 된 거야. 왜 밤늦은 시간인데 집에 들어오지 않고…"

"아아, 나 여기 막걸리 파티를 하고 있어. 오우우, 미안해. 조금 더 늦어질 것 같은데 이해해."

아내인 영희에게서 온 전화를 받아서 이렇게 말을 하고 남편인 중식은 계속 막걸리를 들이마신다. 자정이 넘어간 시간이 되었고 이제 둘은 그만 마시기로 하고 나가기로 하였다. 계산은 김영식이 하고 있다. 계산을 마치고 나온 영식은 술도 취했고 운동하느라고 몸도 좀 뻐근한데 인근 사우나에 가서 찜질도 하고 푹 쉬었다 가자고 말을 한다. 그렇게 되어 둘은 사우나로 들어가게 되었다. 땀도 쭉 빼고 다 마치고 나오려는 중식을 영식이 붙잡는다. 수면실에 가서 잠시 눈을 붙이고 가자는 것이었다. 그래서 둘은 수면실로 가서 놓여져 있는 매트를 하나씩 갖다가 깔고 눕는다. 그 후, 중식은 집에서 몹시 기다리고 있을 아내인 영희를 생각하여 전화를 걸고 있다. 뚜르르르르 신호가 가고 있고 영희가 전화를 받는다.

"아니, 왜 이리 늦어. 아직도 막걸리야?"

"음, 막걸리는 다 마셨는데 여기 같이 운동하는 동료랑 사우나에 왔어. 조금 늦어질 것 같은데 조금만 있다가 갈게 그렇게 알아 응"

"알았어, 얼른 들어와."

중식은 이렇게 집으로 전화를 했다. 그리고 너무 피곤하여 저절로 눈이 감기며 자신도 모르게 잠에 들고 말았다. 잠깐 잠에 들었을까! 무엇인가가 몸을 주무르는 듯한, 느낌이 들어 잠에서 깨어나 보니 김영식이 중식의 몸을 누르고 있었다. 잠을 깨워서 가자고 그러는 줄 알았더니 그게 아니었다. 이성간에 애정표시를 하는 것처럼 주무르고 있는 것이었다. 깜짝 놀란 중식은 세게 떠밀었으나 또 다시 다가와서 그러는 것이었다. 이 때, 중식은 느꼈다. 이상하다. 더 어이없는 일은 영식은 이성간의 애정 표현할 때 쓰는 말까지 사용하는 것이었다. 이제야 비로소 조금은 알 수 있을 것 같았다. 김영식이 양성애의 기질을 지니고 있다는 것을… 이런 일이 벌어지면 다른 곳으로 피해야 마땅하지만 중식 또한 피할 생각 없이 가만히 있었다. 이것은 단순히 함께 운동하는 친한 사이라는 그런 일이 아니었고 도를 넘는 차원이었다. 전중식이 피하지 않고 있었던 것은 이 또한 이런 증세가 있다고 봐야 한다.

양성애자란 동성애자와 달리 양 쪽 성을 다 좋아하는 경우이다. 이 세상에 이런 양성애자들이 얼마나 있는지는 정확한 통계를 알 수 없으니 알 길은 없다. 어쨌든 남성이든 여성이든 이런 양성애자들이 존재한다. 전 세계 어느 곳이든지 이런 문제들을 안고 있는 것이 현실이다. 이렇게 시간은 흘렀고 새벽이 다 되어 둘은 샤워를 하고 사우나에서 나왔다. 이들은 인근 24시 뼈다귀 해장국집에 가서 해장국을 한 그릇하고 김 영식은 자신의 집 수원시 영통으로 향했고 전중식은 한 보라마을 후후 아파트로 향했다.

중식이 집에 들어 왔을 때 시간은 아침 6시 20분쯤 되어 가고 있었다. 아내인 영희는 남편 중식을 기다리다가 지쳐서 그만 자고 있었다. 순탄했던 영희 부부는 첫 아이를 출산한 지 한 달이 조금 지나면서부터 조금씩 흔들리기 시작하였다. 그 출발은 남편인 중식이 스포츠센터에 나가면서부터 본격화된 것으로 보이는데 그 김영식은 함께 운동하는 동료이기도 하였지만 거기에다가 도박까지 일삼는 성향이 다분하였다. 사실 중식은 그 전 영희와 결혼하기 전부터 각종 도박에 휘말린 적도 가끔 있었다. 중식은 결혼을 하고 새로운 마음으로 새 출발을 시작했지만 불과 얼마 가지 못하고 또 이런 문제가 불거지기 시작한 것이다. 문제는 중식은 영식을 자신이 운영하고 있는 가든에 놀러 오라고 한 것이 점점 더 문제에 문제를 키워가는 형국이 되어 가고 있었다.

8일 월요일 날, 영식을 가든에 초대하였다. 영식이 가든에 들어오자 중식은 반갑게 맞이하며 술과 오리고기를 대접하기 위해 꺼내온다. 그런 후 자신의 아내인 영희에게 인사를 시키고 있다.

"안녕하세요. 저 김영식이라고 합니다. 남편 되시는 분과 같은 스포츠센터에서 운동하고 있는 사람입니다."

"아예, 그러세요. 반가워요. 운동하시려면 힘드실텐데 고기를 많이 드세요."

"아이고, 너무 감사합니다. 맛있는 고기를 주셔서 고마워요."

이렇게 중식과 영식은 운동도 같이 하고 술도 같이 자주 마시고 하다 보니 급격히 친해져 가고 있었다. 그렇게 되어 중식은 가든 경영에 집중을 안 하고 영식과 놀러 다니기 바빴다. 여기저기 돌아 다니면서 여러 종류의 모임에 참석도 많이 하고 그랬는데 다양한 사람들이 모여들다 보면 부작용도 많은 법.

중식은 영식의 영향으로 카지노에 손을 대기 시작하고 말았다. 이렇게 되어 외박하게 되는 일이 비일비재하였고 그로 인해 당연히 아내인 영희에게도 소홀할 수밖에 없었고 이런 부분이 부부 사이에 조금씩 균열이 생기기 시작하는 원인이 되어만 가고 있었다. 더 큰 문제는 중식은 가든에서 들어오는 수입금을 카지노라든가 주식투자 경마도박 쪽에 쏟아 붓기도 하였다. 그런데 할 때마다 계속 낭패만 보는 것이었다. 일확천금을 노리는 성향인 김영식을 알게 된 후에 전중식도 이에 물들어 좀처럼 빠져나오지 못하였고 더 심각한 문제는 자신이 생각하는 것처럼 그리 쉽게 재산이 벌리지 않는다는 사실이었다. 영희 부부가 결혼하기 전에 악착같이 노력하여 잘 살아보자는 맹세는 온데간데 없었고 오히려 이런 부작용으로 재산탕진현상이 두드러져 가고 있었던 것이다.

이런 심각한 문제를 일으키면서도 중식은 9월 중순에 무슨 여유인지 모르게 자신과 같이 도박장에 어울려 다니는 사람들을 가든으로 초대까지 하였다. 13일 금요일에 그 회원 12명은 중식의 초대를 받고 저녁 6시 30분에 가든으로 들어왔다. 영희는 가슴이 무너져만 가고 있었다. 순간, 영희는 울화가 치밀어 오르기 시작하였다. 첫 아이를 출산한 지도 얼마 되지도 않았는데 먹고 사는 문제에 전력을 쏟아도 부족할 지경인데 도박에 빠져 있는 남편을 생각하니 그럴 법도 한 것같다.

분을 참지 못한 영희는 남편인 중식에게 소리를 지르고 만다.

"지금 당신이 이 사람들하고 도박에 빠져 가세가 기울어 죽을 지경인데 뭐가 좋다고 이 사람들을 가게에 초대까지 했어요. 당신 지금 정신이 있어요?"

"아니, 지금 뭐하는 거야, 여기 손님들 있는데 그런 소리를 하고 있어?"

"손님은 무슨 손님이란 말이에요. 우리가 사느냐 죽느냐 이런 문제가 걸렸는데"

"이게 정말 안 되겠어. 보자보자 하니까, 이게 정말…"

중식은 화가 나서 벌떡 일어나 영희에게로 가서 허리를 붙잡고 밖으로 끌고 나간다. 어디론가 한참을 끌고 간 후, 아내인 영희를 마구 때린다.

영희의 아픔

자신이 알고 지내는 회원들 있는데서 그런 말을 한, 영희를 괘씸하게 생각하고 인정사정 봐주지 않고 때리고 또 때린다. 얻어맞은 영희는 바닥에 쓰러지고 만다. 소리 지르는 것을 듣고 뒤 따라 나온, 종업원들 여럿이 중식을 붙잡고 가로막는다.

"아니, 사장님 그러지 마세요. 안돼요. 이러지 말아요."

"휴우, 내가 웬만하면 안 그러지만 회원들 있는 데서 무슨 망신이야 어휴"

종업원들이 여럿이 뛰어나와 말렸기에 간신히 영희는 남편의 무자비한 폭행에서 벗어날 수 있게 되었다. 영희는 분한 마음이 가슴속으로 파고 들어오고 있었다. 거기에다가 더욱더 비참한 꼴을 당한 일은 구타의 여파로 잠시 휴식을 취하려고 가든 휴게실에 들어와 쇼파에 앉아 물을 마시고 있는데 중식이 들어오더니 영희를 위로 한답시고 웃어가며 몸에 스킨십을 시도하는 것이었다. 영희는 너무 분개하여 크게 소리를 지르고 있었다. 그러자 종업원들은 또 폭행이 벌어지는 줄 알고 얼른 휴게실로 들어온다. 영희는 종업원에게 몸이 너무 아프니 119를 불러 달라고 요청을 하며 서러운 눈물을 흘리고야 만다. 어느새 119구급차가 도착되었고 이 차에 실려 병원으로 후송되고 말았다. 인근 병원에 실려 간 영희는 몸이 너무 아파서 정밀진단 MRI 를 촬영해 보았는데 다행히 별 이상은 나타나지 않았다. 하지만 가슴은 무너져만 간다.

남편의 무자비한 폭행도 무척 억울하였지만 첫 아이를 출산한

지도 얼마 되지 않아서 아직 몸도 좋지 않은데 폭행을 당하니 더 힘들고 괴로웠다. 거기에다가 아이를 생각하니 심정적 아픔은 극으로 치솟았다. 잘 자랄 수 있도록 부양을 해야 하는 데에 집중해야만 하는데도 저렇게 비뚤어진 길로 접어들었으니 슬픔은 배가 되는 것이었다. 자신에게 폭행을 휘두른 남편을 생각하니 도저히 참을 수가 없었고 너무 힘들었다. 그래서 일단은 친정집에 가서 정신요양을 할 생각이다. 영희의 친정집은 현재 사는 곳에서 매우 가깝다. 바로 옆에 상갈동 금화마을이다. 딸아이 혜수를 안고 친정집으로 들어간다. 친정집에 도착하여 최근에 벌어졌던 일에 대해서 부모님께 말씀드렸다. 이 사실을 들은 친정아버지는 격분을 감추지 못하였고 어머니는 순간, 서글픈 눈물을 흘리고야 말았다. 생업에 전념하지도 않아 가사를 전폐한 주제에 그것을 항의했다고 폭력을 휘두른 행동에 대해 도저히 참을 수 없다는 강한 불만에 감정을 드러내며 가정폭력으로 이혼소송과 형사고소를 해야겠다는 쪽으로 방향을 잡아간다.

내리사랑 내리화

출산한 지도 얼마 안 되는 불편한 몸을 이끌고 친정집으로 들어간 영희는 조금씩 우울증 증세가 나타나면서 한없는 슬픔에 잠겨가고 있다. 이 때가 9월 중순쯤이었다. 2013년 가을은 영희 가슴을 더 차갑게 만드는 처절하고 잔혹한 계절이 되고 있었다. 행복할 것만 같았던 영희 부부의 내리막길을 보는 느낌은 사뭇 안쓰럽기도 하다.

한편, 철수는 요즘, 같은 직장 절친 동료인 형철이 다음 달 중순쯤에 예비신부인 하숙희와 결혼식 날짜를 잡아 놓은 상태라서 남의 일 같지 않게 즐겁고 또 기대감이 증폭되어 가고 있었다. 왜냐면 형철은 늘 철수 곁에서 힘들거나 고독할 때도 그 심정과 아픔을 함께 했었기 때문이다. 이렇게 한참 들떠 있는 형철에게 9월 14일 토요일 주말에 청화에게서 전화가 걸려오고 있었다. 사실 형철하고 청화는 그리 친한 사이는 아니지만 저번 7월 말일 일요일에 수원야외음악당에서 우연한 기회에 보게 되었고 또 예전에 1월초에 수원권선구에서 철수와 셋이서 만나 회식을 했었기에 어느 정도 안면은 있는 사이이다. 형철은 궁금한 나머지 전화를 받았다.

"예, 여보세요."

"예, 여보세요. 저 김청화라고 합니다. 저 기억하시지요?"

"아예, 그럼요. 안녕하세요. 그런데 어떤 일로 전화를 하셨나요?"

"형철 씨, 혹시 내일 시간 좀 내어 주실 수 있으세요?"

"예, 가능합니다. 무슨 일인지 궁금하군요."

"형철 씨, 만나서 말씀드릴께요. 내일 제가 오후 1시쯤에 계신 곳에 가서 전화 드리겠습니다."

"아예, 그럼 그렇게 하세요."

이렇게 둘은 내일 일요일 오후 1시에 형철이 살고 있는 수원시 권선구 오목천동에서 만나기로 약속을 하였다. 현재 형철은 이곳에서 살고 있고 예비 신부인 하숙희도 같은 곳에서 분식집을 경영하고 있는 중이다. 청화가 내일 형철을 만나려고 하는 이유는 정해져 있다. 인호가 그 때 7월 말일 날, 수원야외음악당에서 다희를 보고 첫눈에 반했기에 내일 함께 만나서 만남을 주선해 달라고 부탁을 해 보려는 것이었다. 왜냐면 형철의 예비 신부 될, 숙희의 친구가 바로 다희이기 때문이다. 지금 인호는 한참 들 떠 있다. 최근 들어 청화를 조르고 졸라 연결고리 역할을 해 달라고 간청했었는데 이것을 친구인 청화가 들어 주었기에 너무 기쁜 상태인 것이다. 인호는 형철을 직접 모르기에 이럴 수밖에 없었다. 이루어지면 청화에게 오늘도 고급스런 곳으로 가서 술 한 잔 크게 사겠다고 약속도 하고 오늘 밤은 들떠서 잠도 제대로 못 이루고 있었다. 저번 6월초 인호가 삼미의 회사까지 따라와 그를 성폭행했을 때만 해도 인호와 청화의 사이는 마치 살얼음판을 걷는 위기상황이었었다.이 두 사람은 서로 격분되어 심하게 치고받는 난투극까지 이어졌었고 그런 일로 인근 파출소로 까지 연행되는 불미스런 일까지 벌어졌었다.

그랬던 두 사람이었는데 어느새 다시 끈끈한 절친 사이가 되어 있었고 이번엔 인호를 위해서 교량적 역할도 하는 솔선수범까지 보이고 있다. 그래서 인생은 오묘하고 알다가도 모를 일이다. 술에 잘 넘어가는 성격이고 한시도 여러 여자들에게 접근하지 않으면 몸살이 나는 청화의 성향을 간파하고, 인호는 고급스런 곳으로 그를 유인하여 크게 여러 번 대접을 하여 소원했던 사이를 풀기도 했고 또 삼미의 거처를 알아내려고 온갖 유인구를 던졌지만 그 부분은 쉽게 넘어가지 않았다. 청화가 그 유인구에 맥없이 헛스윙을 당하지 않은 이유는 고급술을 아무리 많이 얻어먹더라도 자신의 퍼스트를 인호가 넘보는 것은 용납할 수 없었기 때문이다. 그 대신 지금 현재 인호가 저번 7월 말 수원야외음악당에서 우연히 보게 된 홍다희에게 푹 빠져 헤매는 상황에선 얼마든지 자신의 손이 닿는 곳까지는 가교 역할, 연결고리가 되어 줄 수 있는가 보다. 날이 밝아 약속한 그날, 일요일이 되었고 청화와 인호는 승용차를 타고 만남장소인 수원시 권선구 오목천동으로 달려가고 있었다. 도착하니 12시 25

분이었고 만남시간은 35분가량 남아 있었다. 공터에 차를 세우고 청화는 형철에게 전화를 건다. 신호가 간 후,

"아 네, 여보세요."

"여보세요. 저 최형철 씨 되시지요?"

"아 네, 맞습니다. 안녕하세요. 어떻게 다 오셨어요?"

"예예, 이곳에 도착했습니다. 어느 곳으로 가야할까요?"

"청화 씨, 통통 할인마트로 오셔서 바로 길을 건너면 QQ 카페가 나올 겁니다. 2층 카페로 오시면 됩니다."

"네에, 잘 알겠습니다."

청화와 인호는 통통 할인마트를 찾아, 길 건너 QQ 카페로 들어선다. 이 카페에 도착한 시간은 12시 55분쯤이었다. 아직 형철은 도착하지 않았다. 의자에 앉아 잠시 쉬고 있는데 정확하게 1시가 되니 형철과 숙희가 2층으로 올라오고 있었다. 청화와 인호는 벌떡 일어나 형철을 뜨겁게 반겼다.

"어서 오세요, 형철 씨 주말이라 쉬셔야 할 텐데 번거롭게 해서 송구합니다."

"아, 아닙니다. 무슨 말씀을 그렇게 하세요. 저희를 찾아주신 손님이신데요."

이렇게 되어 한쪽은 청화와 인호, 그리고 그 반대편은 형철과 숙희가 앉게 되었다.

"형철 씨, 무엇을 드시겠어요?"

"아예, 잠깐만요. 숙희 씨, 어떤 게 좋을까?"

"음, 그냥 아메리카노가 좋겠지요."

"청화 씨, 저희는 아메리카노로 하겠습니다."

"아, 그러세요. 그럼 저희도 같은 것으로 하겠습니다."

이렇게 네 사람은 아메리카노로 통일을 하였다. 잠시 후, 주문했던 커피는 나오고 조금씩 마시기 시작하였다. 약 5분쯤, 별 다른 말을 하지 않고 소강상태가 진행된 후, 먼저 청화가 말을 건넨다.

"저 다름이 아니라 형철 씨에게 부탁이 한 가지 있어서요."

"아, 그러세요. 무슨 부탁인데요?"

"아, 그게. 저희가 너무 미안한 일이라서 말씀드려도 될지 모르겠네요?"

"아니, 별 말씀을 그냥 말씀하세요. 궁금하기도 합니다."

청화는 순간, 뜸을 들이고 있다. 그러자 인호가 손으로 청화의 옆구리를 살짝 찌른다. 그냥 빨리 말을 하라는 무언의 싸인이라고 볼 수 있을 것 같다. 결국, 청화는 말을 하기 시작한다.

"아예, 형철 씨, 다름이 아니라 저번 7월 말, 일요일에 수원야외음악당에서 저희와 마주쳤을 때, 그 때, 함께 있었던 여자분, 기억하시지요?"

"아, 숙희 씨 친구 분인, 홍다희 씨 말씀하시는군요."

"예예, 그렇습니다. 맞습니다. 그 분을 제 옆에 앉아 있는 친구인 조인호 씨가 그 때 뵙고 많은 관심을 갖게 되었었어요. 그래서 제게 이 친구가 부탁을 하더군요. 가능하면 만나서 얘기라도 해서 그 분을 만날 수 있게 도와달라고 말이지요. 어떻게 그렇게 해 주실 수 있을까요?"

이렇게 속 시원하게 청화가 형철에게 하고 싶었던 모든 것을 부탁을 하니 옆에 앉아 있는 인호는 얼굴 표정이 환하게 밝아지며 미소를 띠기 시작한다.

청화의 이런 부탁에 대해 형철은 잠시 생각에 잠겼다가 말을 꺼내기 시작한다. 지금 현재, 다희는 철수를 엄청나게 좋아하고 있다. 그렇기에 그 부탁을 들어준다는 것은 별 의미가 없어 보인다. 형철은 상황을 설명한다.

"아, 그러셨어요. 그런데 어쩔 수 없을 것 같습니다. 이미 다희 씨는 철수 씨를 상상할 수 없을 만큼 좋아하고 있어요. 그래서 곤란할 것 같은데요."

"아니, 그래도 안 될 때, 안 되더라도 한번 같이 만나기라도 했으면 좋겠는데 조금 곤란하시더라도 도와주십시오."

청화와 형철의 이런 대화가 오고 갈 때 옆에서 지켜만 보았던 숙희는 이제야 비로소 말문을 열기 시작한다.

"제가 다희의 친구니까 말씀 드릴께요. 현재 제 친구를 소개한다는 건, 현실적으로 무리입니다. 제 친구 다희는 이철수 씨밖에 모르는 상태입니다. 그러니 이해하시고 그렇게 아세요. 미안합니다."

홍다희의 절친인 하숙희는 현실적으로 무리임을 말하고 있었다. 최형철의 말과 일치하는 부분이다. 이 둘은 누구보다도 다희의 마음상태를 익히 잘 알고 있는 터라 더 신빙성을 뒷받침하고 있는 것이다. 이 말을 듣는 순간 인호는 가슴이 철렁 내려와 앉는다. 어젯밤 기대심리로 뜬 눈으로 밤을 지새웠건만 현실은 현실이 되어버리고 있었다. 청화와 인호는 실망감을 감추지 못하고 있었다. 아무리 그렇다 하더라도 한번쯤 만날 수 있게 도와 줄 수도 있으련만 만남을 협조하지 않는 형철과 숙희를 향한 원망하는 마음도 어느 정도는 가슴 한 구석에 자리잡기도 하였다. 그렇지만 어쩔 수 없는 일이고 지금 상황을 보니 조른다고 해결될 일도 아닌 것 같았다. 그래서 이 둘은 심각한 허탈감에 빠진 채, 자리에서 일어날 수밖에 없었고 자신들의 부탁을 거부한 형철과 숙희에 대한 묘한 불쾌감만이 그들의 마음 속 깊이 내려와 앉아 버리고 말았다. 만나서 얘기를 나눈 지 벌써 한 시간 반이나 흘러갔다. 시계를 보니 2시 30분이 되어 있었고 청화와 인호는 그만 자리에서 일어난다.

"아이고, 저희들 때문에 번거롭게 이곳까지 나오시게 해서 미안합니다."

"아, 아닙니다. 저희가 그 부탁을 들어주지 못하여 너무 미안하게 생각합니다."

"예, 그럼 다음에 뵙도록 하겠습니다."

"아 네, 안녕히 가세요. 다음에 뵈어요."

2시 40분쯤 되어서 이 네 명은 인사를 나누고 돌아서서 가게 되었다.

형철과 숙희는 예비부부답게 일요일 오후시간을 애틋하게 보내고자 손을 잡고 공기 맑고 경치 좋은 조금 떨어진 광교 산으로 가기 위해 발길을 옮긴다. 한편 청화와 인호는 허탈감만 지닌 채, 갈 곳을 찾지 못해 방황하다가 청화의 제안으로 강남역 쪽으로 승용차를 몰고 달려간다. 청화가 이 시간에 강남역으로 가자고 제안한 까닭은 실망감이 무척 컸을 인호를 데리고 화려한 번화가에 가서 술을 한잔 사주고 싶었다. 평소에 인호에게서 계속 얻어먹기만 하여 조금 미안하기도 했었고 또 청화 자신도 오늘은 일요일이라 그곳에 바람 쐬러 가보고 싶기도 하였다. 이런저런 얘기를 하면서 운전하다보니 어느새 강남역에 다 와있었다. 승용차에서 내려서 걷다가 한숨 돌리기 위해 둘은 2층 카페 빈에 들어간다. 카푸치노를 시켰고 나오기 전에 창밖을 우두커니 바라본다.

저 수많은 자동차 행렬들 앞서거니, 뒤서거니, 그렇게 달려간다. 잠시 후, 카푸치노는 나왔고 둘은 커피를 마셔가며 다희를 만날 수 있는 묘수를 연구하고 있는 중이다. 카페 빈에 들어와 얘기를 나누다 보니 시간은 어느덧, 4시 40분이 되어가고 있었는데 갑자기 청화가 오늘 일요일 경기가 있는 날이니 야구장에 가고싶다고 말을 한다. 인호도 이 말을 듣고 솔깃하였다. 사실, 답답할 땐, 야구를 보면 많이 풀어지곤 한다.

"인호야, 여기서 조금만 가면 야구장에 갈 수 있는데 갈거야? 생각해보니 너에 지금 답답함을 풀 수 있는 방법은 야구밖에 없을 것 같아. 그걸 보면서 더 좋은 아이디어를 짜내기로 하자고…"

"아하, 그래 그것도 너무 좋은 생각이야. 역시 우리 청화는 너무 현명해. 그래 가자, 파이팅"

이렇게 의견이 합치된 두 사람은 야구장으로 갈 마음으로 밖으로 나가 승용차가 세워져 있는 강남역 쪽으로 가서 타고 가기로 하였다. 밖으로 나왔다. 역 쪽으로 걸어가고 있었다. 그런데 순간 인호가 깜짝 놀라며 어리둥절한 표정을 지으며 얼굴이 상기되어 버린다. 옆을 걷다가 함께 놀란 청화가 인호에게 묻는다. 왜 그러는지 까닭을…

"아니, 인호, 왜 이리 얼굴이 굳어지고 상기되는 거야, 어디 아파…"

"아니, 그게 아니고 저기 역으로 가는 계단으로 내려가고 있는 한 여인, 어쩌면 저렇게 예쁠 수가 있을까! 마치 최고의 미녀, 홍다희의 얼굴과 몸매를 보고 있는 것 같아. 너무 완벽한 내 스타일이야, 완벽 자체야. 엄청나 크윽"

"어 어어, 어디야 어디, 아 저기가고 있는 저 여자, 음 정말 그러
네, 역시 우리 인호는 보는 눈이 있어, 너무 예리하고 정확해, 그래
맞아…"

"가서 말을 걸고 싶어도 아는 사람도 아니고, 또 용기도 안 나고
그냥 지나칠 수밖에 아아아, 괴롭다."

"야, 인호야 신경 쓰지 말고 과감하게 가서 말을 해, 내 스타일이
라서 말을 하는 것이라고 그렇게 말이야, 막 밀어부쳐. 후회하지 말
고…"

"글쎄 떨려서 도저히 못하겠다. 난 체질이 아닌 것 같아"

"아니, 용기를 내는 데 무슨 체질이 있어. 그냥 과감하게 용기를
내면 되지"

"그래도 그게 그리 쉽지 않아."

인호는 청화와 승용차를 타고 야구장을 가기 위해 차를 주차해
놓았던 역 쪽으로 걸어가다가 다희와 같은 엄청난 미모를 지닌 지
나가는 행인을 보고 첫눈에 반해 버린다. 그러나 가슴만 떨리고 심
장만 뛸 뿐, 과감히 용기 내어 표현은 못하고 마음에 깊은 응어리만
하나 더 추가되어 가고 있는 중이다. 순간, 마음속으로 쓰라린 일기
를 써 내려가고 있다.

강남역에 멈췄을 때

9월 중순의 황금 같은 날씨는 점점 완숙되어가고 있었다. 절대

적 지주였던 못 잊을 것만 같았던 영희를 점점 잊어가며 그것에 면역되어 가고 있는 철수처럼, 날씨도 그렇게 무더웠던 여름을 잊어가며 가을에 맞춰 적응하며 익숙해져 가고 있는 것이었다. 올해 추석명절도 가까이 다가오고 있었고 풍요로움 또한 걸맞게 물밀 듯 밀려와 있었다. 사람에게 주는 가장 평온한 계절이 아니겠는가!

16일 월요일이 되었고 명절은 며칠 남지 않아서 조금은 설레는 마음도 있다. 이번 주 토요일부터 시작하여 다음 주 화요일까지가 연휴로 잡혀 있었고. 그중 다음 주 월요일 23일이 바로 최대의 명절 추석인 것이다. 철수로선 추석이 되기 전, 기분 좋은 마음으로 고향에 가기 위해 조금 지났지만 미숙에게 오해를 일으킨 부분을 해소하고 싶었다. 그래서 궁리하다보니 자신이 직접 미숙에게 찾아가 자세히 설명을 하는 강수를 두는 것이 낫겠다고 생각하였다. 왜냐면 전화상으로 아무리 설명을 해도 이해가 잘 안 될 것 같아서였다. 그리고 저번 여름옷을 선물해 준 미숙에게 고맙다는 말도 만나서 하고 싶기도 했고 유종의 미를 거두어야겠다는 생각이 머릿속을 지배하고 있었기 때문이다. 이런 일은 늦었지만 빠를수록 좋겠지! 그렇게 생각한 철수는 미숙의 번호를 찾아내어 버튼을 누른다.

신호가 한참 가더니 미숙이 전화를 받고 있다.

"여보세요."

"아예, 여보세요. 미숙 씨 안녕하세요."

"아니, 왜 전화했어요. 혼자 가서 실컷 팥빙수 먹으라고 해 놓고 또 물새만도 못한 삶도 괜찮다고 했잖아요. 잠잠해서 마음은 편했는데 왜 전화해서 신경을 자극합니까?"

"아 네, 미숙 씨 제가 그쪽 은평구 쪽으로 갈일이 있는데 한번 계신 곳에 들르고 싶은데요. 가을을 맞이하여 옷도 구입해야 하구요."

"아니 저번 5월 달에는 제가 오라고 해도 안 오더니 이제는 자청해서 온다고요? 무슨 바람이 불었나요? 어쨌든 옷을 사겠다고 온다니 마음대로 오세요."

"미숙 씨, 그럼 내일 화요일 직장퇴근하고 저녁 때 들르겠습니다. 제가 그 가게 약도로 찾아 가겠습니다."

철수는 내일 화요일에 그 가게에 가서 미숙을 만나 오해를 풀고 또 저번 6월에 그에게서 옷선물도 받았으니 이번에는 자신이 그 가게에서 옷을 구입하여 추석선물을 하고 싶은 마음도 있는 것이다.

내
리
사
랑
내
리
화

난타전

하루가 지나 화요일이 되었고 철수는 회사퇴근과 동시에 서울 은평구로 향한다. 미숙은 현재 은평구 녹번동에서 옷가게를 경영하고 있고 부모님의 집도 녹번동이다. 미숙은 가게에서 은근히 긴장도 되고 있다. 최근 철수의 스마트폰에서 불미스런 메시지가 와서 몹시 언짢았지만 그래도 마음속을 지배하고 있는 존재는 바로 이철수이기 때문이었다. 설레는 마음도 가득안고 가게에서 거울을 바라보며 얼굴에다 이것저것 여러 종류의 화장품을 바르고 또 바르고 지웠다 또 바르고를 반복한다. 이 가게에는 친구이면서 종업원인 선희도 함께 일을 하고 있는 중이다. 저녁 7시 30분쯤 되어 철수는 그 약도대로 찾아서 미숙의 옷가게에 들어선다.

"안녕하세요. 미숙 씨, 잘 지내셨지요."

"오우, 어서 오세요. 철수 씨 오시는데 길은 막히지 않았어요?"

"그런대로 큰 지장은 없었습니다."

"커피라도 한잔 타 드릴까요?"

"주시면 고맙지요."

미숙은 밀크커피를 타기 위해 가게 안쪽에 있는 싱크대 쪽으로 걸어간다. 미숙이 안에서 커피를 끓이고 있는 사이에 선희는 얼른 거울을 보며 헤어스타일을 이리저리 다듬고 있다. 립스틱도 신경을 쓴다. 몇분 후에 미숙은 밀크커피를 타서 쟁반에 세 잔을 가지고 와서 탁자에 놓는다.

"한잔하세요. 철수 씨, 옷은 서서히 고르시고요."

"아예, 잘 마시겠습니다. 그리고 저번 6월 달에 여름옷을 선물해 주서서 너무 시원하게 여름을 잘 지냈습니다. 너무 고마웠어요. 미숙 씨"

"아니, 뭘 그런 거 가지고 아닙니다. 시원하게 지내셨다면 고맙지요."

셋이서 마시기 시작한 밀크커피는 찻잔 속은 메말라 가고 있었고 그것처럼 이들에 이야기도 그렇게 메말라 가고 있었다. 철수는 다 마신 찻잔을 탁자에 올려놓고 일어나 여성의류 쪽으로 살며시 걸어가 유심히 바라본다. 이런 모습을 보고 있는 둘은 한결같이, 마음속으로 긴장하는 눈빛, 초조해 하는 가슴, 일그러지는 표정, 지울 수 없었다. 왜냐하면 철수가 여성의류를 보고 있다는 것은 어떤 다른 여자에게 옷을 선물하기 위해서 아닌가! 이 둘은 철수를 무척 좋아하는 이들이기에 충격 또한 크지 않을 수 없었다. 이리저리 옷을 고른 철수는 무려 200백만 원 이상 되는 여성 옷을 사겠다고 말을 한다. 깜짝 놀란 미숙은 매우 고통스러워한다. 그렇다면 정황으로 봤을 때 강력한 애인이 생겼다는 의미일 수 있기 때문이었다. 이 고통은 선희도 마찬가지였다. 고통스러워 하는 미숙을 바라보며 철수는 미숙의 신체사이즈를 묻는다.

"미숙 씨, 혹시 입으시는 옷에 사이즈가 어떻게 되세요?"

"아니 그건 왜요?"

"아니, 그걸 알아야 되니까요"

"아아아, 선물을 받는 분이 저하고 신체가 비슷한가요?"

"아니 뭐, 그렇다기보다는 그냥 알고 싶어서요."

철수가 이렇게 말하자 미숙은 자신의 신체 사이즈를 알려주고 있다. 그러자 철수는 그것에 맞게 옷을 고른다. 한참을 고르더니 또 다른 질문을 던진다.

"그럼 미숙 씨는 무슨 색을 좋아하시나요?"

이 말을 들은 미숙은 조금 이상하다는 듯이 갸웃거리더니

"나는 엷은 곤색을 좋아합니다."

"아 네, 그래요. 알았어요."

이 말을 들은 철수는 그 사이즈에 엷은 곤색에 옷을 골라서 카운터로 가지고 걸어간다. 옷은 이것저것 다해서 무려 200백만 원을 넘는 것이었다. 굳어진 얼굴과 표정으로 계산을 완료한 미숙은 무척 허탈한 모습을 감추지 못하고 있었다. 선희 또한 기진맥진한 표정이었다. 그러더니 철수는 그 비싸고 많은 옷을 모두 미숙에게 건넨다. 깜짝 놀란 미숙은 어리둥절해 하면서 왜 그러냐고 묻는다.

"아니, 철수 씨 왜 이 옷을 제게 다시 주십니까? 옷이 마음에 안 드세요. 다른 옷으로 바꿔 드릴까요?"

"아아, 아닙니다. 제가 추석을 맞이하여 미숙 씨에게 드리는 선물입니다. 저번에도 제게 옷을 선물해 주셨는데 받기만 하면 되나요. 이 옷 받아주세요."

"아니, 이것을 제게 주신다는 거예요. 아니, 아니, 그 그게…"

"제가 볼 때도 잘 어울리실 것 같아요."

"아니, 너무 미안해서…"

이렇게 옷 선물을 철수가 미숙에게 하는 것을 본 선희는 적지 않은 충격에 사로잡힌다. 선희는 겉으론 말을 못하지만 몹시 부러워하고 있다. 철수의 저 옷 선물을 받는 사람이 자신이었으면 얼마나 좋겠는가! 인생살이는 꼭 이렇게 개개인마다 동일 상황 하에서 희

비가 교차한다. 물론 미래의 일은 또 어떻게 될지는 모르겠지만 현재 벌어지는 것만을 바라보고 있노라면 선희는 철수와 애인이 될 확률은 거의 희박한 상태라고 봐야할 듯하다. 옷을 즉석에서 선물받은 미숙은 너무 미안하여 뭐 다른 것이라도 어떤 음식같은 것이라도 철수에게 주려고 냉장고 쪽으로 간다. 과일을 꺼내오며 미소를 띠기 시작한다. 과일과 음료수를 탁자에 놓으면서

"과일 좀 드세요. 철수 씨, 뭘 저렇게 비싼 옷을 제게 선물을 하세요."

"저번 6월에 그 때는 제가 선물을 받았었잖아요. 또 아시겠지만 메시지 오해도 하시지 않게 설명도 드리고 싶었고 겸사겸사해서 온 것입니다."

"아아, 그러세요."

사실 미숙도 7월말에 철수의 스마트폰에서 온 메시지 내용에 대해 몹시 불쾌한 심정이었는데 오늘 이렇게 좋은 옷을 자신에게 선물을 해주니 조금은 풀어지는 듯한 기분도 들기 시작한다. 악성 메시지 내용을 보낸 것에 대한 철수의 진심어린 사과의 뜻이기도 한 것 같고 어쨌든 괴로웠던 마음은 누그러져 가고 있는 느낌이었다. 철수는 그때, 그 상황의 자초지종을 설명을 안 할 수 없었다. 왜냐하면 자신이 그렇게 타인을 향해 약 올리며 빈정거리는 성격의 소유자가 아님을 분명히 하고 싶었기 때문이기도 하였다.

"미숙 씨, 그때 그 문자로 인해 스트레스 많이 받으셨지요? 솔직히 말씀드려 그 문자는 제 스마트폰은 맞지만 제가 보낸 글은 아닙니다."

"어, 아니 뭐라고요. 철수 씨가 보낸 글이 아니라고요?"

"예, 맞습니다. 그 문자는 제가 잠시 밖에 나간 사이에 다른 사람이 미숙 씨가 보낸 문자를 보고 임의적으로 글을 올린 것입니다."

"아아, 그런 일이 있었어요. 저는 그것도 모르고 철수 씨를 엄청 원망했죠. 사실 저도 조금 이상하다 생각은 들었었어요. 성품으로 봤을 땐 그럴리는 절대로 없다고 느끼는데, 아아아… 그런 일도 벌어지는군요. 그건 그렇고 그 제가 보낸 문자를 보고 임의적으로 답장을 보낸 사람은 도대체 누구예요? 그 사람 누군지는 몰라도 참 희한한 사람이네요. 그 사람 누구예요?"

철수는 잠시 말없이 고개를 숙이고 생각을 하고 있다. 말을 하게 되면 다희의 체면이 손상당할 수도 있기 때문에 조심스럽기도 하고 침묵으로 일관해 버리면 계속 오해의 불씨를 남겨두는 꼴이 되기도 하는 상황이라서 난처한 마음 금할 길이 없다.

"철수 씨, 그 사람 누구인지 말씀하시기 힘드세요?"

이 때 철수는 순간, 좋은 생각이 떠오르고 있었다. 지금 옆에 선희가 있기 때문에 곤란하지만 없는 자리에선 미숙에게 말을 할 수도 있겠다고 생각했다. 실체를 말을 하면 다른 한 사람의 위신은 손상이 오더라도 그렇다고 말을 안 하면 자신과 미숙과의 사이에 지울 수 없는 큰오해의 상처도 남을 수 있기에 다른 장소, 미숙과 둘이서 있을 수 있는 상황이 주어진다면 그 문자에 대해 악성 답장을 보낸 이가 누구인지 말할 수 있으리라.

시간은 저녁 8시 40분쯤, 되어 가고 있었고 옷가게에 손님도 거의 없었다. 이에 미숙은 손님도 뜸한데 오늘은 일찍 문을 닫고 집으로 가자고 말을 한다. 이런 말을 하는 이면에는 철수한테서 값비싼 선물을 받았으니 맛있는 음식이라도 대접하면서 더 많은 얘기를 하면서 더 가까워지겠다는 계산이 깔려 있는 것이다.

"철수 씨, 제가 오늘 이렇게 선물을 받았으니 근사한데 가서 멋진 술이라도 한잔 대접하고 싶어요."

"아, 그거 좋지요."

"선희야, 같이 가. 오랜만에 화끈하게 먹어 보자고 음…"

"그러지 뭐"

이렇게 세 명은 옷가게에서 나오고 있었다. 미숙은 녹번동에 있는 뷔페로 가자고 하였다. 불과 얼마 떨어지지 않은 곳에 분위기 있는 뷔페가 있었는데 미숙은 철수와의 데이트 코스로 늘 생각하고 있었던 곳인데 바로 오늘 성사되는 날이라 매우 기쁘기도 하면서 들뜨는 마음이 함께 교차하였다. 화려한 조명이 돋보이는 아름다운 실내로 들어가 앉았다. 화려한 조명을 더욱더 빛나게 도와주는 먹음직스런 풍부한 음식들 이 풍성한 음식들은 며칠 앞으로 다가온 추석만큼이나 푸짐하게 살찌워져 있었고 미숙이 받은 많은 선물과 한결같이 닮아 보였다. 미숙은 달콤한 선물을 자신이 무척 좋아하는 이에게서 받았기에 흐뭇한 기분이 넘쳐흘렀지만 반면 선희도 겉으론 제대로 표현은 하지 못했지만 철수를 엄청 좋아하고 있는데 옆에서 객이 되어 지켜만 보는 심정은 착잡한 마음도 있었다. 이렇게 셋은 맛있는 음식을 먹었고 시간이 늦어지니 그만 일어나기로 하였다. 자리에서 일어나기 바로 직전에 미숙은 절묘하게 철수에게 문자를 넣는다.

문자 내용

사랑하는 철수 씨, 그대의 마음을 이제 사 알게 되었습니다. 제

내리사랑 내리화

가 계산하고 나갈 테니 밖에서 조금만 기다려 주세요. 그리고 우리 둘이서 다른 곳에 가서 한잔 더 하기로 해요. 이것이 바로 사랑이라는 두 글자입니다. 그대와 나만이 새길 수 있는 두 글자, 하트입니다.

이런 내용의 문자를 미숙은 자리에서 일어나기 직전에 전송 버튼을 누른다. 이번에 찾아온 찬스를 놓치지 않겠다는 회심에 풀 스윙이었다. 계산을 마친 세 사람은 밖으로 나갔고 미숙은 선희를 따돌리기 위해서 집으로 먼저 가겠다고 말한 뒤, 다른 골목으로 돌아서 가는 척하였다. 이런 이유는 미숙으로선, 자신이 철수를 좋아한다는 것을 친구인 선희에게 노골적으로 들어 내 보이고 싶지는 않았던 것 같다. 그런데 문제는 선희가 얼른 가지 않고 머뭇거린다. 그러더니 회심의 의표를 찌른다.

"철수 씨, 저는 집이 용인 삼가동인데 철수 씨는 신갈동인 걸로 알고 있는데 저는 술을 안 먹었기에 운전을 할 수 있지만 철수 씨는 술을 많이 마셔서 운전하시기 힘들 것 같아요. 어차피 저는 이곳에 일하러 와야 되니까, 제 차는 이곳에 그냥 두고, 철수 씨의 차를 같이 타고 제가 운전하기로 하고 신갈동, 철수 씨 집에다 그 차를 세워두고 저는 거기서부터 삼가동까지는 택시를 잡아타고 가기로 하겠습니다. 괜찮은 방법이죠. 함께 가요."

"아, 저는 예전엔 집이 신갈동이었는데, 지금은 이사를 해서 상갈동입니다. 선희 씨, 저를 생각해 주시는 것은 고맙지만 제가 그냥 알아서 가겠습니다."

"아아, 그래요. 저는 가는 방향이 같아서 태워드리려고 했지요."

"아, 아닙니다."

"아예, 철수 씨, 그럼 저 먼저 가기로 하겠습니다. 다음에 뵙기로 해요."

"그래요, 선희 씨 안녕히 가세요."

선희는 자신의 집, 용인 삼가동을 가기 위해 차가 세워져 있는 옷가게 쪽으로걸어가고 있었다. 그러자 저 멀리서 먼저 혼자 가는 척하면서 숨어 있던 미숙이 천천히 눈치를 살피며 철수가 있는 방향으로 걸어오고 있다. 그랬는데 여기서 문제라면 문제는 선희가 자신의 차를 타고 가기 위해 돌아서 옷가게 쪽으로 가다가 조금 더 철수의 모습을 보고 싶어서 잠시 발길을 멈추고 보이지 않게 건물 모퉁이에 서서 그를 바라보고 있었다는 것이 문제였다.

미숙이 돌아와서 철수와 얘기를 하면서 둘은 또 어디론가 걸어가고 있었다. 이 장면을 본 선희는 둘의 사이가 조금은 꽤씸하게도 보였다. 그 이유는 솔직히 데이트를 더 해야겠으니 먼저 가겠다고 하면 될 것을 아닌 척하면서까지 꼭 저렇게 해야겠느냐는 불만, 특히 교모하게 자신을 따돌린 미숙에 대해 더 불만이 쌓여만 가고 있었다. 선희는 은근히 스트레스를 받으며 용인 삼가동 집으로 가기 위해 차를 몰고 떠나는 중이다. 미숙과 철수는 밤 10시가 넘어가는 시간임에도 불구하고 녹번동 주변 호프집으로 향해 들어가고 있다. 생맥주와 마른안주를 시켜놓고 기다리면서 대화를 이어가고 있다.

"철수 씨, 저희 가게에 오셔서 너무 비싼 옷을 구입하셔서 제게 선물까지 해 주셔서 너무 고맙기도 하지만, 또 미안하기도 합니다."

"뭘, 그렇게까지 생각하지 않으셔도 됩니다. 다 그런 거지요. 뭐"

"그런데 아까, 얘기하다가 상황이 좋지 않아서 말을 하지 못했는데 저번 7월말에 제가 철수 씨에게 보낸 문자에 대해 악성 답장을 보낸 사람이 누구예요?"

"예, 지금은 둘밖에 없으니 모두 말씀드리지요. 사실은 7월말에 영동으로 직장동료인 형철 씨와 그의 신부될 사람인 숙희 씨와 셋이서 여름휴가를 떠났었는데 감쪽같이 홍다희 씨가 같은 열차를 타고 몰래 따라왔는데 이 때 제가 쓰는 방에 그가 몸이 아프다고 꾀병을 부리며 들어왔고 그 후 저는 바람을 쐬러 밖으로 나갔고 순간, 스마트폰을 놓고 갔었는데 하필 그 시간에 바로 미숙 씨에게서 문자가 왔었는데 그 다희 씨가 문자를 읽고 그런 내용의 답장을 하고 말았습니다. 저는 들어온 후, 그 사실을 확인하고 얼마나 화가 났던지 그 날, 제대로 잠을 이루지도 못했었지요."

"예에, 그런 일이 있었군요. 아아, 철수 씨 너무 미안해요. 저는 그런 사실도 모르고 그 후에 철수 씨에게 전화로 항의도 하고 화를 버럭 냈으니, 아아, 너무 미안해서 어쩌지, 너무 죄송합니다. 아 맞다. 그 다희 씨라는 사람. 예전에 3월 중순쯤에 철수 씨하고 저하고 우연히 무주구천동에서 만날 때 있었던 그 여자 이름이 그 때, 홍다희 씨라고 했던 것 같은데 그럼 그 사람이"

"아예, 맞습니다. 바로 그 사람입니다."

철수는 조금 까다롭기는 하지만 더 이상 큰 오해가 생기지 않게 속 시원히 진실을 털어 놓으니 마음만은 훨씬 더 가볍고 부담을 덜 수 있었다. 이 말을 들은 미숙은 화가 치밀어 올랐다. 자신을 향한 모욕이기에 화도 났지만 철수를 향한 사랑에 훼방을 부린 것에 대해 짜증은 더 배가 되는 것이었다. 미숙은 다희에 대한 증오심마저 싹트기 시작하였다.

"철수 씨, 다희라는 그 여자, 안 되겠어요. 내가 가만 둘 수 없어요. 혼을 내 줘야 되겠어요. 자칫하면 철수 씨가 정말 날 싫어하는 줄 알고 그렇게 있다가 오해가 더 커지면 영영 멀어질 수도 있었으니까요! 정말 짜증나는 여자로군요."

"다희 씨, 그 일은 화가 나더라도 마음을 비우려고 노력하면서 참으세요. 제가 그 다희 씨에게 전혀 관심이 없습니다."

"아아, 너무 기뻐요. 그럼 제게 관심이 있나요? 제 1차 목표는 철수 씨의 아내가 되는 거예요. 저와 철수 씨를 반반 닮은 아이를 낳는 것이 2차 목표이고요. 그 목표 이루는데 방해할 생각은 없겠지요?"

철수는 이 말을 듣고 뭐라고 확답을 하진 못하고 있었다. 막연히 미숙이 현모양처일 거라는 생각은 하고 있지만 마음의 결정은 아직은 내리지 못하는 상태이다. 이렇게 침묵만을 지키고 있는 철수를 향한 미숙의 마음은 갑갑하기만 하다. 뭐라고 속 시원히 결정을 내려 주었으면 좋겠지만 아직도 철수는 미숙이 예전에 청화의 아내였었다는 부분을 신경을 쓰고 있는 눈치였다. 사랑이란 때론 서로가 좋다면 무모할 필요도 있다. 과거에 어떠어떠한 사이였다, 이런 것은 지나친 안전주의인 것 같다. 상대가 마음에 없는 것을 무력을 동원하는 것은 잘못된 일이지만 그렇지 않은것은 상대를 위해서도 해롭고 자기 자신을 위해서도 매우 해로운 일이다.

이렇게 미숙과 철수는 추석을 며칠 남겨둔 시점에서의 만남은 한 여자의 허욕이 부른 오해는 해결하는 장이었으나, 둘만의 사랑과 애정을 쌓아가는 선상에선 그리 많은 것을 남기지 못하고 답보

상태임을 확인하는 선에서 그치고 말았다. 자정시간이 가까이 올 때 까지 둘은 호프에 있다가 집에 가기 위해서 밖으로 나오고 있었다. 박미숙은 삼미나 다희처럼 철수의 집에 따라간다고 매달리고 조르고 그러진 않는다.

미숙의 이런 부분이 그 둘과의 차이점이고 예의가 있는 이 같은 성향이 철수의 마음을 많이 흔들어 놓기도 하는 것이었다. 만약에 미래에 철수가 여성을 택한다면 다른 여러 대상들보다 미숙이 짝이 될 가능성이 영순위에 해당될 것으로 보인다. 이는 철수의 마음이 그 방향으로 움직이고 있음을 나타내는 부분인 것이다. 미숙은 철수가 술을 많이 마셔 운전할 수 없음을 알고 전화로 대리기사를 부르고 있다. 함께 철수의 차가 세워진 곳으로 걸어간 후, 조금 있으니 대리기사가 오고 있었다. 지금 미숙의 눈가엔 아쉬움의 눈물이 방울방울 맺히고 있고 철수와 부부가 되어 이대로 함께 사는 집으로 들어가는 광경을 상상으로 그림을 그려보면서 애처롭게 그리워하기도 한다. 이런 상상 가슴에 묻은 채, 한마디 건넨다.

"철수 씨, 내일 제가 먼저 안부전화할 거예요. 어젯밤에 잘 도착하셨어요라고. 그렇게 사는 게, 제 희망입니다."

철수는 차 뒤쪽에 타면서

"잘 들어가세요. 미숙 씨"

이렇게 짧게 한마디 한다. 이렇듯, 남녀관계는 자기 마음대로 되는 게 아닌 것 같다. 끊임없는 실랑이와 번민이 늘 자리하고 있고 마치 무주구천동에 흐르는 물이 바위에 부딪혀 옆으로 돌아가듯, 그렇게 말이다.

철수는 대리기사 차를 타고 신갈동 집으로 내려오고 있었고 미숙은 녹번동집으로 들어갔다. 2013년 9월 17일 화요일은 이 두 사람의 앞으로의 관계가 발전해 나갈 수도 있는 나름에 여운을 남기는 시간임에는 틀림없어 보인다. 시간지나 다음 날 수요일이 되었고 정말 그랬듯이 먼저 미숙에게서 아침 7시에 철수에게로 전화가 걸려오고 있었다. 철수는 회사에 나가기 위해서 일어나는 시간이 보통 아침 7시 30분이다. 그런데 오늘은 이 전화로 인해 조금 일찍 일어나게 되었다. 미숙의 안부전화가 알람시계가 되어버리는 순간이다.

"예, 여보세요. 미숙 씨"

"예, 어젯밤에 잘 가셨는지 궁금해서 전화 드렸어요. 잘 가셨지요?"

"아 네, 미숙 씨 덕분에 잘 도착하였습니다. 미숙 씨도 잘 들어가셨지요?"

"그랬어요. 오늘 너무 일찍 전화 드려서 미안해요. 그리고 마지막으로 하고픈 말은 저는 철수 씨를 엄청, 매우, 무척, 어마어마하게 하늘만큼 땅만큼 사랑하고 좋아하면서 그리워하고 있습니다. 이것은 끊임없는 마음이기도 합니다."

미숙은 이렇게 다음 날, 새벽부터 뜨겁게 안부전화를 하고 있다. 그만큼 철수를 절대적이라고 생각하기 때문이고 뜨겁게 그리워하기 때문이다. 그의 이 마음을 철수도 깊이 헤아리고 있고 어느 시점이 되면 만남의 결정을 할 수도 있는 것도 지금 현재 심정인 듯하다. 여러 면에서 봤을 때 철수가 선호할 수 있는 스타일이고 또 성품 또한 잘 맞을 거라고 본인들 스스로 느끼고 있는 것도 현실임에 틀림없다. 원래 남녀관계든 다른 대인관계든 간에 두세 번쯤, 만나

보면 같은 성질인지 아닌지 감이라는 것이 오기 마련이다.

지금 이 둘은 그런 성질을 깊게 느끼고 있는 것으로 보인다. 철수가 다니는 회사의 직원들도 수요일이 되니 앞으로 3일만 지나면 황금연휴와 또 다음 주 월요일은 최대 명절인 추석이 찾아오니 설레어지는 마음도 함께 밀려와 있는 듯하다. 철수의 절친 동료인 형철은 이번 연휴 때에 예비신부인 숙희를 데리고 자신의 고향집인 경기도 평택으로 갈 생각을 하고 있다. 철수도 이번 명절에는 마찬가지로 고향인 의정부로 가려고 계획하고 있다. 이런 직장인들로부터 이 세상에 살고 있는 모든 사람들도 추석이라는 명절은 여러 가지 뜻 깊은 의미가 있는 날은 당연하다.

그러나 현재 영희는 그렇지 못하고 참담하고 고독하기만 하다. 영희는 9월 13일에 가든에서 남편인 중식에게 카지노도박에 관련된 문제로 항의를 했다가 오히려 억울하게도 폭행을 당한 적이 있었고 그 후 119 차에 실려 가기도 했었고 다행히 MRI 상에 이상은 나타나지 않아 큰 부상은 면했지만 마음의 상처는 크게 남았었다. 그런 일이 있은 날 부터 영희는 오늘 이 시간까지 친정집인 용인시 기흥구 상갈동 금화마을에 머무르고 있다.

이번 명절연휴인 21일부터 24일도 이곳에서 머무르면서 휴식을 취한 뒤, 남편인 중식의 상황을 지켜본 후에 최종적으로 이혼결정을 내릴 생각이다. 영희의 이번 추석명절은 그야말로 암울하고 참담하기 그지없다. 영희를 더 힘들게 하는 일은 압류통지서가 신혼집인 기흥구 보라동 한 보라마을에 있는 후후 아파트로 현재는 전중식 홀로 거주하고 있는 곳으로 날아드는 것이었다.

엎친 데 덮친 격이 되는 순간을 맞이하는 것이었다. 이런 와중에

도 중식은 9월 19일 목요일에 그 클럽회원들과 우호를 다지는 의미에서 수원에 있는 광교 산으로 산행을 떠난다.

산악회원

거기다 더해 오후에 오르기 시작한 산행 길이었는데 산 중턱쯤 올라가더니 중식이 소속된 클럽회원들은 여자들끼리 산행을 온 산악회회원들에게 접근을 하고 있다. 그 이유는 함께 산행도 하고 궁극적으로 사귀고 싶은 마음에서이다. 이에 중식도 그 중, 마음에 드는 여성 산악 회원에게 말을 걸면서 옆으로 간다. 그 여자회원들도 어떻게 이들에게 마음에 들었는지 뜨겁게 호응을 해 준다. 그렇게 되어 자연스럽게 합류가 되었고 이들은 하나가 되어 그 자리에서 앉아 재미있는 대화도 하면서 급격히 친해져만 간다. 이러다가 산 정상까지 올라가기 전에 서로 전화번호 주고받는 이들도 나오기도 하는 게, 인생이기도 하고 남녀 사이이기도 한 것 같다. 자세히 누군지 모르고 있어도 말이다. 이렇게 되어 실제로 중식은 그 여자산악회원 중에 한명을 애인으로 만드는 데 성공하는 기염을 토해 내고 말았다. 자신의 주거지가 채권압류를 당하고 아내인 영희가 출산한지 얼마 되지 않은 상태에서 이의제기했다고 아내를 무자비하게 폭행을 가한 남편 중식은 지금 한가롭게 산행을 하며 다른 곳에서 온 여자산악회원을 꼬시는 여유로움을 보이고 있는 것이다. 추석명절을 며칠 앞둔 시점에서 중식은 이런 시간을 보내고 있었다.

이렇게 합류된 산행일원들은 등산을 마친 후에 막걸리 집에 가서 회포를 풀며 신나게 마시고 끝난 뒤에도 2차로 노래방까지 가서 즐겁게 놀았다. 하루가 더 지나 금요일이 되었고 오늘부터 귀성길에 오르는 행렬들이 줄줄이 이어지고 있었다. 한편 미숙은 고향이 은평구 녹번동이라서 귀성길은 큰 의미는 없지만 나름대로 의미 있는 것은 며칠 전 17일 화요일에 철수에게서 예쁜 옷 선물도 받고 만나서 많은 대화를 나누었다는 것, 이 자체가 행복일 뿐이었다.

이날, 미숙은 녹번동 집에 들어와 명절을 맞아 차례를 지낼 음식을 장만하는데 여념이 없었고 부모님께 처음으로 결혼하고 싶은 남자가 있다는 말을 한다. 그러자 미숙의 어머니는 반가워하면서 다음에 한번 집에 데리고 오라고 말을 한다. 사위를 맞이할 수도 있을 것이라고 매우 즐거워하는 표정을 짓는다.

"미숙아, 내년 명절 때는 그 사람이 사위가 되어 우리 집에 오게 되었으면 얼마나 좋겠니. 그리고 이번 연휴가 지나거든 그 사람을 집으로 오라고 해라. 얼굴이나 좀 한번 봤으면 좋겠다."

"그럴게요 엄마. 알았어요. 그런데 사실 아직까지는 그 사람과 교제가 진전된 건 아니고 저 혼자 좋아하는 단계예요. 그렇지만 최근 분위기는 좋은 편이에요."

"원래 남녀 사이가 그렇지 뭐, 잘해봐. 이 엄마는 네가 좋은 사람 만나길 바랄 뿐이고 행복한 인생이 되었으면 너무 기쁘다. 그것 말고 다른 것은 없다."

지금 모녀간에 오고가고 있는 대화의 주인공인 철수는 금요일인 오늘 고향인 의정부 신곡 2동으로 향하고 있었다. 철수도 마찬가지로 집에 가게 되면 부모님에게서 이런 비슷한 말을 듣게 될 게 거의 백 프로에 해당된다. 철수는 금요일까지 근무를 마치고 저녁에 고향인 의정부로 갔는데 도착해보니 8시가 넘은 시간이었다. 고향에 계신 부모님과 가족들을 위해 정성껏 준비한 선물도 듬뿍 있었다. 철수는 위에 누나가 한명 있는데 이름은 이채희이다. 나이는 철수

보다 3살 위인 32살인데 아직 결혼은 안한 상황인데 특별히 서두르 지는 않는 분위기이다. 이번 연휴에는 미리 와 있었다.

"어, 철수 오니?"

"음, 누나는 언제 왔어"

오랜만에 만나는 남매 사이이다. 명절이라는 것은 가족과의 정겨운 만남이 있어 즐겁고 행복한 것 같다. 준비한 맛있는 음식들을 먹어가며 따뜻한 대화의 시간이 오고가며 연휴의 전야인 금요일은 이렇게 지나갔다. 다음 날, 연휴 첫날이 시작되었고 철수는 늦은 저녁 시간이 되어 밖으로 나와 주택가 주변 놀이터로 걸어가고 있었다. 이 길을 지나야만 가까운 마트에 갈 수 있기에 걸어가고 있는 중, 옆을 돌아다보니 깜짝 놀란 일은 최리라가 놀이터 벤치에 앉아 있는 것이었다. 리라는 철수와 1월에 의정부역 주변에 있는 kk 카페빈에서 맞선을 봤었고 그 후 만남이 이루어 진 것은 아니었는데 오랜 시간이 지난 뒤, 6월 중순쯤에 그 당시 중매인으로부터 속아 넘어가게 되어 철수는 리라가 운영하는 미용실에 들른 적이 있었고 그 상황에서 줄기찬 리라의 구애공세에 시달려야만 하였다. 그 후 잠잠했는데 또 이번엔 집을 어떻게 알고 찾아와 다시 구애공세에 시달려야 할 운명에 놓여 있다. 명절연휴라 철수가 집에 내려올 것을 예상하고 미리 대비를 한 듯하다. 그렇다면 집은 어떻게 알아낸 것일까! 리라로선 철수를 절대 놓치고 싶지 않고 있었다는 마음을 그대로 나타내는 장면임에 틀림없다. 철수는 그냥 모른 체 지나갈지 고민하다가 그냥 지나가기로 마음먹고 앞만 보고 걸어간다. 그러자 리라는 재 빨리 달려와 철수의 앞길을 가로막는다.

"잠시 만요. 철수 씨, 얘기 좀 해요."

철수는 엉거주춤한 자세로

"어, 안녕하세요. 리라 씨, 어떻게 여기를 알고 오셨어요?"

"명절 때 철수 씨가 올 거라고 생각하고 예전에 맞선 봤을 때 소개를 해 주셨던 아주머니에게 철수 씨 집을 알려 달라고 조르고 졸랐지요. 그랬더니 알려 주셨어요. 그래서 이렇게 오게 되었어요. 보고 싶었어요."

그러면서 리라는 철수의 눈을 지긋 이 바라보았다. 그러나 철수는 눈길을 피하고 있다. 더 이상 이런 문제로 휘말릴 수 없음을 인식하고 있었기에 지금부터라도 분명한 태도를 보이고 싶었다.

"죄송하지만 그냥 돌아가 주십시오. 저는 사귀는 다른 여자가 있습니다."

"철수 씨, 제가 이곳까지 찾아왔는데 그럴 수 있어요. 카페에 가서 라떼 라도 한잔 함께 마시면서 얘기를…"

"아닙니다. 안 됩니다. 저는 교제하는 여자가 있고 또 그 여자와 결혼약속까지 되어 있어요. 더 이상 이런 식으로 제가 사는 집 주변까지 찾아오고 그러지 말아주십시오. 돌아가세요. 그럼 그만…"

철수는 거부의 의사가 단호하였다. 원래 천성적으로 우유부단한 편이었으나 자신도 더 이상 계속 이런 식으로 여자들에게 끌려 다녀선 안 되겠다고 느꼈던 것이다. 점 점점 마음은 미숙 쪽으로 쏠려 가는 상황이라 볼 수 있다. 이런 단호한 거부에도 불구하고 리라는 울먹이며 계속 달라붙었다.

"철수 씨, 저를 힘들게 하지 말아요. 명절 때 올까봐 얼마나 기다린 줄 아세요. 더 이상 바라는 것도 없어요. 카페 라떼 한 잔만 하기로 해요. 예, 그렇게 저는 지금도 6월 초여름에 있었던 일, 제가 철수 씨의 입술을 강제로 뺏은 그 달콤한 기억을 잊을 수가 없어요. 잊을 수가 없어요. 어떻게 잊을 수 있겠어요. 한 번 더 그 기억의 일이 현실로 다가오길…"

이렇게 애원하며 리라는 철수에 앞을 가로 막는다. 그러자 철수는 세게 리라를 옆으로 밀면서 다른 곳으로 걸어가 버린다. 남녀 사이는 인위적으로는 안 된다는 현실을 보여주는 단면이라 할 수 있을 것 같다. 이 세상 다른 일도 이처럼 인위적으로 잘 안 된다. 그래서 힘들다. 리라는 철수를 만나기 위해 고향 집에 오는 명절연휴를 손꼽아 기다렸지만 이처럼 눈물을 머금고 돌아설 수밖에 없었다. 21일 토요일 연휴 첫날부터 리라의 공세가 있었지만 철수는 슬기롭고 냉정하게 따돌리고 마트에 들어가 음료수를 사서 들고 나와 집으로 걸어온다. 혹시, 리라가 숨어 있다가 급습할지도 모르니 동서남북을 자세히 살피면서… 그런데 리라는 완전히 다른 곳으로 가고 보이지 않았다. 순간, 카톡이 오고 있었다. 리라일지 모른다는 생각에 확인하지 않았는데 조금 있으니 또 다시 카톡이 오고 있었다. 궁금한 나머지 보았더니 미숙이었다.

카톡 내용

철수 씨, 연휴 첫날 잘 지내시지요? 풍성한 과일이며 음식들을 많이 드시고요. 즐겁고 행복한 추석 맞이하시길 바랍니다. 저는 철수 씨가 제게 화요일에 와서 사랑의 옷을 선물해 주서서 너무 행복하고 하늘 높이 날아갈 것처럼 기분이 좋고 들떠 있답니다. 그리고 제 부모님께 결혼하고 싶은 남자가 있다고 말씀드렸어요. 그 남자는 바로바로 지금 문자를 읽고 있는 읽는 이, 그대입니다.

이런 내용의 문자 내용이었다. 이에 대해 철수는 이렇게 답장을 보낸다.

예, 미숙 씨도 즐겁고 행복한 추석 맞이하시길 바랍니다. 부모님께 말씀 드린 부분에 있어서는 아직은 시기상조인 것 같습니다. 우리는 많은 시간을 가지고 대화를 하면서 공감대를 이끌어 내는 일이 무엇보다 중요한 것으로 새깁니다. 인생과 행복의 정의에 대한 보다 깊이 있는 연구가 필요할 것으로 생각됩니다. 저도 미숙 씨를 매우 좋은 느낌으로 여기고 있으며 좋은 만남으로 발전할 수 있기를 기대합니다. 철수는 미숙에게 이와 같은 내용의 답장을 보냈다. 이 답장을 통해 알 수 있는 철수의 심정은 둘의 만남의 의미가 헛되지는 않은 것이고 발전을 해 나갈 수있다는 여지를 충분히 열어 놓은 마음가짐으로 해석된다. 명절 연휴 첫날은 깊게 어두워져 가고 있었고 날씨도 선선하여 마음마저 평온하게 해 주었다. 이때가 1년 중에 가장 좋은 계절이 아닌 가 생각된다.

고향 집에 와서 2박을 하면서 느낄 수 있는 것은 어린시절의 시간들의 추억이 가슴으로 밀려온다는 점이다. 풋풋한 푸른 소나무처럼 진하게 빼곡이… 그렇게 토요일 밤도 의정부집에서 깊은 잠에 들었다. 회사일로 피로가 누적되어 아침에도 일어날 줄 모르고 계속 꿈나라에 서성일 때 어머니의 밥 먹어라는 큰 소리에 깊은 꿈 여행에서 깨어나 식사를 하러 일어나고 있다. 일어나 보니 시간은 아침 9시, 평소 때 같았으면 회사에 출근했을 시간이다. 머리맡에 둔 스마트폰을 무심결에 보니 아침에 어디선가 문자가 와 있었다. 확인해 보았더니 다희였다. 즐거운 명절을 잘 보내라는 짤막한 인사말이었다. 다희도 이렇게 문자를 보내는 것을 보면 연휴가 지나고 다시 철수를 향한 사랑경쟁을 치열하게 벌릴 뜻을 분명히 하는 듯 하다. 철수를 포기하지 않았다는 의지와 끈기의 표현이 물씬 풍긴 다. 7월 말에 여름 영동여행을 끝으로 잠잠했던 다희가 추석을 맞 이하여 철수에게 문자를 보냈다는 의미는 그 자체가 의미다. 이에 철수는 특별히 답장을 하지 않았다.

연휴 이틀 째, 22일, 일요일 현재 진행 중인 철수를 향한 사랑쟁 탈전의 4인방중에, 첫 번째로 리라가 연휴 첫날 21일에, 직접 찾아 왔었고, 두 번째로 같은 날 미숙이 문자를 보내왔었고, 세 번째로 다희가 22일 아침에 문자를 보내왔고 이젠 마지막으로 삼미만이 남 았다. 삼미는 철수를 완전히 포기하고 다른 사랑을 찾고 있는 중일 까! 아니면 아직도 철수를 향한 구애의 끈을 놓지 않고 있는 걸까! 이렇게 마음속으로 생각하고 있었는데 호랑이도 제 말하면 온다는 말이 있듯 철수가 이런 생각하면서 아침식사 도중, 문자가 오고 있 었다.

이 시간 때, 삼미가 철수에게 보낸 카톡 내용

철수오빠, 엄청 오랜만이야. 오빠가 날 외면할 때마다 무척 미웠 지만 그래도 늘 내 마음은 오빠의 심장을 관통하고 있다는 것을 알 아줘. 음… 그리고 연휴에 나의 외삼촌이 오셨는데 남자를 소개하 겠다고 하셨어. 글쎄.생각 중, 오빠가 내게 그 맞선에 나가지 말라 고 하면 나가지 않을 거야. 아무 말도 없다면 어떡해, 그냥 나가 버 려야지, 남자는 판사라고 하더라고.… 난, 판사 같은 거, 별로 안 좋 아하지만 그냥 만나보라니까, 만나는 거지 뭐, 나의 외삼촌이 판사 잖아, 그래서 아는 후배 판사를 소개하는 거 같아. 맞선보고 와서 다시 전화하든가, 문자를 넣을 테니 그렇게 알아.

이런 내용이었다.

철수가 계속 반응을 보이지 않자 결국은 포기하는 듯하지만 뭔가 묘한 여운을 남겨 놓는 듯하다. 이에 철수는 답장을 하지 않았다. 이렇게 되어 오늘까지 철수를 향해 치열한 4파전을 펼쳤던 이들은 명절맞이 안부인사 문자를 일제히 자신들의 낭군님에게 전하였다. 복병인 선희도 있지만 그는 아직까지는 이렇게까지 할 수 있는 처지도 안 되고 전화번호조차도 모른다. 물론 4인방들처럼 적극 공세를 펼쳤다면 될 수도 있었겠지만 조금은 소극적인 편이었다. 공세가 하나 있었다면 철수가 미숙에게 옷 선물하는 그날에 뷔페에서 끝나고 나와서 자신이 철수를 신갈동 집에까지 태워다 주겠다고 간접적으로 관심 표명한 것 그뿐이었다. 선희는 아마 지금쯤, 용인 삼가동 집에서 휴식을 취하며 어떻게 철수를 만날 수 있을까! 많은 연구를 하고 있을 것으로 추측된다.

추석이 가져다주는 의미를 되새기며 이 세상을 사는 이들은 시간을 지내고 있고 즐거움과 행복의 이정표로 남을 만 하다. 어느덧, 다음에 다시 찾아올 추석을 기다리며 올 2013년 추석연휴는 그렇게 흘러만 갔다. 24일 화요일은 연휴의 마지막 날이다. 철수는 내일 출근을 위하여 다시 상갈동으로 핸들을 돌린다. 밤늦은 시간에 도착했는데 피로가 몰려오고 있었다. 그래서 바로 꿈나라로 접어든다. 자다가 중간쯤에 깼는데 이곳이 고향집 의정부인지, 상갈인지 혼동스러울 지경이었다. 날이 밝아 새로운 직장출근이 이루어졌고 마음도 한참을 쉬어서 그런지 한결 가벼워지는 것을 느꼈다.

지금 현재 철수를 좋아하는 여성들 4인방 중, 그래도 가장 마음과 마음이 근접되어 있는 한명인 미숙도 명절연휴를 마치고 은평구 녹번동 옷가게에 문을 열고 있었다. 친구이면서 종업원인 선희도 출근을 하였다. 미숙의 표정은 밝았지만 선희의 표정은 어둡기만 하고 조금 못마땅한 얼굴이었다. 선희가 이런 얼굴이 된 이유를 미숙이 알 리가 없었고 가게 청소를 한 후, 바로 철수에게 전화를 거는 일에 집중되어 있었다. 미숙은 스마트폰을 꺼내어 철수에게 전화를 걸고 있다. 웃으면서 받기를 기다리며 얼굴이 확 펴진다. 철수가 전화를 받고 있는 듯,

"아 네, 철수 씨, 오늘 회사에 출근하셨어요. 명절은 잘 보내셨지요. 제가 문자 보낸 것 아시지요. 철수 씨, 다음에 만나요. 사랑해요."

이렇게 미숙이 철수와 통화를 하는 것을 옆에서 지켜보는 선희는 얼굴이 일그러지면서 굳어져만 가고 있었다. 미숙은 전화를 끊고 커피 두 잔을 타서 선희에게 주면서 명절에 대해 얘기를 건넨다.

"선희야, 잘 지냈어. 나는 너무 피곤해 여기저기 돌아다녀서"

"음, 잘 지냈지. 넌 어떻게 잘 지냈어?"

"그럼, 난 행복하지"

이렇게 둘은 얘기를 짧게 마치고 매장에 놓여 져 있는 의류들을 정리를 하는데 미숙이 화장실로 들어간다. 그 틈에 선희는 고객명부를 뒤적거린다. 철수에 전화번호를 알아내기 위해서이다. 그러다가 고객 이철수의 번호를 알아냈고 자신의 스마트폰에 입력을 하고 있었다. 이 때, 화장실간 미숙이 돌아오고 있었는데 선희는 태연한 척 하였다. 이젠 선희가 화장실을 가고 있었다. 그 이유는 미숙 모르게 철수에게 전화를 하기 위해서이다. 선희는 화장실에 들어가

고객명부에서 알아낸 철수에 번호를 과감하게 누른다. 뚜르르르르 신호가 가고 있었고 드디어 두 사람 사이에 최초로 전화통화가 이루어지는 순간이다.

"여보세요."

"아 네, 여보세요. 저 김선희입니다. 안녕하세요."

"어어, 예 안녕하세요. 그런데 선희 씨가 어떻게 제 전화번호를 알고 전화를 하셨어요."

"아예, 여기 옷가게에 있는 고객명부를 보고 알았어요. 명절은 잘 보내셨지요."

"예, 그렇습니다. 덕분에… 선희 씨도 잘 보내셨겠지요? 그런데 무슨 일로 전화를 하셨어요?"

"아 네, 저 솔직히 고백할 게 있어요. 이런 말하면 어떻게 생각하실지 모르지만 철수 씨를 처음 뵈었을 때부터 저는 괴로웠습니다."

선희가 옷가게에서 잠시 화장실에 가서 이런 통화를 하고 있을 쯤, 공교롭게도 미숙이 방금 전 화장실에 먼저 들어갔을 때 열쇠고리를 두고 왔다. 그래서 그것을 가져오려고 황급히 화장실문을 열고 들어오는 순간, 선희는 철수에게 이런 통화내용의 말을 하고 있었다.

"철수 씨, 제가 처음 철수 씨를 보고 괴로웠던 이유는 첫 눈에 반했기 때문입니다."

선희가 전화통화로 철수에게 하는 이 말을 미숙이 듣게 되는 타이밍의 순간이다. 미숙은 선희가 이런 내용의 통화를 하는 소리를 듣고 얼떨떨한 표정을 짓는다. 반면, 선희도 한참 철수와 통화를 하다가 놀라서 얼른 전화를 끊는다. 미숙은 놓고 간, 열쇠고리를 주워

들고 밖으로 나오며 긴장된 표정과 심각한 마음에 사로잡힌다. 마찬가지로 선희도 심각해지고 만다. 미숙이 듣지 못하도록 몰래 화장실에 들어와 통화를 한 것인데 어떻게 그 시간에 들어올 수 있단 말인가! 서로는 난처해지면서 서먹서먹해지기 시작하였다. 연휴가 끝나고 새롭게 영업을 시작하는 25일 수요일 둘 사이에 검은 안개가 매장 안에 자욱하게 드리워져만 가고 있었다. 이성에 대한 관심 앞에선 우정이고 의리고 뭐고 없는 것 같다. 선희가 이렇게 나올 수 있는 용기는 미숙은 청화의 옛 아내였기에 이런 현실을 알고 있는 철수가 결정을 내리지 못할 거라고 생각하기 때문이다. 청화와 철수는 고향친구이면서 한 때 절친 사이이기도 했었다. 선희는 이 점 때문에 철수가 멈칫거릴 거라고 생각한다.

이 날 선희는 오후 4시쯤에 미숙에게 몸이 피곤하다고 핑계대고 가게에서 나와 곧바로 신갈동 철수의 회사로 달려간다. 선희는 쇠뿔도 단김에 빼라는 속담을 가슴속에 명심 또 명심하며 거침없이 철수에게로 돌진하는 내 사랑을 차지하겠다는 의지와 투지의 발로였다. 철수가 퇴근할 때쯤에 미리 도착되어 있었다. 때 마침, 철수가 퇴근하기 위해 정문을 나오고 있었고 선희는 그를 향해 전력 질주 하 듯, 달려간다. 철수는 깜짝 놀라며 주춤주춤한다. 선희는 다가가 먼저 말을 건넨다.

"철수 씨, 안녕하세요. 할 말이 있습니다."

"아예, 선희 씨, 그런데 아까 오전에 전화하시다가 통화가 끊겨서 그만…"

"예에, 끊길 수밖에 없었어요. 라이벌이 갑자기 들어오는 바람에…"

"어어, 라이벌이라니요. 무슨 뜻 입니까?"

"제가 철수 씨를 좋아한다고 오늘 오전에 처음 발표했기에 그건 생략하고 미숙은 제 친구이지만 제가 철수 씨를 좋아하는데 적잖은 방해요소입니다. 그냥, 라이벌로 간주하겠습니다."

이 말을 들은 철수는 고개를 숙인 채, 잠시 생각을 하더니 입을 열기 시작한다.

"선희 씨, 무슨 뜻인지 충분히 알겠지만 저는 선희 씨에게 마음이 없습니다. 그저 좋은 추억에 한 분이었다고 생각할 뿐입니다. 돌아가 주세요."

"아아, 그런가요. 제겐 아예 마음이 없으시군요. 오로지 미숙이밖에 모른다는 것이로군요. 그런데 예전 3월에 무주구천동에서 처음 뵈었을 때 보다 많이 냉정해 지셨네요. 서럽지만 돌아가라면 그냥 돌아가겠습니다. 그럼…"

철수의 단호하면서 냉정한 자세에 선희는 발길 돌려 되돌아갔다. 철수의 이런 단호함 속에는 미숙에게로 마음이 굳어져 가는 심리상태라 해도 무방할 듯하다. 왜냐하면 온정과 인정사정을 다 봐주면 오히려 상대에게 더 큰 아픔과 상처가 갈 수 있음을 인식하고 있기 때문이기도 한 것 같다. 그런 이유로 저번 명절연휴 첫날 리라가 집 앞 놀이터에 찾아왔을 때도 오늘처럼 그렇게 냉정히 돌려보냈던 것이다.

철수는 선희를 돌려보낸 후, 상갈동 집으로 걸어가고 있었는데 어디에선가 전화가 걸려오고 있었다. 확인 결과 미숙이었다.

"여보세요. 미숙 씨 어떻게 또 전화하셨네요."

"철수 씨, 혹시 오늘 오전에 제 친구 선희가 전화했었지요?"

"예, 맞습니다."

"뭐라고 하던가요? 나 원. 어이가 없어서…"

"나를 좋아 한다고 하더군요. 그래서 냉정히 끊었습니다."

"아아, 철수 씨 너무 잘 하셨어요."

이런 내용의 통화만 하고 철수는 전화를 끊었다. 지금 방금 전에 선희가 회사 앞에까지 찾아왔었다는 사실은 미숙에게 하지 않았다. 그 이유는 더 큰 분란을 만들고 싶지 않아서였다. 그렇게 되면 미숙과 선희의 친구사이가 균열이 생길 수도 있기 때문에 그 부분은 참았다. 하지만 전화내용에 있어선 냉정함을 유지했다고 함으로써 미온적이나마 미숙을 향하는 마음을 내비쳤다.

미숙은 이날 바로 집으로 들어가서 어머니에게 이 사실을 말하였다. 답답하니까, 어머니에게 의논하지 않았을까! 생각된다. 그랬더니 미숙의 어머니는 펄쩍 뛰면서 친구가 한 남자를 좋아하고 있는 것을 뻔히 알면서, 그 작은 틈을 이용해 그 남자에게 어떻게 접근을 할 수 있느냐며 그렇게 우정도 없고 이기적인 친구는 상대해선 안 된다며 그 가게에서 종업원인 선희라는 친구를 잘라버리라고 소리를 지르고 있었다. 미숙도 오전에 화장실에 열쇠고리를 두고 오는 바람에 가져 오려고 갔다가 너무 어이없는 일을 당하여 내친 김에 내일 당장 가게에 가서 선희를 자르려고 단단히 마음먹고 있는 중이다. 미숙은 결국 26일 목요일에 가게에 가서 급기야 친구인 선희를 자르고 만다. 사소한 듯, 하면서도 매우 민감한 영역이 이성 교제가 아닐까 생각된다. 여기서 미숙의 행동은 옳다 그르다 할 수 없다. 그저 자기 삶에 최선을 다할 뿐, 그 이상도 그 이하도 아닌 것이다.

제4부 여름휴가

그 만큼 철수를 좋아하고 있으면서 그것에 집중되어 있다고 보면 될 것이다. 미숙은 이날, 이 사실을 철수에게 전화를 걸어 알려 주면서 자신과 그의 사이가 더욱더 견고해져 가고 있음을 은근히 과시내지 더 강하게 그대를 좋아한다는 표현을 할 수 있는 절호에 기회로 삼아 그렇게 스마트폰을 힘 있게 손에 쥔다.

"여보세요. 철수 씨, 저 그 선희라는 친구, 잘라 버렸습니다. 저와 그대에 사랑에 끼어드는 이들은 가차 없이 이렇게 됩니다. 이런 제 마음을 알아주세요."

"아니, 미숙 씨, 그렇다고 자르면 어떡합니까? 그렇게 하지 않아도 저는 그 선희 씨를 좋아하지 않습니다. 너무 무리하신 것 같아요. 중간에 제가 끼여 있어서 조금 난처하기도 하군요."

"철수 씨, 철수 씨가 왜 난처해 할 이유가 있나요? 이번 일은 제가 철수 씨를 좋아하는 강도가 그만큼 세고 강하다는 것을 표명한 부분입니다. 신경 쓸 것 없어요. 이래서 우리 둘에 사이는 강한 철옹성이 되는 겁니다."

"미숙 씨, 일단 평온을 유지하면서 유튜브에 들어가 아름답고 우아한 화음 바이올린 소리를 들어가면서 마음을 가다듬고 가라앉히시길 바랍니다."

이렇게 철수는 격앙되어 있는 미숙을 진정시키며 전화를 끊는다. 선희는 둘도 없는 미숙과 절친 사이였지만, 미숙의 심기를 불편하게 하는 일, 바로, 미숙이 미래에 결혼을 꿈꾸고 있는 대상인 철수에게 접근했다는 부당사유를 들어 잘리게 되었다. 그러나 선희 입장에선 어이없는 일이 아닐 수 없었고 분하다는 마음까지 들게 되었고 그래서 이날은 철수에게로 달려가 홧김에 이판사판식으로 더 강하게 사랑고백을 해 볼 생각이다. 그런 마음 지닌 채, 철수가 다니는 회사로 퇴근시간 맞춰 도착했다. 나름대로 결의에 차 있었다. 어제 연이어 오늘 또 쇄도하는 선희, 어떤 결말이 나올 것인가. 드디어 철수는 나오고 있었고 선희는 어제처럼 그렇게 다가간다.

"안녕하세요. 철수 씨, 지금 퇴근하시네요."

철수는 오늘 또 찾아온 선희를 보고 당황스런 표정을 지으며 피하고 싶기도했지만 그냥 가만히 서 있었다.

"어떻게 오늘 또 오셨어요? 제게 무슨 할 말이 또…"

"예, 있지요. 철수 씨, 단도직입적으로 말씀드리겠습니다. 미숙이와 헤어지세요. 그리고 저하고 사귀어요. 애인이 돼 달라는 말입니다."

"아아, 아니 저는 미숙 씨와 사귀는 사이가 아닙니다. 그렇다고 선희 씨에게 마음이 있는 것도 아니고요. 그냥 이것도 저것도 아닌 상태입니다. 저를 힘들게 하지 말고 돌아가 주세요. 그만 갑니다."

철수는 어제와 마찬가지로 단호했고 냉정하였다. 그렇지 않으면 복잡하게 휘말린다는 과거의 경험을 겪었기에 더욱더 냉정한 자세를 취하기 시작하는 것이다. 우유부단했던 자신의 성격을 고치지 않으면 안 된다는 깨우침이었다. 반면 철수는 사랑에 대해선 일편단심 해바라기가 되어야 한다는 생각을 하지만 최근 들어 상대방의 입장이라든지 심정을 너무 많이 헤아려 주다보니 오해도 생기고 혼란을 빚었던 게 사실이다. 그렇지만 철수 영혼의 바탕은 이성 간의 사랑도 내리사랑 내리화처럼 내리꽂이 활짝 피어나야만 한다고 생각하면서 부모가 자식의 허물을 감싸주고 희생 헌신하는 마음으로 할 수 있어야 만이 이게 바로 참된 진정한 사랑이라고 늘 하늘을 바라보며 다짐 또 다짐하면서 살아가고 있다.

선희는 오늘도 자신의 사랑을 위하여 내 달렸지만 무위로 그치고 말았다. 아쉬움의 깊은 상처를 가슴에 안고 발길 돌려 삼가동 집으로 향한다. 야속하기도 했지만 원래 사랑이라는 것은 야속한 것이기에 어쩔 수 없는 것 같아 보인다. 아마 이 세상에서 가장 어려운 일이 사랑인지 모른다. 왜냐하면 자신이 아무리 여러 방면에 뛰어난 능력을 가지고 있어도 상대의 마음, 즉 영혼작용을 이끌어 내지 못하면 쓸쓸함이 기다리고 있으니 말이다.

내
리
사
랑

내
리
화

공인중개사 시험공부

　선희는 결국엔 일터를 잃었고 자신은 다른 여자들처럼, 각자 자기사랑을 위하여 과감히 철수에게 접근은 못했었지만 뒤늦게 용기를 내어 쇄도했지만 목표를 이루지 못하고 포기하고 말았다. 며칠간 집에서 쉬면서 다른 일터를 찾아 볼 생각이다. 이렇게 선희는 27일부터 31일까지 집에서 고민을 거듭한 끝에 결국은 새롭게 공부를 하려고 마음을 먹고 서울 쪽에 공인중개사학원에 등록을 하였다. 그래서 10월 1일부터 학원을 다니며 열심히 공부를 하게 되었다.

　선선하고 생활하기 좋은 10월, 이 계절은 많은 이들에게 즐거움과 행복을 가져다주면서 지금껏 살아 온 인생을 한번쯤은 회고를 할 수 있게 해 주는 것 같기도 하고 마음을 더욱더 살찌우게 하기도 하는 것 같다. 이렇게 생각을 많이 하게 되는 계절만큼이나 이 세상에 살고 있는 모든 이들은 생각이라는 것이 긴 꼬리가 달린 기차처럼 이어져 있다. 10월 2일 수요일이 되었다. 철수는 상갈 동 집에서 회사까지 걸어서 출퇴근하기가 무척 좋아진 날씨라는 걸, 피부로 느끼며 출근길에 오른다. 회사에 들어서니 절친 동료인 형철이 10월 마지막 날이 자신의 결혼식 날짜라고 알려주고 있었다.

　"철수 씨, 이번 달 마지막 날이 내 결혼식이야 날짜 좋지?"

　"그래, 형철 씨, 너무 운치 있는 날짜인데 결혼하게 되는 것을 진심으로 축하해"

　"고마워, 철수 씨, 철수 씨에게도 곧 결혼하게 되는 좋은 날이 올 거야. 그런데 그건 그렇고 요즘도 다희 씨가 철수 씨를 만나고 싶어

제 4 부　여름 휴가

하는데 어떻게 전혀 마음은 없는 건가?"

"음, 전혀 마음이 없지 그분하고 나하고는 잘 안 맞아 이루어질 수 없어"

이렇게 단호하게 거부의 뜻을 내비치는 철수를 보고 형철은 깜짝 놀란다. 예전과 달라진 냉정한 태도를 보이는 그의 모습을 보게 되니 말이다. 이러는 철수의 내면에는 미숙에게로 점 점점 마음이 쏠려가고 있는 것을 느낄 수 있을 것 같아 보인다. 그런 심정을 뒷받침이라도 하듯, 오늘은 의외로 점심식사 후에 짜투리 시간을 이용하여 철수가 먼저 미숙에게 전화를 걸고 있는 것이다.

"여보세요. 미숙 씨, 식사는 하시고요."

"어어, 해가 동쪽에서 뜨겠네요. 철수 씨가 제게 전화를 다 하고 너무 행복해요."

"아니, 미숙 씨 원래 해는 동쪽에서 뜨는 건데요. 표현이 조금…"

"어휴, 저렇게 순진하기는… 이 말은 원래 철수 씨는 나를 좋아했었다는 뜻입니다. 원래 철수 씨는 나를 사랑했고 나밖에 모르고 살았잖아요. 그러니까, 내게 전화를 했으니 당연히 해가 동쪽에서 뜨는 일이지요. 어디가 틀렸어요. 그대와 난 하늘이 내려준 원앙부부입니다."

"미숙 씨, 그냥 점심 먹고 조금 무료한 시간이라 전화 드렸어요. 잘 지내시지요?다음에 전화 드릴게요."

철수는 미숙에게 먼저 전화를 하는 변화된 모습을 보이기 시작한다. 완전히 결정을 하지 않았지만 이미 마음은 미숙을 향해서 움직이고 있다는 것을, 그 누구보다도 자신 스스로가 느껴가고 있는 것이다. 이 전화를 받고 미숙은 한껏 고무되었고 부푼 꿈을 꾸기 시작하면서 온통 머릿속은 철수의 생각으로 꽉 채워져서 더 이상 다른 생각은 들어갈 틈도 없었고, 온 천지가 하얀 안개로 뒤덮인 듯한, 느낌 속에 사로잡히게 되고 말았다.

한편, 최근에 잠잠했었던 청화와 인호는 새로운 계략을 꾸미기 시작한다. 결국엔 인호가 다희를 꼬시기 위한 일환으로 짜여지는 일인데, 청화가 먼저 형철에게 전화를 거는 것을 시작으로 진행되어 간다. 수요일은 저물어 가고 있었다. 형철이 퇴근준비를 하고 있을쯤에 전화가 온다.

"예, 여보세요. 청화 씨, 안녕하세요. 어떻게 전화를 하셨나요?"

"형철 씨, 아직 퇴근안하셨지요?"

"그렇습니다."

"아, 잘 됐네요. 혹시 철수는 퇴근했나요?"

"아, 철수 씨는 방금 전에 퇴근했습니다."

"아, 그럼 더 잘 됐군요. 저하고 인호하고 지금 형철 씨 회사 앞쪽에 왔는데 잠깐, 시간을 내어 대화를 할 수 있으세요?"

"아예, 어렵지 않습니다. 그렇게 하세요."

"그럼 회사정문에서 기다리겠습니다."

이렇게 되어 형철은 회사정문에서 청화와 인호를 만나 대화를 하기 위해 다른곳으로 걸어가고 있다. 카페로 가려고하는 형철에게 청화는 식사를 하는 게 어떻겠느냐며 물어보며 결국 식당으로 함께 들어가게 되었다.

"형철 씨, 어차피 철수는 다희 씨에게 전혀 관심이 없습니다. 그리고 제 친구인 인호도 많이 착해졌고 그 전처럼 그렇게 무모한 행동은 절대 하지 않습니다. 또 만약에 인호가 다희 씨를 만나게 되더라도 일대일이 아니고 형철 씨 그리고 숙희 씨까지도 함께 만나면 되지 않겠어요. 마지막으로 다희 씨가 인호를 보게 되더라도 마음에 안 든다면 인호가 포기를 하면 될 것으로 생각합니다. 한번 깊이 생각해 보세요."

"아예, 한번 생각해 보겠습니다."

형철은 오리고기와 복분자를 많이 먹고 취하기 시작하여 집중력이 약해져 그만 청화의 부탁을 들어주고 말았다. 거기에다 청화는 형철을 인근 노래방으로 데리고 가서 신나게 노래를 부를 수 있게 해 주었다. 그래서 결국, 이번 주 금요일에 형철이 살고 있는 곳, 수원시 권선구 오목천동, 그 때 네 명이 만났던 통통 할인마트 주변 2층에 있는 QQ카페에서 다희까지 나오는 것을 전제로 다섯 명이 만나기로 약속을 하였다. 청화와 인호의 계략에 말려들어 가버린 단순한 형철의 인생은 앞으로 어떻게 펼쳐질지 사뭇 궁금하기만 하다. 술에 취한 형철을 그 둘은 아주 친절하게 수원 권선구 집에 바래다 주고 가는 과잉 예의까지 베풀기도 하였다. 형철은 몽롱한 상태로 집에 들어가 잠을 잤고 그 둘은 야탑역 부근에 있는 청화의 집에 가서 한잔 더하고 잠에 들었다.

그 둘의 작전이 나름대로 성공을 거두는 순간을 맞이하고 있었다. 형철은 약속대로 그 다음 날 아침에 일어나자마자 예비신부인 숙희에게 전화를 걸어 내일 저녁 7시에 9월 15일에 그 둘을 만났던 그곳에서 다희도 함께 동석하는 것으로 말을 전해 달라고 요청을 하고 있다. 이에 숙희는 안 된다며 거부의 뜻을 밝혔지만 형철의 거듭되는 간청으로 결국은 그러겠다고 대답하였다.

그렇게 되어 숙희는 3일 목요일 오전 10시에 자신이 경영하는 분식집에 도착하자마자 다희에게 전화를 걸고 있다. 다희는 숙희와 절친 사이라서 별 의구심도 없이 내일 그 장소에 나가려고 생각중이다. 청화와 인호는 내일 저녁 7시에 그곳에서 만나 다희에게서 어떻게 환심을 얻어 낼 수 있을까! 연구와 연구를 거듭하고 있다. 그런 시간이 흘러 드디어 만남의 날, 금요일이 되었고 그 중 특히 인호는 오전에 미용실에 들러 헤어스타일을 많이 신경을 쓰고 심지어 피부미용실에 가서 얼굴 피부미용까지 받고 만반의 대비를 마쳤다.

저녁시간은 가까이 다가오고 있었다.

청화, 인호는 야탑에서 만나 승용차를 타고 권선구 오목천동으로 달려가고 있다. 6시 30분쯤에 그 장소에 도착되어 인호는 가슴을 설레며 기다리고 있었다. 7시 정각이 되니 형철과 숙희, 다희가 QQ카페로 들어오고 있다. 다희는 들어오더니 잠시 당황스런 표정을 감추지 못했고 그냥 돌아가려고 하는 몸짓까지 하고 있었다. 그러자 형철이 다희를 안심을 시키며 잠시만 앉으라고 부탁을 하고 있었고 숙희도 그런 부탁을 한다. 다희는 이런 만남일거라고는 미처 상상도 못했고, 숙희가 이런 만남의 개요를 정확히 통보를 하지 않았다. 어쨌든 이렇게 다섯이 만나게 되는 순간을 맞이한다. 청화가 먼저 인사를 하는 것으로 대화는 시작되고 있다.

"안녕하세요. 만나 뵙게 되어서 무척 반갑습니다."

하지만 다른 이들은 잠시 침묵 속으로 잠기고 만다. 서먹서먹하기 그지없다. 침묵상태가 지속되더니 결국엔 청화가 본뜻을 밝히기 시작하면서 대화는 정점으로 치달아 올라가고 있는 듯하였다.

"예, 제가 먼저 얘기를 하겠습니다. 오늘 이 만남은 제 친구인 인호가 다들 아시겠지만 저번 7월말에 수원야외음악당에서 이렇게 뵙게 되었을 때 다희 씨를 볼 수 있었는데 그날부터 계속 좋아하게 되었답니다. 만나고 싶었어도 계기가 없어 못 만났는데 오늘 이렇게 어렵게 계기를 만들어 만나게 되었으니 서로가 하고 싶은 말 있으면 속 시원히 하세요."

청화는 이런 식으로 인호와 다희가 대화를 할 수 있도록 유도를 하고 있었다. 그러자 줄곧 침묵만을 지키고 있던 인호가 입을 열기 시작하였다.

"이름이 다희 씨 맞죠. 제대로 인사를 못해서 들은 기억으로 다희 씨라고 들었어요."

"예, 맞습니다."

"다름이 아니라 저번 7월 말일에 수원야외음악당에서 우연히 뵙고 솔직히 말씀 드린다면 첫 눈에 반했다고 해야 할까요. 너무 만나고 싶었습니다. 저하고 한번 사귀어 볼 생각이 있으세요?"

순간, 다희는 지금 얘기하는 바로 그날, 철수가 허겁지겁 자신을 데리고 공터로 가서 자기 고향친구이지만 어쩔 수 없이 말한다면서 인호가 성폭행의 기질이 다분하니 조심하라고 말해 주었던 기억이 머릿속을 스쳐가고 있었다. 물론 철수가 귀띔해 주었던 그 말이 아니었다 하더라도 다희가 봤을 때 이상형도 아니었다. 그래서 냉정하게 잘라 말한다.

"죄송합니다. 저는 지금 교제하는 사람이 있습니다."

"혹시, 철수 아닙니까? 그 친구는 들리는 말에 의하면 다희 씨 한테 마음이 없다고 들었는데요. 그리고 만약에 그렇다 하더라도 저는 이 사랑게임에서 포기할 수없고 절대 밀리지 않을 겁니다."

다희는 고개를 숙이며 몹시 괴로운 표정을 짓는다. 지금의 마음은 형철과 숙희가 원망스럽기만 하다. 도대체 그들의 무슨 꾀임에 넘어가서인지 왜 자신을 이곳에 나오게 한 것인지, 어이없다는 생각뿐이다. 다희는 지금 이런 분위기에서는 말없이 침묵을 지키는 것이 상책이라 여기고 입을 꽉 다물고 가만히 앉아 있었다. 서먹서먹한 분위기는 계속 이어져 갔고 어느덧, 시간은 한 시간이 훌쩍 넘어가 벌써 8시가 넘어간 시간이었다. 다희는 그만 일어나 나가고 싶은 눈치였다.

그것을 알아챈, 숙희는

"아, 오늘은 이만 하기로 하고 다음에 만나기로 합시다."

이렇게 얘기를 종결지으려고 하였다.

"아니, 저 조금만 더 얘기를 하고 싶은데요. 이렇게 만난 것도 인연이잖아요. 너무 아쉽습니다. 한 시간만 더 있다가 일어나기로 해요."

"아, 안 됩니다. 오늘은 시간이 너무 오래 되었군요. 그만 일어납시다."

숙희는 다희를 돕기 위해서 서둘러 일어나고 있었다.그래서 따라서 형철도 일어나게 되었고 청화, 인호도 일어 날 수밖에 없었다. 8시 10분쯤 되어 이렇게 다섯 명은 QQ카페에서 나오게 되었다. 밖으로 나온 후 숙희, 형철, 다희는 청화, 인호에게 인사를 하고 방향을 돌려 다른 곳으로 향하여 걸어갔다.

청화, 인호도 다른 곳으로 가는 듯 하더니 물끄러미 그들이 가고 있는 뒷모습만 하염없이 바라만 보고 있었다. 그러다가 인호가 그들이 가는 쪽으로 따라가 보자고 말을 건넨다. 그래서 이들은 뒤를 따라가고 있었다. 그들 셋은 인근에 있는 호프집으로 들어가고 있었다. 청화는 그냥 돌아가려고 했지만 인호는 조금 더 있다가 가자고 청화를 붙잡고 놓지 않는다. 그래서 그들 셋이 들어간 호프집 골목 건너 앞에 위치한 카페로 들어간다.

인호는 다희에게 거부당한 사실이 몹시 못마땅하고 괴로웠다. 인호는 지금 마음속으로 호프집에 들어간 다희가 나오면 다시 한번 접근을 해 보고 싶은 마음뿐이다. 그래서 카페에서 커피를 마시며 기다리고 있는 것이다.

이런 마음을 청화에게 말을 하니

"그래 네 마음대로 해, 어차피 한번 사는 것"

그는 이렇게 답변해 주었다. 인호는 순간, 두 주먹을 불끈 쥐고 있었다. 내 사랑을 포기하지 않겠다. 두 번 찍어 안 넘어가는 나무는 없다. 이런 각오를 마음속으로 되뇌였다. 그렇게 커피를 마시며 기다리다보니 9시 30분쯤 되었고 나올 기미가 없어 커피를 한잔 더 할까 생각 중에 건너편에 호프집에서 셋이 나오고 있었다.

제5부
계속되는 빗나감

스토킹

인호는 다시 설레이기 시작하였다. 어떻게 또 접근을 할 수있을
까! 오늘을 놓치면 영영 저 뛰어난 미모의 다희를 볼 수 없게 될 텐
데, 다시 보게 되려면 엄청난 어려움이 수반되는 일이 사람사이인
데 그렇다면 과감한 용기 같은 것이 절대적으로 필요하다. 지금 인
호는 이런 각오를 하고 있는 중이다. 그렇게 결의를 하고 있는 중에
셋은 호프에서 나와 다른 골목으로 걸어가고 있다. 인호는 자신이
다시 말을 하는 일에 있어서 형철과 숙희는 조금 방해요소가 된다
고 판단하고 그 둘과 다희가 각자 다른 곳으로 갈 때 그때 가서 말
을 하려고 마음을 먹고 있다. 지금 이 순간 인호는 왠지 모를 떨림
현상이 나타난다. 인호는 두근거리며 청화는 무덤덤한 마음으로 서
로는 각기 다른 심정으로 그들 셋을 따라가는데 기다렸던 대로, 형
철과 숙희는 둘이서 다른 곳으로 데이트를 즐기러 가는 듯하였고
다희 홀로 집으로 가기 위해 버스정류장 쪽으로 걸어가고 있었다.
인호로선 자신이 모든 것을 표현할 수 있는 절호의 기회인 셈, 청화
는 인호 혼자서 자유롭게 말을 할 수있게 가다가 길을 멈추고 옆에
있는 마트에 들어가 음료수를 사서 들고 나와 파라솔에 앉아 천천
히 마시고 있다.

이제부터는 모든 것은 인호의 운명, 인호는 막 달려가 다희의 앞
길을 막는다.

"저, 잠시 만요. 다희 씨 잠깐 얘기를 합시다."

이에 깜짝 놀란 다희는

"어 어어, 왜 여기까지 따라온 거죠?"

"방금 전 셋이서 호프집에 갔을 때, 다른 곳에서 기다렸어요. 할 말이 있습니다."

"무슨 할 말입니까?"

"여기서 그냥 돌아가면 큰 아쉬움이 남고 평생 후회할 것 같습니다. 더 대화할 수 있는 기회를 제게 부여해 주십시오. 무한히 좋아합니다."

"아까, 다 말씀드렸잖아요. 죄송하지만 저는 생각이 없습니다. 이상입니다."

"제가 철수보다 못한 게 뭐가 있습니까? 제게도 기회를 주세요."

"특별히 더 할 말 없습니다. 가겠습니다."

다희는 귀찮다는 표정을 지으며 버스정류장 쪽으로 빠르게 달려 갔다. 그러자 인호는 어떻게 해야 할지 몰라 뒤쪽에 마트에서 음료수를 먹고 있는 청화를 바라본다. 그러자 청화는 주먹을 불끈 쥐며

"더 강한 파이팅"이라고 크게 소리를 쳤다.

마치 운동경기에서 감독이나 코치가 사인을 보내는 듯한 그런 느낌이었다. 그 사인을 받은 인호는 더 강한 용기를 내어 다희가 서 있는 버스정류장쪽으로 다가가 또 말을 건넨다.

"다희 씨, 이대로 가시면 마음이 아픕니다. 조금만 더 있다가 가시면 안 될까요?"

인호의 이 말에 다희는 아예 답변을 하지 않는다. 지금 다희는 얼른 화성으로 가는 버스가 오기를 바라기만 할 뿐이다. 다희가 계속 말을 하지 않자 인호는 답답한 표정을 지으며 저번 6월초에 야탑에서 삼미가 회사퇴근하고 나올 때 따라가 성폭행을 했었던 우발

적인 감정이 또 다시 일어나기 시작하였다. 때 마침 화성으로 가는 버스가 들어오고 있었다. 다희가 버스에 오르려는 순간, 인호가 강제로 앞을 가로막아 탈 수 없었다. 다희는 몹시 화가 난 얼굴로 인호를 바라보면서 경고를 보낸다.

"나를 자꾸 이런 식으로 괴롭히면 경찰에 신고를 하겠습니다. 가 주세요."

"저는 상관없습니다. 신고를 하든 말든 마음대로 하세요. 그대는 내꺼이니까."

"제발 가 주세요. 귀찮게 하지 말고…"

인호는 다희의 어깨를 잡고 골목으로 밀고 들어간다. 그러더니 저번 삼미 때처럼 두리번 거리더니 이번에도 다희를 주변에 있는 모텔로 끌고 들어가려고 안간힘을 쓰고 있다. 다희는 너무 당황한 나머지 소리를 지르기 시작하였다. 그러자 인호는 더 거칠게 다희의 어깨를 잡아당기며 끌고 들어가려고 힘을 쓰고 있다. 순간, 다희는 재치를 발휘한다. 일단 알았다고 말하면서 살짝 웃어가며 인호의 입술에 입맞춤을 해 주면서

"인호 씨, 너무 서두르지 마세요. 저는 인호 씨에 마음을 다 알아요."

이렇게 말하며 인호를 몽롱하게 만든다. 그러자 인호는 황홀한 표정을 지으며

"그래요. 알았어요. 다희 씨도 저를 좋아했었군요"라고 말하며 그에 어깨를 놓는다.

다희의 위기 모면 노림수에 넘어가는 순간이다. 이 때 다희는 화장실이 급하다며 조금만 기다리라고 말하면서 다시 한 번 인호의

입술에 입맞춤을 해 준다. 연속 두 번에 걸쳐 뛰어난 얼굴과 매혹적인 몸매를 지닌 다희에게서 입맞춤을 선사받은 인호는 너무 흥분이 되어 어쩔 줄을 모르며 얼굴이 빨개지고 말았다.

"인호 씨, 너무 그렇게 내 몸을 잡고 그러지 말고, 있다가 수도 없이 잡고 만지고 그럴 건데 벌써부터 힘을 다 빼면 어떻게 되겠어요? 그리고 일단 급하니 이 건물 화장실에 갔다 올 테니 잠시만 기다려 오빠"

이렇게 인호를 황홀하게 해 놓고 건물 화장실로 뛰어 들어간다. 인호는 화장실 밖에서 들 뜬 채로 기다리고 있었다. 다희는 화장실에 들어가 문득 생각한 것은 경찰에게 신고를 하면 조사받고 나와서 또 그럴 가능성이 높다고 판단되어 차라리 남자를 불러서 그 남자가 다희의 애인인 것처럼 연극을 하여 완전히 따돌리는 방법도 괜찮다고 생각하여 이곳 권선구 서둔동에서 무에타이 체육관을 운영하고 있는 친동생인 홍철선을 부르기로 하였다. 그래서 다희와 애인인 것처럼 위장하여 아예 완전히 따라다니지 못하도록 포기를 하게 만드는 것이었다. 다희는 동생인 철선에게 다급히 전화를 걸어서 지금 상황을 알려 주었다. 철선은 서둔동에서 오목천동으로 오토바이를 타고 황급히 달려오고 있었고 인호는 두근거리는 가슴 안고 다희가 화장실에서 나오기를 기다리고 있고 청화는 조금 떨어진 곳에서 인호를 돕기 위하여 망을 보고 있는 중이었다. 홍다희 동생 홍철선은 현재 서둔동에서 무에타이 체육관을 운영하고 있으며 옛 일본종합격투기 프라이드를 무척 좋아하는 열성팬이었고 그 시절 선수 중에는 마우리시오 쇼군을 열렬히 좋아했고 그가 경기 중에 쏟아 부었던 주특기 기술인 스탬핑과 사커킥을 너무 좋아한 나머지 그 두 가지 기술만을 3년 넘게 중점적으로 연습을 하기도 했었고 지금은 과거로 지워진 프라이드 등장 테마송을 자신의 스마트폰 벨소리와 컬러링소리에다 가도 넣을 정도로 열렬한 그야말로 프라이드 열성 팬이자 특히 쇼군의 광팬이었다. 그런 철선이 지금 자신의 친누나인 다희를 구출하기 위해 오토바이를 타고 번개같이 날아 오고 있는 것이다. 다희는 전화를 육성으로 하면 화장실 밖에서 서 있는 인호가 들을 수있기에 문자로 철선에게 위치를 알려주었다. 철선은 다희가 알려준 약도대로 찾아와 오토바이를 세우고 그 건물 안으로 들어오며 인호에게 정중히 말을 건넨다.

"저 실례합니다. 어떻게 이곳에서 서 계십니까? 누구를 기다리시는지요?"

철선이 조용한 목소리로 이렇게 말을 건네자 인호는 황당한 표정을 지으며

"아닙니다. 그냥 서 있는 겁니다."

하지만 철선은 이미 누나인 다희에게서 이 건물 1층 여자화장실 밖에 한 남자가 서 있는데 그 사람이 괴롭히는 사람이라고 문자를 받았기에 만반의 대비를 마친 상태이다.

"왜, 쓸데없이 여자화장실 바로 앞에 서서 뭐하는 짓입니까?"

이렇게 말을 하자 인호는 몹시 화난 표정으로

"이 인간이 당신이 무엇인데 내가 여기 서있든 말든 상관이야 저리 비켜"

"뭘 비켜 이 자식아, 내가 다 알고 왔다. 넌 오늘 끝났어. 내가 바로 앞으로 다희 씨 남편 될 사람이다. 괴롭히는 놈이 있다고 전화가 와서 이 어른이 여기까지 달려왔다. 잠깐 건물 밖으로 나갈까"

인호는 못마땅한 얼굴로 철선을 노려보고 있었는데, 이 때 건물 밖에서 망을 보고 있던 청화가 들어오고 있었다. 친구인 인호가 다른 사람과 실랑이가 벌어지니 돕기 위해서이다. 청화는 그 둘이 서 있는 곳에 가까이 오더니

"지금 뭐하는 거야. 무슨 일이야?"

인호에게 물어보고 있다. 청화가 가세함으로써 두 남자와 한 남자가 맞부딪히는 형국이 되어 버렸다. 철선은 여자 화장실로 들어가더니 누나인 다희를 나오라고 크게 부른다. 그러자 다희는 천천히 나오기 시작한다. 철선과 다희는 밖으로 나가더니 그 두 남자에게 경고성 멘트를 한다.

"내가 다희 씨 애인인데 살려달라고 내게 전화가 와서 달려온 거요. 이제 알았으면 좋게 말할 때 물러가시지요. 서로 피곤해지지 말고…"

"이게, 애인 좋아하네. 애인이 뭐 별거야. 사귀면 애인이지 됐어 비켜 골키퍼 있다고 골인이 안 되냐? 세게 슛을 지르면 골인인거야"

인호는 철선의 말에 이렇게 정면으로 도발을 감행하였다. 지금 인호는 다희에 얼굴과 몸매에 완전히 이성을 잃었고 정신이 혼미해진상태이다. 저번 6월초 삼미 때와 같은 그런 강심장을 내 뿜는 것이었다. 철선은 말로 했을 때, 이들이 순순히 받아들이기를 바라고 있었는데 도발을 감행해 들어오니 머릿속이 더욱 복잡해져만 가고 있었다. 그래도 한 번 더 이들에게 기회를 주고 싶었다. 그래서 말을 하고 있다.

"당신들 순순히 돌아가시오. 나는 다희 씨 애인이자 결혼할 사람

입니다. 더 계속 추근거리면 서로에게 좋지 못한 결과가 발생합니다. 돌아가세요."

"야, 까불지 마라, 사랑은 쟁취하는 거라는 것을 모르냐? 나는 그럴 권리가 있는 사람이야. 다희 씨도 나를 좋아한단 말이야, 그러니까 아까, 내게 입맞춤을 두 번이나 해 주었던 거고, 분위기가 끓어오르는데 웬 난데없이 훼방꾼이 나타나 나와 다희 씨를 괴롭히는 거야!"

철선은 얼굴이 상기되기 시작하였다. 그냥 넘어갈 수 없다는 표정이 역력해졌다. 철선은 그 둘에게 건물 밖으로 나가서 해결을 하자고 제의를 한다. 그래서 네 명은 건물 밖으로 나간 후 주변 놀이터 쪽으로 걸어갔다. 철선은 다희에게 내가 해결할 테니 도망치라고 말을 했으나 다희는 그럴 수 없었다. 어찌 친동생이 다른 두 남자와 실랑이가 벌어지는 현장 속에서 도망칠 수 있었겠는가! 다희가 철선에게 이제는 경찰을 부르는 게 좋겠다며 스마트폰을 꺼내들었지만 철선은 그러지 말라고 손을 흔들었다.

직접 해결할 수 있다는 자신감의 표출인 셈이었다. 인호가 먼저 욕을 퍼부으며 주먹을 휘두르기 시작하였다. 청화는 옆으로 돌아가 측면을 공격하려고 몸을 움직이고 있었다. 철선은 인호가 휘두른 주먹을 감각적으로 피해가며 니킥을 옆구리에 꽂아 넣는다. 역시 무에타이 전문선수다운 강한 동작이었다. 그 니킥에 인호는 통증을 느끼며 뒤로 주춤주춤하고 있을 때, 측면에서 청화가 또 철선에게 주먹을 휘둘렀지만 그런 공격을 맞을 리 만무하였다. 이번에는 로우킥으로 청화의 허벅지를 강타하였다. 그 로우킥에 청화는 쓰러지고 말았는데 이 때, 순간적으로 격분을 참지 못한 철선은 자신의 영원한 우상인 마우리시오 쇼군에 전매특허인 강한 사커킥을 청화의 얼굴을 향해 일격을 가하고 만다. 결국 청화는 그 사커킥을 맞고 기절했고 방금 전 옆구리 니킥을 맞고 주춤거렸다가 조금 회복한 인호가 뒤에서 철선의 목을 잡고 늘어졌지만 바로 돌아서면서 다시 한 번 니킥을 시도했다.

이번엔 제대로 적중이 되어 쓰러져가고 있었는데 또 습관적으로 몸에 배어있는 사커킥을 인호의 얼굴을 향해 온 힘을 다해 걷어찬다. 이 장면은 정말 과거 프라이드에서 쇼군이 수많은 선수들을 초토화시키는 바로 그 장면 그대로였다. 지금은 볼 수없는 명장면 쇼군의 스탬핑에 이은 사커킥 퍼레이드 그 자체였다. 요즘 격투기 UFC에선 볼 수 없는 화끈한 기술이었던 그 걷어차기 장면… 역사 속으로 사라진 프라이드에 그 멋진 장면을 라이브로 보여준 홍철선, 결국 인호는 다희를 성폭행을 하려다가 그만 무참히 땅바닥에 무너지고 말았고 또 그를 도와주기 위해 망을 봐주려고 했던 청화도 땅바닥에 쓰러졌다. 철선과 다희는 그들이 쓰러져 있는 모습을 보면서 발길 돌려 타고 온 오토바이가 있는 쪽으로 걸어가서 철선은 다희를 오토바이 뒤에 태우고 자신이 운영하는 서둔동에 있는 체육관으로 향해 달렸다. 도착한 철선은 내려 다희에게 오늘은 화성 집에 가지 말고 이곳에 자신이 사는 빌라에서 자고 내일 같이 화성으로 가자고 말을 한다.

다희도 오늘은 그래야겠다는 생각을 하고 있다. 정신적으로 너무 시달렸고 불안에 떨어야 했기에 어디에서든 쉬고 싶은 마음뿐이었다. 홍철선은 현재 나이 27세이고 다희보다 한 살 어린 친동생이다. 오늘 누나의 위급한 상황을 구출하는데 있어서 결정적인 역할

내
리
사
랑
내
리
화

을 수행해 내었다. 지금 살고 있는 곳은 서둔동 체육관 주변에서 빌라를 얻어서 혼자 지내며 무에타이 현역선수로써 활약 중에 있다. 빌라에 들어간 후, 철선은 다희를 위해 우황청심원과 꿀물을 꺼내어 주면서 정신적으로 안심을 시키고 있다.

"누나, 우선 우황청심원과 꿀물을 먹고 마음을 편안하게 해"

"그래, 고마워, 오늘 나를 위해서 너무 고생했어. 들어올 때 과일이나 좀 사올걸 너무 정신이 없어서 그만 깜빡했네."

"아니야, 집에 냉장고에도 과일은 너무 많아 내가 꺼내올 테니 먹으라고"

이 남매는 서로를 위로하며 긴박했던 상황을 생각하며 이제는 한숨 돌리며 평온을 찾아가는 분위기를 맞이하고 있었다. 다른 한편, 그 오목천동, 다툼이 벌어졌던 놀이터 주변에서 그 둘은 강한 사커킥에 여파로 간신히 자리에서 일어나 기어가서 벤치에 앉을 수 있었다. 인호는 분하다는 감정을 감추지 않았고 청화는 그냥 모든 것을 잊자고 말하였다. 인호는 폭행을 당했으니 경찰에 신고하자는 반응이었고 청화는 그렇게 되면 상황이 더 복잡해지기 때문에 그렇게 하지 않는 것이 좋겠다는 서로 상반된 생각을 갖고 있었다.

인호는 자신은 절대 잘못이 없고 억울하게 얻어맞았다고 생각하며 내일 별도로 이 상황에 대해 알아보겠다는 마음을 굽히지 않고 있었다. 이윽고 밤이 지나 5일 토요일이 되었고 인호는 정말 어제 밤에 얻어맞아 억울하다고 청화에게 말했던 것처럼 여러 방면에 법률 채널을 봐가며 사례를 나름대로 연구하고 있었는데 어제 있었던 그 건은 그 남자, 즉 홍철선의 대응이 정당방위가 아닌 과잉방위가 됨을 알게 된 것이다.

그래서 인호는 얼른 청화에게 전화를 걸어 법률 채널을 살핀 결과 우리가 얻어맞은 것이 전적인 상대편의 과잉방위이니만큼 피해자 신분으로 고소를 할 수 있다고 말하였다. 그러자 청화는 설사 그렇다하더라도 그냥 이선에서 그치는 것이 좋겠다고 만류하였다. 하지만 인호는 분하다며 고소의 뜻을 굽히지 않았으나 청화의 간곡한 간청으로 인호는 그렇게 진행하지 않았다. 이 세상을 살아가는 법이라는 것이 인간의 내면에서 출발하여 행동으로 옮겨지는 일련의 과정을 크게 나누어 가해와 피해, 둘로 나누었을 때 가해 쪽을 보호하는 측면이 강하게 작용하는 것 같다. 피해는 현실로 나타난 것 말고도 보이지 않는 셀 수조차 없는 상상 이상의 것이 있다는 부분이 안타깝기 그지없다. 저녁이 되었고 다희는 형철과 숙희에게 속아서 어제 저녁 때 오목천동 QQ카페로 나간 것에 대해서 불만이 이만저만이 아니었다. 그래서 일단 숙희에게 전화를 건다.

"여보세요"

"어, 숙희야, 나 어제 정말 어처구니없는 일이 벌어지고 말았어. 우리가 호프집에 가서 9시 반쯤에 나왔잖아, 그 후 집에 가려고 걸어가는데 그 인호란 사람이 몰래 따라왔던 거야. 그래서 싫다고 했더니 강제로 나를 끌고 모텔로 들어가려고 시도를 했어. 가까스로 위기를 모면했지만 아무튼 큰일 날 뻔했어"

"뭐야, 그런 일이 있었단 말이야. 우리 형철 씨가 너무 인정에 약해서 그 청화라는 사람한테 넘어가서 그만 이렇게 됐구나. 내가 대신 네게 사과를 해야겠구나!'

"아니야, 살다보면 실수를 하는 경우도 있지 뭐"

이렇게 둘은 통화를 하고 전화를 끊었다. 숙희는 전화를 끊고 나서 바로 형철에게 전화를 건다. 형철이 전화를 받자 숙희는 방금 전에 있었던 통화내용을 그대로 전달을 한다. 그러자 형철은 깜짝 놀라며 충격에 빠지고 만다. 형철은 화가 치밀어 올라 곧바로 청화에게 항의를 하기 위해 수화기를 든다. 지금 시간은 저녁 8시쯤, 신호가 가고 있고 청화가 전화를 받고 있었다.

"여보세요"

"어, 청화 씨, 이게 어떻게 된 일입니까? 다희 씨가 어제 인호 씨한테 성폭행을 당할 뻔했다는 게 그게 사실입니까?"

"아예, 너무 죄송합니다. 본의 아니게 그렇게 되었나봅니다. 방지하지 못해 너무 송구스럽습니다."

"아니, 송구스럽다고 말한다고 될 일입니까? 저는 청화 씨를 믿고 또 제게 계속 간청하여 어렵게 만든 자리입니다. 그런데 어떻게 그런 일이…"

형철은 매우 불쾌하였다. 속았다는 느낌도 들었고 자신의 부주의한 판단으로 그런 일이 발생한 것 같아 괴롭기도 하였다. 오늘은 즐거운 토요일 주말이지만 자신의 실수로 그들을 만날 수 있게 연결한 죄책감으로 잠을 제대로 이룰 수 없을 것 같았다. 나름대로 책임감이 강한 성격을 지닌 형철이었기에 더욱더 심정은 착잡하기만 하였고 그 마음 가눌 길 없어 집에서 홀로 늦은 밤에 소주를 한 병마신다. 괴로울 땐 소주가 제일인가보다!

형철에게 있어 이번 주말은 바늘방석에 앉은 그런 기분과 심정이었다. 이렇게 주말은 흘러가 버렸고 내일은 다시 한주가 시작되는 월요일이다. 이번 일을 타산지석으로 삼아 스스로가 거듭나기를 다짐 또 다짐하며 내일 출근을 위해 꿈나라로 접어든다. 불편한 마음으로 잠을 자서 그런지 형철은 아침에 일어났는데 몸이 뻐근한 느낌이 들었고 머리도 아파오고 있었다. 그래도 삶의 터전, 신갈동 회사를 향해 힘차게 달려간다. 점 점점 무르익어 가는 가을 날씨, 생활하기에는 더 없이 좋은 날씨인데 심란한 일이 생겨 마음이 무겁다. 형철은 회사에 출근하여 답답한 나머지 금요일 저녁에 있었던 일들을 철수에게 말하였다. 그러자 철수는 깜짝 놀라며

"인호를 조심해야 되는데" 이런 말을 하고 있었다.

그러면서도 그만하길 다행이라는 반응을 보이기도 하였다. 그러면서 철수는 저번 7월말에 영동여행을 갔다 온 후, 수원야외음악당에 들렀던 날에 다희에게 인호를 조심하라고 말했던 기억이 주마등처럼 머릿속을 스치고 지나가고 있었다. 어쨌든 그 말을 들은 철수도 마음이 편치는 않았다. 그래서 철수는 커피자판기 쪽으로 걸어간다. 커피를 한 잔 마시고 마음을 다잡기 위해서이다. 그런데 어디선가 전화가 오고있었는데 확인해 보니 다희였다. 지금 그에 대해서 얘기가 오고갔는데 바로 전화가 걸려오니 조금 당황스럽기도 했지만 일단 전화를 받기로 했다.

"여보세요"

"철수 씨, 나 지금 엄청나게 괴롭고 짜증난 상태야, 긴 말은 다 못하니까, 있다가 내가 철수 씨 회사로 갈 테니 그렇게 알아…"

다희가 철수의 회사로 퇴근 후, 달려온다는 것은 형철에 대한 응징 차원일까! 아니면 또 다른 차원일까! 아무튼 현재 다희는 몹시 격해져있는 것은 사실이다. 철수는 이 전화를 받고 얼떨떨한 기분이었다. 이렇게 다소 혼란스런 상태에서 오전시간은 다 지나갔고 점심식사시간이 되었다. 회사주변에 있는 식당으로 식사를 하기

위해 걸어가는데 또 어디선가 전화가 걸려오고 있었다. 다희일 거라고 생각했는데 열어보니 삼미였다. 저번 명절연휴 때 카톡을 보내었던 삼미가 한참이 지난 이 시점에 왜 전화를할까! 궁금하기도 했지만 받지 않았다. 냉정해지겠다고 다짐하지 않았던가! 삼미는 매번 철수가 전화를 받지 않으면 문자를 보내곤 한다. 오늘도 예외는 없었다.

철수가 전화를 받지 않자 삼미가 보낸 문자 내용

　철수오빠, 내가 저번 연휴 때 외삼촌이 나보고 판사하고 맞선 보라고 했다고 했잖아, 어제 오후 1시에 강변역 부근에서 만났어. 그런데 별로야. 오빠만큼 잘 생기지도 않았고 그저 그래, 난 철수오빠만 기다리고 있는 중, 오빠를 본 지도 오래됐고 그래서 엄청나게 매우, 무척 보고 싶은데, 있다가 오빠가 다니는 회사에 퇴근 무렵에 갈 거야. 그럼 내게 따뜻한 카페라떼 한 잔 부탁합니다. 그렇게 뜨겁게 한 잔 부탁해요. 철수야 있다가 봐요. 철수 안녕.

　이런 내용의 문자가 철수에게로 온 것이었다. 순간, 철수는 머릿속이 복잡해지면서 괴로웠다. 오늘 다희도 있다가 퇴근 시간에 오겠다고 선포해 놓은 상태인데, 공교롭게도 방금 전, 삼미 마저 그즈음에 온다고 문자가 왔으니 말이다. 지금 철수는 점심식사를 하고 있지만 음식이 제대로 넘어가지 않는다.

회식

다희는 그렇다 하더라도 삼미는 너무 집요하고 줄기차게 달라붙으니 철수로선 여간 힘들고 괴로운 일이 아닐 수 없다. 거기에다가 예전에 철수가 신갈동 푸른빛 연립에서 살고 있었을 때 영희의 결혼식이 있었던 날부터 며칠 후, 5월 말쯤에 철수, 다희, 숙희, 형철 이렇게 네 명이 신갈 회사부근에서 회식을 하고 철수가 집으로 들어가는 길에, 다희가 따라왔었을 때, 집 앞, 공터 벤치에 미리 와 있던 삼미와 철수를 따라온 다희는 격렬하게 맞부딪힌 적이 있었기에 오늘 또 그와 같은 상황이 벌어질 가능성이 너무 높다. 철수는 긴장되고 있다. 지금 솔직한 심정은 어디론가 숨어버리고 싶다는 생각 뿐, 오늘 회사일이 바쁘지 않다면 하루 연가를 내고 도망치고 싶지만 월요일이라 업무량이 많은 편이라서 그럴 수도 없는 지경에 몰려있었다. 어쩔 수 없는 일이라 생각하고 그냥 의연하게 대처하려고 마음을 먹고 있다. 태연한 모습을 그들에게 보여주리라 다짐한다.

어느덧, 시간은 흘러 6시 퇴근시간이 되었다. 오늘은 웬일인지 그들을 대한다는 것이 그저 무덤덤하게 느껴질 것 같은 예감이다. 철수는 6시가 조금 넘어 퇴근을 하려고 회사정문을 나서고 있었다. 예상대로 다희가 와서 기다리고 있었는데 표정이 몹시 안 좋아보였고 어깨도 힘없이 축 처진 모습을 하고 있었다.

"철수 씨, 지금 퇴근하는 거예요."

"아 네, 그렇습니다. 무슨 일로 오셨는지…"

내
리
사
랑
내
리
화

"철수 씨, 나를 좀 잡아줘. 이게 다, 철수 씨 때문이야. 나를 책임지라고 제발"

"아니, 무슨 일이 있었어요? 다희 씨 진정하세요."

철수는 이미 오늘 출근하여 형철에게 그 사실을 들었지만 그냥 모른 체 하였다. 그렇게 하는 것이 서로 좋을 것 같아서였다. 그러자 다희는 크게 소리쳤다.

"철수 씨가 나에 든든한 애인이 되어 달라는 말이에요. 그래야 잡것들이 끼어들지 않을 것 같아요. 제발 그래 주세요. 내님이여 철수님이여 철수 씨…"

"다희 씨, 지금 무슨 말을 하는 건지 잘 모르겠습니다. 저 바빠서 그만 가야 될 것 같은데 다음에 연락드리지요."

"그냥 가면 안돼요. 뭔가 확실한 약속을 해 주고 가야되지 않겠어요?"

신갈 회사 정문 앞에서 둘이서 옥신각신하고 있는데 형철도 퇴근을 하기 위해서 나오고 있었다. 다희와 형철은 정면으로 마주쳤다. 형철은 자신의 부주의로 청화의 부탁을 받고 오목천동 QQ카페에서 그런 만남이 이루어졌고 그 후, 본의 아니게 불미스런 일이 벌어졌지만 어쨌든 죄책감은 지니고 있었고 그 소식을 전해 듣고 괴로움으로 주말시간을 보내야만 했었다. 그런데 여기에서 보게 되니 제대로 얼굴을 들지 못하였다.

"다희 씨, 숙희 씨한테 들어서 그 사실 알고 있어요. 제 부주의로 그런 가슴 아픈 일이 벌어져 너무 마음이 아프고 송구스럽습니다. 죄송합니다."

"아, 아닙니다. 뭐, 형철 씨가 그런 상황이 올 거라는 걸, 미리 알

수 있었겠어요? 그 인간들 둘이서 만나려고 달콤한 말로 이리저리 유인을 했을 게 뻔해요. 형철 씨는 너무 사람을 잘 믿고 또 세상을 긍정적으로 바라보는 성품이라서 그런 일이 생기는 것 같아요. 괜찮아요. 저는 오늘 철수 씨하고 담판을 지어야 할 일이 더욱 중요하니까요. 그냥 편하게 생각하세요."

"저 그럼, 철수하고 중요한 얘기가 있는 것 같으니 저는 그만 가겠습니다. 다음에 뵙지요. 철수와 좋은 시간되세요."

형철은 이렇게 말하고 먼저 자리를 피하는 듯, 승용차를 타고 집으로 갔다. 철수도 가려고 움직이기 시작했는데 그러자 다희는 그의 앞길을 가로 막는다.

"철수 씨, 가긴 어딜 가려고 합니까? 오랜만에 만났으면 초코라떼라도 한 잔 사주셔야지, 아니면 나를 보호해 주는 보호자가 되어주겠다고 약속을 해 주든가"

"다희 씨, 오늘은 그렇고 다음에 만나기로 해요."

"뭘, 다음이야, 다음은 볼 때마다 그 놈에 다음, 다음, 그 다음이라는 놈을 내가 가만두지 않을 거야, 그 놈, 다음을 잡아 버려야지."

이렇듯, 철수와 다희는 계속 회사정문 앞에서 옥신각신거렸다. 이 때, 시간은 6시 15분쯤 되어 가고 있었다.

"철수 씨, 아까 형철 씨가 나오면서 내게 죄송하다고 말하는 내용을 알고나 계신가요?"

"잘 모르겠습니다."

"제가 다른 곳에 카페 같은 곳에라도 들어가서 그 내용을 들려드릴께요."

"아, 그런데 오늘은 너무 바쁜데…"

이러는 사이에 삼미가 점심 때, 철수에게 오늘 회사로 오겠다고 문자를 넣었던 그대로 삼미가 승용차를 주차장에 세우고 내려서 걸어오고 있는 것이었다. 삼미는 철수를 크게 부른다.

"철수 오빠, 내 사랑하는 그대, 철수야"

철수와 다희는 이 소리를 듣고 너무 놀라 어리둥절하였다. 다희가 삼미를 바라보자 삼미도 그를 알아보는 듯, 움찔하는 표정을 짓는다. 이 둘은 이미 5월 말에 예전 철수의 집, 신갈동 푸른빛 연립 앞, 공터에서 한 남자를 놓고 격렬하게 맞부딪힌 적이 있었다. 그때, 철수가 간신히 이 둘을 떼어 놓을 수 있었는데 오늘 또 공교롭게도 다시 이곳에서 맞부딪히게 된 것이다. 지금 철수의 머릿속은 복잡하고 당황스럽기 짝이 없다. 저번과 같은 일이 벌어질 것이 뻔한데 이것을 어떻게 수습할지 이 생각뿐이다. 삼미가 먼저 포문을 연다.

"내가 차 세워놓고 걸어오면서 들었는데 남자가 싫다고 하는 것 같은데 왜 이리 상대방을 귀찮게 하는 겁니까? 그냥 돌아가세요. 당신은 자존심도 없어"

삼미는 아주 강하게 메가톤급 선제공격을 퍼붓는다. 이 말을 들은 다희가 가만히 있을 리가 없다.

"자존심 같은 소리하고 있네, 너는 그렇게 자존심이 강해서 여기 철수 씨한테 거부당하고 또 왔어."

올 5월 말에 두 사람 간에 한 남자 철수를 놓고 1차전이 벌어졌었는데 드디어 5개월 만에 다시 2차전이 벌어지는 순간을 맞이하고 있다. 철수는 이곳이 자신이 다니는 회사정문이니만큼 다른 곳으로 가자고 그들을 달래며 설득하고 있었다. 다른 직원들이 보게 되면 철수로선 최악에 이미지가 될 수 있음이 두려웠던 것이었다. 그들은 철수의 설득대로 다른 곳으로 2차전 장소를 옮기고 있었다. 그 장소는 걸어서 5분 거리인 신갈을 늘 아름답게 꾸며주는 신갈천이다.

두 여인은 실개천으로 내려가자마자 서로 얽히고 설키기 시작하면서 심한 욕설도 서슴없이 오고가고 있었다. 이 두 사람에게 철수라는 존재는 하늘같은 존재인가 보다. 실개천으로 내려간 상태에선 다희가 더 강한 핵을 터뜨린다.

"야, 내가 저번 5월 말쯤에 봐 준거야. 인간이 불쌍해서 철수 씨는 어차피 나와 결혼하기로 되어 있는데, 너는 그냥 엑스트라 정도 수준인데 그 때 봤을 때 참, 한심하고 불쌍해 보이더라고, 이 XXX 야"

"뭐, 우리 철수 오빠가 너처럼, 건달 같은 x 하고 결혼을 해… 야, 그럼 해가 북쪽에서 떠서 남쪽으로 지겠다."

이렇게 실개천으로 내려가서 처음에는 언쟁으로 시작하였으나 서로 격해지고 흥분되더니 두 사람은 눈 깜짝할 사이에 상대방의 머리카락을 잡고 늘어지며 발과 무릎으로 상대의 옆구리나 다리를 공격하기도 하였다. 이렇게 심하게 격해지기 시작하자 철수가 이 두 여인을 갈라놓으며 소리를 지른다. 철수가 그들을 힘겹게 갈라 놓았지만 양쪽에 갈라선 채로 서로 발로 차는 바람에 중간에 끼여 있던 싸움을 말리는 이가 그들의 발에 차이는 경우도 벌어지기도 하였다.

"그만들 하세요. 이 자리에서 확실하고 분명하게 제 생각과 입장을 말 하겠습니다."

철수가 이렇게 소리를 지르자 그 두 여인은 서로가 격분되어 공격하던 행동을 잠시 멈추고 크게 숨쉬기를 하며 서로를 계속 노려보고만 있었다.

"저는 결혼할 여자가 있습니다. 지금 교제 중이고 날짜 잡는 것만 남았어요. 그러니 더 이상 내게 오지 마세요. 계속 이런 식으로 전화하고 문자 넣고 회사까지 찾아오고 이러면 그대들을 스토킹으로 경찰에 신고할 겁니다. 이 방법 밖에 없을 것 같습니다. 절대 오지 마세요. 각자 다른 남자들을 만나서 행복하게 사세요. 그럼 이만 갑니다."

철수는 과거처럼 상대입장 헤아리는 것에서 완전 벗어나 단호하면서 냉정했다. 그래야만 이 복잡한 상황을 탈피할 수 있을 거라고 판단했기 때문으로 풀이된다. 철수는 빠른 걸음으로 실개천 길 따라 다른 곳으로 달아나 버린다. 이러자 두 여인은 한참동안을 맥없이 하늘만 바라보다가 다희가 먼저 말을 꺼낸다.

"내 희망 주인공이 사라져 버렸으니 우리의 싸움은 의미가 없어졌어. 방금 전, 철수 씨가 한 말이 사실인지, 더 자세한 정보를 알아본 후, 우리 그 때 다시 만나서 마지막 3차전 결승전을 치르기로 하자고…"

"그것도 좋겠지. 오늘은 허망하게 끝났어. 나도 철수오빠의 결혼 사실을 알아볼 테니까, 그쪽도 그렇게 하라고 그리고 또 만나 사생결단을 내자고"

철수가 결혼할 사람이 있다고 선언을 하고 황급히 도망치 듯, 달아나자 이 두 여인은 허탈감에 빠지며 그 선언이 사실인지 알아보자는 공통된 반응을 보이며 철수 쟁탈전 3차전 결승전은 다음으로 미룬다는 합의를 하고 조용히 뒤돌아서서 각자 갈 길로 향해 갔다.

철수는 오늘 그들을 따돌리기 위해서 결혼할 사람있다고 속임수를 쓴 것이다. 앞으로는 어떻게 될지 모르지만 오늘은 속이 후련하였고 돌아서서 상갈동 집으로 오는 마음은 모처럼만에 홀가분하고 마음이 한결 가벼웠다. 철수는 10월 7일 월요일은 마음 편히 잠을 잘 잘 수 있을 것 같다. 사람은 때론, 이렇게 냉정하게 의사표시를 하면 마음도 상쾌해지고 홀가분해지기도 하는가 보다. 이것이 인생이라는 것일까! 냉정해지는 의사표시… 밤 9시가 되었는데, 카톡이 오고 있었다. 확인결과 미숙이었다.

10월 7일 월요일 밤 9시경, 미숙이 철수에게 보내온 카톡 문자 내용

철수 씨, 보고 싶어서 문자를 보내 드립니다. 저번 주 수요일에 그대께서 제게 먼저 전화를 해 주신 것은 저를 뜨겁게 좋아하면서 사랑하고 있다는 의사표시로 새겨야 될 듯합니다. 저는 요즘 홀로 가게 일을 하다 보니 조금은 힘들기도 하지만, 늘 제 곁에는 이 철수라는 이름 세 글자, 그대께서 존재하시기에 저절로 힘이 나고, 밥 안 먹어도 배부르고 반찬을 안 먹어도 너무 배가 부릅니다. 철수 씨라는 존재가 제게 꼭 필요한 식량인가 봅니다. 그것도 안 보면 괴로운 식량, 액자에 그대 사진 넣어 머리맡에 놓아도 저절로 끼니가 채워지는 그런 식량 말이에요. 그런데 오늘따라 너무 허기져요.

이런 내용의 문자가 미숙으로부터 전해 왔다.

철수는 이에 대해 이렇게 답장을 보낸다.

　미숙 씨, 마음을 조금은 알 수 있을 것 같습니다. 그렇지만 우리 조금만 더 시간을 갖고 생각해 보기로 해요. 앞으로 우리에게는 너무 많은 시간이 존재합니다. 함께 웃을 수 있는 날도 헤아릴 수 없이 존재합니다. 그러니 조금만 더 기다려 주세요. 즐겁고 행복한 꿈나라여행 보내세요. 철수는 미숙에게 이런 내용의 답장을 보내고 있었다. 그래도 다른 여자들보다는 마음은 미숙에게로 많이 기울어져 있음이 드러난다. 철수는 이 답장을 보낸 후, 잠시 유튜브로 들어가 바이올린 연주 동영상을 보다가 살며시 꿈나라로 접어든다. 내일을 위하여 그렇게…

　날이 밝아 밝은 아침이 찾아왔고 서둘러 준비하고 출근길에 오른다. 용인 상갈동은 참 아름답기도 하지! 주변에 아름다운 실개천 길도 있고, 이 세상에서 가장 아름답고 우아한 신갈저수지도 있으니 기흥구에 사는 모든 이들은 축복을 듬뿍 받은 것 같다. 그 아름다운 실개천 길 따라 그 물결 위에 행복하게 이리로 저리로 둥 둥둥둥 떠다니는 물오리클럽들 오늘은 어디로 행차하시는지요? 짝을 찾아 사냥하십니까?

　철수는 오늘도 물오리회원들과 눈인사를 나누면서 실개천 길 따라 걸으며 일터로 돈벌기 위해 달려간다. 그리 많은 월급은 아니지만, 그래도 소중하지. 상쾌한 마음으로 회사현관문을 열고 들어간다. 20명 남짓한 직원들 모두 웃는 얼굴이었는데 그 중, 절친 동료 형철은 무엇인지 조금 불편한 기색이 역력하기만 하였다. 철수는 조금은 궁금하기도 하였는데 나중에 한 번 물어보기로 하였다. 그랬는데 형철이 다가와 잠깐 밖에 휴게실로 나올 수 있겠느냐고 살

짝 손짓을 하고 있다. 철수는 그를 따라 나갔더니 형철은

"어제 밤에 청화 씨에게서 전화가 걸려 왔는데 인호 씨가 너무 지나치게 못된 행동을 하여 대신 사과한다고 하면서 중간에서 만날 수 있는 계기를 만들어준 나에게 너무 미안하게 됐다며 오늘 이곳 우리회사주변에 와서 속죄하는 의미에 술을 한 잔 사겠다는 거야"

"청화가 진심으로 미안한 마음을 갖고 있다면 좋은 일이지. 그렇다면 형철 씨가 잘 판단하고 만나서 잘 해결하는 게, 낫겠지. 뭐, 내가 어떻게 답을 줄 수가 없네"

형철은 청화가 단독으로 속죄하는 의미로 신갈 회사 쪽에 와서 술을 한 잔 사겠다는 말에 대해 조금은 의아하기도 했지만 그래도 사람의 진정성을 믿기로 노력하였고 더군다나 오늘 화요일은 자신의 예비신부인 숙희가 있다가 퇴근 무렵에 이곳에 오기로 되어 있는 날이라서 만약에 청화가 내게 사과를 하게 되면 형철 자신의 불찰도 숙희로 부터 조금은 덜 수 있으리라 생각도 든다. 이윽고, 퇴근 시간이 다가왔고 형철은 철수에게 청화 씨가 이 시간에 오게 되니 함께 만나자고 제의했지만 오늘은 예전의 그가 아니었다. 철수는 여러모로 얽히고설키다보니 만날 생각이 없다고 말하며 얼른 갈 준비를 마치고 빠르게 퇴근길에 올라 집으로 향했다. 6시가 조금 넘으니 숙희가 승용차를 타고 도착하여 형철의 회사 주차장에 차를 세운다. 차에서 내린 숙희에게 형철은 이 시간에 사과의 뜻으로 청화가 오고 있다는 말을 한다. 그러자 숙희는 못마땅한 표정을 지으며 불쾌감을 나타낸다.

6시 10분쯤 되니 청화가 주차장에 들어오고 있었다.

내리사랑 내리화

"안녕하세요"

"아예, 안녕하세요. 형철 씨 나와 계시군요. 그런 일이 발생하여 너무 죄송합니다."

"아니, 그 게 어떻게 된 겁니까?"

"볼 면목이 없습니다."

"아니 그런데 왜 청화 씨가 옆에 있으면서 적극적으로 제지하지 않으셨나요?"

"아예, 자초지경은 어디 가서 술이라도 한 잔하면서 설명 드리지요."

이렇게 세 명은 신갈 회사 주변의 숯불갈비 집으로 들어갔다. 형철과 숙희는 청화가 혼자서 이곳에 온 의도를 의심도 하면서 다른 한편으로는 정말 그가 적극적으로 막지 못한 것에 대해서 그 만남의 가교역할을 담당했던 형철에게 정식으로 사과의 뜻인지도 모른다는 두 가지 생각이 함께 교차하였다.

"청화 씨, 인호 씨가 그런 행동을 하려고 할 때 옆에서 도와준 것 아닙니까? 다희에 말에 의하면 망을 봐 주기까지 했다고 하더군요. 그래 놓고 뻔뻔하게 우리에게 찾아와 사과를 한다고요. 이 게 뭐하는 짓입니까?"

숙희는 그 때 다희의 비명에 전화를 받고 절친 입장으로 몹시 괴로웠다. 그랬는데 지금 청화를 보게 되니 격분이 안 될 수 없었다. 숙희의 맹비난에 대해 청화는 아무 말도 못하고 침묵만을 유지하고 있었다. 몹시 격앙됐던 시간도 잠시, 술이 한 잔씩 들어가고 갈비도 먹고 술잔이 계속비워져 가면서 형철과 숙희도 조금씩 마음이 누그러지기 시작하고 있었다. 이렇게 세 명은 6시 30분부터 술을 마시기 시작하여, 지금 시간 9시 이 때까지 계속 마신 것이었다.

그런데 미묘하기도 하고 신기한 일이 벌어지기 시작한 것이다. 2시간 반 가량을 이런저런 대화를 나누었고, 물론 핵심은 청화가 인호를 잘 제지를 못해 미안하다는 말이 주제였지만, 원래 말이라는 것은 계속 오고가다 보면 미묘한 여운을 남기기도하고 다른 불씨를 일으키기도 하는 것이 바로 말이다. 그것도 특히, 이성에게 어떤 말을 하여 안심을 일으키는 재주나 기술이 타고난 이들은 말을 하다 보면 그 상대방과 급격히 친밀해지는 이렇게 할 수 있는 요령과 재능이 출중하다. 이 시점에선 바로 이것이 문제 중에 문제가 된다. 그 문제가 바로 지금 묘한 눈빛이 청화와 숙희 간에 오고가고 있다는 문제이다. 눈빛만 보면 상대의 마음을 헤아릴 수 있게 되어 있다. 이 상황을 눈치 채지 못하는 형철이 안타까울 따름이다. 때마침, 형철이 화장실을 가려고 잠시 일어나 걸어가고 있었다. 청화는 술에 취해서 그런 것인지 아니면 무엇인가에 씌어서 그러는 것인지 숙희에게 야릇한 표현을 하고 있다.

"숙희 씨, 예전에 뵈었을 때 보다 매우 예뻐지셨네요. 너무 섹시하십니다."

"어머, 그래요. 난 원래 그래요. 섹시하게 봐주셔서 감사합니다."

"이거 제 명함인데 시간 있으면 연락하세요. 숙희 씨"

"오우, 그래요. 그럼 제 것도 하나 드릴께요. 받으세요."

이 두 사람은 형철이 화장실에 간 사이에 서로가 교감을 느끼어 명함을 주고받고 있었다. 이렇듯, 남녀사이는 알다가도 모를 일이고 모르다가도 알 수 있는 일이다. 잠시 후, 형철이 오고 있었다. 그러자 그 둘은 다시 조용히 침묵을 지킨다. 지금 시계바늘은 9시 30분을 향해 달려가고 있다. 형철은 시간이 너무 오래 되었으니 그만 일어나자고 말을 건넨다. 그러자 청화는 얼른 일어나 카운터에 가서 계산을 마친다.

"청화 씨, 이렇게 우리에게 맛있는 음식을 사주셔서 잘 먹었습니다."

"아니, 아닙니다. 제가 제 친구인 인호를 제지를 못해서 다희 씨에게 상처를 드려 너무 죄송할 따름입니다. 다희 씨에게 꼭 전달하여 주십시오. 제가 속죄하고 있다고 전해주세요."

"아, 그럼요. 알겠습니다. 따뜻한 말씀을 들어서 마음마저 훈훈해지는 것 같아요."

이 세 사람은 9시 반에 갈비 집에서 나왔고 형철과 숙희는 수원시 권선구로 향하였고, 청화는 야탑역 쪽으로 향했다. 그런데 서로 인사를 나누는 순간, 형철이 안 보는 틈에 청화와 숙희는 서로 손으로 하트모양을 하면서 다시 한 번 야릇함을 나타내고 있었다. 이런 것으로 비춰봤을 때, 앞으로 또 다른 하트전쟁이 벌어질 게 짐작이 된다. 남녀관계는 너무 지겹고 힘들다. 그렇다고 체념할 수도 없지 않은가! 남녀간의 교감은 무척 빠른 편이다. 하지만 새로운 만남이든, 몰래 만나는 것이든, 그런 결과로 치러야 할 아픔 또한 만만찮게 있다는 것을 알아 두는 것이 바람직하지 않겠는가! 형철은 청화가 정말 그 일에 대해 사과의 뜻을 표현했다고 생각하는 단순함을 지니고 집으로 향한 반면, 청화는 짧은 틈새시간을 이용해 숙희의 명함을 건네받았고 또 조만간에 시간을 내어 쥐도 새도 모르게 전화도 할 수 있게 된 것이 즐겁고 행복하기만 하다. 천하의 바람둥이인 청화도 또 다른 새로운 상대, 새로운 만남에 대해선 매우 들 뜨기도 하고 설레 이기도 하는 것 같다. 청화는 내일쯤, 숙희에게 전화나 문자를 보내려고 생각하고 있는 것이다. 그런데 묘하게도 지금 시간에 숙희도 청화와 대화를 나누었던 야릇한 기억들을 떠 올리며 잠을 이루지 못하고 있다는 것이다. 이런 마음이 쌓이고 쌓이면서 시계바늘도 덩달아 그 마음 따라 쌓여서 다음 날 아침이 되어 있었다. 청화는 야탑에 있는 회사로 출근을 하자마자 바로 숙희에게 전화를 걸고 있다. 역시, 바람둥이는 순간포착능력도 엄청 빠르기도 하다. 그런데 사실, 이 세상에 바람둥이 아닌 사람이 과연 존재하는지 모르겠다. 그래도 기준이라는 것이 있다면 속에 있는 마음을 겉으로 표출하여 행동으로 옮겼느냐, 아니면 속에 있는 마음을 겉으로 표출하지 않고 그대로 속으로 묻어두었느냐, 이 차이일 것 같다. 일단, 전자가 바람둥이이고 후자는 이것 아니다. 이 게 정답은 확실하다. 그런데 진정 마음의 평온을 찾고자 한다면 후자로도 안 된다. 후자를 선택한 것은 바람직하고 좋은 삶이지만 그것으로 인해 공연히 마음적으로 스트레스를 더 많이 받고 있다면 이 또한 괴로움은 더 가중될 뿐이다. 그러니 후자를 선택하되 미온적으로 남아있는 욕망마저도 버리려고 노력하는 삶이 어떻겠는가! 이 과정에서 술이나 노래나 옷 구입, 폭식으로 대체하지 말고 순수하게 실낱같이 남아 있는 욕망마저도 실개천에 흐르는 물살에 던져라…

청화는 후자가 아닌 전자이다. 그것도 무척 적극적인 전자인 것이다. 이것도 아무나 하고 싶다고 하는 것 아니다. 바람둥이도 타고 나는 것이다. 이렇듯, 청화는 회사에 출근하자마자 태연하게 숙희에게 전화를 건다.

"여보세요"

"예, 안녕하세요. 저 김 청화입니다. 어제는 잘 들어가셨어요."

"아 네, 잘 들어갔지요. 청화 씨도 잘 들어가셨겠지요."

"덕분에 잘 들어갔습니다. 우리 오늘 시간되면 만나서 식사라도 하시지요."

"오우, 너무 좋아요. 어디에서 만날까요?"

"숙희 씨, 현재 수원 오목천동에 계시지요. 그럼 있다가 저녁 8시에 수원 장안문에서 만나기로 하는 게 어떨까요?"

"아 네, 알았어요. 그럼 있다가 7시쯤에 전화를 주세요."

숙희는 어제 신갈에서 예비신랑인 형철과 함께 청화를 만났었는데 은밀히 명함을 주고받았고 그 후, 오늘 이 시간에 청화에게서 만나고 싶다는 전화를 받고 바로 그러겠다고 반응을 보이고 있었다. 어쨌든, 청화는 이런 쪽으로 타고난 재능과 소질이 있는 게 확실한 것 같다. 아니면, 숙희가 일편단심 해바라기 같은 성품을 지니지 못한 것인가! 아무튼, 이 두 사람은 있다가 저녁 8시에 수원 장안문에서 만남이 이루어진다. 남녀가 만남이 이루어진다는 것은 대화를 하기 위해서 그러는 것일까! 대화는 음식 맛을 내기 위한 조미료역할은 된다. 산악회원들이 산악회를 결성하는 일은 산이 좋아서 그러는 것일까! 산을 좋아하는 마음은 운동을 하기 위한 조미료역할은 된다. 청화는 저녁 7시에 약속대로 숙희에게 전화를 건다.

"여보세요"

"예에, 숙희 씨, 8시까지 장안문으로 올 수 있지요?"

"예, 알았어요. 8시까지 나가 있을 테니까 오셔서 전화를 주세요."

청화는 그 시간에 숙희를 만나기 위해 승용차에다 신나는 노래를 틀어 놓고 신나게 엑셀레이터를 밟아가며 수원 장안문을 향해 달려가고 있다. 이윽고, 청화는 장안문에 도착하였고 시간을 보니 7시 55분이었다. 승용차를 주변에 세워두고 숙희에게 전화를 걸고 있었는데 숙희는 전화를 받기 전부터 미리 이곳에 나와 있었다.이 두 사람은 이렇게 만나게 되었고 함께 카페 빈으로 들어갔다. 카페에 들어간 두 사람은 조금도 서먹서먹하고 어색함이 없이 화기애애한 표정과 분위기를 연출하며 마치 오랫동안 사귀어온 연인인 것처럼 급격히 다정해져만 간다.

"숙희 씨, 숙희 씨를 처음 본 것은 올 1월 달에 철수, 형철 씨와 노래방에 갔었을 때 였는데 그 때 봤을 때보다 지금이 더 예뻐진 것 같아요."

"오우, 그럼 그 때는 안 예뻤다는 뜻이네요?"

"아니지요. 그 때도 엄청 예뻤었던 것 같아요. 그런데 형철 씨가 선수치는 바람에 그냥 양보했지요. 저는 원래 양보정신이 투철하거든요. 착하기도하고…"

"그런 것 같기도 해요" 이 둘은 이렇게 화기애애하게 대화를 나누다보니 벌써 시간은 9시가 훌쩍 넘어가 있었는데 숙희는 오늘은 늦었으니 다음에 만나자고 말을 건넸지만 청화는 많이 아쉽다며 조금 더 다른 곳에 가서 얘기를 나누자고 말을 한다. 청화의 제안이 받아 들여져 두 사람은 카페를 나왔고 장안문 주변에 있는 성곽 길을 걸으며 더욱더 뜨거워지는 교감을 느끼고 있는 시간이었다. 수원 장안문 주변, 옛 성곽 길은 은은하고 아름다운 가로등 불빛과 함께 더욱 핑크빛으로 황홀해져 가는 두 사람의 가슴을 더 큰 하트문양으로 가꾸어 나가기에 알맞게 그렇게 새겨지며 달궈놓기에 전혀 부족함이 없었다. 한참동안을 걸어가더니 성곽 길에 구석진 곳이 있었는데 느닷없이 청화는 숙희의 입술을 행해 진한 입맞춤을 시도하고 있었다. 숙희도 피하지 않고 더 강하게 호응을 하였다.

하트의 새로운 역사

형철과 결혼을 불과 20일 남겨두고 있는 숙희는 또 다른 하트의 역사를 써 내려가고 있었던 것이었다. 그런데 공교롭게도 바로 이 시간에 형철에게서 전화가 걸려오고 있었고 숙희는 너무 흥분의 도가니에 빠져있어서 그 전화를 받지 못하였는데 몇 분 지나자 문자도 오고 있었다. 숙희는 이 문자도 확인을 하지 못하고 계속 흥분의 도가니에 빠져있는 것이다. 그러다가 청화가 숙희에게 작은 톤으로 말을 한다.

"숙희 씨, 나는 오늘 밤, 숙희 씨와 떨어져 있고 싶지 않아"

"아니, 그건 무슨 뜻인가요?'

"말로 설명하긴 쉽지 않아, 내가 가자는 데로 가기만 하면 됩니다."

"그런 것은 너무 빠릅니다. 다음에 다음 기회에…"

청화는 바람둥이이면서 연애도 엄청 빠른 속전속결 타입이다. 그런 청화가 과연 이런 기회를 다음으로 미루겠는가! 청화는 숙희의 어깨를 잡고 성곽 길에서 내려와 골목길로 들어선다. 그런 후 모텔을 찾아 들어가고 말았다. 이렇게 둘은 번개같이 빠른 하트를 이루는 데 성공하였고 무척 애틋해지기 시작하였다. 밤 10시 30분쯤이 되어서 이 두 사람은 나오게 되었고 청화의 승용차를 함께 타고 숙희가 살고 있는 오목천동으로 핸들을 돌린다. 아까 숙희가 장안문 성곽 길에서 청화와 입맞춤을 하고 있을 시간인 9시경부터 지금 10시 반까지 숙희의 스마트폰에는 형철에게서 온 부재중 수신이 무려 20회가 넘었고 카톡 문자도 15회나 될 정도로 지금 형철은 몹시 숙희에 대해 궁금해 하고 있는 중이다. 지금 청화는 숙희를 태우고 오목천동에 다다르고 있는 중이다. 숙희는 통통 할인마트 앞에서 내려 달라고 말했지만 청화는 할인마트 사거리에서 조금 더 들어가 공터에 차를 세워 둔 채로 또 다시 애정표현을 강행하였다.

밀도는 아까, 장안문 주변에 있는 모텔에 들어갔을 때보다도 더 강도 높은 애정표현이었고 숙희도 꽤 흡족해하면서 기쁨을 만끽할 수 있었다. 더 뜨거워지면서 끈끈해지는 순간과 시간을 맞이하고 있었던 것이었고 밤 11시 30분이 되어서야 이들에 애정타임은 끝이 났다. 숙희는 차에서 나왔고 청화는 다시 핸들 돌려 야탑으로 달려갔다. 숙희는 자신이 살고 있는 빌라로 들어서고 있다. 집에 들어와 스마트폰을 확인하니 엄청난 양의 부재 수신과 문자가 와있었던 걸 알게 되었고 뒤늦게라도 형철에게 전화를 넣고 있다. 신호가 가고 있고

"여보세요"

"아, 나 숙희. 오빠 전화했었지? 내가 너무 바빠서 전화를 받지 못했네."

"그렇게 바쁘게 일을 했으니 몸이 많이 피곤하겠다. 분식집에 손님들이 너무 많았었나봐. 그럴 때도 있지. 결혼하면 내가 행복하고 편하게 해줄게. 그럼 편히 쉬어. 내일 전화할게. 잘 자. 좋은 꿈꾸고…"

"그래 오빠. 일을 너무 많이 해서 고단하다. 쉬어야겠어. 안녕"

숙희는 늦은 시간에라도 형철에게 전화를 해 주었다. 그리고 다시 청화에게 곧바로 전화를 한다. 집으로 잘 들어갔느냐는 안부전

화였다. 그 후 12시가 넘어서 꿈나라로 들어간다. 앞으로 이틀 후에 주말이 되면 형철과 숙희는 가을단풍 내를 맡기 위해 설악산으로 1 박 2일로 여행을 떠나려고 계획을 하고 있다.

한편, 철수는 점 점점 마음은 미숙 쪽으로 향하고 있음을 자신도 실감하고 있었다. 이제껏, 부딪혀 본 대상들 중에 미숙이 가장 자신에게 잘 맞는다고 느끼고 있기 때문이고 전체적으로 정돈되어 있는 모습이 마음에 들어서이다. 한가지, 신경이 쓰이는 요소는 과거에 의정부 고향친구였던 청화의 아내였었다는 것이지만, 그것은 서로가 노력에 의하여 극복할 수 있고 모든 것을 초월하는 정신력으로부터 해결할 수 있는 길이라고 생각하고 있다.

이틀이 지나 불금이 되었고 형철과 숙희는 내일 새벽에 설악산으로 떠날 준비가 되어 있었고 여행을 떠난다는 것에 대해 마음이 무척 새로워지고 있었다. 철수는 마땅히 계획을 세워 놓지 않고 일찍 집에 들어가 휴식을 취할 뿐이다. 철수는 늘 그랬던 것처럼 유튜브로 들어가 바이올린 연주 동영상을 듣고 있었는데 어디선가 전화가 오고 있었는데 혹시 미숙이 아닐까 생각했지만 그가 아닌 삼미였다. 삼미는 자존심도 없이 줄기차게 철수에게 달라붙는다. 철수가 삼미에게 결혼할 사람 있다고 말을 했음에도 불구하고 전혀 굽히지 않고 구애를 하는 것이었다. 철수는 삼미의 전화는 예전처럼 받지 않았다. 그랬더니 어김없이 카톡 문자가 오고 있었다. 지칠 때도 되었는데…

삼미가 철수에게 보낸 문자 내용

철수 오빠, 안녕. 난 그대가 그 누구를 만나더라도 개의치 않을 것이며 오로지 내 사랑은 그대, 철수오빠입니다. 철수 씨, 내 철수야, 사랑해요. 내가 저번 명절연휴 둘째 날에 철수 너에게 보낸 문자보면 알겠지만 우리 외삼촌이 현재 판사를 하고 있는데 후배 총각판사를 내게 소개한다고 해서 6일 일요일 날, 강변역에서 1시에 만났다고 월요일에 문자를 보냈었잖아. 철수 씨가 나를 끔찍이 좋아한다면 그 판사를 안 만나려고 했는데 철수 씨가 결혼할 사람 있다기에 하는 수 없겠다.생각이 들어 그냥 그 판사를 만나기로 마음을 굳혔어. 뭐 그냥 만나면 되는 거지 뭐. 그 판사는 나를 엄청 좋아한대. 왜냐면 내가 얼굴도 너무 뛰어나고 몸매도 엄청 뛰어나서 그런다는 거야, 그렇게 됐어. 내가 다음에 전화할게, 그럼 소주나 한잔 합시다. 철수오라버니.

이런 내용의 문자가 삼미로 부터 전해왔다.

철수는 이 문자를 보고 마음이 뒤숭숭하기만 하였다. 존칭을 쓰다가 또 그렇게 안하다가 너무 정신이 없었다. 또 판사를 만난다고 해 놓고 내게 전화할 테니 소주나 한 잔 하자는 것도 그렇고 한마디로 삼미라는 존재자체가 귀찮기만 한 것이었다. 철수는 11일 불금을 상갈동 집에서 바이올린 연주 동영상과 함께 조용히 지내며 깊은 사색에 젖어본다. 앞으로 인생을 어떻게 살 것인가! 이것에 대해…

바이올린 연주소리에 취해 잠이 드는 줄도 모르게 잠에 들었다. 깨어나 보니 새벽이 되어 있었다. 냉장고에 있는 시원한 석수 한 잔을 마신다. 그리고 무심결에 스마트폰을 향해 손이 간다. 그런데 순간, 깜짝 놀란 일은 밤에 깊이 잠든 시간에 밤 3시경에 다희가 문자를 보냈던 것이었다.

철수가 밤에 잠든 사이 3시쯤에 다희가 보낸 문자 내용

철수 씨, 월요일 날 보고 며칠 간, 철수 씨를 못 보니 무척 보고 싶군요! 그 날, 그대께서 결혼할 상대가 있다고 말씀하셨죠? 사실, 충격적인 내용임에 틀림없습니다. 그렇지만 제가 더 정확한 사실 확인을 한 후에, 그대에 대한 나의 사랑을 접을 것인지 최종 결정하겠습니다. 만약에 그렇다 하더라도 내 사랑을 쟁취하는 그날까지 저는 최선을 다해 달리고 달립니다.

이런 내용의 문자가 밤 3시에 다희에게서 전해 와 있었던 것이다. 어제 삼미에 이어 또 밤시간에 다희가 연속으로 철수를 향한 하트문자를 보냈던 것이었다. 철수를 좋아하고 있는 여러 명의 여자들 중에 유독 이들 둘이 더 열정적이기도 하고, 화끈한 성격을 지니고 있는 편이다. 그러나 철수는 이런 적극적인 두 사람의 공세를 비켜가면서 주말 토요일에 미숙에게 전화를 걸고 있었다. 저돌적인 것은 애정투쟁에 필요한 절대요소지만 마음대로 안 되는 게, 남녀 간의 사랑이 아니겠는가! 하지만 자기사랑을 위해 최선을 다하는 자세를 보이는 것은 인생의 한 단면으로 이런 노력의 자세가 실패하더라도 다른 일상생활에 미치는 시너지효과라든가 활력소가 될 수 있음은 분명하고 충분할 것으로 생각된다.

지금쯤, 형철과 숙희는 설악산을 향해 가고 있을 것으로 보인다. 연인들끼리 가을 단풍을 구경하기 위해 떠난다는 것은 그 무엇보다 즐겁고 행복할 거라고 생각된다. 이렇게 예비부부답게 애틋한 사랑을 확인하고 1박을 한 후, 이들은 다시 수원으로 돌아왔다. 이렇게 행복한 주말을 보낸 두 사람은 각자 집을 향해 들어간다. 형철은 내일 출근을 위해 일찍 잠자리에 들고 있다. 어두운 밤이 거치고 날이 밝아 창가에 환한 빛이 비추며 출근을 알리는 알람소리가 귓가에 맴돌며 깊은 잠을 깨우고 있다. 형철은 벌떡 일어나 출근을 위한 준비를 하고 신갈 회사로 달려간다. 늘 그렇게,형철은 회사에 도착하자마자 숙희에게 전화를 건다.

"여보세요"

"어, 잘 잤어. 먼 여행 갔다 오느라 피곤할 텐데"

"아니, 오빠 그렇게 피곤하지 않아. 있다가 점심 잘 챙겨먹고 또 전화해"

"그래 알았어"

형철은 10월 31일, 10월에 마지막 날에 숙희와 결혼식을 올린다는 사실이 마냥 즐겁고 행복하기만 하다. 직장인들이 가장 힘들어하는 요일인 월요일도 형철에게는 불월이나 다름없다. 그 뿐만이 불화, 불수, 불목, 불금, 불토, 불일로 이어지는 모든 요일이 불같은 날일 수밖에 없는 것이다. 불을 지피는 존재인 예비신부 숙희가 있기에 그렇다. 그래서 오늘 월요일도 즐겁고 행복하기만 한 것이다. 형철의 인생이 이렇게 행복하기만 하면 좋겠지만 조금 더 가봐야 알 것 같다. 숙희는 자신이 운영하는 분식집을 보통 10시쯤 여는데 초등학교 주변이라서 어린이들이 점심 때 많이 오기 때문에 미리 준비를 해 놓아야 하기 때문이다. 오늘도 여느 때처럼 그 시간에 문을 열고 준비를 하는 데 11시쯤 되니 어느 곳에서 전화가 오는데 보니까 청화였다.

"여보세요"

"숙희 씨 안녕, 주말 잘 보냈나요."

"아니, 오빠 나 형철오빠와 토요일에 설악산에 갔는데 그날 같이 밥 먹고 있었는데 그 때 전화하면 어떻게 해, 또 문자까지 넣고 내가 전화 안 받으면 눈치채고 문자는 안 넣어야지. 그건 그렇고 청화 오빠 오늘 만나"

"아, 그랬나! 알았어. 앞으로는 조심조심해야지. 그래 만나자고 오늘은 어디에서 만날까? 그 때 그곳 장안문에서 저녁 때 만나는 게 어떻겠니?"

"아니, 그곳 말고 화성행궁 쪽이 낫겠어. 있다가 저녁 6시쯤에 미리 전화해"

"그래 알았어. 너무 보고 싶다."

학교 동창회

　오늘도 이들은 저녁에 화성행궁 쪽에서 만나기로 약속을 하고 있었다. 저번 주 수요일에 만나서 애정표현을 했었던 사이이고 또 무슨 일이든지 첫 번째가 어렵고 까다롭지, 두 번째, 세 번째로 이어지는 것은 식은 죽 먹기나 다름없는 일이다. 그래서 이 세상을 살면서 처음 안 좋은 습관을 들여 놓으면 평생 동안 고치지 못하고 그렇게 안고 가는 것이다. 그러니 첫 번째로 안 좋은 습관과 행동을 하지 않도록 노력해야만 할 것이다.

　어쨌든, 이 사람들은 급격히 친해졌고 깊은 사이가 되었으니 이제는 뗄 수 없는 그런 사이, 그런 관계가 되어 버렸다. 이윽고, 시간은 쏜살같이 지나갔고 저녁 6시가 되었고 약속대로 청화는 전화를 넣고있었다. 전화통화 내용은 7시 30분에 화성행궁에서 만나자는 내용이었다. 숙희는 만일을 대비해 형철에게 전화도 넣는다. 내용은 학교동창회가 있어서 오늘은 만나기 곤란할 거라는 말이었다.

　이렇게 위장을 하고 숙희는 7시 30분까지 청화를 만나기 위해 화성행궁으로 번개같이 택시를 잡아타고 달려간다. 숙희가 만남장소에 도착하기 전에 이미 청화는 와있었다. 청화는 승용차를 세워두고 차안에서 숙희를 기다리고 있었다. 숙희가 보이자 청화는 차에서 내려와 그에게 걸어간다. 이 둘은 이렇게 만나 식사를 하기 위해 골목으로 들어가고 있었다.

　이들은 음식점에 들어가 식사를 마치고 나와서 행궁 윗길로 데

345

제 5 부 　계 속 되 는 　빗 나 감

이트를 하기 위해 걸어가고 있었는데 청화는 길을 걸으며 숙희에게 입맞춤을 연이어 퍼부었다. 부부 사이든, 연인 사이든, 몰래 만나는 사이든, 실외, 즉 길거리에서 입맞춤을 시도하는 인구가 부쩍 늘어났다. 이 부분은 재고의 여지가 있어 보인다. 이성간의 애정을 나눌 수 있는 공간은 이 세상에 매우 많다. 그런데 도대체 왜, 실외에서 그것도 길거리에서 그러는 것인가? 야외에서 그래야만 더 짜릿하고 스릴이 넘치는가? 그렇다면 인생을 헛살고 있는 것이다. 야외, 길거리는 자신들만의 원룸, 투룸, 빌라, 아파트가 아니다. 인간으로 태어났으면 서로서로 인간들에게 배려해야 할 마지막 에티켓은 한 가지 분명히 있다.

그것은 타인들을 서럽게 만들거나, 만인들을 더욱더 상대적 외로움의 수렁으로 빠뜨려선 안 된다는 것이 분명한 이치이고 진리이다. 이것이 인간의 미학이다. 인간이 살아가면서 더불어 삶을 위해서 서로서로 인간들에게 서러움에 찢어지는 피 눈물을 흘리게 하지 말길 바란다. 서구에 문물이 그렇다. 이런 주장한다면 그것은 그 서구의 문물이 삐 뚫어진 것이다. 공동체의 붕괴현상이다.

아무튼, 청화는 길거리에서 숙희의 입술에 집중력을 발휘한다. 길을 지나가는 행인들에게 과시하듯, 한 마디로 인간의 미학이 없는 못 배운 놈의 행동이다. 이들에 애정은 결국 꼬리가 길어져 잡히게 되는 순간을 맞이하고 말았다. 그 원인은 형철의 신갈 회사에 동료가 화성행궁 주변에서 살고 있는데 공교롭게도 이날 자신이 친하게 지내는 동료들을 집으로 초대를 하게 되었다.

형철을 비롯하여 여섯 명의 직장동료들은 이 골목을 지나가 숯불갈비 집에 간 다음에 그 초대를 한 동료의 집으로 가기로 되어 있었다. 그 여섯 명의 동료들 중에 철수도 포함되어 있었는데 청화가 숙희를 길에서 마구 입맞춤을 하는 것을 목격하게 되었다. 나머지 다섯 명은 청화가 누구인지 모르기 때문에 상관없지만 형철, 철수는 그 장면을 보고 경악을 금치 못하였다. 왜냐하면 다름 아닌 형철과 이번 달 말일에 결혼식이 예정되어 있지 않은가!

다른 동료들 다섯 명은 숯불갈비집으로 향해 걸어가고 있었지만, 철수, 형철은 얼음장처럼 몸이 굳어져 가고 있었다. 특히 당사자인 형철의 가슴은 갈기갈기 찢겨져만 가고 있었던 것이었다. 이둘은 이 상황을 자세히 알기 위해 조금 떨어진 곳에서 주시하기로 했다. 어두운 밤이라 어느 정도 거리를 유지하면 반대편에서 알아보기는 어렵긴 하지만 혹시 몰라, 벽 측면 쪽에 기대고 바라보았다. 그러던 중, 미리 갈비 집에 가 있던 다섯 명의 동료들로부터 전화가 걸려온다. 빨리 오라는 것이었다. 그래서 형철은 급한 용무가 생겨서 철수와 둘이서 참석을 못하게 됐다고 미안하다고 말을 하고 끊었다.

형철입장에선 이것보다 더 중요한 일이 이 세상에 또 어디에 있겠는가! 계속 주시를 하고 있었는데 청화는 숙희와 입맞춤을 멈추고 그에 어깨를 잡고 화성행궁 윗길로 천천히 걸어 올라가고 있었다. 형철, 철수는 그들이 알아보지 못하게 멀리서 따라 올라가고 있다. 지금 시간은 저녁 8시 30분이다. 그들은 행궁 윗길에 올라간 다음 벤치에 앉아 대화를 나누고 있었는데, 뒤 따라간 이들도 얼마 떨어진 벤치에 앉아 상황을 예의주시하고 있는 중이었다. 그들은 30분가량, 대화가 오고가더니 벤치에서 일어나 아랫길로 내려오는 것이었다. 그러더니 남문방향으로 긷다가 그들은 손을 잡고 모텔로 들어가고 있었다. 이 장면을 보게 된 형철은 순간, 두 눈에서 눈물이 핑 돌았다.

"어떻게 이럴 수가 있단 말인가! 이런 일도 벌어지는구나! 으 흑"

순간, 형철은 몸이 어지럽고 심한 정신적 충격을 받아 멍한 채로 철수의 어깨에 자신의 손과 얼굴을 갖다 대고 저절로 흐르는 눈물을 감출 수 없었다. 올 1월초에 알게 되어 모든 것을 내어주고 희생했건만 돌아오는 것은 결국 이것이었구나! 형철은 이 일로 인해 심한 우울증에 빠졌고 삶에 회의마저 느끼게 되었다. 이 부분에 있어 옆에서 이런 상황을 함께 지켜본 철수로서는 할 말은 많았지만 극도로 말을 아끼고 아꼈다. 철수는 다른 생각을 지니고 있지만 자칫하면 절친인 형철에게 행여나 더 큰 상처를 안겨줄 수도 있는 이론이기에 매우 조심스럽고 불안했다. 그래서 철수는 자신의 가치관을 절대로 말할 수 없었던 것이다. 그저 절친 동료인 형철을 위로만 할 수 있을 뿐이다. 성격이 거친 사람들은 쳐들어가 펄쩍펄쩍 뛰면서 난장판을 만들기도 하겠지만 형철은 그런 성격의 소유자가 아니다. 철수와 함께 발길 돌려 남문 쪽으로 걸어간다. 술을 마실까했지만 그럼 더 비참해질 것만 같아 먹지 않고 지동교 아래에 실개천으로 내려가 마냥 걷는다. 걷고 걸어서 매교역 쪽으로 향한다. 현재 이 아픈 상처덩어리를 수원 천에 흐르는 저 물살에 던질 수 있을까!

수원천은 내 아픈 덩어리를 받아 줄 수 있는가! 매교역에 다다르기 조금 전 벤치에 걸 터 앉는다. 그리고 힘없이 고개를 떨 군다. 형철의 아픔에 대해 철수는 침묵만을 유지한다. 어느 정도 상처엔 따뜻한 위로의 말이 큰 위안이 되지만 상처가 극으로 올랐을 땐, 그저 아무런 말을 하지 않고 옆에서 가만히 있어 주는 것이 더 큰 위로와 위안이 되기도 한다는 것을 철수는 깨닫고 있었다. 그 자리에 그렇게 걸터앉아 뜬 눈으로 밤을 지새우며 깊은 상처의 늪으로 빠진다. 몹시 쌀쌀한 밤기운을 맡으며 그대로 그렇게 밤을 새우고 무거운 몸을 이끌고 신갈 회사로 출근하기 위해 일어선다. 형철은 이미 마음속에서 숙희에 대한 모든 문제는 끝이 났다. 끝이다. 오늘부터 전화번호를 바꿔버리고 만약에 숙희가 회사로 찾아온다면 길을 지나가는 모르는 행인들처럼 그렇게 대하리라 마음먹는다.

올 1월에 숙희를 알게 되었고 그 때, 숙희에게 보냈던 문자 내용 중에 그대가 길을 지나가는 행인인 줄 알았는데 지금은 이렇게 내게로 다가와 연인이 될 줄은 꿈에도 생각 못했어요. 이런 문자가 있었는데 바로 오늘부터 그 때 형철이 의미하는 행인으로 다시 돌아가게 될 줄은 미처 몰랐었다. 이렇듯, 인생은 뭐든지 장담을 하면 안 된다. 인생은 어려운 것이기에… 올 1월초부터 형철과 숙희 간의 뜨거웠던 열애는 10월 14일 저녁 9시에 끝났고 오늘 15일 화요일에 전화번호를 바꾸고, 있다가 퇴근 후, 공인중개사에 가서 현재 살고 있는 빌라를 내 놓고 수원 권선구에서 용인 처인구로 이사할 계획을 세우고 있다. 형철의 마음속에는 숙희에 대한 그림자 한 점, 마저도 없다.

숙희는 어제 청화와 화성행궁 주변에 있는 곳에서 뜨거운 애정을 나누고 오늘은 점심때가 되어서 형철에게 전화를 걸고 있는데 삭제된 번호였다. 숙희는 순간, 철렁한다. 혹시 어제 그 사실을 눈치 챈 게 아닐까! 불안해진 숙희는 오늘은 형철의 회사에 가보고 집에도 가 볼 생각이다. 그래서 형철이 퇴근하기 전, 회사에 도착하고 있었다. 형철을 기다리고 있는데 6시가 조금 넘어서 나오고 있었다.

"오빠, 어떻게 된 거야. 왜 전화번호가 삭제됐어?"

숙희는 회사정문을 나서는 형철에게 다가가 말을 하고 있었다. 그러자 형철은 어제 수원천 산책로에서 마음먹었던 그대로 그렇게… 길을 지나가는 행인들처럼 대하리라, 생각했던 대로 숙희를 1초도 바라보지 않고 묵묵히 길만 바라보며 그냥 지나쳐갔고 승용차에 오른 후에 수원으로 향해 버렸다. 숙희는 어제 그 일에 대해 뭔가 직감을 하고 있었다. 형철이 괜히 그럴 이유는 없을 거고 이 때부터 숙희도 불안하고 초조해지기 시작하였다. 안 되겠다 싶어, 얼른 형철이 살고 있는 집으로 가기로 하고 서둘러 가 보았지만 문은 잠겨 있었고 아무도 없었다. 그리고 놀라운 것은 베란다에 물건이 아무 것도 없었다는 것, 더 세게 실감하는 순간을 맞이하고 있었다. 이것이 형철과 숙희의 마지막이다.

10월 마지막 날 예정된 그 둘에 결혼식은 휴지조각이 되어 버리고 말았다. 단순한 판단과 유혹을 이겨내지 못한 숙희는 천하의 바람둥이인 청화와 연인이 되었으니 앞으로 운명은 어떻게 진행될 거라는 것이 뻔해 보인다. 청화는 오늘도 모란역에서 삼미를 만나 데이트를 즐기고 있는 중이다. 또 삼미 말고도 애인들이 수두룩하다. 셀 수 없을 만큼 삼미는 엊그제, 저번 주 일요일에 맞선을 보았었던 장정호 판사를 종각역에서 만나 데이트를 즐기며 즐거운 시간을 보냈었다. 그런데 오늘은 옛 직장상사이면서 애인으로 지내는 청화를 모란에서 만나 저녁식사를 하며 오붓한 시간을 가지는 이중연애를 하고 있는 것이다. 숙희가 이런 청화에게 홀려버렸으니 앞으로 인생이 어떻게 될까? 우직한 형철은 완전히 떠나 버리고 그러니까 뭐든지 너무 홀리면 안 된다.

숙희는 화려한 언변과 유머와 위트, 재치 있게 말하는 타입인 청화에게 홀려 사면초가에 빠지게 되고 말았다. 사람을 대할 때 겉에 드러나는 화려한 언변에 넘어가선 안 된다. 내면을 볼 수 있어야 하는데 이것은 너무 어렵다. 왜냐하면 사람의 내면은 알 수 없게 되어 있기 때문이다. 심지어 자기 자신의 내면을 알기도 어려운데 어떻게 타인의 내면을 알 수 있단 말인가! 그냥 운명에 맡겨야 하는가! 아무튼 화려한 언변에 속지 말고 심사숙고 하길 바란다. 하루가 더 지나 수요일이 되었고 숙희는 청화에게 전화를 했지만 받지 않는다. 그래서 문자를 넣었더니 이런 내용의 답장이 오고 있는 것이었다.

시원하게 만나고 시원하게 생각하며 살길 바란다는 내용과 함께 자신에게 너무 빠져들지 말라는 것, 또 즐기며 살고 싶다는 내용도 있었다. 숙희는 이 답장을 받고 앞이 캄캄했다. 경솔한 자신의 처신으로 이것도 저것도 아닌 답답하고 암담한 현실에 직면하고 말았다. 청화는 성격상 한 여자를 오래 만나지 못하고 자주 바꾸며 일상생활에 집중력 또한, 매우 흐리고 놀기를 너무 좋아한다. 자신은 그러면서 작년 10월 미숙과 결혼을 한 후, 줄기차게 아내를 의심하는 의처증 증세까지 지니고 있었다. 자신의 욕망추구 행위는 정당한 것이고 혹시 다른 남자들이 자기의 아내를 탐낼까봐 전전긍긍하는 이기심이 하늘을 찌르는 것, 결국 둘은 이혼을 했고 아내였던 미숙은 현재 서울 은평구 녹번동에서 옷가게를 운영하는데 지금은 그가 철수를 좋아하고 있는데 아직까지는 마음이 활짝 열리지 않고 있다. 철수는 상갈동집에 들어오니 저녁 8시 30분이었는데 몸이 가볍기도 했고 피곤하기도 하였다. 샤워를 하고 휴식을 취하는데 집 전화벨이 울린다.

의정부에서 친누나인 이채희로부터 전화가 오고 있는 것이었다.

"여보세요"

"어, 철수야, 주말에 뭐 했어. 잘 지내니?"

"음, 동료와 이틀 동안 계속 산행을 했지. 너무 좋았어"

"그런데 너 명절 때 집에 왔을 때, 넌 못 봤겠지만 내 친구가 길에서 널 봤는데 마음에 든다고 하는데 어떻게 하면 좋겠니? 문제는 연상이라서…"

"음, 그래 연상이 문제가 아니고 내가 마음이 정리가 안 되는 게 문제인데"

"알았어. 다음에 전화하자고"

철수는 여자들한테 인기가 매우 높다. 철수를 한 번이라도 보게 된 여성들은 그를 만나고 싶어하는 경우가 너무 많다. 심지어 저번에는 이런 일도 있었다. 주말을 맞아 철수는 홀로 운동 삼아 상갈동 실개천 산책로를 걷고 있었는데 어떤 운동하던 여성이 다가와 말을 걸며 접근을 하기도 했었다. 그 여성은 다름아닌 은행직원이었는데 철수가 예전에 은행에 볼 일이 있어서 간 적이 있었는데 너무 인상 깊어 기억하고 있었다는 것이었다. 그래서 그 여성은 따라와서 자기 신분을 밝히고 철수에게 프로포즈를 시도한 것. 그러나 그 때, 철수는 반응을 보이지 않았고 그냥 지나가 버렸었다. 철수는 지금도 곁을 떠나갔었던 영희의 영혼을 그리워하고 있는 것 같다. 여러 명에 여성들을 접하면서 그 중에 한 명이었던 미숙에게 마음을 정리를 하고 기우는 듯하더니 다시 소강상태 답보상태가 되어 버리는 걸 보면 유일한 영희에 대한 영혼적 영원한 사랑은 끝이 없는가 보다.

늦은 밤이 되었고 철수는 연일 산행을 해서 그런지 피곤하여 눈

내리사랑 내리화

이 저절로 감겨 매일 듣던 바이올린 연주 동영상을 보지 못하고 그냥 꿈나라로 쓰러진다. 꿈나라여행을 마치고 인천국제공항을 거쳐 다시 한국으로 귀국했다. 귀국해 보니 월요일 출근이 기다리고 있는 것이었다. 그래서 집을 나와 상갈동 실개천향기를 맡으며 회사를 향해 걸어간다. 실개천도보길 중간쯤 갔을까! 벨소리가 울린다. 바라보았더니 고향 의정부에서오는 전화였다.

"여보세요"

"그래, 나다. 철수야 지금 출근하는 중이니?"

"예, 어머니 별 일 없으시지요? 날씨가 제법 쌀쌀해요. 건강관리 잘 하세요."

"아니, 혹시 네 누나한테 무슨 말 들었니?"

"무슨 말인데요?"

"네 누나의 친구 중에 김희나라는 이가 있는데 저번 명절연휴 때 우연히 길에서 널 보았는데 관심이 생겼다고 그러더라고 한 번 만나기나 해봐라"

"아아, 아닙니다. 어머니 누나의 친구를 만난다는 것은 부담이 됩니다."

"야, 뭘 부담이 돼, 이게 더 좋아. 오히려 연상의 여인이 남자에게 더 잘 해주는 걸 모르는구나. 원래 여자는 연하의 남자를 끔찍이 생각하고 더 좋아하는 법이야. 만나서 서로 마음만 통하면 이게 최고다 최고"

철수의 모친은 자나깨나 오로지 아들의 결혼문제만 생각하고 있다. 철수는 별다른 대답을 하지 않았다. 그냥 올 2013년은 이렇게 지내고 싶은 마음이 드는가 보다. 내년도 가봐야 될 듯,

내리화

　어느덧, 가을도 그렇게 하루하루 깊어만 간다. 가을도 이젠 얼마 남지 않았다는 느낌이 피부로 실감된다. 10월도 말로 접어들고 있으니 말이다. 철수는 요즘 가슴이 텅 비어 있는 듯하다. 계절과 날씨영향도 있지만 마음 한구석에는 아직도 영희에 대한 영혼적 사랑과 걱정, 부모가 자식을 걱정하는 마음과 같은 비슷한 사랑, 그런 사랑을 보이지 않는 영희에게 정신적으로 쏟고 있는 것이고 그 마음은 내면에 깔린 내리사랑 그 이름인 내리화, 내리꽃이다. 이 꽃은 가지려고 하여도 가질 수 없고 그저 바라만 봐야 하고 바라만 보는 것만으로도 행복하고 그 행복이 가슴에 넘쳐 행복눈물이 삼백 날, 아니 영원히 이 생 마감하는 그 날까지 기쁨에 겨운 눈물이 한강에 흐르는 물보다 많아야만, 그래야만 내리사랑 내리화로 내리꽃으로 그렇게 피어나는 것이다. 부모가 자식에게 쏟는 희생적 헌신적 사랑을 남녀간에 절반이라도 쏟지 못한다면 그것은 사랑이 아니다. 사랑이란 희생과 헌신이 동반이 되지 않으면 욕구충족 대상 밖에 안 된다. 철수의 영혼 속에 묻어있는 사랑은 희생적 내리화, 헌신적 내리꽃이다. 이 꽃이 전국방방곡곡에 활짝 피어나야 만이 아름다운 세상이 될 수 있다.

　시간은 번개를 닮아 번쩍하더니 이번 달은 다 가고 추워지는 계절의 문턱. 11월이 찾아왔다. 예정되었던 10월 마지막 날에 형철과 숙희의 결혼식은 취소되었고 숙희는 형철이 예전에 얻어준 분식점마저도 내놓을 수밖에 없었다. 그 후, 숙희는 친구 다희가 있는 화

성으로 떠났다. 그곳에 가서 당분간 다희의 집에 머무르며 다른 일
자리를 찾아 볼 생각이다. 형철은 숙희와의 이별이 마음 아프지만
자신이 더 성숙해져 가는 하나의 길목으로 여기고 거듭나려고 부단
히 노력하고 있는 중이다. 11월 1일은 불금으로 시작한다. 오늘은
왠지 즐거운 일이 있을 것 같기도 한 그런 날이다. 하지만 평상시와
별다른 차이는 없었고 퇴근길에 오르고 있었다. 정문을 나서고 있
는데 미숙이 기다리고 있는 것이었다.

"철수 씨, 안녕하세요. 가끔 전화는 드렸지만 제대로 만나기는
어려워서 이렇게 왔어요. 같이 식사라도 하고 싶어서 들렸어요"

"어쩌지요. 제가 지금 급히 갈 때가 있어서 다음으로 미루어야
될 것 같아요."

철수는 미숙을 정식으로 교제하는 의미는 아니었지만 마음이 그
에게로 조금 기우는 듯했지만 자신의 현실적인 생각이 그것에 미치
지 못하는 것을 깨닫고 미숙을 서서히 멀리하기 시작한다. 이렇게
핑계를 대고 달아나는 철수를 보며 미숙은 괴로움에 눈물을 흘린
다. 수도 없이 전화 넣고 문자 넣고 그러는 게, 마음을 움직이는 유
일한 방법이 되지 못한다는 것을 뼈저리게 느끼는 순간이다.

"그렇다면 지금처럼 처음부터 냉정하게 끊지, 왜 제게 따뜻한 위
로를 해 주셨나요? 내가 친구의 이혼녀라서 위로라도 해 주려고 그
랬던 건가요?"

철수는 앞만 보고 달아나버린다. 얼른 실개천 도보길로 내려가
집으로 향하는 것이 제일 속 편하다. 미숙은 달아나는 철수를 죽기
살기로 쫓아가고 싶었지만 그 자리에 주저앉는다. 철수는 본격적으
로 쌀쌀한 계절이 밀려오니 퇴근을 하며 상갈동 실개천도보길 벤치

에 잠깐 걸터앉아 영희가 살고 있을 것으로 생각되는 한보라 마을을 향해 바라보며 고개를 숙인다. 행복하게 잘 살고 있겠지. 사실 영희는 현재 행복한 삶이 아니다. 영희의 남편 중식은 아내와 결혼하기 전부터 카지노도박, 경마도박, 주식투자에 눈이 멀어 있었고 일상생활에 집중력이 결여되어 있었는데 영희는 그것을 모르고 결혼을 하게 되었던 것이었다. 또 5월 달에 결혼을 하고 난 후에도 그것을 즐겨하는 사람들과 어울려 다니기 시작하였는데 가정에 심각한 붕괴를 일으키게 된 시기 8월초부터였다. 이 때부터 금전적인 압박인 압류통지서가 집으로 날라 들어오기 시작했는데 정작, 본인은 심각성을 깨닫지 못하고 어울러 다니는 사람들을 가든으로 초대하기까지 점점 악순환의 수렁으로 빠져들기도 하였다. 이에, 이의를 걸었다는 이유로 영희에게 폭행을 휘두르는 행동까지 서슴없이 자행했고 그 후, 그 회원들과 어울려 산악회까지 결성하고 광교산으로 산행을 하다가 다른 여성 산악 회원에게 접근해 애인이 되어 사귀기까지 하고 있다. 영희는 추석연휴를 얼마 남겨 놓지 않은 시점인 9월 13일 금요일에 남편한테 심하게 폭행을 당하고 바로 다음날 토요일에 친정집인 상갈동 금화마을로 출산한지 두 달밖에 되지 않는 딸아이인 전혜수를 데리고 들어갔었다. 늘 영희에 대한 영혼적 사랑을 꽃피우고 있는 철수가 과연 이 사실을 알게 되면 어떤 심정일까! 사뭇 궁금하기도 하다. 아마 찢어지는 심정, 갈기갈기 찢기는 가슴이 아니겠는가!

영희는 9월 중순부터 계속 친정집에 머무르고 있으면서 이혼소송을 준비하고 있다. 현재 남편인 전중식은 저번 9월 19일에 클럽 회원들과 광교산을 산행하다가 다른 산악회 여자회원에게 접근하여 친해졌고 지금은 애인사이로 발전하여 매일 만나고 있는 상황이다. 그 여성이 돈이 많다는 것을 눈치 채고 더욱더 친밀해진 사이가 되면 돈을 뜯을 계획까지 세우고 있는 것이다. 일종의 사기이다. 그 후, 헤어지고 더 도박에 승부를 걸겠다는 생각을 하고 있는 중이다. 영희가 얼마나 스트레스를 받았을지 확연히 짐작이 된다.

철수는 11월의 출발점인 오늘, 늘 마음의 평온을 안겨주었고 지쳤을 때 새로운 힘을 북돋아주었던 신갈 저수지에 가려고 마음을 먹는다. 퇴근한 지 2시간이 지난 지금 어두움이 허공에 떠 있는 연기처럼 자욱하게 드리워져 있는 이 시간, 늘 마음의 구심점 같았던 신갈 저수지 산책로를 걷는다는 것은 삶의 기쁨이고 행복이다. 형식화된 정장보다는 자연스러운 복장이 마음이 편해진다. 이게 자연이다. 철수는 이런 옷을 입고 걷는다. 기흥 저수지라고 부르기도 하고 신갈 저수지라고 부르는 곳을 향해 그렇게… 산책을 하며 스마트폰을 통해 해금 연주하는 소리를 듣는다. 이 순간이 행복하다. 저수지 물 위에 세워진 무지갯빛 다리는 걷는 마음을 다양하게 꾸며주기도 한다. 무지갯빛 등불은 삶의 변화를 일으키기도 한다. 내가 변하는 내 모습처럼 말이다. 영혼은 그대로인데 모습은 무지개를 닮았구나!

올 2013년이 지나고 내년 2014년이 되면 내 모습은 더 그것을 닮겠지! 그 후엔 더 그럴 거고 그렇게 계속 닮아가다 보면 하나로 남을 것이다. 내가 다른 곳으로 달아나려고 하여도 그대로 그 자리에 남을 것이다. 이윽고, 신갈 저수지 무지갯빛 다리를 다 지나고 있었다. 조정연습장 앞, 벤치가 아득히 보이고 있었는데 안방 같기도 한, 저 벤치 점점 다가 갈수록 아주 크게 보이기 시작하였다. 아주

오랫만에 보는 내 안방 같은 벤치 밤 9시가 넘은 이 늦은 시간에 가로등 불빛 속으로 파묻힌 채, 홀로 어떤 한 여인이 고개를 떨구고 앉아 있었다. 옆쪽에 다른 벤치가 있어 잠깐 쉬려고 가는 순간, 서로 눈이 마주쳤는데 그 벤치에 앉아있었던 여인은 바로 영희였다.

철수는 정신이 하나도 없었고 어리둥절하기만 하였다. 영희도 철수를 보고 그런 것은 마찬가지였다. 철수는 무슨 말을 할까 말까 망설여진다. 예전과 다르게 다소 시무룩한 표정의 영희 모습. 그 마음을 철수가 알리는 만무하다. 철수는 아무 말도 하지 못하고 그저 저수지에 떠서 이리저리 뒹구는 물결만 바라 볼 수 있을 뿐이었다. 왜 혼자서 영희가 이곳에 앉아 있는지조차도 물어 볼 수 없는 현실이 그를 강하게 짓누르고 있었다. 그냥, 돌아서서 얼른 가는 것이 영혼적 사랑으로만 만날 수 있는 그님을 위한 유일한 길임을 그는 깊이 인식하고 있었던 것이었다. 지체하지 말고 돌아서 가자 그님, 영희를 위하여, 더 바라보려하지 말고 그렇게 그래서 철수는 뒤로 돌아 다른 곳으로 가려고 발을 내딛고 있었다.

순간, 핑 도는 눈물 한 잎, 두 잎, 떨어져버리게 그대로 두고… 이때, 마음속으로 외친다. 영희야, 난 네게 그냥 아무 말 없이 갈게. 그 게 좋아 널 진정으로 위하는 길이 바로 이거다. 앞으로도 우연히 보게 되면 이렇게… 그리고 한 걸음 두 걸음 움직인다.

이 때, 영희는 먼저 철수에게 자그마한 소리로 말을 건넨다.

"잘 지내고 있는 거지?"

뒤를 돌아 몇 걸음 걸어간 철수는 그 작은 메아리에 심장이 멈춘다. 영희가 내게 먼저 말을 건네 오다니!! 결혼하기 전에 실개천산책로에서 나를 부딪혔을 때도 어떤 남자와 결혼하게 되었다며 퉁명

스럽게 말하며 스쳐 지나갔던 그 영희가 오늘은 내게 정감어린 안부를 묻고 있다니! 너무 반갑지만 또 한편 너무 서글퍼지기도 했다. 철수는 잠시 멈추고 서 있다가 뒤를 돌아다보며 우두커니 영희를 바라본다. 바라보기만 할 뿐, 뭐라고 말은 하지 않는다. 그러자 영희가 다시 철수에게 또 자그마한 소리로 말을 한다.

"잘 지내지?"

이렇게 말을 하는 영희의 얼굴은 그늘이 가득하였다. 그늘에 이끼가 수북이 쌓여,

"음"

짧은 이 한 글자 이게 철수가 할 수 있는 유일한 한마디였다. 더 말할 수 없었다. 다시 반대 방향으로 발길 돌려 철수는 빠르게 걸어간다. 뒤를 돌아다보고 싶었지만 애써 참고 참는다. 이를 악물고 또 입술을 깨물며… 한참, 걷다가 뒤에서 보이지 않을 지점이 되어 살며시 내 영혼의 사랑이 앉아 있는 그곳 그 벤치를 물끄러미 바라보고 있는 아픈 영혼, 마음속으로 영희에게 당부를 한다. 날씨도 춥고 바람마저 몹시 쌀쌀한 저수지 둑 방, 벤치에 그만 앉아 있고 얼른 집으로 들어가, 그러다가 감기 걸릴까봐 걱정되. 그리고 행복해야되고 이 세상에서 제일 행복한 사람으로 살아야 되. 더 마음속으로 말하지 않을 께. 다음에 우연히 마주하게 되면 그 때 할 말을 아껴둬야지. 안녕… 이렇게 마음속으로 영희에게 안부의 인사를 하고 반대편 무지갯빛 다리로 하염없이 흐르는 눈물을 참아가며 백 미터 전력질주를 하듯, 그렇게 달려간다. 아니, 한편으로는 빨리빨리 좀 더 거리가 멀어지고 싶었다. 내 영혼적 사랑을 내가 어떻게 감당할 길이 블랙홀이어서 그저 탈출하듯, 안 보이는 게, 유일한 탈출이라

고 생각하고 있었으니 그렇게 달릴 수밖에… 하지만, 돌이킬 수 없는 다리를 건너 이렇게 되어버린 이유가 내게 있기에 미안하다는 말을 남기고 싶다. 철수는 상갈동 집으로 돌아왔지만 아직도 영희의 고운 목소리가 귓가에 맴돌고 그 모습도 아른거린다.

그런데 이렇게 춥고 쌀쌀한 밤 시간에 왜 홀로 신갈 저수지 벤치에 앉아 있었는지 의아한 생각도 없지는 않았다. 이렇게 11월의 출발은 과거를 회고하는 시간을 갖게 하기에 충분한 비망록이었다. 11월은 10월과 다르게 날씨가 급변하는 시기이다. 이런 날씨는 많은 이들에도 심적 변화를 일으킬 수도 있는 일이다. 이것은 작년부터 시작하여 올해까지 철수를 줄기차게 따라다녔던 많은 여성들에게도 날씨체감온도와 더불어 애정체감온도마저도 심적 구조조정이 뒤따를 수밖에 없는 현실 삶으로 들어가는 막다른 골목이었고 제각각 자신만을 사랑해 줄 낭군을 찾아 떠나고 있었다. 대표적으로 격렬할 정도로 따라다녔던 2인방, 최근 10월 7일 월요일에 신갈에 있는 철수가 다니는 회사에 찾아와 난투극을 벌리며 애정쟁취 2차전을 치뤘던 오삼미, 홍다희 이 두 여인은 워낙, 얼굴과 몸매가 뛰어나 많은 남자들한테 환심에 대상이었는데, 먼저 삼미는 외삼촌이 소개해 준 남자 장정호 판사와 올 12월 24일에 종로구 관훈동에 있는 팡팡 웨딩홀에서 결혼식을 올리기로 약속이 되어 있다.

그리고 다희는 화성에서 제약회사에 다니고 있는데 회사에서 주최한 모임에 나갔는데 다른 회사직원들도 오게 되었고 다른 관련된 사람들도 오게 되었고 그 자리에 화성에서 약국을 운영하는 약사가 참석했고 서로 대화를 나누던 도중에 눈이 맞아 교제를 하게 되었다.

또한, 올 1월에 의정부에서 맞선을 보았던 미용사 최리라, 리라는 철수가 추석명절 때 올 것으로 예상하고 중매인에게 집을 알아내어 연휴 첫날 찾아왔었지만 단호하고 냉정한 거부의 뜻을 받고 물러설 수밖에 없었는데 그 후, 마음을 접고 다른 지인들이 소개를 하여 맞선을 보았고 지금은 그 남자를 만나고 있는 중이다. 한참 늦게 철수쟁탈애정대회에 참가했던 김 선희, 선희는 미숙한테 해고된 후, 10월부터 서울로 공인중개사학원을 다녔으나 민법, 부동산학개론의 난해함을 극복을 못하고 결국엔 공인중개사사무실 보조직원으로 들어가서 근무하고 있다. 그리고 빼 놓을 수 없는 한 사람, 박미숙. 미숙은 한 때 철수의 고향친구였었고 절친이었던, 김청화와 작년 10월 17일에 화려한 결혼식을 올리고 멋진 부부생활을 꿈꾸었지만 청화의 광폭 의처증 증세로 인해 시달리다가 결국엔 올 1월 10일에 이혼을 하는 아픔을 겪었다. 그 후, 은평구 녹번동에서 옷가게를 운영하며 새롭게 거듭나고 있으면서 철수를 좋아하게 되어 지금은 상사병이 걸릴 정도로 마음이 뜨거워져 있다.

철수를 열정적으로 좋아하며 따라다녔던 여성 5인방 중에 아직까지 포기를 안 하고 매달리고 있는 이는 박미숙뿐이다. 철수에게 올인 사랑하며 따라 다닌 이 5인방 이외에도 그의 친누나의 친구였던 연상의 여인 김희나. 그리고 저번 주말에 상갈동 실개천 도보 길을 걷는데 뒤따라와 은행원이라고하면서 철수를 은행에서 보았는데 너무 인상이 좋아서 그 기억으로 이렇게 말을 하게 됐다고 했던 여성도 있었다. 이렇게 많은 여성들이 있었지만 철수의 마음을 완전히 흔들어 놓지 못하였다. 근본적 한계가 있는 것 같다. 하지만, 이 많은 여성들은 다 제각각 제 짝을 찾아 들어가고 있었기에 나름대로 즐거움과 행복 꽃은 어느 정도 활짝 피어나지 않겠는가!

이렇게 차갑고 쌀쌀한 11월도 어느새 다 지나가고 있었다. 영희는 가정의 불안과 남편의 무분별한 도박습벽행위, 거기에다가 여자 산악회원과 서로 눈이 맞아 그 여인이 돈이 많다는 것을 포착하고 뜯으려는 일종의 사기에 빠진 남편 전중식과 이혼절차를 밟던 중, 영희는 결국 11월 31일에 이혼을 하게 된다. 영희는 작년 2012년 8월 중순경, 2009년부터 결혼을 전제로 사귀었던 철수와 헤어지고 스트레스를 받던 중, 나이트클럽에 가게 되었는데 그곳에서 직전까지 남편이었던 중식을 알게 되어 교제를 하다가 올 2013년 5월 20일에 결혼을 하게 되었었다. 그러나 너무 성급히 섣부른 판단으로 남자를 결정하는 우를 범해 큰 낭패를 보게 되었고 거기에다가 딸아이까지 홀로 키워야 하는 어려움과 역경에 봉착하고 말았다. 영희는 친정집인 기흥구 상갈동 금화마을에서 지내며 당분간 긴 휴식을 취하기로 했다. 출산후유증도 있는 상태에서 정신적으로 받은 고통도 형언할 수 없을 지경이었고 그 상처는 눈물로도 대신할 수 없을 정도로 컸다.

지금 영희가 앓고 있는 이 고통을 이 세상 그 누가 알 수 있단 말인가! 이 찢어지는 심정을 알 수 있는 이는 내리사랑의 주체인 부모님밖에 없으리라. 그리고 한 명 더 있다면 만약에 이 사실을 알고 있다는 전제하에 철수일 것이다. 왜냐하면 그는 영희의 부모는 아니지만 내리사랑 그 마음으로 사랑했었고 그 정성이 꽃으로 피어나 내리화가 되었기 때문이다. 하지만 그 사실을 현재 모르고 있다. 추위가 절정으로 치닫는 12월이 찾아왔다. 추위만큼이나 영희의 마음도 차갑고 몹시 춥다. 친정집에 머물러있었던 기간이 열흘쯤 되어가고 있었다. 오늘은 10일 수요일이다. 착잡한 심정 가눌 길이 없을 때, 영희는 옛 대학교 동창이었던 미화에게 전화를 건다. 그 친구는 성남시 분당구 정자동에 살고 있고 다니는 직장은 야탑동, 야탑역 부근에 있는 건축사 사무실에 다니고 있다.

"여보세요"

"어, 그래 미화야 나 영희 인데. 요즘 어떻게 지냈어?"

"음, 잘 지내고 있지. 영희 넌 잘 지내고 있어, 결혼생활은 재미있지?"

"아니, 그건 내가 만나서 얘기할게. 오늘 시간되니?"

"음, 그럼 난 시간밖에 없는 사람이야"

"알았어, 예전에 직장이 야탑역 쪽이라고 했었지, 오늘 저녁 6시쯤에 내가 그곳에 가서 다시 전화할게"

영희가 옛 대학교 동창이었던 미화를 만나려고 하는 이유는 일자리를 알아보기 위해서이다. 아무래도 건축사 사무실에서 일을 하면 그쪽에 아는 사람들이 있을 거라고 생각하기 때문이다. 영희는 몸과 마음이 아픈 상태이지만 부양해야 할 가족이 많다. 우선 아버지는 영희가 어렸을 때, 작업현장에서 불의에 사고를 당해 지체장애 3급판정을 받았었고 지금은 일을 할 수 없는 상태이다. 그리고 바로 아래 남동생이 있는데 서울에 있는 한강대학교 3학년인데 학비를 충당하기 위해선 누나인 영희가 돈을 벌어야만 한다. 왜냐하면 영희의 어머니도 몸이 그리 좋은 편은 아니지만 현재 하는 일은 기흥구 상하동에 있는 대형건물 청소부를 하면서 생계를 이어나가고 있기 때문이다. 그래서 오늘 일자리 문제를 의논해 보려고 미화를 만나러 야탑에 가려는 것이다. 오후 4시가 넘었고 영희는 약속 장소에 가기 위해 집을 나선다. 야탑으로 가는 전철에 몸을 싣고 아무 생각 없이 천장만 바라본다. 그냥 눈을 감았다. 그러는 게 속이 편할 것 같아서였다. 잠깐 졸았는데 벌써 야탑이다. 내려서 걷다보니 너무 일찍 왔나싶어, 무심코 눈에 보이는 카페가 있어 그냥 들어간다. 홀로 마시는 아메리카노는 고독하지만 향기가 있어 좋다. 나를 위로하고 달래주는 향기 같은 그런 것, 어느새 6시가 다 되어가고 있었다. 카페에서 나와 야탑역 아래에 실개천 도보 길로 내려가 걷다가 미화에게 전화를 걸기 위해 스마트폰을 꺼내려는 순간, 바로 앞에서 걸어오는 사람이 있었는데 예전에 어디선가 많이 본 듯한 얼굴이다. 그래서 잠깐 전화 거는 것을 중단하고 유심히 바라보고 있었는데 그 사람은 바로 김청화였다. 그도 나를 알아보는 듯,

"어어, 차영희 씨 아니에요."

"예, 맞아요. 청화 씨, 어떻게 여기서 보게 되는군요."

"아예, 저는 직장이 이곳 야탑에 있고 가끔 안양으로도 출장을 갑니다. 참, 저번 5월에 결혼하신 것 알고 있는데 잘 보내시지요?"

청화의 이 말에 영희는 아무 말 없이 침묵을 지킨다. 영희는 그가 철수의 고향친구이고 한 때 친하게 지내었다는 걸 알기에 자칫 자신의 말이 그 쪽으로 들어갈 수도 있으리라 생각하기에 최근에 벌어진 자신의 가정문제는 말하지 않는 것이 좋겠다고 생각하고 있는 것 같다.

"아예, 결혼생활은 너무 즐겁고 행복하지요. 청화 씨 덕분에…"

"아이, 제가 뭘 도와드린 것도 없는데요. 아닙니다."

이렇게 간단히 인사말을 나누고 돌아서서 각자의 길을 걸어간다. 그런데 청화는 예전에 그가 철수와 사귈 때 보았던 분위기가 아닌 더 성숙되고 우아해졌다는 것은 느꼈는데 그래서 뒤를 걸어가는

영희의 뒷모습을 바라본다. 순간, 청화는 감탄사가 저절로 쏟아진다. 그 이유는 작년이나 재작년에 보았을 때 보다 얼굴과 몸매가 더 우아해졌기 때문이다. 청화는 영희가 야탑역 실개천 산책로에서 완전히 사라질 때까지 물끄러미 넋을 잃고 바라만 보고 있었다. 순간, 반한 것 같아 보인다. 또 다른 문제가 생길 듯한, 좋지 않은 분위기가 시작되어가고 있다. 청화는 갈 길을 갔고 영희는 미화에게 전화를 걸었다.

"여보세요"

"어, 미화니? 나 영희. 여기 야탑에 왔는데 어디로 가야 되?"

"음, 그래 다 왔어. 그냥 야탑역 2번 출구에 있어. 내가 금방 갈게"

"그래, 알았어"

영희가 야탑역 2번 출구에서 잠깐 기다리는데 미화가 5분도 채 안 되어 나왔다.

미화는 영희를 데리고 건축사사무실로 향하고 있었다. 미화는 야탑역에서 불과 걸어서 5분 남짓한 곳에 있는 건축사사무실에서 근무하고 있는 중인데 영희의 부탁을 받고 이곳으로 오라고 한 것이었다. 사무실에는 건축사가 있었는데 지금은 마땅한 일자리가 없고 일주일 후에 한 번 들르라고 말을 하고 있었다. 새로운 일자리를 찾는다는 것은 그리 쉬운 일이 아니었다. 그래서 영희는 다음에 들린다는 말을 하고 자리에서 일어날 수밖에 없었다. 영희는 다시 집으로 돌아오면서 마음이 착잡하기만 하였고 어떻게 일자리를 찾아야 할지 큰 고민에 쌓이기 시작하였다. 영희는 집에 도착하니 8시가 다 되어가고 있었는데 오늘도 신갈 저수지 산책로 방향으로 걷고 싶었다. 그래서 나와서 걷기 시작했다.

지금 영희는 그쪽으로 걸으면서 저번 11월 1일 날, 남편과 이혼하기 전, 그곳에 가서 앉아있었을 때, 철수가 왔었던 기억을 떠 올리며 걷고 있었다. 잘 지내느냐는 영희의 말에 짧게 한 글자, 음 이라는 말로 대신하고 쏜살같이 사라져 간 철수, 그런데 신기하게도 오늘도 그곳에 가면 볼 수 있을 것 같은 묘한 예감이 든다. 과연 그 예감이 맞을까! 영희는 저수지 물위에 설치된 무지갯빛 다리를 빠르게 달려갔다. 저번 11월 1일엔 철수도 그 다리를 건너서 그 벤치로 왔었는데 오늘 걷는 영희와 같은 마음은 아니었으리라.

그 때 그 날과 시간도 비슷한 시간 때, 9시 조금 넘은 시간 영희는 막연한 마음으로 조정연습장 가까이 다가왔고 벤치도 조금 씩 보이기시작하였는데 누군지 그 때 그 날 영희가 앉아 있었던 그 벤치 그 자리에 어떤 한 사람이 앉아 있었다. 한발 두발 더 내디딜수록 앉아 있는 모습이 가로등 불빛에 비춰져 자세히 보였다.

영희도 11월 1일에 철수가 그랬던 것처럼 옆 벤치에 앉기 위해 옆으로 지나간다. 그러다가 그 벤치에 앉은 이와 두 눈이 마주쳤는데 너무 놀랍고 기적 같은 일이다. 그 앉아 있는 이는 바로 영희가 무지갯빛 다리를 건너오면서 묘한 예감을 가졌던 그 날, 쏜살같이 달아났었던 철수였다. 이 순간, 철수도 몹시 어리둥절해하고 있었다. 그러나 또 그 때처럼 침묵으로 일관하기 시작하였다. 영희 또한 침묵을 지킨다. 한참을 각각 다른 벤치에 앉아 있었다. 그래도 철수는 지금 이 순간이 계속되기를, 지금 철수도 조금은 의아해지기 시작한다. 왜 한참이나 시간이 흘렀는데도 영희가 일어날 줄을 모르는 것일까! 하지만 끝까지 침묵으로 일관하고 있는 철수… 그 이유는 이렇게 해야만 영원히 영혼적으로 그님을 보호하는 길이라 믿었기에… 그저 그에 결혼생활이 행복해지기만을 빌었기에 이렇게 침묵만을 지킨다. 40분이나 각각 다른 벤치에서 침묵을 지키며 앉아 있던 두 사람 중에 철수가 먼저 일어난다. 천천히 걸어서 무지갯빛 다리를 향하고 있었다. 그 때, 갑자기 영희가 먼저 저번과는 다르게 조금 큰 소리로 외친다.

"왜, 아무 말도 안 하고…"

이 소리에 철수는 뒤를 돌아다보며 잠시 물끄러미 바라보더니 짧게 한마디 던진다.

"행복해, 행복해야 되."

이 말 한 마디였다. 그리고 또 그 때처럼 빠르게 그 다리를 향해 달려간다. 철수는 지금 영희를 그 벤치에 홀로 남겨두고 무지갯빛 다리를 뒤돌아오며 그에 그 한마디 왜 아무 말도 안하고 이 구절이 자꾸만 떠오른다. 하지만 나는 하고 싶은 말은 다 했다고 생각한다. 행복해야 되, 바로 이것. 나는 그 때 네가 앉았었던 그 벤치 그 자리에 앉아 있었지. 네 영혼이 머물렀던 그 자리에 내 영혼이 머물러 영혼적 합체가 되고 싶었어. 그것은 내가 널 좋아할 수 없기에 영혼적 사랑으로 영희 네가 행복하게 살 수있도록 그것도 영원히 행복하라고 빌어주는 거였어. 그래야만 내 마음이 편하고 행복해. 나는 너를 예전에 사귀었던 이성으로 생각하지 않고 내가 낳은 나의 딸이라고 생각해. 그래서 난, 널 내리사랑 그 이름으로 영혼으로 사랑할 수 있고 감싸줄 수 있지. 이미 내 심장 안에 너를 위한 꽃이 두 송이 피어있어. 이름은 내리화라고… 왜, 두 송이냐고, 우리 한 송이씩 나눠가져야 되니까!

깊어만 가는 점점 추워지는 겨울, 철수는 상갈동 집으로 들어와 또 영희를 걱정하기 시작한다. 왜 그 추운데 신갈 저수지 벤치에 그 것도 밤에 앉아 있을까! 저번에도 그랬고 오늘 또 그렇고 너도 나처럼 답답할 때도 있을 테고 홀로 물을 바라보며 명상에 잠기고 싶은 때가 있을 거야, 인생은 원래 그렇기도, 철수는 오늘도 그곳으로 산책 나갔다가 그를 볼 수 있었다는 행운과 행복을 지닌 채, 그의 모습을 떠 올리며 깊은 꿈나라로 여행을 떠나고 있다.

2013년도 연말로 가까이 접어들고 있었고 실개천에 흐르는 물도 저수지의 물도 때론 돌덩이처럼 그렇게 단단하게 굳어져 얼을 정도로 추위가 몰려오기도 하였다. 그 추위만큼이나 영희의 마음은 추워지기만 한다.지금 시급한 문제는 빨리 일자리를 구하는 것인데 뜻대로 안 된다. 야탑에 있는 미화가 근무하는 곳의 건축사가 일주일 있다가 오라고 했으니 다음 주 화요일쯤 전화하고 한 번 더 가볼 생각이다.

영희는 여기저기 교차로를 훑어본다. 취업박람회도 가보고 그런데 마땅치 않았다. 그렇게 시간을 보내다가 한주가 넘어갔다. 화요일이 되었고 영희는 전화를 건다. 그 건축사사무실에 근무하는 친구인 미화가 전화를 받았는데 현재 마땅한 곳이 없다고 말해 주면서 답답할 테니 그냥 오늘 바람 쐬러 이곳에 놀러오라고 말하고 있었다. 영희도 답답한 차에 그러겠다고 하였다. 시간은 지나 4시가 넘었고 그 때처럼 집을 나와 야탑으로 가는 전철에 몸을 실었다.

이번엔 저번 주에 갈 때처럼 전철에서 졸지는 않았다. 그래도 금방 도착하였다. 오늘도 그 때처럼 카페에 들어간다. 홀로 마시는 아메리카노가 너무 맛이 좋아서이다. 오늘은 저번 주에 들어갔었던 그 카페 말고 다른 카페를 찾아 들어간다. 그냥 이렇게 하고 싶었다. 조금 낯선 곳에 카페에 가서 홀로 마시는 아메리카노는 마음을 정화시켜주어서 고마운 마음마저 든다. 이것이 행복이다. 살아서 숨 쉴 수 있고 커피를 마실 수 있다는 행복, 큰 행복이다.

문득, 영희는 저번 주 이곳에 왔던 날, 그날 저녁에 신갈 저수지 산책로에 갔다가 우연히 마주쳤던 철수의 모습이 떠올랐다. 그가 어떻게 지냈는지는 모르지만 나보고 행복하라고 말하며 또 도망치듯 달아나는 모습, 그 모습이 아련히… 그런 상념 속에 젖어있는 시간이 잠시 흐른 후, 카페 문을 열고 들어오는 한 남자 저번 주 수요일, 미화를 만나기 위해서 이곳에 왔을 때, 야탑역 실개천 산책로 쪽에서 걷다가 부딪혔던 김청화였다. 공교롭게도 그는 다른 사람들 6명과 함께 이곳으로 오고 있었던 것이다. 회사사람들과 업무적인 문제로 얘기를 나누는 것으로 보인다. 그는 처음에 들어와 자리에 가서 커피를 시켜 마실 때까지는 영희를 보지 못했는데 중간에 화장실에 가려고 일어나 걸어가다가 앉아있는 영희를 보게 된다.

"어, 영희 씨를 여기서 또 보게 되네요?"

"아예, 안녕하세요."

"영희 씨, 그런데 또 무슨 일로 이곳에 오셨어요?"

"예, 저번 주에 만났었던 친구를 만나기 위해서요. 오늘은 이 카페에서 만나려고 그러는 중이예요. 그 친구가 퇴근하면 이곳으로 오라고 말할 생각이에요."

"아아, 이곳에 친구가 계시군요."

청화는 말이 끝나고 바로 화장실로 가더니 얼른 인호에게 전화를 건다.

"여보세요"

"어, 인호. 나 청화인데 지금 어디야?"

"볼일이 있어 잠시 수원에 와 있어."

"그래 잘 됐다. 지금 5시인데 6시까지 여기 야탑으로 올 수 있어?"

"갈 수 있지."

"그래, 야탑역 2번 출구로 나오면 호호카페라고 있을 거야. 여기로 와."

청화가 이렇게 인호에게 전화를 한 이유는 있다가 영희가 이 카페에서 그의 친구를 만나고 나갈 때, 따라가서 반갑다고 하면서 술이라도 한잔 권하고 만약에 거부하면 완력을 써서라도 데리고 가려는 생각인데 이 때 영희가 완강히 저항하면 힘들어질 수 있고, 그때 바로 이를 협력해 줄 적임자인 도우미가 인호라고 판단했기 때문이다. 인호는 볼 일로 수원에 있었는데 청화의 전화를 받고 쏜살같이 달려온다. 청화는 6명의 업무관계자들과 대화를 나누고 있었는데 약 30분 정도가 지나 끝이 났고 그 관계자들은 다른 곳으로 떠났다. 청화는 그들에게 인사를 하고 혼자 앉아 있는 영희에게로 걸어오며 말을 건넨다.

"영희 씨, 잠깐 앉아도 되겠죠?"

"아예, 그러세요."

"저번 주 수요일에 그곳에서 만났을 때, 그땐 제가 너무 시간이 없어서 출장이라서"

"아아, 아닙니다."

그러다가 영희는 미화에게 전화를 건다. 전화를 받은 미화는 6시

내
리
사
랑
내
리
화

까지 그곳 호호카페로 가겠다고 말을 한다. 영희는 전화를 끊고 청화에게 잠시 후에 친구가 온다고 말을 하고 있다. 그러자 청화는

"아예, 알겠습니다. 저도 잠시 후면 제 친구가 이곳에 오거든요."

이렇게 말을 하며 다른 자리로 이동을 한다. 시곗바늘이 정각 6시에 닿자 미화가 카페 문을 열고 들어오고 있었다.

"어서와, 미화야 어떻게 정각에 왔네!"

"내가 조금 일찍 간다고 말을 했어. 오래 기다렸니?"

"아니, 방금 전에 왔는데…"

이렇게 둘이 만나고 있을 때, 인호도 잠시 후, 6시 10분쯤에 카페 문을 열고 들어오고 있었다. 인호는 청화가 혼자 앉아있는 자리에 가서 앉는다.

"무슨 일로 나를 불렀어"

"음, 잠시 후에 알려줄게"

청화는 실내에서 말을 하면 들릴까봐 핵심사항은 말을 하지 않는다. 그리고 카페 라떼를 두잔 시켜 마시면서 생각에 젖는다.

그 후, 영희를 어떻게 쓰러뜨릴 것인가! 이것을 연구하고 있는 것 같다. 6시 30분이 되어 영희와 미화는 자리에서 일어나 밖으로 나간다. 청화, 인호도 그들을 뒤따라간다. 청화가 얼른 영희에게 다가가 커피는 마셨으니 우리 네 명이 같이 식당에 가서 식사를 하는 것이 어떻겠느냐고 묻는다. 그러자 영희는 자신의 친구인 미화와 할 말이 많아 곤란하다고 정중히 거부한다. 그러면서 영희와 미화는 다른 곳으로 향한다. 그러자 청화는 다른 곳으로 가는 척하더니 인호와 함께 그들을 따라가기 시작한다. 마치, 예전에 인호가 삼미 그리

고 다희를 따라가는 그런 똑같은 모습이다. 그랬는데 그들은 저녁 식사를 하기 위하여 식당으로 들어가고 있었다. 그래서 청화. 인호는 나오는 시간을 기다리기 위해 바로 앞에 있는 다른 카페에 또 들어간다. 청화는 카페 안에서 인호에게 자신의 목적을 말을 한다.

인호는 이 말을 듣고 과거 자신의 행동이 떠오르고 있었다. 오늘은 반대로 인호가 주체가 아닌 객체가 되는 것이다. 청화는 지금 영희가 나오기만을 기다리고 있는데 7시 15분쯤 되니 식당에서 그들은 나오고 있었다. 그들이 가는 방향으로 안 보이게 따라 가고 있는데 지금 인호는 마음속으로 자신이 청화의 연애작업을 지켜주는 객체가 된다는 것이 짜증나기 시작한다. 청화가 기다렸던 기회가 찾아오고 말았다. 영희의 친구인 미화는 집이 분당구 정자동이다. 그래서 미화는 집을 가기 위해 그 방향 버스를 타고 떠나고 있었다. 영희는 친구 미화를 버스 정류장까지 바래다주고 자신은 기흥 쪽으로 가는 전철을 타기 위하여 걸어가고 있는 것이었다.

그러자 청화는 기다렸다는 듯이 그에게 다가가 말을 건넨다.

"영희 씨, 잠시만요. 아까 카페에서 할 말이 있었는데 못했어요."

영희는 깜짝 놀라며

"어, 어떻게 여기까지…"

"영희 씨, 다른 데로 가서 이야기를 나누어요?"

"무슨 말인지 모르겠지만 여기서 얘기를 하세요."

"아, 여기는 어렵습니다. 분위기 있는 곳에서…"

청화의 이 말에 영희는 눈치를 채고 얼른 전철역으로 가려고 하였다. 그러자 청화는 영희를 못 가게 가로 막는다. 옆으로 피해서 가려는 영희를 잡고 강제로 골목으로 들어가 버린다. 이 때 영희는 크게 소리를 지르며 빠져나가려고 몸부림을 쳐보았지만 그럴 수 없었고 청화의 강한 완력에 의해 끌려갈 수밖에 없었다.

시간은 7시 40분쯤 되었는데 겨울이라서 어두움은 짙게 드리워져 있었고 영희는 속절없이 청화의 완력에 의해 강제로 모텔로 들어가게 되었고 원치 않은 성폭행을 당하고 말았다. 청화는 무력으로 관계를 가진 후, 영희에게 저번 주 수요일에 오랜만에 보았는데 너무 섹시해진 것 같다는 것을 느꼈는데, 운 좋게 오늘 카페에서 보게 되어 이럴 수밖에 없었다고 미안하다고 말을 던지고 달아나 버렸다.

그러나 영희는 가슴이 찢어지는 심정이었다. 자신은 최근에 벌어진 가정문제라든가 앞으로 생계문제 이런 심각한 스트레스를 받고 있었고 또 현실 삶이 이런 일까지 불어닥친다는 것은 지옥과도 같았다. 그래서 매우 예민해졌고 자신이 원치 않는 이런 강압적 성폭행은 더 큰 상처로 남는 것이었다. 결국 괴롭고 분한 마음의 눈물을 흘리고 말았다. 경찰에 신고를 고려했지만 망설이기만 하였고 끝내 하지 못하고 침통한 심정으로 실개천에 가서 마음을 추스르고자 그 방향으로 향해 걷는데 웬 난데없이 또 다른 남자가 나타났다.

이 남자는 인호인데 영희는 그를 잘 모른다. 청화는 예전에 영희가 철수와 교제할 때, 이 둘은 의정부 고향친구였고 절친이었기에 알고 있었지만 인호는 본적이 없었고 그래서 누군지 진혀 모른다. 그런데 이 낯선 인호는 아까 청화가 강제로 그런 행동을 하기 위해 들어갈 때 뒤에서 망을 보았고 다 끝난 후, 청화는 다른 곳으로 가 버렸는데 인호는 다시 영희를 따라온 것이었다.

"안녕하세요. 아까, 카페에서 청화와 같이 커피를 마셨던 조인호라고 합니다."

영희는 방금 전, 청화에게 난데없이 불의에 성폭행을 당하여 침통한 상태인데 그를 아는 사람이 다가온 것이 무섭고 불안하기만 하였다.

"그런데 무슨 일입니까?"

영희는 떨리는 목소리로 말하였다. 그러자 인호는 야릇한 표정을 지어가며

"저는 청화 같은 고향친구인데요. 아까 카페에서 보았는데 너무 예쁘신 것 같았었어요. 너무 마음에 듭니다. 데이트를 하고 싶습니다."

영희는 이 말을 듣고 방금 전, 정신적 충격도 지금 그대로인데 또 이런 일이 밀어 닥치니 소름이 돋을 지경이었고 얼른 도망쳐야겠다는 생각밖에 없었다. 영희는 소리를 지르며 도망치기 시작했지만 인호가 더 빠르게 뒤따라가 그를 가로막고 그 자리에서 끌어안기 시작하였다. 인호는 아까 이곳 야탑에 올 때 승용차를 세워두었던 지점을 기억하고 있으면서 지금 실개천에서 영희를 강제적으로라도 데리고 그 차안으로 들어가려고 생각한다. 힘이 없는 영희는 속수무책으로 끌려만 가고 있었다. 주위에 아무리 소리를 질러봐야 소용없었다. 이 때 시간은 대략 밤 9시 15분쯤, 영희는 인호의 승용차안에 갇혀 또 다시 성폭행을 당하고 만다. 1시간 전, 청화한테 당한 이후, 또 이 시간에 연속으로 인호에게 당하게 되는 것이었다. 참혹한 시간이었다. 인호는 인간야수로서 저번 6월에도 삼미를 성폭행하여 그를 충격에 빠뜨렸고 10월 초에는 다희마저도 같은 짓을 되풀이했으나 미수에 그치고 말았었다. 오늘은 영희가 그 인간야수

한테 당하게 되니 침통한 일이었고 거기에다가 1시간 전에 청화에게 당한 직후, 또 같은 불상사가 생겼기에 그 몸과 마음의 충격은 더 백배 이상의 아픔과 상처로 남는 것이었다. 영희는 시련의 연속이었다.이 일로 인해 정신적 우울증은 더욱 가중되었고 삶의 회의까지 느끼게 되어 홀로 야탑역 주변 실개천산책로에 주저앉아 밤새워 통한의 눈물을 흘리고 말았다.

비탄에 젖은 채 추위에 떨며 밤이 지난 17일 수요일 새벽녘, 영희는 그 인간야수 둘을 생각하면 그 것들을 때려죽이고 자신도 물에 빠져 죽어버리고 싶은 심정이었다. 자신의 얼굴을 비추고 있는 가로등 불빛마저도 한이 서린 빛으로 느껴졌고 증오와 복수의 빛으로 가슴에 스며들기도 하였다. 슬픔을 간직한 채, 기흥 쪽으로 오는 전철에 몸을 실었다. 상갈동 금화마을 집에 도착하고 안방을 바라다보니 깊은 꿈나라여행 중인 딸아이가 보였는데 마음이 산더미처럼 무거워지는 심정이었다. 영희의 아버지가 묻는다.

"영희야, 어제 볼일로 성남에 간다고 하더니 밤에 집에도 들어오지 않고 걱정을 많이 했다. 일자리를 알아본다는 일이 그렇게 쉬운 일은 아니겠지 뭐"

영희는 아버지의 이 말을 듣자마자 가슴이 더 갈기갈기 찢어지는 것만 같았다. 그대로 방으로 들어가 잠을 자려고 하였다. 밤에 야탑 실개천산책로에서 뜬눈으로 지새워서 몹시 피곤하였다. 영희의 아버지는 문을 열며 배고플 텐데 밥이나 먹고 자라고 말씀하신다. 영희는 아니라고 말을 하며 그냥 잠자리에 들고 있다. 아침 7시 30분쯤에 잠이 들어 깨어나 보니 오후 3시가 넘어 있었다. 밥을 먹을 수 있는 기운도 없었고 기분도 아니었고 간단히 허기를 채우기 위해 냉장고를 열어보니 샌드위치가 있어 그걸 꺼내어 대충 먹는다. 그렇게 끼니를 때우고 오늘도 저번처럼 마음의 평온을 안겨줄 수도 있는 신갈 저수지로 향한다. 주변에 날아다니는 산새, 물새들을 보면 마음의 정화가 될 수 있으리라.

신갈 저수지 조정연습장은 너무 아름답기도 하지! 저 멀리 보이는 고가다리로 지나가는 수많은 화물차들 그리고 승용차들… 저 화물차들은 무슨 사연담은 어떤 물건을 그리 많이 싣고 저렇게 동서남북으로 내 달리는가! 내게 줄 물건은 아무 것도 없는가! 손에 잡히지 않고 그저 마음으로 내 가슴에 와 닿는 평화를 안겨주는 영혼의 물건 같은 그런 것. 정화의 이름으로 정화가 되어 정화로 태어나고 싶다! 내가 이생에 태어나기 전에는 정화였으니까! 내가 이생에 여자의 꽃으로 피어난 게 내 실수였다. 저수지의 물은 정화가 되어 있다. 그럼 난 어디로 가야 하는 것인가! 지금 이 시간, 검은 안개 드리우는 밤기운이 내 고운 피부를 찢는다.

그 벤치

지금 이 시간, 이 벤치엔 아무도 없다. 바로 나, 차영희 한 사람밖에 없다. 정확한 시간은 알 길이 없다. 그 이유는 내가 그 시간을 알고 싶지 않으니까! 내 안에 검은 불빛이 타고 들어오고 있을 무렵, 어디선가 사람의 발자국 소리, 발자국 소리 주인공이 가까이 다가왔는데 나의 위기상황을 알고 찾아온 듯한 느낌이 감돌게 할 정도로 신기하게도 약속이나 한 것 같은 신비한 우연의 일치, 이 벤치에서만 세 번째 만남인 철수였다.

영희는 순간, 자신만의 눈물이 핑 돌았고 철수는 어리둥절하며 당황스런 표정이었다. 11월 1일에 이 벤치에서 처음 마주쳤고, 이번 달 10일에 두 번째로 또 오늘 17일에 이렇게 우연히 세 번째 마주치게 되는 것이었다. 오늘도 철수는 처음과 두 번째와 별 차이가 없으리라. 영희를 위해선 그냥, 얼른 피해 줘야 한다고 굳게 생각하고 있을 테니까! 예상이 빗나가지 않았다. 그대로였다. 그러자 영희는 철수를 보니 하염없는 자신의 인생의 삶에 대한 알 수 없는 눈물이 쏟아지기 시작하고 있었다. 그것도 우는 소리가 들릴 만큼이나 그렇게 말이다.

이 소리를 들은 철수는 매우 당황스런 표정을 지으며 영희를 빤히 바라본다. 그러다가 영희에게로 다가간다. 저번 같으면 영희를 위해서 얼른 자리를 피하겠지만 이번엔 우는소리를 들으니 경우가 다른 듯하다. 철수는 영희에게로 점점 가까이 다가가 먼저 말을 건넨다.

"아니, 무슨 일 있어?"

먼저 철수가 말을 하는 것은 엄청나게 의외인 것이다.그러자 영희는 계속 크게 울기만 한다.

"아니, 영희야, 왜 그래. 무슨 일인데?"

그러자 영희는 잠시 눈물을 멈추고 말을 하기 시작한다.

"나, 죽고 싶은데…"

이 말을 들은 철수는 눈이 풍선처럼 부풀어 오르며 상기된 표정을 지으며

"아니, 그게 무슨 말이야, 왜 그런 생각을 해. 무슨 일 있어?"

"아니, 그냥 그러고 싶어. 그럼 속이 편하잖아. 걱정도 없고, 다 귀찮고…"

영희는 이 말을 하고 고개를 밑으로 떨 군다. 철수는 몹시 괴로운 얼굴로 영희를 걱정스럽게 바라보며 결국 진심이 나오기 시작한다.

"영희야, 내가 지금은 네게 이런 말할 자격도 신분도 없지만 네가 우는 모습을 보니 내 마음도 아프구나! 왜 우는지는 모르겠지만, 결혼생활은 행복하길 바랄 뿐이야, 무슨 일이 생겨 그런 극단적인 말을 하는지, 나도 너무 괴롭다. 왜 그러는지 말을 해주면 안 되겠니? 제발 그런 극단적인 선택은 하지 말고…"

그러자 영희는 쏟아지는 눈물을 잠시 멈추고 저 멀리 보이는 신갈 저수지 물만 바라보고 있었다. 지금 철수도 마음속으로 오늘까지 세 차례에 걸쳐 이곳에서 영희를 그것도 밤 9시가 넘은 시간마다 부딪힌 것에 대해 어떤 사연일지 어렴풋이 짐작은 하고 있지만 자세히 알 길이 없어 답답하고 초조하기만 하다. 어떻게든 철수는

영희를 안정을 시키고 그런 극단적인 선택을 못하도록 돕고 싶을 따름이었다.

"영희야, 그 아픈 사연이 뭔지 모르지만 내게 말을 하게 되면 그 상처는 아물게 될 수도 있으니 말하기 힘들어도 꼭 말을 해 주길 바라는 마음이야"

철수는 지금 절박한 심정이다. 만의 하나 영희가 극단적 우울증에 빠져 그런 선택을 하게 되면 철수 또한 더 못 버티고 너무 힘들어 똑같이 그 선택을 할 수도 있다. 이렇게 철수는 진심어린 마음으로 걱정 속에서 영희의 얼굴을 바라본다. 그러자 영희도 눈물을 닦아내며 말을 하기 시작한다.

"철수가 나를 지금도 그렇게 아끼고 있어? 내가 이런 말을 하면 나는 치유가 되지만, 이 말을 듣는 이는 더 큰 괴로움에 빠질 수도 있는데…"

"아니야, 괜찮아 그래도 나에게 그 말을 해서 상처만 치유만 된다면 내가 겪는 괴로움 따윈 아무 상관없어. 신경 쓰지 말고 말해봐"

이렇게 계속 영희를 위해 안정과 위로를 하는 철수에게 결국 영희는 어제 있었던 그 일을 자세히 털어 놓는다. 이 말을 전해들은 철수는 갑자기 눈물을 흘리기 시작한다. 철수가 천 갈래 만 갈래 가슴이 찢어지는 이유는 자신이 작년에 영희를 잘 보살피고 오해를 일으키지 않고 잘 보호를 했더라면 이런 불상사는 막을 수도 있었을 것이라는 죄책감이 가슴을 짓누르기 때문이었다.

거기에다가 그 두 남자들에 대한 증오심도 생겨나기도 하였다. 그 둘은 다름아닌 철수의 의정부 고향의 친구들이었기에 더욱더 증오심은 배가되어가고 있었던 것이다.

"친구의 의리도 우정도 저버린 벌레 같은 인간들… 영희야, 내이 xxx들을 박살내 버릴 거야. 절대로 그냥 두지 않겠다."

"철수야, 그것은 참아줘. 내가 혼자서 앓았다면 못 견뎠을 거야, 이렇게 말을 하니 정말 네가 말한 대로 상처가 치유되는 걸 느껴"

하지만, 영희는 남편인 전 중식과 11월 31일에 이혼한 사실은 말하지 않았다. 그 일은 홀로 겪고 싶었는지도 모르고 또 철수가 작년 8월에 자신에게 던진 그 한마디가 그 당시 엄청난 충격이었기에, 왠지 모르게 그 사실까지는 그에게 말하고 싶지 않았다. 아직도 작년 그 일로 그를 미워하는 것일까! 이렇게 늦은 밤 11시가 다 될 때까지 이 자리에서 철수는 영희를 위로했고 그는 그 위로를 받고 다시 조금이나마 정신적 힘을 얻었고 자리에서 일어날 수 있었고 집으로 돌아 갈 수도 있었다. 상갈동 집으로 갈 땐, 철수는 또 저번처럼 혼자서 갔다. 그것이 영희를 돕는 길이라고 굳게 믿고 있었기 때문이다.

제6부
철수와 영희의 재회

신갈 저수지

영희가 아직도 한 남자의 여자라고 생각하고 있어서 그렇다. 하지만 늦은 밤 시간 어두운 길이니만큼 영희가 걸어가는 20미터 뒤에서 걸으며 스마트폰으로 후레시를 켜놓고 걷는다. 행여나 앞에 걷는 이, 넘어져 다치지 않게… 내 영혼적 사랑의 존재를 위하여 이렇게 둘은 걷고 걸어서 신갈 저수지 무지갯빛 다리를 건너갔다. 영희는 상갈동 금화마을 집으로 들어갔고 철수는 상갈동 녹색 빛 연립 7동 202호로 들어갔다. 연말로 접어드는 외로운 계절이다. 연말로 더 외로워지는 이들은 아무래도 없는 자가 더욱더 그럴 것이다. 특히, 영희는 아버지가 작업현장에서 불의의 사고를 당해 지체장애 3급 판정을 받아 현실적으로 일을 할 수 없는 상황이다. 거기에다가 대학교 3학년인 남동생 학비문제, 딸아이 양육문제, 이런 문제들을 해결하기 위해선 영희의 어머니 혼자 힘으로는 전부 해결하기가 어려운 현실이다. 그러던 중에 영희는 예전에 대학시절동기인 친구인 예지에게 전화를 걸려본다. 최예지는 영희와 같은 행복대학교를 나왔는데 그는 심리학과를 나왔고 영희는 철학과를 나왔다. 오늘은 12월 19일 금요일이다. 예지는 선릉역에서 저녁 6시에 만나자고 말을 한다. 영희는 시간에 맞춰 선릉역으로 나간다. 너무 오랜만에 만나는 둘은 서로 무척 반가워했다. 예지는 선릉역 주변에 있는 카페로 들어가 얘기를 나누기 시작했는데 알고 보니 방배동의 룸에서 일을 하고 있는 것이었다.

자신도 가정 삶이 너무 힘들어 목돈을 마련하고자 이 일을 한다는 것이었다. 처지가 영희와 비슷하고 듣고 보니 매우 힘든 상황이었다. 영희도 마음이 그 쪽으로 움직이기 시작하고 있었는데 그 이유는 단 기간 고생해서 목돈을 마련하고 관두고 그 돈으로 조그만 가게라도 하나 차리는 것이다. 영희는 이것저것 가릴 상황이 아니었고 예지를 따라 그곳 룸으로 갔다. 그 룸의 사장도 영희의 외모를 보고 만족스러워 하며 일을 할 뜻이 있으면 나와서 일을 하라고 하였다. 이 말을 듣고 영희는 고민할 여지도 없이 바로 그러겠다고 말한 뒤 바로 그 날부터 일을 하기 시작하였다. 2013년 연말을 열흘 앞에 두고 영희는 생활고를 극복하고자 힘든 결정을 한다. 자신 한 사람 희생해서 다른 힘든 가족들을 구제한다는 헌신적인 마음이 묻어나는 인생의 역경이면서 사명감인 것이다. 왜냐하면 여성들은 어떤 곳에 취직을 하더라도 상대적으로 봉급이 무척 적다. 입에 풀칠하기도 힘들 정도로 급여를 받는 것이 사회 현실이기도 하다.

철수는 이런 사실을 알 리가 없었고 17일 수요일 밤에 신갈 저수지에서 영희에게 따뜻한 위로의 말을 해 주었고 그랬기에 결혼생활 잘하며 지낼 거라고 이렇게 생각할 수밖에 없었다. 며칠 더 지나 24일 크리스마스이브가 돌아왔고 이 날은 삼미가 예전에 맞선을 보았던 장경호 판사와 결혼식을 하는 날이다. 삼미는 오늘 정오 12시에 종로구 관훈동에 있는 팡팡 웨딩홀에서 결혼식을 마치고 바로 오후 2시쯤에 철수에게 카톡 문자를 넣는다.

삼미가 12월 24일 결혼식을 마치고 철수에게 보낸 문자 내용

철수오빠, 나 오늘 외삼촌이 소개해 준 그 판사하고 방금 전에 결혼식을 마쳤어. 오빠하고 결혼을 했어야 했는데 팔짜지 뭐! 어떻게 해. 그냥 이렇게 사는 거지 뭐! 신혼여행 갔다 와서 전화할 테니, 그 땐, 꼭 내 전화를 받아야 돼, 그 때 만나… 안녕… 쪽 쪽 쪽,

이런 내용의 문자가 철수에게로 전해 왔다.

철수는 예전에 그랬듯이 답장을 보내지 않았다. 이제는 다사다난했던 올 한 해도 얼마 남지 않았고 각자 알아서 자신의 인생을 되짚어보기도 하면서 다가올 2014년을 맞이해야 할 것이다. 크리스마스는 많은 이들에게 더욱더 뜻 깊은 날로 기억되고 있었다. 앞으로 불과 일주일만 지나면 한선은 줄어들고 다른 새로운 선이 그어진다. 철수는 조용하면서 엄숙히 이제는 단 하루 남은 31일을 그렇게 지냈다. 영혼적으로 영희를 그리워하면서 그리고 행복해지기를 기원하며 염원하면서…

마침내, 2014년 새해가 흰 눈이 내리면서 온 세상을 밝게 비춰주면서 새롭게 태어났다. 올해엔 철수의 나이는 30살이 된다. 영희도 그렇다. 1월 1일 목요일이다. 철수는 오늘도 새 출발하는 의미에서 늘 마음의 평화를 주었던 곳이면서 우연히 영희를 세 번이나 만났던 신갈 저수지에 저녁 때 가려고 생각한다. 오늘도 그곳에 가면 운 좋게 영희를 또 보게 될 것만 같은 행복한 예감이 들어서이다. 그런 즐거운 마음을 품고 오늘도 그 시간에 그곳에 도착하였지만 오늘은 그 예상이 빗나갔다. 영희는 보이지 않았다. 오늘도 그곳, 그 벤치에 가면 있을 거라고 기대했는데 아니었다. 그래도 즐겁다. 왜냐면 영희와 같은 상갈동에 살고 있기 때문이다. 철수는 신갈 저수지에 잠깐 바람을 쐬다가 무지갯빛 산책로 다리를 건너 다시 온다.

어느덧, 새해도 벌써 일주일이나 지나 7일 수요일이 되었는데 미숙이 온다는 말도 없이 철수의 회사에 퇴근 시간쯤에 와 있었다. 미

숙은 은평구 녹번동에서 옷가게를 하는 만큼 철수에게 섹시하게 보이려고 상의와 하의를 고급스런 빨간색 정장을 입고 나타났다.

"철수 씨, 안녕하세요."

철수는 이젠 절대로 호응을 해줄 수가 없었다. 호응을 해 주면 자신을 좋아하는 줄 알고 오해하기 때문이다. 그래서 냉정히 빠르게 옆을 지나치는데 미숙이 큰 소리를 지른다.

"철수 씨가 제 전화를 잘 받아주고 옷 선물까지 받아 주셔서 제게 관심 있는 걸로 알았습니다. 제가 헛물 킨 건가요?"

이 말에 철수는 인정사정 봐주지 않고 앞만 보고 달아났다. 결국, 미숙은 헛물 키고 돌아가고 말았다. 철수는 뒤도 돌아보지 않고 신갈 실개천산책로를 통해 상갈동 집으로 들어갔다. 세월이 지날수록 철수가 여자들을 대하는 태도가 사뭇, 냉정해져만 간다. 자신의 영혼적 사랑인 영희로 모든 것이 평화가 찾아오는가보다. 1월도 그럭저럭 빠르게만 지나갔다. 화살같이 또 번개같이 그리고 천둥같이… 그래서 오늘이 어느덧, 28일. 이번 달도 속절없이 흘렀다.

점심식사시간이 되니 난데없이 청화의 번호가 스마트폰에 뜬다. 그런데 한동안 서먹서먹하였고 또 철수입장에선 앙금도 지니고 있는 존재, 청화에게서 무슨 일인지 전화가 걸려오고 있었는데 일부러 받지 않았다. 그랬더니 식사를 마치고 쉬고 있는데 또 전화가 걸려오는 것이었다. 이번에도 또 받지 않았다. 그 후, 1시쯤이 되어 다시 근무를 시작하려는데 이번엔 문자가 온다. 꼭 전화를 받으라는 문자였다. 중요한 것이라면서… 그래서 이번엔 철수도 전화를 받았다. 통화내용은 있다가 퇴근하고 이곳 신갈 회사 쪽으로 오겠다는 것이었다. 철수는 한편으로는 궁금하기도 하였다. 얼마 전에 신갈

저수지에서 영희한테 불미스런 말을 들었던 터라 기분은 몹시 불쾌
하였지만 그래도 무슨 말을 하려고 그러는지 기다려보기로 하였다.
어느새, 퇴근시간이 다 되었고 정문에 나가니 청화가 와서 기다리
고 있었다. 그는 어디 조용한 곳에 가서 대화를 나누자고 말하였다.
그래서 철수는 조용한 곳은 실개천산책로 벤치라고 생각이 되어 음
료수를 사들고 그곳으로 내려갔다. 청화는 중요한 정보라면서 매우
당황스런 표정을 감추지 못하였다. 철수는 무척 궁금해 하면서,

"아니, 무슨 중요한 정보인데 그래?"

"아, 말이야. 내가 올해 업무와 관련해 안양으로 가서 다른 업체
회사관계자들을 만났었는데 그 때, 새해 새롭게 시작하는 의미에서
기분을 낸다고 그 업체관계자들과 방배동에 있는 룸에 갔었는데
거기서 깜짝 놀란 일은 그곳에서 영희 씨가 일을 하고 있는 거였어.
그래서 난 얼른 피해버렸지"

이 말을 전해들은 철수는 순간, 어리벙벙한 기분이면서 무척 당
황스럽고 심지어 어지럽기까지 하였다.

"아니, 그럴 수가 어떻게 그런 일이 생길 수 있단 말이야!"

그러면서 갑자기 철수는 영희가 신갈 저수지에서 마주쳤을 때
눈물을 흘렸던 일이 주마등처럼 떠오르고 있었는데 어떤 연관이 있
는 듯하였다. 그리고 더 당황스러운 것은 결혼생활을 할 텐데 어떻
게 그럴 수가 있을까! 이런 의구심이 들고 있는 것이었다. 철수는
청화에게 얼른 그 룸에 위치를 알려 달라고 부탁을 하였다. 그러자
청화는 지금 시간이 6시가 조금 넘었으니 그곳에 가보자고 말을 한
다. 그래서 둘은 청화의 승용차를 타고 방배동으로 달려가기 시작
하였다. 어느새, 방배동에 도착하였고 둘은 그곳에 들어가기에 앞

서 생각을 해보기로 하였는데 갑자기 들어가면 영희가 놀랄 수도 있으니 그냥 차안에서 기다려 보는 방법을 택하였다. 시간이 더 걸리더라도 그편이 낫겠다고 생각했다. 차안에서 한참을 기다리는데 실제로 영희가 밖으로 나오는 것이었다. 철수는 너무 놀라 호흡곤란을 일으킬 정도였다. 그렇지만 가만히 보고만 있을 수는 없었다. 그래서 철수는 쏜살같이 달려가 영희의 손을 잡고 잠깐 얘기를 좀 하자고 했다. 영희도 너무 놀라 어리둥절한 표정을 지으며 얼굴이 굳어지고 있었는데 철수는 그를 데리고 옆 공터로 가서 지금 상황에 대해 물어보고 있었다.

"영희야, 잠깐만 나하고 얘기를 좀 해"

"아니, 철수가 내가 이곳에 있다는 것을 어떻게 알고 왔어"

"어떻게 이곳에 일을 하러 온 거야"

그러자 영희는 처음엔 말을 하지 않으려고 애를 썼지만 철수가 계속 되묻자 괴로운 표정과 눈물을 흘리며 이혼사실과 가족생계문제를 말을 하였다. 이 말을 들은 철수는 눈시울이 뜨거워지면서 함께 눈물을 흘리면서 영희에 손을 꼭 잡고,

"다 내가 잘못해서 이렇게 된 거야. 미안하다. 용서해줘"

지금 이 광경을 차안에서 보고 있는 청화는 자신이 이곳에 있어선 분위기상 안 좋다고 판단하여 철수에게 문자를 남기고 자신은 얼른 야탑으로 향했다.

"영희야, 어쩌다가 이혼까지 하게 된 거야? 그리고 여기까지 오게 되고 지금 내 가슴이 천 갈래 만 갈래 갈기갈기 찢어지며 아프다. 으 흑"

"너무 힘들어 하지 마, 어쩔 수 없는 삶도 있잖아. 그래서 철수

너도 그러니까 재작년에 나 보고 딴 남자 만나라고 말했었잖아, 인
생이 원래 그런 거야 너무 슬퍼할 것도 없는 것 같아"

"영희야, 그 때 그 말은 그 뜻이 아니야. 그 속에 심오한 의미가
있는 거야"

이렇게 둘이서 공터에서 얘기를 하고 있는데 룸에서 영희에게로
전화가 걸려오고 있는 것이었다. 손님을 맞이해야 하니 얼른 오라
는 것이었다.

"철수야, 나 그만 들어가서 일을 해야 되는데 그만 돌아가 줄래"

"돌아가긴 어딜 돌아가! 내가 이 상황에서 그냥 돌아가면 인간이
아니다. 그럼 내 이름, 이철수가 아니다. 내가 널 얼마나 사랑했었
는지 알아? 재작년에 네가 다른 사람과 결혼했을 때, 내가 흘린 눈
물은 신갈 저수지 물에 두 배도 넘는다는 걸 영희, 넌 모를 거야"

"글쎄, 난 그만 들어가서 일을 해야 되니까 돌아가 줘"

영희의 이 말에 철수는 흥분을 하며 화난 얼굴로 크게 소리를 지
른다.

"영희야, 내가 여기서 그냥 돌아갈 그런 사람으로 보여"

"아니, 그럼 손님으로 들어오든지 아니면 그냥 가고…"

"아니, 점점 내 마음을 전혀 모르고 그렇게 막말을 해도 돼"

"안 되겠어. 나 일하러 간다."

영희는 빠른 걸음으로 룸으로 들어가기 위해 달려간다. 그러자
철수는 더 빠르게 달려가 영희에 앞을 가로 막으며 말을 한다.

"자초지종을 여기서 논할 때가 아닌 것 같아. 일단 같이 들어가
서 내가 주인 만나서 다 해결할 거야. 우선 얼른 들어가자. 영희야
난 너밖에 몰라 빨리"

"아니, 왜 그래 철수야 뭘 어떻게 하겠다는 건데"

영희가 이런 말을 하자 철수는 강제로 그의 손을 잡고 룸으로 들어간다. 그 후, 철수는 룸 주인과 종업원의 고용관계에 대해 의논을 하기 시작한다. 결국, 문제는 돈이었다. 주인은 종업원에게 일시불로 목돈을 지불했다는 것, 그것이 해결이 날 때까지 일을 하는 것이 고용조건이었다. 철수는 그 일시불을 자신이 다 해결하겠다고 약속하고 내일 이곳에서 다시 만나자는 전제하에 영희를 데리고 밖으로 나왔다. 이렇게 해결하고 밖으로 나온 시간이 9시경이었는데 철수는 영희가 짐을 챙겨서 밖으로 나올 때, 계속 손을 잡고 있었다. 그이유는 그토록 자신의 영혼적 사랑이었던 영희의 손을 잡고 싶었기 때문이고 지금, 이 순간이 꿈인지 생시인지 실험해 보기 위함이기도 하였다. 실내에서 밖으로 나올 때, 손을 잡고 있는 것만으로도 하염없이 눈물이 흐르고 있을 뿐이었다. 밖에 나온 두 사람은 어디론가 걷고 있다. 철수는 영희에게 너무너무 맛있는 음식을 사주고 싶었고 그가 그 음식을 먹고 있을 때, 자신은 먹지 않고 앞에서 바라만 봐도 행복이라고 여길 뿐이다. 이게 바로 내리사랑, 내리꽃이 활짝 피어나, 내리화로 태어나는 것이기에… 무차별적 내리사랑을 남녀간에 적용하는 것이기에…

이들은 방배동 그곳에서 나와 무작정 걷는다. 철수는 지금 도심의 가로등 불빛들이 다 꺼져가다가 다시 가까스로 켜지며 살아나 운명의 마지막 빛을 비추는 등불로 비춰질 뿐, 그 이상도 그 이하도 존재할 수 없었다. 이 도시는 나라는 존재에게 다른 존재를 잉태 시키고 있는 것이다. 내가 살아서 제대로 숨 쉴 수 있는 공간과 마음 편히 다리 뻗고 제대로 잠을 잘 수 있게 운명의 불씨가 공중으로 분

해됨을 막아주신 늘 푸른 하늘을 바라보며 머리 숙이며 지금 이 순간 내 옆에 따뜻한 손난로가 내손과 맞닿고 있어 진심으로 감사하고 행복합니다. 이젠, 나는 내 인생에 행복하며 더욱더 내 삶을 아름답게 가꿀 수 있으리라…

신갈 오거리

이들은 계속 걷다가 시간이 10시쯤 되니 철수가 묻는다.

"영희야, 영희는 예전에 오리고기를 좋아하지 않았어? 그 고기를 먹으러 갈까?"

"아니, 난 생각이 없는데" 아직도 영희는 2012년 8월에 신갈 오거리에서 막걸리 집에서 자신에게 말한 내용, 다른 남자를 만나도 된다는 그 철수의 말이 가슴에 가시로 남아 있다. 그 말이 큰 불씨가 되어 결국, 영희가 철수 곁을 떠나버리게 된 것이었다. 사실, 철수도 영희가 그 후로 자신 곁을 떠났었다는 과거를 알고 있기에 지금부터 숙제는 어떻게 그 오해의 굴레에서 벗어날 수 있게 풀어내는 것이다.

"그럼, 영희야, 그냥 간단하게 마트에 가서 컵라면이나 먹자"

이렇게 편안한 분위기를 만들기 시작했다. 그렇게 둘은 마트에 들어가 컵라면을 먹었다. 철수는 영희와 컵라면을 함께 먹고 있는 사실 하나만으로도 눈물겹고 황송할 따름이다. 영희가 컵라면을 다 먹자마자 철수는 얼른 마트에 있는 아메리카노를 두 개를 사서 뜨거운 물을 붓는다. 영희가 떠나간 후, 홀로 그를 생각하며 고독을 씹어가며 마셨던 그 아메리카노, 지금 이 순간, 그게 현실이 되어 그 커피를 함께 하는구나! 마음속으로 되뇌이고 있다. 그러다가 철수는 영희에 손을 다시 꼭 잡는다.

"영희야, 나는 네가 지금 무슨 생각을 하고 있는지 알고 있다. 하지만 과거의 내가 한 말, 그 오해는 앞으로 시간이 흐르면 풀릴 거고 당연히 풀어내야 하고 그리고 결국은 너와 나는 결혼을 하게 될 거고 이 세상 그 누구보다 더 행복한 부부가 될 수밖에 없고 또 네가 이 세상에서 가장 행복한 아내가 될 거라는 것은 하늘도 알고 땅도 알고 나무도 알고 지나가는 승용차들도 알아"

그러자 영희는 아무 말 없이 침묵을 지키고 있다. 약간 귀찮은 듯한, 표정으로… 철수는 지금 영희의 심경을 최대한 고려하여 결혼했던 남자와 이혼한 배경과 룸에서 일한 기간 같은 건, 자세히 묻지 않기로 했다. 그저 이렇게 옆에 앉아 함께 있는 것만으로도 하늘로 날아갈 듯 행복한 것이다. 시곗바늘은 10시가 넘어 30분을 향해 기울어져 가고 있었다. 이들은 자칫, 마지막 전철을 놓칠 수 있다는 위기를 느꼈다. 기흥 쪽으로 가는 전철을 타기 위해선 빨리 가야 한다고 생각했다. 그래서 둘은 서둘러 마트에서 나와 방배역으로 가서 전철을 타고 선릉역에 가서 기흥가는 전철을 갈아타고 집으로 갔다. 이윽고, 두 사람은 기흥역에 도착하였고 내려서, 옛 데이트하던 시절을 떠 올리며 신갈 실개천산책로를 천천히 걸어가 본다.

이 길은 2012년 8월, 영희를 떠나보내고 철수 홀로, 바로 어제 2014년 1월 27일까지 그 얼마나 외롭게 고독을 씹어가며 걸었던 길이란 말인가! 바로 이길, 신갈 실개천산책로 말이다. 악몽 같았던 2012년 8월 12일의 아픈 상처는 오늘 이 시간에 내 눈물과 함께 이 신갈 실개천에 흐르는 물위에 집어 던지리라! 흐르는 물들은 내 아픈 상처를 받거든, 여과 없이 깨끗이 쓸고 내려가 주십시오. 지금 이 시간, 내 옆을 걷고 있는 이를 위해서 내 생을 바칠 수 있도록 이 사람을 위해서 내리사랑 내리꽃이 활짝 피어나 내리화로 남게, 그렇게 이 사람은 남이 아닌 바로 나의 딸이라고 여깁니다. 올해 함께

30살, 나이는 같지만 내가 아버지이고 이 사람은 나의 딸입니다. 그런 마음으로 이 사람을 사랑해야 진정한 사랑입니다. 내 사랑 그 이름은 내리사랑, 내리꽃 한 송이, 내리화처럼, 차영희를 위해서,

"영희야, 너 떠난 후, 널 생각하며 홀로 외롭게 걸었던 이 길을 지금 이렇게 함께 걸으니 내 지금 죽어도 조금도 여한이 없다."

"그래, 정말 여한이 없다면 그렇게 죽어봐!'

영희는 톡톡 쏘면서 2012년 8월에 자신에게 던진 그 말에 분풀이를 하듯, 철수를 향해 공격을 퍼붓는다. 이렇게 계속 걸어서 상갈동 금화마을 영희의 집에 다다랐다.

"영희야, 들어가서 잘 자, 꿈나라에 가거든, 내 꿈을 꿔."

철수는 영희가 집에 들어가는 장면을 지켜보고 발길 돌려 자신이 사는 집, 상갈동 녹색빛 연립 7동 202호를 향해 걸어간다. 녹색빛 연립에 들어간 철수는 온통, 방안이 녹색으로 보이고 잠자리에 들기 전, 창밖을 바라보니 천지가 녹색물결로 가득했고 녹색안개가 사방을 수를 놓고 있었고, 하늘엔 달이 녹색 빛을 띠었고 별들도 모두 녹색빛깔들이었다. 그래서 일부러 이불도 녹색이불을 꺼내고 베개까지도 녹색으로 베고 깊은 꿈나라로 여행을 떠났다. 이렇게 깊은 잠을 자고 깨어난 철수는 신갈 회사로 출근을 하면서도 100미터 전력질주하듯, 그렇게 세차고 맹렬히 달려갔다. 영희를 만나서 마트에 가서 함께 컵라면 두 그릇 먹은 것이 이렇게 큰 파괴력을 심어주기에 남을 만큼 충분했다. 오늘은 29일 목요일이다. 철수는 어젯밤에 그 룸에 주인과의 약속대로 오늘 저녁에 그곳에 가서 돈과 관련된 문제를 해결하려고 생각하고 있었고 저녁에 퇴근하자마자 그곳에 찾아가 그 문제를 해결하였다.

그리고 오는 길에 상갈동 금화마을 영희의 집 앞에 와서 서성이고 있었다. 전화를 해 보고 싶었지만 오랜 시간이 지나 영희는 번호를 바꾼 상태였고 집 전화번호는 알고 있었지만 너무 서먹서먹해진 상황이라서 하지 못했다. 영희의 집은 금화마을에 위치한 작은 빌라이다. 혹시, 유리창 밖 주변에서 서 있으면 보이면 창문열고 내게 무슨 말을 할까! 기다려보기도 한다. 하늘이 도왔을까! 영희가 정말 창문을 열고 있었다. 철수는 너무 좋은 기회라 여기고 그를 크게,

　"영희야"라고 부르며 손을 크게 흔든다.

　그러자 방안에서 창문을 통해 영희는 철수를 바라보며 깜짝 놀라는 표정을 짓는다. 철수는 손짓을 하며 나올 수 있느냐고 묻는다. 얼마 후, 영희는 밖으로 나오고 있었다. 이 때, 시간은 밤 9시쯤 되었는데 1월 말이라 몹시 추웠고 찬바람이 매섭게 부는 시기였다.

　"영희야, 추운데 나오라고 해서 정말 미안해."

　"아니야, 괜찮아. 밥은 먹었어?"

　"음, 맛있게 먹었지 널 생각하면서… 그리고 어제 거기는 가서 내가 가서 다 해결했으니 이젠 걱정하지 마."

　순간, 영희는 겸연쩍은 표정을 지으며

　"그런데 그 많은 돈을 어떻게 다 해결했어?"

　"음, 내가 직장생활하면서 모아둔 돈인데 그걸로 해결했어"

　"아니, 그럼 내가 다음에 이자까지 계산해서 갚을게."

　이 말을 들은 철수는 조금 어이없다는 표정을 지으며 말을 한다.

　"영희야, 제발 그렇게 너무 사무적이고 계산적으로 나를 대하지 말아줘. 네가 그럴수록 나는 너무 괴롭고 우울해져 어이없기도 하고 나는 널 위해서 모든 것을 할 수 있는 사람이야, 나는 영희밖에

모르고 영원히 널 위해서 사랑하고 아끼고 보살펴 줄 거야! 널 위해서 내가 다 해결한 거야!'

"그래, 그 돈 문제를 해결해 준 것은 고맙지만, 철수 네가 방금 한 말은 믿을 수 없고, 한 마디로 짜증나, 뭐 나만 사랑한다고 정말 내가 어이가 없다."

철수와 영희

영희는 아직도 2012년 8월에 철수와 헤어지던 당시 그가 자신에게 한 말. '다른 남자 만나도 된다고' 한 그 말을 지금까지도 뼈저리게 가슴에 맺혀 있다. 그래서 지금도 철수가 그 무슨 말을 하여도 믿음이 생겨나지 않는다. 말 한마디가 이렇게 무서운 것인가 보다. 그러다가 영희는 철수에게 어제 그곳에 왔을 때 물었던 말을 다시 되묻는다.

"철수야, 그런데 한 가지 정말 궁금한 건, 어제 그곳에 어떻게 알고 온 거니? 너무 당황스러웠는데 어떻게 알았어?"

철수는 사실 그대로 청화가 알려줬다고 말하면 더 큰 오해, 그렇다면 저번 달에 청화, 인호가 영희에게 불미스런 행동을 한 것도 자신도 관련이 되어 있다고 착각 내지는 오해를 할 수도 있다는 것을 예상하고 있다. 그래서 청화가 업무관련자들과 그곳에 갔다가 알게 되어 나에게 알려줬다는 사실에 대해선 침묵에 침묵을 지키고 있는 것이다.

"어, 그건 내가 아는 사람 중에 영희의 얼굴을 아는 사람이 있는데 그가 내게 알려 준 거야, 어쨌든 고마운 일이지. 하늘의 뜻 인가봐, 영희와 내가 다시 만나라고 하늘이 그런 계기를 만들어 주신거야, 맞지?"

철수의 이 말에 영희는 그냥 침묵을 유지하고 있었다. 그러다가 철수는 추운데 이 추위를 날릴 수 있는 소주를 한 잔 하자고 제의한다. 그래서 둘은 9시 20분경에 상갈동에서 신갈 오거리 쪽으로 걸어간다. 지금 철수의 머릿속 계산은 재작년 8월에 가슴 아프게 영희와 헤어지게 됐던 그 장소인 막걸리 집에 가서 오늘은 소주를 먹으며 재회의 기쁨을 누려보고 싶었던 것이다. 아팠던 장소가 기쁨의 장소로 바뀌는 의미를 느끼는 것이다. 이렇게 들어가게 되었고 둘은 소주와 오겹살을 시켜서 먹기 시작하였다. 철수는 영희에게 오겹살을 먹을 수 있게 그가 있는 쪽으로 밀어 놓고 자신은 아무 것도 먹지 않고 오겹살을 먹고 있는 그의 얼굴만 바라본다. 그러다가 어느 정도 시간이 흐르자 철수는 눈가에 눈물이 글썽글썽해지기 시작하면서 말을 한다.

"영희야, 네가 이렇게 맛있는 고기를 먹고 있는 모습만 봐도 나는 아무 것도 먹지 않아도 배부르고 마냥 즐겁고 행복하기만 해, 그 이유는 널 무제한적으로 무차별적으로 좋아하면서 사랑하기 때문이지"

"나만 먹고 있으니 이상하다. 자… 먹어 봐, 여기 음"

영희는 혼자서 고기를 먹고 있으니 어색하여 철수에게 밀어주었지만 그는 한입도 먹지 않고 모두 다 영희에게로 다시 밀어놓는다.

"아니, 왜 안 먹어 맛있으니까 먹어봐"

"영희야, 나는 안 먹어도 배가 부르고 행복을 느껴. 우리 부모님께서 잔칫집에 갔는데도 자신은 굶주려도 맛있는 음식을 자식을 주겠다고 포장을 해 오셨었는데 그 마음이 진정한 사랑이라는 것을 알 것 같아. 내가 지금 맛있는 고기를 보고도 안 먹고 네게 다 밀어놓는 것도 바로 그런 차원의 내리사랑의 마음을 네게 쏟고 있는 거야. 내리사랑을 남녀간의 사랑에 절반만이라도 쏟을 수 있어야 이게 바로 참된 진정한 사랑이지 영희를 위하여 철수는 그렇게 달려간다.”

영희는 이 말을 듣자 자신도 현장에서 작업을 하시다가 불의에 사고로 지체장애 3급 판정 받고 일을 못하시는 아버지가 떠오르고 또 매일같이 상하동으로 건물청소를 하시러 나가시는 어머니를 생각하니 속절없는 눈물이 글썽글썽해지기 시작하였다.

“그래, 무슨 뜻인지는 알겠지만 그럼 왜 재작년에 이곳에서 나한테 다른 남자를 만나도 된다고 말을 해서 나를 따돌려버리는 거야. 나하고 헤어지고 싶어서 그런 말을 한 것 아니었어? 그래서 넌 방금 전에 음식을 안 먹고 굶주리는 마음이 나를 위한 사랑이라는 말과, 나보고 다른 남자 만나도 된다고 말한 것과 앞뒤가 안 맞아, 무척, 횡설수설하는 것 같아. 우왕좌왕하기도 하고 도대체 개념이 없어”

철수는 영희의 이 말에 고개를 숙이고 한참동안 고민에 빠지고 있었다. 이 부분을 슬기롭게 영희에게 설명을 하여 지난날의 오해를 풀고 자신이 그를 얼마만큼 끔찍이 사랑하는지를 표현할 수있는 구부능선을 넘어가는 고개라는 것을 인식하고 있었기 때문이다. 지금 시간은 11시가 다 되어가고 있었다. 철수는 그만 일어나 바람을 쐬러 나가자고 말을 건넨다. 그 구부능선을 넘어가기 위한 심오한 설명은 아주 조용한 곳에 가서 하고 싶었던 것이고 또한 그 말을 하기엔 장소도 고려한 듯하였다.

“영희야, 11시가 되어 가는데 우리 그만 술도 깰 겸, 밖에 나가서 좀 걷자.”

이렇게 둘은 밖으로 나오게 되었다. 신갈 오거리에서 기흥역 쪽으로 걸어가기 시작하였다. 엄청난 찬바람을 정면으로 마주하며 그렇게 한 걸음, 두 걸음 걸어간다. 밤 11시가 넘었고 1월 말경이라

너무 추워서 신갈 실개천산책로에는 인적은 보이지 않고 길바닥에 모래알만이 걷는 대로 조금씩 부서져 내릴 뿐이었다. 철수는 영희가 너무 추울까봐 잠바를 벗어서 줄려고 했지만 그는 완강히 거부하였다. 추위를 안고 걷다보니 술도 금방 깨는 듯하였다. 어느새, 기흥역 건물에 다다랐고 몹시 추웠지만 그래도 철수는 즐겁고 행복하다. 이렇게 밤 시간에 영희와 함께 술도 마시고 걷기도 하고 더 바랄게 뭐가 있을까!

둘은 큰 도로로 올라가 마트에 들려 아메리카노를 사서 뜨거운 물을 부어서 들고 나온다. 지금 철수의 머릿속은 온통 그 말, 영희를 힘들게 했고 충격을 주어, 완전히 내 곁을 떠나가게 했던 그 핵심내용에 대해 조기에 이해를 할 수 있게 풀어주고 그와 내가 그로 인해 더욱더 강력한 끈끈한 사랑과 애정이 싹틀 수 있게 견고한 철옹성 같은 탑을 쌓는 것이다.

기흥역 벤치

　지금 시간은 조금 있으면 기흥역 전철운행도 다 끝나가는 시간이다. 이 둘은 아메리카노 두 잔 손에 들고 다시 기흥역 다리 아래 벤치로 돌아왔다. 춥지만 철수는 술에서 조금씩 깨어나야만 핵심문구를 풀어낼 수 있기에 밖에 있는 것이 오히려 편한 기분이었지만 영희는 너무 추워 벌벌 떨고 있었다. 안 되겠다 싶어 철수는 자신이 입고 있던 오리털 잠바를 얼른 벗어 영희에게 입힌다.

　"잠바를 껴입으니 버틸 만 하지?"

　"그래 따뜻한데, 나는 좋지만 넌 춥잖아. 괜찮을까?"

　"난, 걱정하지 마. 나는 널 내리사랑, 부모의 마음과 정성을 네게 쏟고 있으니 추워도 안 춥고 따뜻하고 오히려 네가 옆에 있으니 후끈거리고 더워, 땀이 흘러"

　"참, 어쨌든 대단한 이론은 이론이네! 나보고 다른 남자 만나도 된다고 해놓고…"

　기흥역 다리아래 벤치에 앉은 두 사람, 철수는 자신의 심오한 희생철학의 이론에 대해 포문을 열기 시작한다.

　"영희야, 내 말을 잘 들어봐. 내가 누누이 강조했던 내리사랑은 부모가 자식을 사랑하는 마음이라는 것은 이 세상사람 누구나 다 알고 있어. 이 내리사랑이 절대적 사랑이고 희생적 헌신적 사랑인 거야! 진정한 것이고 그런데 남녀간의 사랑은 말로만 떠들지 몸소 실천 하는 건 없어, 부모는 자식이 일탈행위를 해도 심지어 흔히 말하는 부정행위를 하더라도 그 허물을 감싸주고 아끼며 희생을 하지, 이 생애 마감하는 그날까지…"

그러나 남녀간에는 그 부정행위가 벌어지면 뒤도 돌아보지 않고 갈라서 버려. 전제적 사랑을 하는 거야, 제한적 차별적 사랑을 한다고도 볼 수 있어, 부모가 자식을 사랑하는 무제한적 무차별적 사랑을 남녀간에 절반만이라도 대입, 접목시킬 수 있어야 만이 이게 바로 참된 진정한 아름답고 아름다운 사랑이지! 그래서 나는 너를 혼해 빠진 이 세상 모든 사람들이 하는 그런 남녀간의 사랑으로 널 대했던 것이 아니었고 부모가 자식을 대하는 그 내리사랑을 네게 쏟았던 거야! 난 널 여자라고 단 1%도 생각하지 않아, 나, 이철수는 그대 차영희를 나의 친딸이라고 생각하고 있어. 나는 영희, 너에 아버지이니까! 네가 그 누구를 만나든 말든 부정행위를 하든 말든, 무제한적으로 무차별적으로 네가 원하는 모든 것을 위해서 한평생 희생 헌신할 수 있는 것이지. 그렇다고 이것이 방종을 의미하는 것은 아니다. 네가 지나치게 어긋난 길로 들어서면 나는 중재해야 할 의무가 있지. 그렇지만 기본전제는 나타난 허물에 대해선 희생한다는 틀은 유지하는 거야. 자칫, 오해의 소지라면 나의 일탈을 위한 전진기지를 구축하는 것 아니냐는 오해의 여지도 있어. 하지만 그것은 아니다.

이 이론은 부모가 자식의 일탈행위를 감싸주고 희생하는 마음이 그 부모 자신이 일탈로 가기위한 전진기지를 구축하려는 의도가 아닌 것처럼…

그저 자기희생과 자기헌신을 하면서 살아가는 것이고 그대 영희가 행복해지기를 빌고 빌면서, 어긋나있으면 그렇지 않도록 아름다운 길로 안내만 하면 그것으로 내 할 일은 다 하는 것이지! 어쨌

든 결론은 자기희생이 전제가 된 가치라고 하면 정답이지

이렇게 길게 철수는 영희에게 재작년에 있었던 그의 오해를 풀어 주었다. 철수는 순간, 마음이 무척 홀가분해졌다. 그토록 이 말을 풀어서 영희에게 설명하고 싶었지만 그 당시 그는 뒤도 안 돌아보고 도망치듯, 달아났고 다음에 만나려 해도 좀처럼 만날 수 없었고 아예 말할 기회조차 주지 않고 피하기 급급해, 속절없이 헤어지게 된 2012년 8월 12일의 악몽을 이제 사, 어느 정도 속 시원히 그 뜻을 풀어서 설명했으니 지금 철수는 속이 후련하다. 한이 풀리는 듯하다. 영희는 얼굴이 상기된 채, 굳어지기 시작하였다. 한참동안 영희는 기흥역 다리아래 벤치에 앉아 꽁꽁 얼은 실개천물위에 틈사이로 조금씩 깨고 나와 흐르는 작은 물들을 바라보며 깊은 회한에 젖기 시작한다.

아주 작은 목소리로 영희는 말을 하기 시작한다.

"철수야, 나를 그 정도로 생각하고 있었단 말이야?"

"영희야, 난 네가 이 세상에 살아서 숨 쉬고 있었고 또 같은 상갈동, 같은 건물, 같은 실개천을 바라보며 살았기에 그 때 헤어졌었지만 괴로움 속에 행복했고 그래서 집도 신갈동에서 네가 그 남자와 결혼하기 전에 살았던 상갈동으로 이사를 왔었던 거야! 네가 그 당시 떠났어도 널 영혼적으로라도 사랑하려… 그리고 작년, 7월말에 영동으로 여름휴가 갔다 오다가 수원야외음악당에 들렀는데 그 때, 네 생각 많이 했었어. 우리가 2009년부터 사귈 때, 그곳으로 공연 보러 많이 갔었잖아! 그 당시에 영희가 앉았었던 잔디밭, 바로 그 자리가 떠올라서 네 생각나고 너무 보고 싶어서 마냥 그 자리에 앉아있었지! 그 때 서러운 눈물이"

철수는 영희에게 그동안 못했던 하고 싶었던 말을 다 쏟아 붓고 있었다. 이렇게 다 말을 하고 있으니 가슴에 쌓인 응어리가 전부 씻겨나가는 듯하였다.

"네가 떠난 이후에 여기저기에서 나를 좋아한다고 지겹고 귀찮게 따라 다녔던 여자들이 엄청나게 많았지만 그들과 내가 연결이 되지 않은 것은 그 언젠가는 너와 내가 다시 재회할 수 있도록 하늘이 도와주신 것 같아, 감사할 따름이지"

"아니, 그랬어! 그럼 그 여자들과 만나기도하고 사귀기도하지 그랬어. 그것도 좋잖아"

"난, 네가 다시 내게로 돌아올 줄 알았어. 너와 나는 전생에 부부였기에 이생에도 그렇게 맺어질 거였으니까! 어차피 우리는 만나서 행복하게 살 거니까! 잠시 그냥 떠나서 쉬고 있으라고 그러신 것 같아. 삶의 충전기간이 필요했나봐!"

이 말을 들은 영희는 갑자기 크게 웃기 시작한다.

얼떨떨한 표정을 지으며,

"아아, 우리가 정말 그랬었나? 그런 세계도 있을까! 또 만났으니 지겹지 않아?"

"아니, 하나도 안 지겨운데. 앞으로도 몇 천, 몇 만년을 영희하고 부부로 태어나고 싶은데, 이렇게 신갈 실개천에 흐르는 물들이 결국엔 다시 만나듯"

"아아, 지겹다. 정말 지겨워…"

영희는 또 한 번 크게 웃으면서 톡톡 쏘기도 한다. 하지만 지금 마음속으로는 철수에 대한 자신의 재작년에 그 행동에 대해 회한의 감정이 가슴속에 자욱하게 낀 안개처럼 그렇게 드리워지고 있었다.

그러면서 이번엔 영희가 그의 손을 꼭 잡는다. 그리고 그 손을 이리저리 비빈다.

"손이 엄청 차갑네! 내 손으로 녹여 줄까? 앞으로 50년에서 60년간 이렇게…"

영희가 이젠 먼저 이런 말을 하는 것은 재작년 그 오해가 겨우내 쌓인 눈이 봄에 녹듯이 풀리며 녹아가고 있는 순간이기에 그렇다.

"영희야, 그렇지만 한 가지, 내가 네게 사과할 게 있어"

"어, 그건 뭔데?"

"네가 재작년 8월에 내 곁을 떠나고 그 후로 전화도 끊기고 5개월간 만날 수 없게 되어 너무 괴로웠었는데 작년 1월에 의정부 집에 가니까 우리 어머니가 어떤 여자를 알아 놓은 이가 있는데 소개를 한 번 받아 보라고 말씀하여서 그만 나도 네가 계속 돌아오지 않아서 홧김에 중매인으로부터 여자의 전화번호를 전해 받아서 그렇게 되어 의정부역에서 주말에 맞선을 보았었지. 그런데 그 후에 만나지는 않았어. 그 당시 내가 너를 끝까지 기다리지 못하고 다른 사람 소개를 받은 것에 대해 네게 지금으로서는 너무 미안한 마음이 들어"

이 말을 들은 영희는 한참동안 크게 웃으며 철수의 옆구리를 꼬집는다.

"어휴, 내가 5개월간 전화 안 받고 만나주지도 않고 그동안 다른 남자를 만나고 다녔는데 네가 그 후에 소개를 받으러 나간 게 오히려 내게 미안하다고…. 참, 우리 철수는 대단한 남자야! 아니, 그 여자도 그냥 만나지 왜 또 안 만났는데, 그것도 네가 결국 지금에 와서 나를 만나라는 하늘의 뜻이지 맞지?"

"그래, 바로 그것이야, 이젠 척척 잘 맞추는데 우리 우아하고 아름다운 영희 씨"

"어어, 갑자기 존칭은 왜 붙여? 철수 씨"

그러면서 영희는 철수의 볼을 세게 꼬집으면서 비틀고 있다. 그러자 철수는 영희에게 이번 주, 주말에 토요일은 에버랜드, 일요일은 민속촌을 가자고 제의를 한다. 이 제안에 영희는

"오케이"라고 대답을 하며 자신의 입술을 철수의 입술에 대고 꾹 누른다.

그러자 철수는

"안돼, 영희야, 지금 이곳엔 아무도 없지만 애정표현은 이렇게 밖에서 하면 공동체의 에티켓을 깨는 거야! 더불어 사는 삶을 살아야 되. 앞으로는 밖에선 자중해 주기를 바라. 그렇다고 이 말 때문에 예전처럼 오해하지는 말고…"

그러자 영희는

"나 또 오해하고 달아난다"라고 소리를 치고 상갈동 쪽으로 막 달려간다.

철수는 영희가 정말 또 오해를 하고 달아나는 줄 알고 전력질주로 뒤를 따라간다. 영희는 한참을 달려가더니 갑자기 빙판에 미끄러져 넘어지는 시늉을 한다. 그것도 비명을 지르며 그러자 뒤 따라간 철수가 깜짝 놀라며 영희의 몸 상태를 확인하려고 가까이 앉을 때, 영희는 느닷없이 기습적으로 다시 철수를 향해 자신의 입술을 그의 입술에 대고 꾹 누른다.

"영희야, 정말 또 오해하고 달아나는 줄 알았잖아, 십년감수했네. 그리고 밖에선 이러면 안 되는 것 잊지 말길 바라. 우리만 사는

게 아니잖아!"

"예, 알겠습니다. 이철수 선생님"

신랑 철수, 신부 영희

이렇게 둘은 다시 일어나 걸어가 영희는 상갈동 금화마을 집으로 들어갔고 철수는 자신의 집인 상갈동 녹색 빛 연립으로 들어갔다. 그 날 이후 하루가 더 지나 1월 31일 토요일이 되었고 이 날은 에버랜드로 여행을 갔고 다음 날 일요일은 서로 집에서 가까운 민속촌으로 여행을 떠났다. 철수는 민속촌에서 연못 쪽을 돌다가 영희에게 핵심내용을 밝힌다.

"영희야, 우리 이젠 뜸들이지 말고 지난날은 머릿속에서 값비싼 지우개로 모두 다 지우고 우리 빠른 시일 내에 결혼을 올리자! 그냥 내일이라도…"

"뭐야, 지금 장난하는 거야! 이 세상에 만난 지 5일 만에 결혼하는 사람들이 어디 있어? 수요일에 만나서 월요일에 결혼을 해, 잘났어"

"영희야, 지금 그런 농담할 때가 아니야 빠르면 빠를수록 좋은 거야! 언제 결혼할거니?"

"그래, 그럼 나도 빠르게 더 빠르게 오늘 밤에 그냥 결혼할까?"

그러면서 영희는 더 세게 철수의 옆구리를 꼬집고 비튼다. 이 날도 두 사람은 민속촌에서 나와 함께 호프집에 가서 맥주를 마시며 화기애애한 많은 시간을 보냈으며 결국엔 최대한 빠르고 우아하고 아름답게 2월 7일 토요일에 수원 영통구에 있는 하이얀 웨딩홀에서 결혼식을 올리기로 약속하였다. 이젠 역사적인 철수와 영희의 뜻깊은 결혼식이 일주일 남았다. 주례는 두 사람의 모교인 행복대학

내리사랑 내리화

교 총장님께서 하기로 정해졌고 사회는 그동안 늘 철수 곁에서 많은 정신적 위안이 되어 주었던 같은 회사의 동료인 최형철이 맡기로 정하였다. 드디어, 결혼식 날이 다가왔다.

결혼식장인 수원 영통구에 있는 하이얀 웨딩홀 정오 12시 정각에 역사적인 결혼식인 신랑 이철수와 신부 차영희의 결혼식이 거행되었다. 사회자인 형철이 개요를 설명하는 것으로 시작한 결혼식은 다음에 주례자인 행복대학교 총장님의 축사가 이어졌고 그 후에 진행된 순서는 총장님이 먼저 신랑에게 질문을 던졌다.

"신랑은 신부를 어떻게 생각할 겁니까?"

"예, 저는 제 신부를 배우자인 아내라고 생각하지 않고 제 친딸이라고 여기고 이 세상에 살고 있는 모든 부모님들이 자식을 사랑하는 그 마음과 그 정성을 제 신부에게 그대로 쏟겠습니다. 제 신부에게 내리사랑 내리꽃이 활짝 피어날 수 있게 제가 희생하고 헌신하며 그래서 저희 부부에게 아름답고 우아한 내리화가 하늘에서 땅끝까지 이어져 행복열매가 주렁주렁 매달리도록 제 목숨을 집어 던지겠습니다. 아내인 차영희 씨를 부모의 마음처럼 아끼고 사랑합니다. 이생 마감하는 그날까지입니다."

그리고 신부에 대한 내리사랑만 있어선 안 됩니다.

"내리사랑이 있으면 위로 올라가는 사랑도 있어야 한다고 생각합니다. 저는 신부의 부모님께 제 부모님과 똑같은 마음으로 존경하고 효도하며 희생하면서 헌신하는 마음과 정성을 쏟겠습니다. 이런 바탕은 그만큼 신부를 하늘만큼 땅만큼 사랑하기 때문입니다."

신랑인 철수가 이 말을 하자 영희의 아버지와 어머니는 가슴이 뭉클해지면서 하객석에서 신랑에 대한 고마움에 박수와 함께 감사

에 눈물을 쏟고 있었다. 다음으로

"신부는 신랑을 어떻게 생각할 겁니까?"

"예, 저도 제 신랑과 같은 생각입니다. 똑같이 하겠습니다."

마찬가지로 하객석에 있던 철수의 아버지와 어머니도 뭉클한 마음에 신부에 대해 고마움에 큰 박수와 감사에 눈물이 글썽글썽하였다. 그러자 하객석에서는 일제히 큰 웃음소리와 감탄하는 함성소리가 울려 퍼졌다. 그리고 주례자는 오늘의 결혼식을 마치는 선언을 하였다.

그 후 철수부부는 식후절차를 마쳤으며 용인 상갈동집에 들어가 하루 쉬었다가 2월 9일 월요일에 제주도로 6박 7일로 신혼여행을 떠났다. 철수와 영희 부부의 내리사랑이 내리꽃으로 활짝 피어나 내리화로 피어나라!